No nos llamen chairos

Apuntes sobre la 4T

Primera edición, septiembre 2024.

No nos llamen chairos
ISBN: 9798338632406

Dirección editorial: Sidharta Ochoa
Diseño de interiores: Ricardo Sánchez
Diseño de forros: Claudia M. Román Avitia

www.abismoseditorial.com
administracion@abismoseditorial.com

Impreso en México

No nos llamen chairos

Apuntes sobre la 4T

Javier Cravioto Padilla

ÍNDICE

No nos llamen chairos

Apuntes sobre la 4T

Prólogo

El hombre puede ser destruído, pero no derrotado.
Conde de Montecristo

En un país, donde vivimos alrededor de 126 millones de mexicanos; es un contraste social que sean 20 familias las más ricas del país. La distribución de la riqueza y las oportunidades de crecimiento a través de la historia sigue demostrando que no han sido justas. El mexicano promedio está tan acostumbrado a sobrevivir, sale todos los días a jugarse la vida y la libertad por buscar el soporte familiar, con la bendición de sus seres queridos y con la esperanza de regresar. El mexicano promedio saca las fuerzas para levantarse día a día entre las cuatro o cinco de la mañana, toma el transporte público e inician la travesía hacia su destino laboral ocupando mínimo una hora de tiempo en trasladarse apostándole a la suerte que no aparezca aquel malandro con la famosa frase, ya se la saben y lo despoje de los pocos bienes que llevan consigo.

No obstante a ello el mexicano está tan acostumbrado a salir adelante que su ingenio y resiliencia lo llevan a traer un celular de repuesto, crear escondites para las pertenencias; a sabiendas de que si tiene la mala fortuna de convertirse en un número más de las estadísticas delictivas no se llevarán lo poco que traen que es indispensable para el día a día; ese mexicano que no se raja, que trabaja por un sueldo mínimo, que no sabe de los aumentos que genera inflación, solo sabe que afectaría a la economía del país y por ende al mexicano. Por lo que tienen que aguantar y entender por el bien común que su sueldo es raquítico por un bien superior, el de la mayoría, pero que esa mayoría es la que los que están en el poder les señalen que son los que tienen derecho a enriquecerse con su trabajo, por el bien común, cosa que no se le puede explicar por qué no lo entiende, pero que está obligado a vivir porque así lo decidió la democracia, la mayoría que los escogió para tomar las decisiones políticas que afectan a la sociedad.

Un país donde unas pocas personas decidieron que era buena idea priorizar los derechos de los empresarios sobre el ciudadano de a pie, quienes tomaron la decisión de que, si no se apoya al empresario nacional o extranjero, al inversionista, al patrón, entonces estaríamos condenados al fracaso. Al tomar esa decisión bajo el entendido que todo ese apoyo sería por medio de un gobierno neoliberal, lo que en resumen se convirtió en la imposición de una serie de leyes que permitió a los empresarios quitar los derechos sociales, el pago de prestaciones y obligar a trabajar por medio de una figura llamada *outsourcing*, justificando el trabajo sin tener derechos y prestaciones a pesar de ser derechos humanos irrenunciables, además de que el empresario no tenía ninguna responsabilidad porque subcontrataba los servicios a empresas distintas y solo se recibía el pago mensual del trabajador, sin brindar seguridad laboral lo que se vio reflejado ante las Juntas de Conciliación y Arbitraje, hoy Juzgados Laborales donde las demandas no procedían.

Un país, donde sus partidos políticos decidían que era buena idea aumentar el IVA, el ISR, crear más impuestos y subir las tasas, donde se decidía quiénes serían los ministros de la Suprema Corte de Justicia de la Nación por medio de acuerdos políticos con el Presidente de la República y su partido; donde se utilizaba la violencia física y psicoemocional como medio de coacción a todo aquel que pensara distinto. Donde se criminalizaba la protesta social, donde se utilizaban a los medios de comunicación corporativos para que emitieran boletines de prensa enviados por la presidencia de la república donde cada uno de los connotados periodistas le dieron su sello exclusivo y creaban narrativas repetidas tantas veces hasta convertirlas en realidades incontrovertibles.

Un país, donde se realizó una declaración de guerra contra las drogas para justificar la falta de legitimidad de un Presidente de la República que llegó bajo el tufo del fraude electoral, sacando a las Fuerzas Armadas a las calles sin una estrategia clara ni un marco jurídico a combatir a los delincuentes, creando un caos y la muerte de ciudadanos inocentes en el fuego cruzado; los cuales les llamaban daños colaterales. Ese país donde si opinabas distinto se te criminalizaba y terminabas en la cárcel o muerto, ese país que modificó la Constitución para vender los recursos naturales a empresas extranjeras, con la complicidad de los partidos políticos de supuesta oposición y la gran mayoría de medios de comunicación nacionales, que además tuvieron el cinismo de llamarlo Pacto por México.

Ante todo esto, en nuestro país nació un movimiento denominado "Movimiento de Regeneración Nacional" lo que hoy conocemos como el partido MORENA. Pero fue hasta agosto del 2014 que el INE lo reconoció como partido político nacional y en 2015 participó en su primer ciclo electoral, lo demás ya lo conocemos.

¿Pero qué pasó en un país, acostumbrado a tener partidos históricos, tradicionales y hegemónicos como el PRI y el PAN que habían sido los únicos en tener a sus candidatos en la Presidencia de la República a ser repudiados por la gran mayoría de la sociedad? ¿Por qué un partido de reciente creación arrasó en las elecciones de 2018?

La realidad es que una sociedad que ha sido robada, atacada, lacerada, minimizada, burlada, menospreciada, defenestrada, engañada y utilizada tome la decisión más importante de la historia moderna de México por una simple y sencilla razón, vio una ESPERANZA.

La oposición en México no entendió su fracaso, lo justifica tratando de culpar a todo menos a las políticas y nulas propuestas, se enfrascó en una guerra sucia y denostaciones pensando que eso podría ser suficiente para allegarse de una sociedad polarizada, que al igual que ellos sienten que tienen derechos de nacimiento que los hace distintos al grueso de la población. Utilizando frases como chairos, nacos, indios, comunistas, pensaron que les bastaría para competir en las elecciones, pensaron que polarizando por medio del clasismo atraerían a una masa importante de votantes. Pensaron que haciendo una división entre fifís y chairos sería suficiente para no desnudar sus deficiencias en propuestas y proyectos, que cantando el cielito lindo y utilizando playeras como *Make Mexico Fifí Again* habían roto las redes sociales y por eso ganarían elecciones, pensaron que contratando espacios publicitarios en los grandes medios corporativos tendrían el alcance para llegar a toda la sociedad mexicana sin entender que el mexicano está harto de los pasquines y comentócratas de siempre, que tratan de crear narrativas, que llaman ignorantes y colonizados al ciudadano común, ya que gracias a ellos nos vinieron a quitar las cadenas que nos impusieron otros.

Esos mismos intelectuales y políticos que menospreciaban a los estados del sur de nuestro país y glorifican a los estados del norte, esos que señalaban que si en México dejarán de existir estados como Guerrero y Oaxaca seriamos potencia mundial; todo ese grupo de impresentables que consideran que tienen un derecho divino de opinar y criticar de acuerdo a sus intereses personales, fueron los que en realidad consolidaron a la 4T porque gracias a ellos el ciudadano optó por politizarse y consultar de forma directa todo lo que decían, la sociedad mexicana decidió conocer un poco más a detalle lo que sucede en la política del país decidiendo ver las mañaneras y contrastarlo con la información publicada en medios.

Es claro que seis años no son suficientes para transformar a nuestro país, es claro que se necesita mucho más trabajo pero los mexicanos somos buenos por naturaleza y desconfiados por obligación; es claro que necesitábamos un cambio, que detestamos al PRIAN, que existían dos Méxicos, uno el de los comentócratas y medios corporativos que hacen análisis desde la comodidad de Polanco y la Condesa y el otro que se vivía día a día; pero que gracias a la revolución de las conciencias esos dos Méxicos, cada día empiezan a ser más cercanos.

Pero como toda transformación siempre hay quien se resiste a la pérdida de sus privilegios, los peores son aquellos que creen y piensan que son privilegiados. Ya que en un país donde la clase alta es menos del 3%; nos deja con clase media alta, clase media baja y clase baja a la gran mayoría de los mexicanos siendo increíble que aquellos clase medieros se consideren superiores al grueso de la población ya que los valores sociales se convirtieron en méritos económicos, donde el respeto desafortunadamente lo cambiaron por banalidad, donde solo valías por lo que tienes y ese fue el principal motor para luchar y generar igualdad de oportunidades.

Es claro que hay cosas que se deben mejorar, que tenemos muchas áreas de oportunidad, que todo cambio significa adaptación; pero no podemos seguir teniendo a dos Méxicos, uno donde todo favorezca y beneficie a un cierto grupo de personas y otro donde lo que no me gusta o favorezca no lo acepte. Hoy nuestro país despertó de un largo sueño que realmente era una pesadilla amenizada por los medios de comunicación para ser aceptada, pero gracias al esfuerzo de miles de mexicanos que creyeron un país mejor, en la visión de un movimiento, hoy estamos listos para continuar con el cambio y construir un país, que no será perfecto, pero sí más justo para todos.

César Gutiérrez Priego

Introducción

Este libro está basado en las columnas semanales que escribí durante casi todo el sexenio Lópezobradorista, después del resultado electoral del 2018 por simple intuición asumí que la crónica de lo que en este periodo de gobierno sucedería sería algo pocas veces visto en la historia del país y que valdría la pena relatar. En el programa de gobierno y la oferta de campaña de López Obrador se anunciaba una gran transformación del país (4T), la cuarta, en referencia a las tres grandes transformaciones anteriores: Independencia, Reforma y Revolución. ¿Poner el proyecto de gobierno 2018-2024 al nivel de esas gestas históricas era mera grandilocuencia de palabras o los resultados sustentarían el lenguaje?

En 1974, se publicó *"El estilo personal de gobernar"* de Daniel Cosío Villegas. El libro del prolífico intelectual, historiador y economista ironiza acerca de la práctica presidencial del presidente Luis Echeverría y la realidad nacional que le acompañaba en su sexenio. En 2018 en que Andrés Manuel López Obrador se convirtió en presidente, la pregunta en el ambiente podría parafrasearse con el título de Cosío Villegas, ¿cuál sería su estilo personal de gobernar?

En aquel inicio de sexenio, la racionalidad en el discurso político de los opositores a López Obrador era ya difícil de encontrar. La polarización en el lenguaje político, que inició muchos años antes con aquella arenga de: ¡Es un peligro para México! y la imagen krauziana de "El mesías tropical", llevó a los votantes a una definición casi maniquea de blanco y negro sobre el candidato. Se le amaba o se le odiaba, no había espacio para la tibieza.

Amarlo significaba apelar a un modelo distinto al neoliberal que buscara disminuir la pobreza y la desigualdad. Odiarlo significaba optar por la continuidad del modelo económico y social que tanto PRI como PAN habían seguido. El resultado de la elección fue contundente, López Obrador ganó con una gran cantidad de votos sobre sus adversarios; el cotejo de los resultados concluyó que su ventaja fue en todos los segmentos sociales, géneros y niveles de educación. Ese implacable triunfo nos acercó a la idea de que un gran cambio se aproximaba.

Por su parte, la historia como luchador social del hoy presidente nos adelantaba que nos encontraríamos con una gestión de gobierno completamente distinta a las transcurridas en los 36 años previos de neoliberalismo, así como que su desinterés por la ostentación y el oropel, al que los gobernantes anteriores nos habían acostumbrado, nos avisaba que "el estilo" sería radicalmente diferente.

López Obrador hizo muchos compromisos de campaña, muchos de ellos que acabaron por alienar a sus malquerientes que se sintieron afectados con sus propuestas: cancelar el aeropuerto que se construía en Texcoco, cobrar impuestos a las grandes empresas, combatir el huachicol de combustibles y, por sobre todos los temas, combatir la corrupción y disminuir la pobreza. ¿Lo podría hacer?

La oposición política en voz de sus analistas y periodistas apostaron al fracaso económico del régimen que iniciaba. El clasismo y racismo enraizado en gran parte de la clase media del país se satisfizo en llamarle naco, pata rajada, ignorante, prieto, mal vestido y con zapatos sucios. ¿Un naco de Macuspana podría gobernar este país?

Seis años después tenemos respuestas, aquí la cronología de los eventos más sobresalientes de este periodo. Que sea cada lector quien diga si el país cambió, si la transformación es real y si se puede hablar de un antes y un después de López Obrador.

Aquí también la historia de los unos que salieron a caminar vestidos de rosa, y los otros, esos llamados chairos.

JC

2019

No olvides nunca
que los menos fascistas
de entre los fascistas
también son
fascistas.

Roque Dalton

4T, el primer año o el "no me quiten lo que les quité"

29 de noviembre, 2019

Hace un año yo pensaba: ¡finalmente se van! Y se fueron.

Evaluar los resultados de un año de gobierno en un país como México en donde la burocracia y las instituciones son como elefantes me parece un ejercicio inútil y que raya en lo imposible. Creo que dos años será un tiempo más justo para hacerlo por mi parte.

La 4T se presentó como un proyecto de transformación en México a manera de algunos otros que ha vivido México, a decir del presidente Andrés Manuel: la Independencia, la Reforma y la Revolución. Atenidos a este discurso, nadie podría pensar que una nueva transformación sería indolora, tersa o gatopardista; necesariamente tendría que ser una que derribe mitos, formas, sería por naturaleza una que incomode y que desobedezca discursos tradicionales. Y así ha sido.

Esta transformación, en su visibilidad permite destacar algunos momentos, estos sí con intención fundacional o que han expuesto formas fundamentales de ser de muchos mexicanos. Entre los primeros me refiero a «La austeridad», «El combate a la corrupción», «El gobierno de leales al país», «La recuperación de la historia y de la tradición de asilo», «Relación con los medios y libertad de expresión» Y destaco dos de las expresiones que se exhibieron ante el embate del triunfo de este movimiento de la 4T: «La oposición insustancial» y «El clasismo»

No tengo duda que la austeridad, el combate a la corrupción y el gobierno de leales al país se mezclan, cada acto de gobierno en donde se ha planteado una postura o una política al respecto implica la conjunción en distintas formas de estas tres fuentes, ejemplos habría muchos: guarderías, medicinas en hospitales, huachicol, facturación falsa, perdón fiscal, narcotráfico, salarios y prerrogativas insostenibles en el poder público federal, estatal y municipal. En cada uno de estos casos se ataca una fuente de saqueo descarado e insultante de bienes del país que se vivía como una situación normalizada, aceptada a conveniencia y que fue escalando gobierno tras gobierno en los últimos 50 años y de manera brutal en los últimos treinta. Las formas del gobierno han sido duras, cierres inmediatos, despidos, reducciones de gastos, cero tolerancia, inmediatez en la aplicación de nuevas normas; y por su parte la reacción ante las medidas ha sido descalificatoria, por cinismo en muy buena parte pero, y no es menor, porque se asume por los afectados que eran derechos adquiridos, pagos de cuatitud que se pensaban eternos, privilegios por ser parte de un engrane de latrocinio histórico que olvidó que el país somos todos, 120 millones de personas, y que la función pública es para servir y no servirse. Hace un año empezamos a dejar de vivir en un país de insultante opulencia gubernamental, de descaro e impunidad; digo empezamos porque será una larga tarea de cambio. Y este modo delincuencial de la instancia pública se unió con la rapacidad privada en donde se mezclaron papeles que dejaron a un lado cualquier ética social y que en clara simbiosis se alimentaba vía contratos, dádivas, bonos, concesiones y un claro desmantelamiento de bienes públicos, así la educación, la energía, el campo y la banca entre otros. Y no a través de un proyecto de Nación del que emanara el que así se actuara sino a través de la simple idea de enriquecerse ambos, funcionarios y privados. Se conformó un gobierno e instituciones no en beneficio de las mayorías sino en el de unos cuántos. Y hoy en el desmontaje de tales guisas las respuestas de quienes se oponen han sido de igual manera duras pero aquí además peligrosas y con un fuerte tufo de traición y de que están dispuestos a defender hasta la ignominia y con acciones criminales ese «mundo» al que les gusta asumir que tienen derecho.

Respecto a la recuperación de la historia me parece muy interesante que ante un Presidente que es profundo conocedor de ella se han quedado sin palabras y discurso los hablantines que dominaron la escena «intelectual» del mismo periodo de los últimos 30 años a que me referí; de aquellos que copaban las publicaciones, columnas, editoriales, programas, mesas redondas, becas y demás y que fueron parte de ese modelo de corrupción en que el gobierno, que no el estado, patrocinaba sus fechorías de dizque pensantes a la manera de «pago para que no me pegues». Creo que este proceso de recuperación histórica será un largo proceso casi generacional; la estupidización del discurso creado es abismal y ha permeado de manera muy importante en un sector de mediana cuantía en el país.

La recuperación de la tradición de asilo en el acto relacionado con el boliviano Evo Morales es de una implicación que poco se entiende por algunos, más allá de la persona, de sus ideas o de sus razones; mete a México en el internacionalismo del que suponían se hacía solo si era a bordo de un gran avión de «uso privado» pagado con recursos públicos, acompañado de séquito de maquillistas, peinadores, familia y mascotas.

La oposición insustancial: me llama la atención pero haciendo algún análisis retrospectivo era de esperarse. Un año después de su tremenda derrota (y no solo moral como bien les ha dicho el Presidente) no han podido crear un tema, un relato que explique su oposición más allá que no sea el del privilegio perdido; los que perdieron concesiones, los que perdieron aviadurías, los que no pudieron continuar ordeñando las arcas, los intrascendentes de hoy que han vivido por mucho tiempo a costa de erario público, los que nunca han tenido mayor empatía por los demás, los que han perdido presupuestos públicos (partidos, medios, editoriales entre otros), los dolidos porque su opción política se diluye en el escarnio y vergüenza pública día a día, los que con mínimos conocimientos siguen la línea de pensamiento que les marca el meme, el influencer, el discurso clasista y racista y sus ídolos de papel que se arruga minuto a minuto. Una oposición que entre sus personeros y gurús tiene a expresidentes de historial de corrupción, ignorancia y genocidio, a líderes corruptos de partidos que se reducen en cada elección, a enanos mentales y a traidores al país; eso es lo que hay, una oposicioncita que organiza marchitas (por número pero sobre todo por sustancia, en las que eventualmente podrán juntar personas pero no ideas) y que es la repetición histórica de los que siempre se enfrentaron a las grandes transformaciones de México, son los polkos de mediados de siglo XIX, los Zavala de Texas, los Victoriano Huerta, los Mejía y Miramón, son la misma basura que se repite cíclicamente.

El alumbramiento del clasismo es el elemento más peligroso en la conformación del país; ante un nuevo paradigma de redistribución económica se avivó la llama clasista. En parte de la oposición, parte muy importante y casi generalizada pero el fenómeno es más amplio que eso; es esa forma que siempre ha estado lastimando y odiando pero que hoy lo hace de manera exhibida, orgullosa de sí misma, por tener, por la piel, por el lenguaje, por la escolaridad, por la creencia; por lo que sea, no hace falta elaborar mucho para entender que es un México que aspira a que nos invadan , a que nos dividan, a que nos separen las posiciones económicas; es ese México que no conoce y nunca interiorizó la igualdad y la fraternidad. Esos que se suponen más que el otro y que hoy ante un Presidente al que ven distinto y menospreciable porque no es de «dos de ellos»; esos que por teñirse el pelo de rubio, blanquearse y usar cualquier parafernalia aspiracional, por ser «descendientes» de europeos (*dicere amentes*), esos son el real peligro capaz de vender a cualquiera por su propio bienestar, esos son los que se oponen a derechos para todos porque esa otra parte, casi siempre pobres, mujeres e indígenas, debe estar solo para servirles.

Hay dos elementos que me preocupan en esta 4T, uno que de no corregirse puede dañar el devenir del sexenio, otro que de no corregirse puede dañar el devenir de las siguientes generaciones; mi deseo es que se corrijan y pugnaré porque así se haga, me reservo el explicar a qué dos elementos me refiero, prefiero que las hienas, chacales y demás carroñeros busquen su propio alimento. Hoy estamos, los que votamos y apoyamos la 4T, en la necesidad de cuidar al Presidente y sus actos de gobierno, de deslindarnos claramente de la ignorancia e irresponsabilidad de quienes apuestan al hundimiento de este gobierno, es hora de marcar diferencias entre los que desean un retorno al mundo de privilegios para unos cuántos y los que creemos en un México mejor; de los que a conveniencia permanecen en un limbo olvidando que en la situación mexicana de hoy los indecisos e indiferentes son fascistas en potencia.

Ya habrá tiempo de juzgar resultados.

2020

Cosmopolitismo, en último término, significa sólo esto: que existe una sola raza, la humanidad, y un único principio, la dignidad individual.

Javier Goma Lanzón. *Dignidad*

No entienden que no entienden.

20 de septiembre, 2020

Pasan los meses y se va consolidando el modelo de la 4T sin oposición seria o trascendente alguna, no hay oposición, tan solo antagonistas. El hecho de que no la haya no es precisamente lo mejor en una democracia, pero es lo que resultó después de la descomunal ola con que arrasamos en las urnas pateando el proyecto neoliberal construido en los más de 30 años anteriores. Y en la reconstrucción del país herido los contrincantes no atinan a comunicar un discurso articulado de propuestas distintas al proyecto actual del gobierno.

Ha pasado poco más de 20 meses y no han podido consolidar una idea congruente que se contraponga al propósito de esta transformación que nos tocó vivir, ninguna representación estructurada de esbozo de proyecto para enfrentar la desigualdad, la carencia de justicia, los problemas ecológicos, la violencia contra las mujeres, la corrupción o cualquier otro de los grandes temas nacionales; y mientras esto no suceda podemos dar por seguro la continuidad de este movimiento por varios sexenios más.

La pandemia de COVID vino a exhibir en toda su magnitud el subdesarrollo real que en el tema de salud tenemos en México, afloró el obvio desvalijamiento hospitalario, la carencia de médicos, la rampante corrupción en la adquisición de medicinas — todo envuelto en la inmoralidad de ser el país #1 en obesidad infantil— y en uno más de los actos viles de esa desarticulada "oposición" se pretendió decir que eran causa de la labor de este gobierno. En racimo emergieron las grandes críticas acompañadas de novedosas ideas para combatir la crisis de salud nada más y nada menos que por los mismos responsables que dejaron el desastre

Y de la mano de la tragedia del COVID, la desventura del regreso a clases. La aparentemente simple diferencia entre los niños con y sin internet y sus correspondientes implementos electrónicos mostró la real e infame situación de pobreza y sobre todo de desigualdad en México, mostró al verdadero México subdesarrollado que se pretendió desaparecer del discurso oficial.

Y solo estos dos momentos, COVID y regreso a clases envueltos en una precaria situación económica ocasionada por el primero, serían suficientes para que fuera importante escuchar propuestas inteligentes de políticas que enriquecieran los trabajos actuales de gobierno.

En su momento la derecha estaba representada de intelectuales que se alimentaban de las lecturas de Unamuno, Heidegger, Vasconcelos, del mismo Borges, filosóficamente se nutrían de Nietzche y Gadamer. En su encuadre mental de catolicismo se atrevían a discutir la *Populorum Progressio* y la *Rerum Novarum*; en su crítica al marxismo oponían a Ortega y Gasset y algunas veces a Schopenhauer. Por muchos años la oposición de derecha y conservadora fue representada por el PAN fundado en 1939, desde 1929 los herederos cristeros se conformaron para tomar eventualmente el poder político, tuvieron muchos temas a qué oponerse, las nacionalizaciones, el anticlericalismo del estado, el apoyo del gobierno mexicano a las fuerzas republicanas españolas que se oponían al franquismo. Los representantes y fundadores de este partido Gómez Morin, González Luna, Calderón Vega, Fernández Cueto, Preciado, Samperio, etc. podrán ser tildados de conservadores y mochos, racistas, machistas, misóginos, intolerantes, xenófobos, homofóbicos, pero no de delincuentes como los dirigentes actuales. Aquellos pensaban, tenían ideología, proyectos con visión de país, los representantes actuales son meros administradores de los recursos y prerrogativas del estado, intelectualmente se alimentan de cómicos, cartonistas y "youtuberos". Hoy ideológicamente parten de esa misma visión conservadora de sus fundadores, pero le suman la ignorancia y un odio incomprensible que busca desestabilizar al gobierno.

Esa desviación de la derecha que ya gobernó el país por 12 años y que lo dejó devastado en violencia, pobreza y fraude institucional no representó el cambio que ofreció y rápidamente se transformó en una maquinaria delincuencial que hoy no atina verse sin el control del presupuesto de gobierno. Hoy ese movimiento dividido y desvanecido entre sus restos y los grupos calderonistas que en busca de fuero y recursos les disputan la plaza, más los movimientos de extrema derecha como FRENAA, organizaciones empresariales tipo Coparmex, rémoras de otros partidos que fueron de izquierda como el PRD, medios de comunicación, "intelectuales" (así se autonombran) que perdieron privilegios y enormes cantidades de dinero que recibían a cambio de su voz o de su silencio, grupos delincuenciales de todo tipo acostumbrados a saquear los recursos del estado y en connivencia con este, aviadores de antaño, negociantes de concesiones públicas, exfuncionarios enriquecidos que no se aceptan sin los lujos que mamaron del poder; esa suma y mezcla de todo lo anterior es la oposición a gobierno, de ahí que no puedan tener un discurso sólido, unificado, elaborado y congruente. Su autocomplacencia, falta de autocrítica y alejamiento de las causas sociales, su contemplación de la pobreza desde lejos, con mucha, demasiada distancia hace que este *"pasticcio"* de grupos distintos, tan solo unificados en su búsqueda de recuperar privilegios y su odio al presidente y gobierno como cohesionador, no sea un referente propositivo en las políticas públicas a seguir.

De ahí su tragedia.

No entienden que no entienden.

¿Acostumbrarse a la corrupción de la canalla?

27 de septiembre, 2020

Los grupos políticos mexicanos de los últimos 30 años debieron encontrar un punto de enlace que les permitiera gobernabilidad.

Sus herencias históricas les estratificaban en "castas": por origen, color, ascendencia social y riqueza, sus derivaciones políticas las definieron los compadrazgos, la cercanía con el poder, el linaje político y, a veces, una precaria movilidad social.

¿Qué es lo que hizo posible que convivieran estos diferentes grupos que con muy distintas visiones se alternaron y repartieron el pastel del estado mexicano?

En el conjunto de eventos e historia política en México acabó siendo lo mismo ser el tradicional priista posrevolucionario, el insidioso priista de los sexenios de Salinas de Gortari y Zedillo, el torpe y conservador panista del tiempo foxista, el criminal y traidor panista del calderonato o el delincuencial priista de los 6 años de Peña Nieto, no solo en el gobierno federal sino también en sus derivaciones estatales y locales. De igual forma en el caso de gobiernos estatales y municipales —incluso los que se definieron como de izquierda—, instituciones "autónomas" y amplios sectores económicos sociales y empresariales y en primerísimo lugar los medios de comunicación, ese enlace o punto de unión nunca se trató de principios o de formas de gobierno, de procesos de estado o de búsqueda de solución de los problemas nacionales.

El principio de gobernabilidad, el más poderoso, el realmente unificador y que permitió cierta armonía de apariencia democrática es la corrupción.

En 2014, Peña Nieto dijo: "la corrupción es cultural…" Y en todos los foros muchos dijeron y pensamos que era falso porque le dimos un sentido de valor cultural en cuanto a historia y tradiciones, si en vez de eso hubiéramos entendido "cultural" en cuanto a forma de vida de la clase política y su permeabilidad hacia la sociedad, tendríamos que haber dicho: cuánta razón tiene este impoluto y guapo hombre.

Hay una definición —entre muchas otras— de tipologías de corrupción, me parece que es la de Salvador Camarena la que dice que hay de

27

3 tipos: blanca, gris y negra. La blanca siendo la "aceptada normalmente" como la mordida al policía, la gris ese limbo que divide opiniones y que es más de la empresa privada y de búsquedas personales de canonjías y aviadurías y que se acerca a la negra que es la que se considera (por supuesto por quienes no participamos de ella) despreciable. Esta corrupción negra es la de las élites políticas y económicas, es lo que ha hermanado la gobernabilidad de los 30 años anteriores al régimen actual.

El fenómeno de la corrupción es muy espinoso combatirlo, partamos de que su medición es incierta por lo que el alcance del éxito en su combate es difícilmente identificable. Recientemente los datos de INEGI decían que el 14% de lo que gasta una familia se canaliza a corrupción, y en el caso de las familias más pobres ese número alcanza el 33%.

Hoy en día se habla de polarización bajo la estratagema de establecerla como generada por la continua crítica del presidente López Obrador a medios, ciertos empresarios e instituciones, cuando la polarización del país está realmente entre la pandilla que roba y ha robado por tres décadas y los robados. Y en esos dos grupos cabe de todo, en el primero: los beneficiados de manera ilegal de los recursos públicos vía comisiones, desviaciones de recursos, concesiones de servicios y recursos naturales, contratos amañados, nepotismo, improcedentes exenciones y devoluciones de impuestos, pagos a medios y periodistas para dar o callar información y dichos, dádivas para legislar en uno u otro sentido. Y en el segundo grupo, el de los robados: de manera muy resumida todos aquellos que vemos como nuestros impuestos se traducen en beneficios personales de funcionarios y los que carecen de servicios elementales de salud, educación, acceso a la justicia, luz, agua y alimentación.

Soluciones fáciles no las hay, seguir como se siguió en esas 3 oscuras décadas no es camino, intentar una en donde la cabeza del proyecto diga expresa, pública y reiteradamente que su propósito es barrer de arriba hacia abajo y que se muera en el intento a través de severo enjuiciamiento a políticos y funcionarios que se niegan a salir del entorno de gobierno, de establecer políticas públicas de corto, mediano y largo plazo, de exhibición pública de podridos personajes de la historia reciente y de intento permanente de judicializar los procesos que les descubran, les haga pagar por sus actos y les obligue a devolver parte de lo robado; me parece que ese a pesar de todas sus implicaciones y tortuosidad sí es el camino a seguir, tal vez el único que tenemos en esta etapa en que ese enorme grupo de políticos, funcionarios y vividores del erario que se sienten agraviados, se han convertido en agresivos o taimados odiadores del proyecto 4T.

Los resultados positivos de esa nueva forma de entender el servicio público serán a mediano y largo plazo, lo único que no debemos permitir es acostumbrarnos a que así como ha sido, siempre tiene que seguir siendo. Los niños y jóvenes de hoy, todos sin excepción, han vivido su vida completa en ese entorno, viendo cómo funciona el gobierno, viendo cómo cualquier funcionario de incluso bajo y medio nivel se enriquece repentina e inexplicablemente y que el servicio público representa la forma "legal" —en contraposición a la ilegalidad de la actividad de la delincuencia, particularmente el narcotráfico— de enriquecerse pronto.

La visión generacional de una nueva forma de relacionarnos y que la gobernabilidad política sea cohesionada por ideas y no por el robo de recursos públicos, en mi opinión representa el ideal del futuro político.

No nos podemos acostumbrar a la canalla.

El tiempo que nos tocó vivir

3 de octubre, 2020

México 2020, cuando las palabras no se refieren a lo que nombran: legalidad, democracia, justicia, feminismo, país, comunismo… cascarones de un México pasado que hoy encuentran un nuevo significado.

Sacudidos después del embate que representó la llegada de un nuevo gobierno, personas y grupos de diferentes ámbitos no atinan aún a entender el nuevo país en el que estamos; siguen interpretando y juzgando el México de hoy en los mismos términos en que lo hacían años atrás, no existe en su esquema mental esa capacidad de cambiar y actualizar su visión hacia distintas formas de pensamiento. Se mantienen inmovilizados en posiciones que aprendieron, aprehendieron y no alcanzan a deshacer.

Es preocupante que ese pensamiento lateral, divergente, del que habla Edward de Bono por ejemplo, no encuentre cabida en el discurso opositor actual, la creatividad, ingenio y perspicacia en la elaboración de pensamientos no existe, trabajan únicamente con conceptos e ideas fijas y de ahí su limitación a entender nuevas formas que suceden y que les avasallan. Sumado a esto el manifiesto clasista y de menosprecio con el que ven a cualquiera que apoye la 4T les mantiene alejados de la circunstancia de hoy.

Decía Ortega y Gasset: "yo soy yo y mi circunstancia…" con toda esa carga que plantea la vivencia cotidiana de lo real y con esa intencionalidad de resolver la vida misma. El modelo de oposición política que tenemos hoy en México no asume esa causalidad, se ha quedado sin futuro por no adoptar la segunda parte del aforismo orteguiano: "…y si no la salvo a ella no me salvo yo"

Se habla de comunismo sin saber el significado del concepto, se "cree" algo, se "oyó" algo pero suena bien usar el término con tufo de años 50 y guerra fría para referirse al gobierno actual. Lo que es cierto es que hoy hay un grupo de mequetrefes conservadores, de arcaicos ultracatólicos, de ignorantes consumados que usan el término como planteamiento de sus quejas en contra del proyecto actual. Un grupo ruidoso encabezado por algunos empresarios del Bajío y Nuevo León y con una vocería golpista a través de medios y comunicadores, que, indignados por dos temas: uno económico, la reforma fiscal (que no es tal) que les obliga a pagar impuestos que evadieron históricamente, la incorporación del etiquetado de alimentos y la recuperación de la educación por parte del estado; y otro religioso/ social que es el avance y articulación de derechos de diferentes tipos en la legislación (aborto, sociedades de convivencia, derechos laborales para trabajadores domésticos, movimiento LGBT); les significa un ataque a sus creencias y modos de vida que les lleva a manifestar en sus carros y tiendas de campaña entonando el himno guadalupano y lanzando loas a cristo rey.

Se habla también de democracia y añoran una que solo en sus cabezas existió, a esta oposición se le ha olvidado la historia de los últimos 80 años en este tema en México. Hoy, en medio de su cinismo, no entienden cómo la consulta popular se incorpora a ella y a cambio se le mira como "imposición del dictador AMLO" (no importa que el concepto se haya incorporado a la constitución desde el 2012 (artículo 35), no importa que a través de medios como este o el referéndum o plebiscito, se definen políticas públicas en muchos países occidentales.

Se habla también de legalidad, del legalismo de abogado que tradicionalmente ha beneficiado a pocos, al que puede pagar por justicia y en cambio no se concibe el nuevo ánimo social que dice no, eso no es legalidad, no más ley guiada por el algoritmo de libro y componenda. Legalidad y justicia será recuperar la memoria histórica reciente y juzgar lo que se hizo mal.

Se habla de feminismo por parte de esta oposición con la gran desfachatez que conlleva ser quienes han agraviado histórica, sistemática y bajo políticas públicas a la mujer, quienes se han opuesto a sus causas y que hoy se asumen como los defensores del género. ¿En qué cabeza cabe (sí, en la de estos) que los conservadores están o en algún momento han estado a favor de las mujeres? Pero, sí, también hablan ahora de feminismo vaciando el término de su realidad. ¡En tiempos de revisionismo de doctrinas morales los cínicos hombres y mujeres "de bien" hablando de feminismo!

Se habla de país. Qué paradoja, se atreven a hablar de país los que han ninguneado y saqueado el territorio, sus bienes y los gravámenes que genera, quienes han escupido en los esfuerzos y sudores de campesinos, obreros y profesionistas, los que se avergüenzan del origen indígena, negro, mestizo y criollo y se asumen superiores, los que han ocupado puestos públicos de los que se han servido en vez de servir; todos estos hablan de un país sin decir que está devastado por ellos mismos, que la suma de sus actos es el país de hoy.

¡Si no cambian, hoy el país no los necesita, ya fueron, ya hicieron!

Hoy el concepto de País que se intenta construir es distinto, es uno que habla de igualdad, de hermandad, de oportunidades para todos los que aquí habitamos, esquemáticamente es una tabula rasa para construir en esta transformación que se ha planteado y de la que se burlan e ironizan.

Cada paso que ha dado este gobierno ha sido criticado, sea lo que sea, con razón o sin razón, esta oposición ha usado todos los medios y recursos a su alcance; ¿ha logrado permear su mensaje? No en quienes adoptamos el proyecto como un esfuerzo a construir, sí en quienes se consideran descobijados de sus prebendas históricas y sí en los cortoplacistas.

La polarización es real, nunca lo había sido tan claramente expresada, de un lado los que han saqueado el país, del otro los saqueados. Y como en el infierno de Dante, los indiferentes e indecisos en el ante infierno, corriendo desnudos eternamente.

Y hoy la oposición por no entender ya el lenguaje y no tener capacidad de darle un nuevo significado es que es insustancial, ya se les dijo moralmente derrotados, hay que decirles también que ya tan solo representan la tristeza de tiempos pasados.

El **NO** ya lo tenemos…

28 de noviembre, 2020

Los grandes espíritus siempre han
encontrado una violenta oposición de
parte de mentes mediocres.
Albert Einstein.

Hay fechas límite que tradicionalmente les marcamos a los gobiernos para establecer una especie de resumen de su trabajo. La fecha de los 100 días, la del primer año, la del medio término de mandato, etc. En el caso del gobierno mexicano actual se conjugan dos situaciones para hablar de ello al cumplirse sus dos primeros años:

La primera es que el propio presidente López Obrador se puso ese plazo para que a su término los ciudadanos hubiéramos, por una parte, percibido el cambio y la transformación del modelo de gobierno comparado con los anteriores, y por otra, el que se hubieran sentado las bases constitucionales, legales e institucionales para que siguientes gobiernos no pudieran revertir las nuevas políticas y formas.

Y la segunda es que en mi particular opinión, dos años sí serían suficientes para conocer si hay un verdadero cambio transformador de acuerdo a lo que se ofreció como programa de gobierno en la campaña política que llevó al espectacular triunfo de López Obrador en el 2018.

Habrá seguramente muchos análisis e indicadores que sustenten datos duros, métricas comparativas y opiniones de especialistas en asuntos particulares, yo me limitaré a hablar de los cambios que veo y de la oposición alrededor de tales cambios; adelanto que aunque falta tanto por hacer, es precisamente por el aturdimiento en que se encuentran los antagonistas políticos y sus frágiles y falsos decires que asumo que el cambio va en el sentido correcto.

¿Qué ha hecho la "Cuarta Transformación" en estos dos años?

• Hoy la corrupción es delito grave y no hay derecho a fianza. El combate contra la corrupción es real y va de arriba hacia abajo.

33

• Se reforzó el artículo 4º de la Constitución en materia de bienestar social transformando programas sociales en derechos sociales.

• Se detuvo la construcción del aeropuerto de Texcoco, obra basada en corrupción y que ocasionaría por décadas un daño al erario para poder mantenerlo.

• Se otorgan becas a millones de estudiantes.

• Se rompió el monopolio de la distribución de medicinas y se está en el proceso de establecer nuevos mecanismos que terminen con el control para su venta a precios excesivos.

• Se habilitan y termina la construcción de decenas de hospitales inconclusos que sirvieron para la foto de inauguración de anteriores gobiernos.

• Se han congelado cuentas bancarias con enormes cantidades de dinero para afectar directamente los beneficios de la delincuencia y la corrupción. Sin importar el nivel de los afectados, ex secretarios de gobierno, gobernadores, ministros de la corte y muchos otros delincuentes de cuello blanco.

• Se dio amnistía a presos políticos, encarcelados por gobiernos anteriores y jueces corruptos.

• Se terminó con las amnistías fiscales y se obligó a pagar impuestos a grandes deudores que tradicionalmente los evadían.

• Se decretó nuevos niveles de ingresos de los funcionarios públicos acordes con la realidad del país y se estableció una radical política de austeridad.

• Se dejó de pedir prestado para soportar el gasto dispendioso del gobierno.

• Se dan cientos de miles de créditos a la palabra.

• Se detonó la economía en los estados más pobres del país con proyectos de inversión pública (tren, refinería, carreteras).

• Se intenta revivir PEMEX y se establecieron nuevas políticas energéticas que buscan la autosuficiencia en gasolinas, se logró bajar el precio de la gasolina.

• Se establecieron programas de empleo para cientos de miles de jóvenes sin experiencia y posibilidad de estudios.

• El propio presidente informa diariamente y se somete al escrutinio de los medios que desean hacerlo.

• Se respetan las libertades de todo tipo, no hay presos políticos.

• Se aprobó en el senado la propuesta de quitar el fuero al presidente y diputados y senadores.

En fin, podría seguir con más ejemplos pero me parece que estos hablan de cambios de fondo.

¿Qué ha hecho la oposición en estos dos años?

Decir NO a todo.

La oposición se ha dedicado a dar tumbos para mínimamente organizarse e intentar tener mayoría en el congreso y senado en las elecciones de 2021. No han podido aportar un plan de acción que plantee una forma de avanzar en el país, su planteamiento es invariablemente volver al pasado, poder recuperar los privilegios perdidos y mantener una crítica constante basada en mentiras y medias verdades de cualquier acto de este gobierno. Respecto a los actos de gobierno, independientemente de lo que sea dicen NO.

Para lo anterior han intentado formar partidos y asociaciones (en el caso del calderonato no pudieron por intentar hacerlo de manera ilegal), utilizan a los medios de comunicación en donde han encontrado refugio para hacer su crítica diaria dictada y organizada por quienes les aportan inmensas cantidades de dinero.

Los grupos más conservadores mantienen su juicio a la población por su color de piel, nivel educativo, poder adquisitivo, trabajo, forma de hablar, usos y costumbres y conservan su intolerancia a la diversidad. Sus quejas las llevan ante la monarquía española (jaja, rejaja) Por lo mismo no pueden aceptar siquiera que el naco *(sic)* presidente pueda hacer algo bien.

Los menos y que alguna vez se presentaron como de izquierda (no importa si izquierda caviar) han pasado a ser francamente de derecha aunque a veces se dicen de izquierda moderna, de centro, moderados o cualquier otra cosa que les permita zafarse en cualquier momento de una concepción ideológica clara y chapulinear si se les presenta la oportunidad; estos son los "huevos tibios" en la política, los que tienen la ideología del personaje de la Chimoltrufia que dice: "así como te digo una cosa te digo la otra" A estos les aplica lo que decía Talleyrand: "La oposición es el arte de estar en contra tan hábilmente que, luego, se pueda estar a favor».

Todos estos, los opositores, diversos por diferentes razones y a quienes lo que les une es su interés en recuperar el privilegio perdido tienen algo en común al respecto de este gobierno y de la 4T: son negacionistas. Le niegan cualquier éxito.

Para estos las cosas son y deben ser porque siempre fueron así, su explicación de vida es porque hay una constante en el tiempo, sus familias e historia aspiracional les estableció su fundamento racional, eligen no preguntar para no tener respuestas. No cuestionan porque entienden que los gobiernos les pertenecen por historia y herencia. Se necesitan unos a otros porque en su individualidad no pueden reforzar sus falsedades y mitos, requieren del grupo, de la secta.

Solo así, en esta forma de entenderse y negarse a al cambio, se puede entender esa unión de personas, movimientos y partidos para algo que se llama SÍ y que se presenta como el ente unificador en contra del gobierno. En su conjunto e independientemente de quienes les formen, promueven un medievalismo de castas en donde los grupos sociales más económicamente poderosos puedan seguir controlando la sociedad. Muchos de sus seguidores creen que trabajan para sí mismos pero la realidad es que trabajan para los de siempre.

Y entonces; aún con un sinfín de tareas inconclusas, errores y además por los tropiezos por la pandemia del COVID y la crisis financiera mundial; si la oposición es esto que vemos y que en su pequeñez moral e intelectual no hay en ellos una propuesta inteligente, creíble y que busque beneficiar al país, definitivamente quiere decir que estos dos años sí han marcado un cambio y sí se está en el camino de la transformación.

Por lo que se ha logrado y por las heridas causadas a los destructores del país. Por eso.

Solo hay de dos sopas: fideos o vuelta al pasado.

12 de diciembre, 2020

Es difícil hacer que un hombre
entienda algo cuando su salario
depende de que no lo entienda.
Upton Sinclair.

Finalmente y cumpliendo con el sketch ya conocido, habrá solo dos propuestas a votarse en las próximas elecciones del 2021.

Por un lado el galimatías de la suma de los opositores al gobierno (PRI, PAN, PRD, FRENAA, México libre, calderonato y demás fierro viejo que vendan) y por el otro Morena y sus aliados que apoyan la 4T. Aquella tan pretendida pluralidad que permitió por mucho tiempo presumir de una amplia y participativa democracia hoy se exhibe en lo que en realidad siempre fue: solo dos polos opuestos.

El presidente López Obrador lo venía diciendo desde hace años, que solo hay dos proyectos: el neoliberal y el que buscaba el cambio. La historia le da la razón.

En esta historia hay algo muy lamentable,a pesar de tantas señales que dieron, tal vez algunos no pensábamos que los restos de PRD serían parte del primer grupo en amasiato con PAN, PRI y demás, pero pues en eso acabó; *money talks.*

El que todos estos grupos y partidos se unan en contra del proyecto 4T tiene varios significados; por una parte es un reconocimiento a la fuerza e importancia de Morena que en pocos años y debido al liderazgo por todos conocido, alcanzó inimaginables resultados en elecciones, posiciones de poder y sobre todo en el discurso político y social del país. Por otra parte habla también de que las oposiciones (hoy ya solo una) únicamente tienen como fin unificador el estar en contra de los avances logrados en materia social, política y económica para intentar recuperar el espacio de privilegios y saqueos a que se acostumbró la clase gobernante ligada a lo más repugnante del empresariado (aquel que no paga impuestos y hace negocios en base a concesiones, el que no crea sino que administra bienes públicos, el que evade el pago de prestaciones sociales y que precariza la mano de obra).

La promiscuidad ideológica de esta hermandad de afines es lo de menos, lo que sí enchila es su discurso tan burdo, la flojera de sus argumentos y el cinismo y cara dura de quienes la conforman.

No hay un discurso de propuesta, no hay una sola idea de qué hacer distinto o de cómo apuntalar y mejorar los procesos actuales, tan solo el No a todo lo que se ha hecho y se planea hacer, la queja por quejarse, la maledicencia y grosería clasista porque sí, en el mejor de los casos alcanzan a decir a manera de intentar igualar a la 4T con sus fines: que en este gobierno también son malos como ellos, corruptos como ellos, tramposos como ellos. Respecto a sus "líderes", no hay más que ver sus nombres e historias, son los mismos que creen que a la gente se le olvida quienes son y qué han hecho: expresidentes, exgobernadores y exfuncionarios a cuál más de triste historia; periodistas, analistas y columnistas que por años sirvieron con sus plumas a quien les dio de comer a través del chayote; intelectuales (*sic*) y académicos que han vivido de canonjías y becas en los últimos 30 años; jerarcas empresariales de prácticas corruptas; y, una parte de la sociedad poco informada, parte de ella clasista y racista que perdió prebendas que hoy asume como derechos heredados y que en no pocos casos fueron indebidas.

Sin embargo, bienvenida sea esta forma de asociarse, finalmente se descubren y exhiben unos y otros; son lo que son y ya sin eufemismos se presentan. Está claro que no son los demócratas, liberales, éticos y progresistas que se decían; son a su modo de ver entelequia de salvación cuando en realidad no son más que tábano inútil.

En palabras del filósofo inglés Richard Hare en entrevista con Bryan Magee: "Necesitamos un nivel más elevado de pensamiento moral, que pueda criticar las instituciones; un nivel crítico en el que podamos considerar diversas intuiciones opuestas, ya sea de la misma persona, o de personas diferentes, y juzgarlas, para dilucidar cuál de ellas es mejor."

¿Con esta oposición lo lograremos, sería factible? Imposible, cuando su causa de afiliación es el regreso a las prácticas del pasado con los privilegios para unos cuántos, sería absurdo considerar que pueda pasar.

Y entonces, dado que no es posible un diálogo con la oposición creo que las propuestas y programas de la 4T para las siguientes elecciones bien podrían reafirmar lo que John Rawls plantea como "el principio de prioridad", ese que dice que habiendo ciertas libertades que deben protegerse, también se debe considerar la situación del grupo en peores condiciones. Todo cambio en la estructura social ha de beneficiar a ese grupo. Sin embargo lo primero domina a lo segundo, es decir que las libertades deben estar garantizadas para todos para de ahí considerar las condiciones económicas y entonces beneficiar a la clase en peor situación.

Si hay dos polos opuestos, la 4T debe ser radical en el suyo, no puede ceder espacios a quienes no le darán buen uso aunque tengan amplio "*rating*"; acertar en la elección de sus candidatos para evitar esquiroles y de ninguna manera se puede permitir fallar en la operación programática para acercar a otros grupos sociales que se puedan sentir desplazados después de estos dos años de gobierno.

En seis meses sabremos el resultado de ambas formas de ver al país, el del pasado o el del presente en la construcción del futuro.

El salario del miedo

19 de diciembre, 2020

El trabajo mata al asno, pero no mata al amo.
Refrán popular

No, no se trata de hablar de cine, la película "El salario del miedo" de 1953 del director Clouzot en la que actúa Yves Montand y Charles Vanel, que da nombre al título de esta columna no es de lo que trataré aquí, aunque ese tono existencial que tiene la cinta sobre la vida en riesgo por llevar a cuestas un cargamento de nitroglicerina sería una, extrema eso sí, metáfora de lo que sí comentaré.

En los últimos días hay una discusión en los medios acerca del incremento anual a los salarios mínimos, hoy ya sabemos que este es del 15% para el 2021, en estos dimes y diretes participa la inefable COPARMEX que dice representar a grupos de empresarios; por otra parte los sindicatos y el gobierno a través de la secretaría del trabajo. Sin novedad, la Coparmex en contra, los demás a favor.

Esta Coparmex, surgida después de la Revolución ya en los años veinte del siglo pasado, para agrupar a los grandes empresarios "viudos" que dejó el porfiriato y que dice ser una especie de sindicato de empresas de libre afiliación, hoy convertida en la proveedora de candidatos a cargos públicos para el PAN y cualquier otra opción conservadora que se deje influir, y de la que su mismo líder (hasta hace unos días) De Hoyos se ha propuesto para ser candidato presidencial, nos viene con el petate del muerto de que el incremento del 15% es excesivo y que creará desempleo.

En el mundo el salario mínimo se estableció desde finales del siglo diecinueve, primero en Australia y Nueva Zelanda, a principio del siglo veinte en Inglaterra, y después de la Primera Guerra mundial y que se crea la OIT (Organización internacional del trabajo) se extiende de diferentes formas al resto del mundo hasta que entre 1928 y 1930 entra en vigor entre todos los países miembros de la OIT.

En México, el salario mínimo se estableció en el artículo 123 de la constitución de 1917, artículo en el que por cierto participó de manera importante Alfonso Cravioto tanto en su génesis como en su redacción.

40

Dice el 123 que "los salarios mínimos generales deberán ser suficientes para satisfacer las necesidades normales de un jefe de familia, en el orden material, social y cultural, y para proveer a la educación obligatoria de los hijos". Eso dice.

Después de 100 años de tener el salario mínimo establecido en la constitución como el ingreso mínimo para satisfacer las necesidades de una familia el resultado en México es:

• El menor salario de todos los países de la OCDE, siete veces menos que el promedio del resto de los países y casi 11 veces menos que el que más recibe. Casi la tercera parte que en Chile que es el otro país de Latinoamérica en la OCDE.

• En 2018 el salario mínimo de México comparado con el resto de Latinoamérica era el más bajo de todos los países, más bajo que en Haití, Guatemala, El salvador, Honduras y República Dominicana, entre muchos más.

• En el 2019, primer año de gobierno de López Obrador, se incrementó un 16%, el segundo año un 20% y en este tercer año un 15% (17 pesotes más al día) iniciando así un proceso de recuperación frente al deterioro acumulado de los últimos 30 años.

Y la Coparmex no lo puede soportar, dice que es populismo. En la escala mundial los salarios de México son paupérrimos, miserables y vergonzosos, a todas luces insuficientes, pero los conservadores de siempre dicen que el incremento del 15% es una locura del presidente, que no sabe lo que hace y que el país va a quebrar. Eso dicen.

Somos país vecino de Estados Unidos y el primero en el mutuo intercambio comercial habiendo ya desplazado a China y Canadá; miembro del tratado de libre comercio con Canadá y Estados Unidos; la segunda economía de América Latina y la 15ª del mundo, pero… tenemos el peor salario mínimo de Latinoamérica. ¿Hace sentido?

México es un país de grandes contrastes y desigualdades. La fragilidad en la población trabajadora está ligada a la ejecución de políticas económicas que durante sexenios se han basado en la diferenciación económica y social, beneficiando a muy pocos y que ha traído como consecuencia un aumento progresivo en el nivel de pobreza de la población. Sí, en México cada vez hay más pobres.

En los últimos 30 años, las familias más pobres de México que reciben salario mínimo por su trabajo, han dejado de consumir el 75% de la leche que consumían, el 88% de tortillas, el 74% de huevo, el 87% de pan y el 72% de frijol (fuente: UNAM, reporte de economía) Esto es lo que debería ser un escándalo para la Coparmex y no los diecisiete pesos que este gobierno incrementará en el salario mínimo a partir del siguiente año.

Estos de la coparmex y demás conservadores, panistas y priistas que ya gobernaron, no es que sean fascistas, solo parecen. Qué bueno que solo se representan ya a sí mismos, porque hay muchos otros empresarios serios, decentes, que pagan impuestos y salarios justos.

Los aumentos de salario deben ser sostenidos y superiores a la inflación cada vez para recuperar el sentido del 123, de lo contrario aplica lo que decía Seligman: "Un aumento de sueldo es como un Martini: sube el ánimo, pero sólo por un rato".

Estampas del poder

26 de diciembre, 2020

Le están jalando un huevo al león, no lo vayan a despertar.

Refrán popular

I.

Don Julio Scherer, fundador de Proceso, decía de él: "el mejor y el más vil de los reporteros"; se refería a Carlos Denegri (contado en el fabuloso libro de investigación de Enrique Serna: "El vendedor de silencio"). Hace medio siglo Denegri, impulsado por los expresidentes López Mateos y Díaz Ordaz se convirtió en ese tipo de periodista que mezcla su labor de informar con el chantaje, la difamación, la venta de alabanzas y el silencio a cambio de extorsión económica. El tipo de periodistas que encuentran riqueza, poco entendible en su profesión, en el exceso de lujos en que viven de la noche a la mañana, casas, yates, propiedades en el extranjero, empresas, acciones y demás bienes que de repente les aparecen.

Se sabe que Denegri compraba al periódico EXCELSIOR una plana por cincuenta mil pesos (de aquél tiempo) para revender ese espacio con sus columnas que les vendía a políticos, les cobraba según lo que quisieran que dijera o contara y a quienes no querían pagar sus servicios los forzaba publicando sus historias negativas, bien fueran ciertas o falsas, escribir realidad o difamación no hacía distinción, se pagaba porque se pagaba.

Este hombre es quién instituyó "el chayote", esa práctica que consiste en que políticos y gobernantes paguen a medios y periodistas para que publiquen lo que les convenga, inventen noticias, difamen al adversario o hagan campañas para afectar al oponente político. La historia del nombre del chayote es esta que cuenta Elías Chávez en su libro Los presidentes: "Mientras el presidente Díaz Ordaz pronunciaba un día de 1966 el discurso inaugural de un sistema de riego en el estado de Tlaxcala, entre los reporteros corría la voz: ¿ves aquel chayote? Están echándole agua. Ve allá". Resultaba que, atrás de la planta, un representante de presidencia repartía el soborno. Desde entonces, su entrega se convirtió en un secreto a voces, con reporteros que representaban un cúmulo cada vez mayor.

43

II.

El año pasado, el 2019, Presidencia divulgó una lista (que con el paso del tiempo ha sido confirmada por todas las partes) de los pagos que en el sexenio del presidente Peña Nieto se hizo a periodistas y comunicadores, dinero que recibieron del gobierno, independiente a lo que les hayan pagado las empresas en donde trabajaban y que no es motivo de este artículo. Dinero para hablar de tal o cual cosa, evitar hablar de otra, ensalzar personalidades de algunos políticos y denostar y atacar a otros.

Sorpresas (para quienes no se enteran y aún creen en Santa Claus):

Encabezando la lista, Joaquín López Dóriga: 251 millones de pesos (se llevó casi la cuarta parte de los que se repartió).

También: Federico Arreola con 153 millones, Enrique Krauze (sí, el mismísimo intelectual de intelectuales, gurú del neoliberalismo e ideólogo del conservadurismo) con 144 millones, Óscar Mario Beteta con 74 millones, Beatriz Pagés con 57 millones, "Callo de Hacha" (aunque usted no lo crea) con 47 millones, Ricardo Alemán con 25 millones y Adela Micha con 24. La lista es larga pero aquí la dejamos, baste aclarar que estos son los pagos solo del gobierno federal (no de gobiernos estatales ni empresas) y solo también del sexenio peñanietista; en ejercicios previos se ha documentado que en sexenios anteriores algunos de los mismos nombres aparecen también como beneficiados con el chayote de turno. Millones y millones que reciben los periodistas que aparecen en las pantallas y columnas de medios y que alimentan la "opinión pública" de miles y miles de tontos útiles que les creen y consideran veraces.

Hoy ya no se paga, no hay partida para hacerlo. ¿Ya vamos captando por donde va la cosa?

III.

Hace 15 años Genaro García Luna, el exsecretario de seguridad de Felipe Calderón, detenido en Nueva York y acusado de mil cosas, entre ellas narcotráfico y delincuencia organizada organizó un montaje televisivo en donde supuestamente se rescataba a tres secuestrados a manos de un grupo delincuencial llamado los "Zodiacos". Montaje a cargo de su colaborador Luis Cárdenas Palomino, acusado de tortura y hoy huyendo de la justicia, y del reconocido periodista, informador veraz, locutor estrella de televisa (dedúzcase la ironía), Carlos Loret de Mola. Ese show montado ocasionó un conflicto con el gobierno francés porque había una ciudadana francesa entre los "supuestos" secuestradores; la historia es larga pero la Suprema Corte determinó que ante la falsedad de la detención Florence Cassez debería ser liberada de inmediato y que hoy a 15 años aún esté en la cárcel, sin sentencia, uno de sus coacusados, entre otras cosas por la dilación (por años puso pretextos) de Loret de Mola en presentarse a declarar sobre los hechos.

Este Loret también es conocido por falsear la historia al contratar un tanque de guerra ruso para que disparara justo cuando él transmitía en televisión en vivo y pareciera que estaba en una «peligrosa» zona de guerra en Afganistán, o por su invención de la niña Frida Sofía en el rescate del colegio Rebsamen después del terremoto del 2017.

Hoy Loret de Mola vive en Estados Unidos patrocinado por una empresa de un socio-amigo-compadre-pantalla del gobernador de Michoacán Silvano Aureoles (quién se candidatea para ser candidato presidencial). Loret se dice perseguido político y su tiempo y trabajo los dedica un día sí y el otro también, acompañado de un payaso-periodista-misógino-machista a atacar al presidente López Obrador.

Para muchos es un periodista con credibilidad…, así les contaron la historia.

IV.

Los periodistas que sobreviven rechazando y acusando los elogios y obsequios del poder, a la estelaridad de los mejores horarios para sus programas y espacios en los medios; se convierten de manera natural en líderes y su trabajo alcanza solidez y credibilidad (caso Carmen Aristegui y algunos otros); los chayoteros como los arriba mencionados, devienen en simples propagandistas del gobierno en turno. Algunos sobreviven en la cima del poder por varios sexenios, son tapetes transexenales.

Montesquieu hablaba y definió los 3 poderes del estado: legislativo, ejecutivo y judicial. Algunos otros teóricos ponen un cuarto poder: el periodismo. Desde el periodismo se informa y se critica, pero también se ataca y se miente.

Ya estamos grandecitos para poder identificar la verdad de la mentira más allá de las simpatías políticas del momento y es factible identificar las plumas mercenarias que pululan en medios y que golpean una y otra vez al gobierno que no les paga por sus extorsiones.

2021

Lo que pretenden, si no es curar el mal, es ataviar la falta. Mantienen la vergüenza como los técnicos barnizan y revisan las máquinas confiadas a su cuidado. Encargados de despertar nuestra conciencia, ansiosos por vernos bañados en remordimientos como patatas fritas en aceite, afinan los improperios y predican para sumir a su rebaño en una desesperación pasiva, estéril e incondicional.

Pascal Bruckner. *Las lágrimas del hombre blanco*, 1983.

COVID o COVID, esa es la cuestión

16 de enero, 2021

Si se alivió el enfermo, ¡Bendito San Alejo!;
si se murió ¡ah qué médico tan indejo!
Refrán popular

Vivir o morir, a eso nos enfrentamos en esta pandemia. Al inicio del 2020, el mundo parecía encaminado a continuar avanzando en lo que se llamó como: Objetivos de Desarrollo Sustentable, esos objetivos definidos y aprobados por la ONU y que debían alcanzarse 10 años después en 2030, que proyectaban disminuir la desigualdad, acabar con la pobreza extrema, garantizar acceso a la salud para todos, erradicar la violencia de género, entre otros. Si ya de por sí su cumplimiento parecía un sueño civilizatorio, la tragedia de la pandemia del coronavirus los aleja de su alcance, las consecuencias que ya son visibles y presentes son pequeñas respecto a lo que irá sucediendo conforme se alarga en el tiempo el contagio, enfermedad y la muerte que conlleva.

La deuda fiscal de los países aumenta, las materias primas modifican sus precios abruptamente, el comercio se desploma de manera masiva en todo el mundo, las industrias de turismo, aviación, esparcimiento y muchas otras colapsan, las profundísimas crisis estructurales de muchos países ahondan el hambre, la pobreza, el daño ecológico, la migración y la violencia.

Y no hay para cuando. Al momento los datos globales exponen una obvia realidad: los grupos vulnerables de cada país y sociedad son los más afectados de manera desproporcionada, conforme avanza la pandemia la brecha social aumenta. En todo el mundo el tener que ponderar entre ir a trabajar o morir de hambre se convirtió en la decisión existencial a la que se enfrenta una mayoría. Dice Oxfam, esa organización que aglutina esfuerzos en todo el mundo para combatir la desigualdad, que por causa de la pandemia tan solo en el año 2020 más de 120 millones de personas apuntarían a la inanición y pobreza extrema en todo el mundo y que un promedio de 12000 podría morir diariamente de hambre.

Una pandemia para la que nadie, ningún país y ningún sistema de salud estuvo preparado, avanza día a día al tiempo que los gobiernos van

48

tomando medidas que les parecen correctas y que a la vuelta de las horas y días se ven rebasadas por la nueva realidad que se va enfrentando, nueva información de contagios, nuevas cepas, nuevas vacunas y tratamientos, nuevos costos, nuevas necesidades, ningún experto epidemiológico pudo o puede prever cuándo y cómo acabará y mientras tanto lo único cierto es la necesidad del confinamiento, este de manera más o menos brutal según las posibilidades económicas y sociales de cada uno, pero a fin de cuentas siempre brutal.

En México la pandemia nos llegó en medio de un sistema sanitario en malas condiciones, una capacidad hospitalaria insuficiente, una enorme corrupción en todo el sector de salud que alcanza a la compra y distribución de medicamentos, falta de médicos y personal de apoyo y, una recurrente crisis económica acompañada de la enorme deuda pública que consume el 60% de los ingresos del estado.

Desde inicio de la pandemia el esfuerzo del gobierno se centró en contener los contagios evitando saturar los hospitales dando tiempo a incrementar lo más rápido posible hospitales, camas, respiradores, médicos y medicinas. Al inicio de la pandemia todo el país contaba con apenas unas 3000 camas de cuidados intensivos en los hospitales públicos, 10 meses después se cuenta con varios miles más, (sí, aunque usted no lo crea, tan solo 3000 camas +- era la capacidad de todos los hospitales públicos del país)

A partir de que las vacunas empiezan a distribuirse en México el reto del gobierno es vacunar en el menor tiempo posible a toda la población, el gobierno decidió el orden en que lo hará priorizando al personal de salud y a las personas mayores y más vulnerables y definió que esta será gratuita y universal; la logística involucrada se antoja complicadísima pero por el bien de todos tendrá que funcionar.

La precariedad del sistema de salud no es de hoy ni de hace un año, es la suma del desinterés e ineficiencia pública de los gobiernos anteriores, esa desvencijada estructura sanitaria es lo que se encontró a la llegada del virus y con eso se trabaja y a marchas forzadas se intenta transformar en algo eficiente y que atienda las necesidades que cada día se van presentando. El gran problema que veo es que todos aquellos partidos políticos y funcionarios que dejaron tal desastre hoy se lavan las manos y culpan un día sí y el otro también al gobierno actual.

Estos emisarios del pasado han utilizado la pandemia como herramienta de ataque político al gobierno de López Obrador, como si eso fuera lo importante y no la unidad ante la gravísima situación, han criticado cualquier decisión tomada, han boicoteado campañas, estrategias y cualquier medida que se ha tenido que tomar. Recordemos que este gobierno da una conferencia diaria que de manera consistente explica con palitos y bolitas la situación; conferencias sustentadas con datos duros, análisis y medidas y sin embargo, aún así, estos disconformes con poder en medios y redes atacan al gobierno con datos falsos y politiquería barata. Para ellos cualquier mínimo error es exponenciado, un caso es extendido a la totalidad, para ellos una golondrina sí hace verano.

En una circunstancia tan grave como la que se vive en México y en todo el mundo, como ya vimos antes, estos opositores al gobierno han dedicado todos sus esfuerzos a obstaculizar, a criticar, y, entre otras cosas: a hacer escarnio de quienes deben por necesidad de subsistencia salir a trabajar y por lo mismo tachan de irresponsables; a intentar dinamitar las disposiciones de las autoridades de salud usando como frente de batalla a aquellos funcionarios que fueron parte de la construcción de la situación actual en salud y que ahora sí tienen respuestas y soluciones para todo; y de la jerarquía del Dr. López Gatell (médico cirujano, especialista en medicina interna, maestro en ciencias médicas, doctor en epidemiología etc.) quien aparece como el vocero por parte del gobierno al frente del tema y a quien en vez de valorar y apoyar le juzgan por sus vacaciones en Oaxaca de un fin de semana o por con quién se acuesta, de ese tamaño de la perversidad de estos cavernarios políticos . El gobierno tiene a cargo a especialistas epidemiológicos de primera talla y el reconocimiento por parte de la OMS y la OPS de los criterios técnicos y científicos de las decisiones que se han ido tomando y, a pesar de eso las críticas opositoras no cesan y se acentúan en el entorno de inicio de campañas políticas.

Si en alguna ocasión debieron demostrar nobleza al país y unidad ante el desafío de todos, los contrincantes políticos se han exhibido como hienas al acecho de malas noticias, para ellos más muertes, más contagios, problemas en la logística de vacunación y todo el drama alrededor de este evento significa buenas noticias. A eso apuestan y a eso se dedican.

Después de la segunda guerra mundial, Winston Churchill dijo *Never let a good crisis go to waste*, en algún momento tal frase también la utilizó Rahm

Emmanuel, el jefe de gabinete de Obama; López Obrador dijo al referirse a la pandemia que "nos cayó como anillo al dedo". La gente pensante en uno y otro caso entendió el significado de sus palabras: las crisis crean la oportunidad de resolver problemas añejos (en este caso posiblemente el deterioro en el sistema de salud podría ser), los contrincantes y malas leches usaron la frase para insinuar que AMLO se ufanaba de la tragedia. Así cada vez, cada tema, cada evento; una y otra vez es claro que no entienden, no quieren entender o no les conviene entender.

El coronavirus ha venido a destruir nuestras creencias. Este virus nos ha arrinconado, nos está matando, cambió nuestros pequeños actos de humanidad como besarnos, abrazarnos y reunirnos a eventos de duda y conflicto. Nos ha explicado que lo que creíamos normal tal vez no lo sea nunca más, que no mantenemos el control que creíamos tener, nos constató que la desigualdad es el gran dilema a resolver y que hoy las grandes mayorías tiene la vida en el límite del abismo.

Pero estos opositores al gobierno no captan siquiera estas cosas, son canallas, a pesar de la circunstancia sus intereses no cambian, quieren el poder no para resolver (porque no lo hicieron cuando lo tuvieron) sino tan solo para enriquecerse. Para ellos el país es lo de menos.

La salud del Presidente y el odio del 11.95%

30 de enero, 2021

De mucha cruz en el pecho, y
de puro diablo en los hechos.
Refrán popular

Desde hace casi una semana el presidente tiene COVID, está en aislamiento y con los cuidados médicos correspondientes; los reportes del Dr. Gatell dicen que está con leves síntomas y que conforme pasan los días se encuentra en recuperación.

Desde hace casi una semana las redes sociales y medios de comunicación, a pesar del dicho de la secretaria de gobernación desde el primer día y del informe médico que se dio a partir del tercer día, desataron una campaña de desinformación sobre la salud de López Obrador; una campaña más de desinformación. Los analistas de algunos medios siembran dudas, sin tener la más mínima prueba alguna hablan de que se esconde la verdadera gravedad de su enfermedad, los más "avezados y neutrales" comentaristas tan solo plantean que en caso de… pues entonces el poder lo tendría que tener fulana o zutano; que se percibe una crisis gubernamental etc. etc. Nada nuevo en el panorama político de los opositores al presidente; le apuestan a que enferme gravemente y que de preferencia muera. Sí, debido a esta circunstancia nos enteramos que prefieren su muerte. Algunos medios, pocos, hacen eco a los reportes de salud médicos y desestiman a los atribulados y consuetudinarios aborrecedores que hablan con frecuencia del presidente.

Las redes sociales por su parte, en medio de ese anonimato, se dividen de manera abismal; las métricas que resultan dicen que el 11.95% de quienes se expresaron en esos medios envió mensajes de odio hacia Andrés Manuel, ese odio que solo se explica en palabras de Bernard Shaw cuando dice: "El odio es la venganza de un cobarde intimidado". El resto de las comunicaciones sobre el presidente, ese 88.05% deseándole mejoría y buenos deseos.

Ayer el presidente publicó un video que acaba con los rumores maldicientes. Se podría suponer que ahí acabarán las falsas historias sobre el tema de salud presidencial, no creo, mañana inventarán alguna otra.

52

Detengámonos en ese 11.95%, en esa minoría:

Más allá de este tema de salud, uno se asoma a la comunicación de estos grupos en la televisión, radio, columnas periodísticas y redes sociales y lo que se ve es un odio inextinguible. Su fanatismo, desconfianza y rivalidad envuelven todo. Para ellos no hay espacio para la diversidad de pensamiento, mucho menos para la diferencia pacífica. El pensamiento y análisis al que recurren se reduce al simplismo de la consigna antiamlo, a la consigna furiosa y perversa que miente una y otra vez y que tan solo se alimenta del rumor, del runrún que dicen que oyeron y que asumen como docta verdad. Es la misma minoría que se agrupa en cualquier agrupación política cuyo objetivo de actuación sea estar en contra del presidente y su gobierno. No necesitan estar a favor de nada, no tienen que proponer nada, es suficiente con estar en contra, les alcanza con la difamación.

"El odio es una larga espera" frase de René Maran, el escritor guyano-francés que a propósito de su libro "Batouala", con el que ganó el Goncourt en 1921, en el que denunció la actitud y los abusos de la administración colonial de los países europeos contra los pueblos de África. Maran también dice en el prefacio: Todo lo que había dicho fue contestado con maldad y ferocidad y, para demostrar que me había equivocado, estudiaron lo que yo había visto. Se vieron obligados a decir que yo estaba diciendo la verdad (…)". Sé que sería mucho pedirles a estos del oncepuntonoventaycincoporciento que leyeran a Maran, pero es obvio que su limitación para entender realidades no se los permitiría.

¿A estos quienes detestan al presidente, de qué manera se les podría explicar algo? ¿Cómo podrían entender que dejando de lado la posición moral respecto al odio como cualidad humana, al igual que como lo es el amor, el perdón, la venganza, la ira, la paciencia, la envidia etc. ni siquiera les conviene que faltara el presidente?; que la turbulencia financiera que vendría y la inestabilidad política afectaría a todo el país por un largo tiempo. No deben olvidar, aunque no les guste que se les recuerde, que AMLO es el presidente más votado en todos los grupos, géneros, clases y niveles socioeconómicos en la historia de México desde que hay participación política de distintos partidos. Que llegó al poder por el hartazgo de la sociedad de las formas de entender el mandato de las urnas por los gobiernos anteriores y los grupos de poder que les acompañaron en su rapacidad. Andres Manuel es quien expresa esa exasperación popular que difícilmente se contendría en caso de su ausencia. Pero no, no lo pueden entender, su irracional odio es mayor al más básico análisis razonado.

¿Y de qué se alimentan estos grupos de odio, cuáles son sus fuentes?

Algunos datos: Hay un escritor muy conocido, vende muchos libros de ficción histórica (que por cierto, algunos creen que es historia), tiene miles de seguidores en redes y participa activamente de programas de televisión, Francisco Martín Moreno, él en un programa de radio con el conductor y conocido odiador Pedro Ferriz, dijo que si él pudiera «quemaba vivos a todos los morenistas". Así, como si nada.

Roberto Madrazo, conocido priista le decía al presidente Fox: "no podemos dejar que ese loco gane las elecciones"; algunos diputados panistas decían: «ya verán cómo nos vamos a chingar a López Obrador»; el secretario de educación de Peña Nieto, Otto Granados decía: «los priistas deberían leer a Maquiavelo: no hay que dejar a los adversarios a medio camino; hay que eliminarlo»; el dizque periodista Ricardo Alemán decía no hace mucho: "al presidente hay que hacerle lo que su asesino le hizo a John Lennon"; Celia Lora, la mala cantante dice también: "hay que matar a AMLO"; Martha Sahagún le pedía a Fox: "Hay que parar como sea a ese loco"; el mismísimo "intelectual" y ex canciller foxista Jorge Castañeda decía que : «a AMLO hay que pararlo como sea, por la buena o por la mala». Etcétera, etcétera, así como nada dicen estas cosas.

Los más burdos y precarios solo atinan a apodar al presidente de México como "cacas", para ellos verse en el espejo y autonombrarse es su mejor forma de expresar su resentimiento.

Ah, pero si el presidente les dice a quienes les pagan a estos por extender su odio que son fifís, pues arde Troya.

14 de febrero: ¿Por qué no te quieren presidente?

13 de febrero, 2021

Besos vendidos ni dados ni recibidos.
Refrán popular

I.

Intentaré plasmar algunas ideas de porqué hay un amplio grupo, aunque minoritario, que no quiere al presidente y/o al proyecto 4T.

Las encuestas le dan a López Obrador rangos de aprobación en población total superiores a 60% —recordemos que ganó con el 53% de votos efectivos— lo que marca un crecimiento muy grande a dos años de gobierno y que algunos no se explican en medio de una crisis económica y de salud. Estos que no están de acuerdo en el propósito obradorista y las medidas que se han tomado en su gobierno representan en conjunto la esencia de la experiencia democrática. En la democracia es precisamente lo que se desea, que haya distintas posiciones políticas y que sean las mayorías las que marquen el cauce a seguir por todos.

La democracia que hoy asume y respeta el gobierno actual admite incluso la desmemoria y el grito estridente del desacuerdo irracional.

Hay una parte ideológica, una oposición que desea el mundo del pasado reciente, mantiene su aspiración de regresar a políticas neoliberales que tienen al país en la situación de desigualdad en la que se encuentra. Hay una incomprensión a un proyecto que apoye a las mayorías, esto se escribe en pocas palabras pero tiene un trasfondo cultural de conservadurismo y clasismo agobiantes.

Hace casi 15 años decía Naomi Klein, una de las intelectuales más relevantes en el mundo político (esta sí de a de veras no de los abajo firmantes de cualquier desplegado contra el proyecto 4T), en su famosísimo libro "*La doctrina del shock*".

Cito: "Los latinoamericanos de hoy están retomando el proyecto que fue brutalmente interrumpido hace tantos años. Muchas de las políticas que plantean nos resultan familiares: nacionalización de sectores clave de la economía, reforma agraria, grandes inversiones en educación, alfabetización y sanidad. No son ideas revolucionarias, pero en su visión

55

sin complejos de un gobierno que quiere ayudar a alcanzar la igualdad son ciertamente una refutación de la afirmación que Friedman hizo en 1975 a Pinochet respecto a que "el principal error, en mi opinión, fue (…) creer que era posible hacer el bien con el dinero de otros" Nota: Milton Friedman es el reconocido economista defensor del libre mercado y fundador de la Escuela de Chicago, es el ideólogo del neoliberalismo mexicano encabezado por Carlos Salinas.

Y sin embargo, pienso que el tema ideológico no es el que más afecta este malquerer de algunos, creo que es algo menos complejo y sin tanta elaboración.

Veamos.

II.

Algunas ideas que tal vez nos sean más cercanas conociendo la calaña de parte de la oposición:

En los dos primeros años de gobierno del presidente López Obrador, el SAT recuperó más de SETECIENTOS TREINTA MIL MILLONES DE PESOS de adeudos fiscales, el 43% de grandes empresas que se negaban a pagarlos y que por muchos años y sexenios fueron favorecidas con exenciones, devoluciones y perdones fiscales

En 5 años de gobierno del presidente priista Peña Nieto, este se gastó por lo menos dos mil millones de dólares en publicidad (CUARENTA Y DOS MIL MILLONES DE PESOS). Bien repartidos en los medios le significó a su gobierno poder suprimir artículos de investigación, escoger portadas, opiniones, columnas, editoriales, e intimidar a los dueños de las redacciones que desafiaran la consigna que había que publicar. Hoy ya no se paga.

¿Será esto una explicación al desamor?
Sigamos.

III.

El Sr. Alonso Ancira (dueño o ex dueño de Altos Hornos de México) , para recuperar su libertad va a regresar 219 millones de dólares (en pesos es la módica cantidad de CUATRO MIL TRESCIENTOS OCHENTA MILLONES DE PESOS) que le cobró de más a Pemex al venderle a precio inflado una planta industrial que en realidad no era más que chatarra, ese precio de venta fue posible gracias a un soborno por tres millones y medio de dólares (SESENTA Y TRES MILLONES DE PESOS) a Emilio Lozoya, director de PEMEX en el gobierno priista de Peña Nieto.

El Sr. Raúl Salinas, hermano del expresidente priista Carlos Salinas se considera que robó MIL MILLONES DE PESOS a su paso como director de la empresa de gobierno Conasupo además de enormes cantidades adicionales como comisionista de las privatizaciones de empresas de gobierno. 19 años después de juicios en tribunales un juez desestimó los cargos y le devolvió los bienes y cuentas confiscados. Su inocencia no tiene credibilidad alguna por supuesto.

El ex gobernador priista de Chihuahua Cesar Duarte quién posiblemente sea extraditado pronto a México, se robó unos SEISCIENTOS MILLONES DE PESOS de los programas federales del Gobierno de Chihuahua.

El ex gobernador priista de Nuevo León Rodrigo Medina desvió unos QUINIENTOS MILLONES DE PESOS de recursos públicos del estado, al momento se le han embargado decenas de propiedades y cuentas bancarias.

El ex gobernador panista de Sonora, Guillermo Padrés, está acusado de haberse robado unos CIENTO SESENTA Y CUATRO MILLONES DE PESOS desviando los fondos del estado a sus cuentas personales.

Angélica Rivera, la mujer que actuó de esposa del ex presidente priista Peña Nieto recibió una casa con valor de OCHENTA Y SEIS MILLONES DE PESOS de un contratista favorito del gobierno.

El ex gobernador priista de Veracruz, Javier Duarte, desvió más de TRES MIL MILLONES DE PESOS a su paso por el gobierno del estado.

Rosario Robles, la exsecretaria de Desarrollo Social del gobierno priista encabezado por Peña Nieto desvió SIETE MIL SETECIENTOS MILLONES DE PESOS en el esquema llamado la estafa maestra y que la mantiene en prisión aunque a punto de acordar con el gobierno cambiar su libertad por información.

En el expediente contra Emilio Lozoya consta en sus declaraciones que diputados panistas recibieron sobornos por más de CINCUENTA Y DOS MILLONES DE PESOS para aprobar la reforma energética.

En las mismas declaraciones aparece que al excandidato presidencial panista RICARDO ANAYA se le entregaron SEIS MILLONES OCHOCIENTOS MIL PESOS.

Trece funcionarios de primer nivel del gobierno perredista de la Ciudad de México en el sexenio pasado están acusados de desvió de recursos por CIENTOS DE MILLONES DE PESOS; algunos de ellos ya detenidos y otros fugados con ficha de interpol.

Estos son apenas unos ejemplos de casos sonados en la prensa, no llegan ni a diez, podría escribirse de cientos o miles; hay que tener presente que todos estos funcionarios son corruptos pero no tontos por lo que son las cantidades a las que se les ha podido seguir la pista. Los esquemas de lavado de dinero son tan complejos que podríamos estar hablando de que estos montos son punta de iceberg.

Dice el Banco Mundial (dato de 2019) que la corrupción en México alcanza el 9% del PIB, si el PIB fue en ese año de 18,5 billones de pesos ese 9% alcanza la friolera de $ 1,665,000,000,000.00

Este gigantesco número, difícil de captar en su total magnitud, es el número de la corrupción que se intenta combatir.

¿Será esto lo que provoca los: no lo quiero?

Este saqueo de los recursos públicos permea de estos funcionarios de primer nivel a sus segundos, terceros, cuartos, a sus empresas, a sus partidos y a todo lo que alcanzan a tocar. Los gobiernos anteriores son estructuras que funcionaron para depredar los recursos naturales y los impuestos de todos los mexicanos; en su perversión se olvidaron del país. ¿Cómo explicar que partidos tan distintos como PRI, PAN y PRD se unan para formar un solo frente contra este gobierno? Muy fácil, su negocio es el pirataje, pretenden regresar a ello. En el camino embaucan a parte de la sociedad desinformada o que indirectamente se beneficia de su *modus operandi*. Y pues sí, en el camino es que no te quieren presidente, ni te querrán.

El chairopuerto

20 de febrero, 2021

> Tantito que la perra es brava y
> tantito que la están toreando.
> *Refrán popular*

Ya le pusieron apodo al que será el nuevo aeropuerto Felipe Ángeles, el chairopuerto le dice la ilustre y nunca bien ponderada oposición.

En poco tiempo se referirán al Tren Maya como el chairotren, a la refinería de Dos Bocas como la chairorefinería. Y así será con las chairobecas, las chairouniversidades, las chairopensiones; así será con cualquier proyecto que encabece o ejecute el gobierno de López Obrador.

Chairo: El *Diccionario de mexicanismos,* de la Academia Mexicana de la Lengua (México: Siglo XXI Editores, 2010), registra cuatro acepciones:

1. Feo. 2. Persona, generalmente joven, caracterizada por provenir de una buena posición social y por ser partidaria de movimientos sociales, como los ecologistas y antiglobalización. 3. Despectivo. Persona que es socialmente poco refinada. 4. Festivo. Masturbación. Y En el Sureste, pene.

A partir del año 2018 se tiene registrado que también se le da el uso de "naco": La palabra naco, según el *Diccionario de la lengua española*, de la Real Academia Española (Madrid: Espasa Calpe, 2014), se define como «indio» en la acepción referente a México.

Las tres primeras de la Academia Mexicana y esta última de la Academia Española reúnen el sentido a que se refiere lo que a manera de "prefijo" anteponen a las obras de este gobierno, los seguidores de este proyecto de reconstrucción de Nación seremos simplemente "chairos".

Hablar del término «chairo» para referirse a la mayoría de este país, usado de manera despectiva, nos dice mucho de la histórica polarización social causada por la desigualdad y necesariamente hay que hablar entonces del término "fifí". Chairos vs. Fifís; los primeros caracterizados como pobres, morenos, de izquierda; los segundos como presumidos, privilegiados económicamente, aprovechados, sangrones, mochos, de derecha.

Ambos términos: chairo y fifí son a la desigualdad de oportunidades; los términos así disfrazan de manera frívola la rudeza de progreso vs.

atraso, blanco vs. negro, rico vs. pobre, libertad vs. opresión, y otras dualidades propias de las diferencias sociales en el país.

Todas estas obras chairo… (ponga la obra pública que le guste) se referirán entonces a lo realizado en un periodo histórico determinado, en este caso el sexenio Lópezobradorista por lo que creo que a "chairo" como insulto hay que hacerlo propio; a los opositores tanto les ha gustado el término que se solazan en decirlo y repetirlo, a falta de argumentos soltar un: "chairo" les es suficiente. Bien, que así sea, que todo alrededor de este periodo sea chairo, ¡será un honor ser chairo pues! Los libros de historia hablarán del periodo chairo, el habla popular ya no dejará de usar el término para las obras públicas, no le dirán el aeropuerto Felipe Ángeles, simplemente será el chairopuerto. Unos lo usaran como desprecio otros como orgullo.

Por lo menos ya cambiamos de la lindeza de tener avenidas Arturo Montiel (el exgobernador priista del estado de México y tío del Sr. Peña Nieto), calles Arturo Montiel, centro médico Arturo Montiel. De tener escuelas secundarias y unidades habitacionales que se llamen Guadalupe Hinojosa, ¿a poco no sabe quién es?, pues es la difunta esposa del ex gobernador José Murat de Oaxaca. ¿O qué tal el Parque Angélica Rivera en Tijuana?

¿Y qué decimos de la biblioteca panamericana Margarita García de Marín, mamá del exgobernador poblano Mario Marín hoy detenido acusado de pederastia y tortura, o de la escuela de enfermería, y las guarderías y el centro de capacitación Blandina Torres de Marín, su esposa?

¿Y de la calle Enrique Peña Nieto en Atlacomulco, la playa Vicente Fox de Veracruz las calles Felipe Calderón en Maravatío y Cotija o de las varias avenidas Manlio Fabio Beltrones en Guaymas, Santa Cruz, Navojoa, Cajeme, Huatabampo y Cananea?

¡Y de una joyita! ¿como el aeropuerto Diaz Ordaz en Puerto Vallarta?

A pesar que el presidente López Obrador ha pedido que no le pongan su nombre a calles o estatuas u homenajes y que expresamente no quiere nada que ver con culto a la personalidad, quiera él o no, el chairismo se referirá a su paso por el gobierno.

A raíz de que se inauguró en el Día de la Fuerza Aérea una de las pistas de la base militar, en parte de lo que será el aeropuerto Felipe Ángeles que abrirá puertas el 21 de marzo del siguiente año, los comentócratas y opinadores de siempre fingieron no saber que el edificio abierto era un hangar de base militar y no el aeropuerto en conjunto, hicieron correr la voz de que parece una central camionera, de que era una pista ya existente bacheada, etc. Es decir procuraron en su discurso en medios de comunicación menospreciar ese proyecto y para ello qué mejor entonces que llamarlo "chairopuerto". Respecto a esta obra hay que comentar dos cosas, la primera es el enojo que ha provocado su avance a todos aquellos que pelearon a morir por mantener el del lago de Texcoco sin importar su costo y corrupción de por medio, de ahí que para ellos siempre será feo y mal hecho, incluso cuando quede finalizado. Spoiler: lo van a usar.

La segunda es que lleva el nombre de Felipe Ángeles Ramírez, el militar hidalguense colaborador de Pancho Villa y Francisco I. Madero; poco conocido en los libros de historia pero de trayectoria fundamental en la Revolución y en los eventos de la Decena Trágica (¿será que por eso tampoco les gusta el nombre?) Aeropuerto Santa Anna les habría gustado.

Designar a las obras públicas que se pagan con los impuestos de todos con nombres de funcionarios o familiares o gobernantes del momento en que se construyen es un acto absoluto de narcisismo y presunción, así fue por muchos años. El hecho de que hoy se denomine la infraestructura del país con personajes importantes recuperados de los archivos de la historia amplía el horizonte del conocimiento de todos; sin embargo si para los antagonistas a la 4T en vez de aeropuerto Felipe Ángeles prefieren que sea llamado chairopuerto, bienvenido sea el nombre.

No creo que sea conveniente abonar en la frivolidad de hablar de fifícorrupción, fifíchayote, fifínarcos, no, dejémosles eso a ellos que hasta los que no lo son pero es su aspiración serlo se mandaron a hacer playeras mostrando su orgullo fifiesco. Si estos disconformes con el rumbo del país quieren su chairo, que se sienten a esperar el cúmulo de obras y proyectos que estarán concluidos a fin de sexenio.

Habemus chairopuerto

Hola, soy hombre, ¿puedo hablar de feminismo?

6 de marzo, 2021

Feminismo es la noción radical de que las mujeres son personas.
Virginia Woolf

El feminismo no es otra cosa que un discurso de igualdad: en derechos, en reconocimiento de capacidades, en oportunidades y en obligaciones; y hoy de manera obligada cuestiona la desigualdad sexista que ha supuesto la discriminación de la mujer en el ámbito social, político cultural y laboral en beneficio del machismo que sostiene que por naturaleza el hombre es superior a la mujer.

En México, de finales de siglo XIX a principio de siglo XX el término feminismo empezó a ser de uso común en la academia; un feminismo que no evocaba en lo fundamental la igualdad sino más bien un camino que le permitiera a la mujer la realización de su papel en el hogar como esposa y madre y su influencia en las relaciones familiares y en actividades culturales. En esa época la participación política femenina se atisbaba pero no era un factor de discusión primordial.

El régimen de matrimonio expresado en el código civil de 1884 dejaba a la mujer sin capacidad legal de diferentes actos civiles que solo podía llevar a cabo con autorización del esposo y es en el porfirismo que se genera un movimiento de mujeres opositoras y que expresaban sus posiciones políticas en contra de las injusticias de la dictadura. Posteriormente en la Revolución es cuando aparece el feminismo como búsqueda de influencia política y demanda de derecho a voto (hace 100 años apenas).

El código civil de 1928 establece la igualdad jurídica entre hombres y mujeres pero mantiene el requisito de autorización del esposo para dedicarse a actividades laborales. Amplía algunos derechos para las mujeres casadas pero mantiene la obligatoriedad de sus actividades domésticas!

Lázaro Cárdenas en 1937 envía una iniciativa de ley que establece los derechos ciudadanos de las mujeres y que a pesar de ser aprobada en el congreso y en el senado no entra en vigor por no ser publicada (se consideró peligroso hacerlo). 10 años después se reconocieron los derechos de sufragio en niveles municipales y años más tarde, en 1957, finalmente el sufragio femenino se hizo realidad en el país (hace 64 años apenas).

En los 70 y posteriormente, diferentes luchas lograron que las mujeres pudieran tener derechos sobre dotaciones de tierra y que se derogara la necesidad del permiso del esposo para poder trabajar.

Temas como despenalización del aborto, ingreso igual para hombres y mujeres, denuncia y políticas contra la violencia a las mujeres, van un paso adelante y a veces dos para atrás, frenadas en todo momento por la permanencia del patriarcado que se expresa en machismo y por partidos políticos e instituciones conservadoras y religiosas a quienes hay que arrebatarles estos derechos.

No importa que pasen años, cientos de años, no importa que en Francia haya habido una Declaración de los derechos de la mujer en 1791 que ya demandaba esa igualdad si en contraparte en 1804 el Código Civil Napoleónico niega a las mujeres derechos civiles y las considera menores de edad por su género y les define el hogar como su ámbito natural. No importan las luchas sufragistas desde 1850 por el derecho a voto de las mujeres si en Suiza se les permite votar apenas a partir de 1970. Es el marxismo a mediados del siglo XIX quién explica la subordinación y opresión de las mujeres por causas sociales y no biológicas pero finalmente no resuelve su situación.

En 1949 aparece el texto de Simone de Beauvoir *"El segundo sexo"* y marca una nueva ola de feminismo cuya idea central es la libertad y plantea la otra cara de la evolución del modelo masculino y dice: "no se nace mujer, se llega a serlo". ¡Es decir que la mujer por ser mujer tiene que hacer cosas para realmente serlo!

De ahí se pasa a que el feminismo tenga que hacer compatible sus funciones en el hogar con su desarrollo profesional y más adelante al feminismo liberal que plantea que la situación de las mujeres es de desigualdad y no de opresión; para llegar al feminismo radical que se opone al anterior bajo un planteamiento antisistema y que con el paso de los años da pie a los movimientos feministas de finales de 1960 y la década de los 70. Y así podríamos seguir con las distintas corrientes feministas que de una u otra forma buscan romper el techo que en todas las jerarquías y organizaciones prevalece en este año 2021 con respecto a los hombres.

Dice Yuval Noah Harari en *"De animales a dioses"* que: "La mayoría de las leyes, normas y obligaciones que definen la masculinidad o la feminidad reflejan más la imaginación humana que la realidad biológica".

Siguiendo con su argumentación, ser mujer en México expresa que esa imaginación, creatividad o lo que comúnmente se conoce como: ingenio mexicano, no es más que el reflejo de una sociedad retardataria, misógina, conservadora, odiadora y muy alejada del "buenondismo, simpatía y amistosidad" con que se le caracteriza en el falso estereotipo de características de los mexicanos.

Más allá de las obvias diferencias biológicas, conceptualmente la división entre hombres y mujeres en México no es distinto a los sistemas raciales en estados Unidos o de castas en la India; la construcción cultural de las categorías sociales entre uno y otro género atiende a criterios establecidos por hombres, por machos mexicanos, su arquitectura es 100% patriarcal.

La lucha actual del feminismo en México abarca diferentes formas de expresión, cada una de ellas es permanentemente objeto de burla o crítica, si bailan porque bailan, si gritan porque gritan, si se desnudan porque se desnudan, si pintan paredes porque las pintan; pero la realidad es que las mujeres en México son persistente y cotidianamente maltratadas, acosadas, violadas, asesinadas y que no importa que transcurran los años, su situación de desigualdad y opresión no varía.

El macho mexicano, no solo el de cliché de película sino el que se presenta como ciudadano "normal" mantiene la dinámica de superioridad frente a la mujer, de ahí que pueda maltratarla, violentarla y que en su marco teórico no es razón de juicio en su contra. Muchas de las figuras de poder en empresas, gobiernos e instituciones asumen como derecho divino su marcada diferenciación con las mujeres. De ahí que las mujeres tienen una doble lucha, una formal en la legislación y otra en la conciencia ciudadana.

Mientras los hombres no entendamos que el feminismo no es algo contra nosotros o contra nuestra sexualidad sino que va en contra de inmerecidos privilegios históricos, se mantendrá un difícil camino para que las mujeres logren esa buscada igualdad. El título de esta columna pregunta si yo cómo hombre puedo hablar de feminismo, es pregunta retórica, sí puedo, cualquiera puede. Un hombre sí puede ser feminista, es necesario despojarle al concepto cargas equivocadas. Si se entiende qué es el feminismo, se entenderá que algunos, muchos, ya lo somos, y que muchos pueden serlo sin la necesidad de etiquetas. La filósofa Celia Amorós dice que el feminismo es la lucha por la igualdad entre hombres y mujeres en tanto que seres humanos (…) Las mujeres no quieren lo identitario masculino sino lo genéricamente humano.

Hoy tenemos un gobierno de izquierda, pero hay qué reconocer que es uno que a veces cuesta entender en su posición acerca del feminismo cuando en vez de referirse explícitamente a este movimiento lo hace diciendo que la 4T es un movimiento humanista. Sí que lo es, pero por qué es necesario hacer una elaboración discursiva para entender que en este (el humanismo) se contiene el primero (el feminismo); y creo que las mujeres de izquierda están bastante fastidiadas con ello, quieren las respuestas ya y ahora. Han sido muchos años de lucha y no se ve con claridad cuándo llegarán muchas respuestas.

La despenalización del aborto es tarea pendiente, es hora de que se presente la iniciativa federal.

La 4T y el presidente López Obrador han dado prioridad pública a la prevención y violencia contra las mujeres, han establecido paridad en los puestos públicos y sobre todo lo que me parece la medida de mayor tino en beneficio de las mujeres es hacer llegar los recursos de manera directa a grupos de mujeres, muchas de ellas vulnerables, para que sean ellas quienes decidan su uso sin que los hombres de su entorno dispongan; como dice la activista Ayaan Hirsi, «la independencia económica es el primer paso, no tendrá que pedirle sustento al hombre en caso de separación». Aunque sea imposible eliminar por decreto el modus patriarcal, la política de mejorar las condiciones materiales hace mucho por las mujeres, les empodera. Y sin embargo es insuficiente, es necesario y urgente acelerar las políticas públicas.

Al acecho del feminismo están los grupos conservadores que usan el movimiento como arma política contra el gobierno: en estos días hay una discusión respecto a la idoneidad de un candidato a gobernador en Guerrero; a simple vista parece ser una incongruencia que el partido MORENA lo postule y mantenga a pesar de la crítica; mi opinión personal es esa misma, que hay una inconsistencia entre el decir y el hacer, pero de repente nos enteramos que el expresidente Calderón y muchos otros conocidos misóginos salen a hablar del tema y hacen campaña para que no sea este el candidato; ¡ah caray!, ¿dónde quedó la bolita? , hay que desconfiar de un conservador dizque a favor del feminismo. Este uso del feminismo como herramienta política contra el gobierno es real y hay que discernir momento a momento.

El machismo, la homofobia, el clasismo, el racismo no son opiniones o puntos de vista, son formas de odio y discriminación que atentan contra los derechos humanos; es obligado que las leyes los erradiquen. Ya.

Hay que recordar bien y siempre tener presente que los conservadores y partidos de derecha nunca van a estar en favor de las mujeres, tampoco las iglesias; en su génesis y su historia prevalece un agresivo patriarcado. Cualquier posicionamiento de estos a favor de las mujeres es tomadura de pelo o uso político del movimiento feminista.

Hay que apurarnos en este gobierno, están estos grupos de derecha y están los nuevos machistas, aquellos "progres" con miedo de perder privilegios a manos de mujeres, la paridad les duele. El machismo es un problema transversal, es independiente a clase social, edad y educación; son bien conocidos los casos en el mundo y en México de abusadores en todos los niveles, hay abusadores entre hombres exitosos y famosos así como entre hombres sin recursos, entre viejos y jóvenes, entre hombres de grandes títulos universitarios y hombres sin preparación alguna. Se ha mamado el machismo y es necesario combatirlo.

El feminismo debe apurar su marcha, tiene a su favor un gobierno de izquierda; nunca, nunca, logrará avanzar en gobiernos conservadores, la historia lo dice.

Ensayo sobre la esperanza

13 de marzo, 2021

Y a la esperanza de que la guerra
contra la insensatez pueda ganarse
algún día, a pesar de todo.
Isaac Asimov en "Los propios dioses"

El movimiento de la Cuarta Transformación (4T) no es otra cosa sino la representación formal de esa esperanza. En este movimiento decimos, sin certeza pero con esperanza: *"Todo va a estar bien"*.

Resulta sumamente cómodo no tomar una posición frente a los problemas importantes y fundamentales del país, puede parecer agradable sentir que la vida fluye y que vamos en un barco que en su recorrido nos realiza, no somos quien lleva el rumbo y tampoco lo decidimos, nuestro rango de acción es pequeño e intrascendente y por ello no somos responsables del puerto al que llegue, si llega.

Año 2021, México. Hablemos de polarización:

Hay dos formas de enfrentarnos al tema: La del discurso político de hoy que critica permanentemente el sistema de gestión gubernamental anterior al actual explicándolo como la estructura institucional de saqueo económico del país y que en contraparte tiene el otro polo que defiende el modus operandi que nos trajo a la situación actual, extrañando y hablando de un pasado mejor. En el camino de esta interpretación está la palabra brusca, la descalificación y la exégesis o explicación de los grandes agravios sociales como el clasismo, racismo, machismo; el ruido, el ruido, el molesto ruido.

La segunda forma es la que explica la polarización de manera más simple y directa: la de los agraviados históricamente y (podría decir en contra de, pero lo voy a dejar en: y) los beneficiados. La proporción entre los primeros sobre los segundos es abrumadora en cualquier indicador social y económico.

En cualquiera de estas dos interpretaciones anteriores subyace el ellos y el nosotros; el uno y el otro; dos entes distintos que son recordados diariamente a manera de esclarecimiento: somos distintos. Se dice así: somos distintos.

¿Y por qué somos distintos?

Mi conclusión es que lo que nos diferencia a unos y otros es tan solo un asunto de visión en el tiempo, por una parte los que viven la añoranza del pasado y por otra los que con expectación pensamos sobre el futuro, los que tenemos esperanza.

Václav Havel fue este poderoso político europeo, el último presidente de Checoslovaquia y el primero de República Checa, profundo humanista y férreo defensor de los derechos humanos; este hombre escribió algo que bien explica lo que hoy muchos pensamos: "La esperanza no es la convicción de que las cosas saldrán bien, sino la certidumbre de que algo tiene sentido, sin importar su resultado final".

El movimiento de la Cuarta Transformación (4T) no es otra cosa sino la representación formal de esa esperanza. En este movimiento decimos, sin certeza pero con esperanza: *Todo va a estar bien*.

En la 4T se asume la esperanza como una guía que nos pone al mando de ese barco del que hablaba al inicio, en la 4T no somos viento, somos timón. Pensar que las decisiones de hoy se verán reflejadas en resultados inmediatos que resuelvan las urgencias del país es iluso; ninguna transformación en ningún país es inmediata, se construye paso a paso, suma voluntades y es precisamente por eso que transforma; este es un movimiento de millones de personas (esto explica por qué sin importar la coyuntura diaria, la gravísima situación pandémica y la alteración que generó en la economía, la aprobación del gobierno actual crece día con día; es muy simple, es la esperanza).

Dice el filósofo español Fernando Savater: *"…soy decididamente de los que prefieren abrigar esperanzas, aunque siempre tomando la precaución de no considerarlas una especie de piloto automático que nos transportará al paraíso sin esfuerzo alguno por nuestra parte.Es decir, creo que la esperanza puede ser un tónico para los rebeldes y un estupefaciente para los oportunistas y acomodaticios"*.

Yo entiendo al México actual como uno en donde millones de personas se hacen cargo de su futuro, para este universo se acabó el: Ustedes únicamente voten, nosotros nos encargamos de la verdad, nosotros somos los que sabemos porque estudiamos aquí y allá, dejen a un lado la ideología y aspiren a lo que sea que nosotros les digamos…, nosotros les informamos y nos preocupamos.

México, con este movimiento, está demostrando que es capaz de ser causa y autor de su progreso. La naturaleza del ser humano es desarrollarse, ¿y cómo lo hace?, lo hace con el uso de su razón y de su libertad. Razón a manera de autoconciencia que le señala límites pero que con el uso de la libertad los rompe en busca no de un desarrollo trivial sino de una posibilidad de esperanza.

Hay un fundamento filosófico para interpretar la esperanza, diversos autores a lo largo de la historia la mencionan, las religiones monoteístas también lo hacen, lo que a nadie debe sorprender es que la política actual del país, la 4T, está fundada de ella. Cito a Kant: *"Se trata tan sólo de la manera de pensar de los espectadores que se delata públicamente en este juego de grandes transformaciones y que se deja oír claramente al tomar ellos partido, de un modo tan general y tan desinteresado, por uno de los bandos contra el otro, arrostrando el peligro del grave perjuicio que tal partidismo les pudiera acarrear; lo cual demuestra un carácter del género humano en conjunto y, además, un carácter moral, cosa que no sólo nos permite tener esperanzas en el progreso, sino que lo constituye ya, puesto que su fuerza alcanza por ahora".*

Ésta, la 4T, es transformadora, es complicada, avanza pero a veces parece que retrocede, hay que darnos cuenta que está tomando vuelo. Sí, somos diferentes.

Freud acotó: *"Un buen día, echando la vista atrás, se dará usted cuenta que estos años de lucha han sido los más hermosos de su vida."*

Energéticos y energúmenos...

20 de marzo, 2021

> Una nación puede sobrevivir a los tontos,
> incluso a los ambiciosos. Pero no puede
> sobrevivir a la traición desde adentro.
> *Cicerón.*

En los últimos 30 años, los distintos gobiernos previos al actual procuraron arruinar a Petróleos Mexicanos para justificar su privatización.

Algunas pistas: en 2007, el gobierno panista de Felipe Calderón firmó un contrato con la empresa Repsol, una de las "favoritas" de su sexenio, en este "negocio" México compró gas a esa empresa española (que no lo produce) quién a su vez lo recompró a Perú. México pagó a Repsol 21,000 millones de dólares, Perú recibió unos 6,500. Repsol ganó 15,000 millones de dólares de un plumazo.

Los contratos de generación de energía con la empresa española Iberdrola firmados en el gobierno del calderonista obligan a la CFE a: comprar energía a precio elevado aunque no la necesite, pagar incrementos anuales superiores a la inflación y subsidiar parte de los costos de la empresa.

El cálculo es que al gobierno (PEMEX y CFE) mexicano le ha costado, solo entre esta y otras operaciones similares, unos 400 mil millones de pesos. (Para tener una idea del saqueo: el costo del plan de vacunación COVID será de aproximadamente 47 mil millones de pesos).

Qué curioso y qué gran casualidad, miren: Felipe Calderón tiempo después de dejar la presidencia fue nombrado consejero de la filial de la empresa española Iberdrola al igual que la ex secretaria de Energía en su gobierno, Georgina Kessel, también el ex director de CFE en su sexenio, Alfredo Elías Ayub; y se vincularon en negocios y contratos con Repsol, Jordy Herrera y César Nava, ex secretario de Energía y ex director Jurídico de Pemex, respectivamente. Primero saquearon las arcas de Pemex y CFE para beneficiar a esas mismas empresas extranjeras y posteriormente se fueron a trabajar a ellas. ¿Esto es asqueroso o es simplemente traición? Al país lo dejaron atorado con esos contratos.

La reforma propuesta por el presidente López Obrador para evitar esta forma de saquear los recursos del país por parte de empresas extranjeras en contubernio con funcionarios priistas y panistas, que fue aprobada hace apenas dos semanas en la cámara de diputados y la de senadores y publicada en el DOF, y por lo tanto entró en vigor, en menos de 24 horas fue suspendida en su aplicación por un juez; habrá un largo trámite judicial a seguir después de la queja del ejecutivo respecto a esta suspensión y estoy seguro que, como pasa usualmente en México, un día nos enteraremos de los verdaderos "motivos del juez".

México es un país rico en recursos naturales, se dice y se ha dicho siempre, solo respecto a posibilidades energéticas tiene enormes reservas de petróleo y gas natural en la costa del Golfo de México y sureste del país, hace poco nos enteramos de enormes yacimientos de litio en Sonora, gozamos de un clima soleado en gran parte del año y recurrente viento en el Istmo de Tehuantepec. Y sin embargo ha sido decisión de gobiernos pasados depender de otros países para cubrir la demanda de energía del país. En México quemamos el gas porque no hay dónde almacenarlo pero al mismo tiempo lo importamos de Texas en Estados Unidos; y si esto no es dependencia cómo explicar que hace unas semanas las fuertes heladas en Texas provocaron que el gobernador de ese estado emitiera una orden de suspender las exportaciones a México incumpliendo los contratos convenidos. Lo hizo porque su prioridad es su estado, no México. En México se decidió no producirlo y comprarlo a otros países. Chihuahua, Tamaulipas, Nuevo León y otros estados del norte se quedaron sin gas como resultado de esa política. Esa visión de la política energética sustentada en destruir la industria nacional para depender de otros países, se convierte en una espada de Damocles para el país, como ya se vio.

En los últimos 30 o 40 años no se construyó ninguna refinería, se dejaron caer las existentes al punto que ninguna de las 6 actuales trabaja siquiera a la mitad de su capacidad; en el gobierno del susodicho Calderón se dijo que se construiría una que no quedó más que en una barda y costos erogados por más de 600 millones de dólares (la NO refinería más cara del mundo); la política de estos vende patrias explicaba que convenía exportar el petróleo crudo e importar la gasolina. Hoy que se construye a gran velocidad la refinería de Dos Bocas, estos funcionarios del pasado, sus afines comunicadores y los grupos conservadores desinformados lloran un día sí y otro también.

Hay algo muy raro en todo esto, la política energética de los últimos 30 años solo se puede explicar como un deliberado sabotaje a cargo de funcionarios de gobierno y empresas privadas. El papel que jugaron los presidentes de México y sus secuaces es lamentable y vergonzoso; hoy insisten en medios de comunicación a través de sus voceros en México y el mundo acusando falsamente al gobierno actual de que no le interesa la energía limpia e instan a los gobiernos de España y Canadá, por lo menos, a que cabildeen en contra del modelo actual.

El historiador Paul Kennedy apenas en 2008 nos recordaba: "en las próximas décadas, todos los países del mundo van a valorar cada vez más las materias primas esenciales como el cereal, el agua potable… y el petróleo. Su futuro dependerá de sus existencias".

Hay que tener cuidado con los apátridas, en algún momento serán juzgados pero mientras tanto siguen haciendo mucho daño al país, las empresas extranjeras los hicieron sus eunucos y los convirtieron en las marionetas necesarias para incidir en políticas públicas a su conveniencia; eso sí, siempre avalados por estudios, *think tanks* de renombre, jueces y medios de comunicación.

En este tema todos somos energúmenos, ellos en su acepción de endemoniados, los otros en la de enojados. Una vez más la polarización, ellos y nosotros.

Perseguidos políticos

1 de mayo, 2021

Si camina como pato,
grazna como pato,
vuela como un pato,
seguramente es un pato.
Refrán popular

En un capítulo más del uso falso del lenguaje por parte de exfuncionarios panistas y priistas y empresarios en fuga, nos encontramos que aquellos que hoy son perseguidos por la justicia mexicana por haber cometido delitos graves de toda índole: corrupción, abuso de poder, defraudación fiscal, lavado de dinero, desvío de recursos, delincuencia organizada y demás, se dicen que son "perseguidos políticos"

El país tiene una larga historia de albergar verdaderos perseguidos políticos; Trotsky llegó a México asilado por el gobierno del presidente Cárdenas una vez que "los procesos de Moscú" ordenados por Stalin hicieron inviable su permanencia en la Unión Soviética.

La persecución política es la acción del Estado de controlar a ciudadanos, generalmente opositores, con el propósito de restringir su capacidad de tomar parte en la vida política; la acción es reprimir, detener o castigar, por lo general con el uso de la violencia, la represión política niega e impide el ejercicio de sus derechos civiles y políticos y limita los de expresión, reunión, asociación, y sobre todo pone en riesgo la seguridad física del perseguido.

La consideración de persecución política es una muy seria, México es firmante de muchos de estos acuerdos y es bien conocida en el mundo la trayectoria del país respecto a ofrecer y dar asilo a personajes perseguidos políticamente por gobiernos de distinto color.

El ex presidente argentino Héctor Cámpora se refugió en la embajada mexicana en Buenos Aires durante 42 meses, no viajó porque no recibió el salvoconducto correspondiente por parte de los militares que dieron el golpe de estado de 1976. El gobierno del presidente Echeverría le salvó la vida al abrirle las puertas de la embajada y darle asilo y sin embargo

73

la dictadura militar argentina solicitó a México que no otorgara salvoconducto por ser un "criminal ideológico".

El expresidente de Bolivia Evo Morales fue rescatado por México ante el golpe de estado en su contra, disfrazado de renuncia obligada, dado por el gobierno derechista de la conservadora Jeanine Áñez y militares bolivianos. El presidente Morales dijo, palabras textuales: "AMLO me salvó la vida"

El Shah de Irán se refugió en México al triunfo de la revolución islámica en su país. Al ser asesinado por los militares pinochetistas el presidente chileno Salvador Allende, su esposa Hortensia Bussi se asila en México. José Martí, Rigoberta Menchú, el cineasta Luis Buñuel, el expresidente hondureño Manuel Zelaya y muchos personajes políticos más, defensores de derechos, críticos, artistas y un largo etcétera son ejemplos de perseguidos que han recibido la protección del país.

Ahora, ¿Qué tiene que ver con toda esta gente mencionada el que en la circunstancia actual mexicana conocidos políticos sinvergüenzas y delincuentes mexicanos de los sexenios pasados y actual se pretendan asumir en igualdad de situación de persecución política?

El empresario Alonso Ancira fue acusado de delitos que afectaron el patrimonio del país por más de 200 millones de dólares, después de fugarse a España y ser detenido ahí, se asumió como perseguido político para intentar evadir la justicia mexicana. No le resultó la farsa y fue extraditado y obligado a devolver el dinero para recuperar su libertad. Un simple pillo que usó el sainete de la persecución política.

Los ex gobernadores de Chihuahua y Veracruz, Duarte los dos, priistas los dos, ambos acusados de saquear las arcas de sus estados, fugados, uno ya detenido y encarcelado y el otro en proceso de extradición, con la novedad que se dicen, adivine usted, sí perseguidos políticos.

Por cierto la esposa de Duarte el de Veracruz que será extraditada próximamente, Karime Macías, la loquita que escribía planas diciendo que merecía la riqueza que se robaba, también dice que es perseguida política.

El actualmente gobernador panista de Tamaulipas Cabeza de Vaca que fue ya desaforado por el congreso para que responda ante las acusaciones por defraudación fiscal y narcotráfico, se dice perseguido político… Y los panistas lo acuerpan y dicen que sí que es perseguido.

Y la cereza del pastel, el expresidente Calderón, que sale en televisión y medios en entrevistas a modo luciendo abotagado y exaltado a decir que es perseguido político; parece que ya sabe que pronto caerá en manos de la justicia.

El uso del lenguaje para decir cosas que no son y así hacer crecer la mentira en que viven estos ex funcionarios que hoy se ven acorralados por las leyes, es la única forma que han encontrado para no responsabilizarse de los daños que causaron a su paso por sus posiciones de gobierno y por el generalizado saqueo que hicieron del presupuesto público.

Resulta muy cínico su discurso pero no podemos esperar nada más de ellos, sería ingenuo pensar que reconocerán sus transas y negocios al amparo del poder; es necesario que sean investigados y detenidos, intentar que devuelvan lo robado y dejarlos en el basurero de la historia.

Decía el presidente Abraham Lincoln "Es posible engañar a unos pocos todo el tiempo. Es posible engañar a todos un tiempo. Pero no es posible engañar a todos todo el tiempo". Los 30 años de neoliberalismo fueron la pica que desangró al país a través del engaño y atraco, estos farsantes que se dicen perseguidos deben ser juzgados si es que apelamos a la moral pública.

No son perseguidos políticos, son delincuentes.

Huevos tibios

8 de mayo, 2021

La política debería ser la profesión a
tiempo parcial de todo ciudadano.
Dwight D. Eisenhower

No tengo nada contra los huevos tibios pero tampoco nada bueno que decir, no me gustan y ya, me gustan revueltos, estrellados o duros, no tibios. Hay quienes los prefieren.

Hablemos de tibieza política.

En el México actual, de polarización —al haberse puesto sobre la mesa la realidad de un país históricamente devastado en beneficio de muy pocos frente a un proyecto nuevo que plantea una mayor igualdad de oportunidades para la colectividad— ¿hay lugar para los tibios?

De antemano consideremos que la posición "tibia" suele ser muy cómoda. Permite criticar ambos lados de cualquier opinión o decisión, parecer equitativo, centrado y, por lo tanto vivir bajo la "imagen" de políticamente correcto. Pero al mismo tiempo significa indefinición, inacción, resistencia al cambio y por lo tanto a mantener el *status quo*.

En democracia la diversidad de izquierda y derecha dirime diferencias en la discusión de asuntos fundamentales que afectan a la sociedad, a todos, no asumir un lado de la ecuación aun criticando elementos coyunturales es simplemente no tomar postura y así automáticamente respaldar el que las cosas no cambien.

Ante un proyecto como la 4T se han identificado dos grandes movimientos: quienes apoyan el proyecto de transformación del presidente López Obrador, en su mayoría ciudadanos de ideas de izquierda y liberales y, quienes marcada y explícitamente lo rechazan y que en su mayoría son conservadores, clasistas, racistas y de ideología neoliberal. Entre estos dos grupos están los tibios.

El grupo de tibios es aquél que por vergüenza no se acepta en este segundo grupo de conservadores, aunque muestran todas las características, y que por estar disconforme con el gobierno actual por razones generalmente ligadas a haber quedado fuera del reparto del presupuesto, se dice de centro, moderados, de izquierda moderna *(sic)*, indefinidos, apolíticos o cualquier otro término que no les ubique ni en un grupo ni en otro. Son aquellos que se llenan de frases que repiten como principios cuando no son más que ideas tan generales que en el fondo no dicen nada, "los extremos nunca son buenos", "no confundir libertad con libertinaje" etc.

Dice Dante Alighieri en *La Divina Comedia*: "Los lugares más oscuros del infierno están reservados para aquellos que mantienen su neutralidad en tiempos de crisis moral".

Voy a poner el ejemplo de un candidato en Jalisco, un joven de apellido Kumamoto; entre su inexperiencia y su deseo de salir en la foto y ser considerado de "amplio" criterio, se reunió con los extremistas de derecha del grupo FREENA, su argumento es: hay que reunirse con todos. Está en su libertad de hacerlo pero pienso que si una persona que aspira a una posición política por un partido le da voz y medios a fanáticos y enfermos mentales como los de ese grupo, es que en su papel de tibio no atina a asumir una postura coherente. No Sr. Kumamoto, con los extremistas uno no se reúne para dialogar, se les rechaza, se les ignora y si es posible se les juzga. Lo contrario es frivolidad mediática para parecer políticamente correcto.

En situaciones de conflicto no tomar postura equivale a respaldar al poderoso. Y está bien si lo quieren respaldar pero que se acepte que es una posición conservadora y de derecha.

Una frase común, muy usada en todo tipo de debate (político, económico, científico, etc.) es la que dice "los extremos nunca son buenos". Si hablamos de defensa de libertades, de ataque a la corrupción, de igualdad de oportunidades, de soberanía y de estar en contra de alguna forma de intervención, sí hay que posicionarse en un lado del espectro; ser tibio es lo contrario, es jugar de centrista cuando se es meramente acrítico a conveniencia.

La tibieza, los tibios, en realidad no tienen postura, hoy les es de moda no ser de izquierda para no identificarse con 4T, pero les avergüenza ser de derecha. Nadan de muertito.

La tibieza además de ser una explicación de carácter personal, actualmente es una moda impulsada por algunas universidades privadas, medios de comunicación, iglesias y grupos corporativos empresariales con la intención de "desmovilizar" a la gente, promueven un pensamiento ligero, descafeinado, fugaz, de práctica de posverdad que tan solo busca diluir el lenguaje y la participación social.

Critico esta forma de establecer relaciones de sociedad en que se intenta mediatizar en situaciones que no se puede o debe hacerlo; se es racista o no se es, se es clasista o no se es, se es homofóbico o no se es, se está en contra de la corrupción o se apoya, se respetan los derechos humanos o no se respetan, se busca un mejor país o se regresa al pasado reciente que dejó decenas de millones de pobres y un puñado de políticos millonarios. Esa es la dualidad a la que hay que responder y no es con tibieza como se hace.

Los tibios tan solo son cobardes.

Al decir tibios o neutrales no estoy hablando de los indiferentes, aquellos que van cual lastre a bordo de un barco y son responsables por su indiferencia y apatía de que las cosas permanezcan igual, lo que significa, en un país con más de 60% de pobres y con grandes problemas sociales y económicos, que son parte del problema y no de su solución. Hay una gran distinción entre moderación e indiferencia, entre moderación e indolencia, entre moderación y desinterés.

Los indiferentes son prescindibles en la discusión pública.

Ustedes, los abajo firmantes

22 de mayo, 2021

Ustedes, quienes en medio de su palabrería hueca bien cubierta de tecnicismos y legalismos que encajan palabra a palabra en lo "correctamente político" se atribuyen el derecho a guiar las funciones de un gobierno por el que no votaron y que no les debe nada.

Ustedes, las plumas pagadas de tinta desgastada que se diluye letra tras letra en su repetido discurso; ustedes los que cuando se les necesitó no estuvieron, cuando la tragedia del país les pasó por sus ojos y prefirieron buscar sus becas y publicaciones. Ustedes, que al tiempo que los recursos del país se regalaban a propios y extraños, prefirieron ser ciegos si el reparto de prebendas y representaciones culturales les llenaba los bolsillos.

Ustedes que en 30 años de neoliberalismo silenciaron sus voces, que se acomodaron a ser los perros falderos del ágora siempre y cuando se les asegurara sus éxitos profesionales, su próximo seminario, su siguiente participación en algún programa de discusión, su inclusión en alguna lista de acompañantes de suntuosos viajes presidenciales o la adquisición por miles y decenas de miles de sus revistas, libros y colaboraciones que publicaran.

Ustedes, los que por 30 años nos mintieron con su silencio, hoy son convenientes abajo firmantes.

Ustedes, que por 30 años no vieron partidas secretas, fideicomisos inexplicables, pensiones vitalicias, avión imperial, chayote a por mayor, condonaciones de impuestos, creciente desigualdad, violencia que se extendía por todas partes; al tiempo que ustedes solo veían modernidad, inclusión en el mundo, membresías exclusivas y alabanzas de quienes nos endeudaban y compraban a pedazos la industria energética, ustedes que aplaudieron la rapiña del Fobaproa que acabará pagando nuestros nietos.

Ustedes los engañabobos que solo entre sí mismos aplauden sus ideas, que al "sí señor" se volvieron oportunistas del lenguaje; que en párrafos y párrafos arroparon a los desnudos emperadores mientras el país naufragaba en sangre, sí ustedes:

Después de su deconstrucción como tapetes del poder en el periodo neoliberal, ustedes, los mismos de siempre, ahora en su papel de abajo firmar todo lo que se oponga al gobierno del presidente López Obrador.

79

Con los recursos, que parecen inagotables, de empresarios, partidos y mafias, son la punta de lanza "intelectual" que antagoniza con el proyecto 4T. En un puesto o en otro, en una organización u otra, un think tank u otro, son los encargados de redactar algo que sustente de vez en vez lo que sus patrones quieren decir y así hacer parecer que ¡600 abajo firmantes!, ¡2500 abajo firmantes!, siempre bien acompañados de algún actor relumbrante (de preferencia que viva en Estados Unidos), piensan sobre las decisiones que se toman hoy en el país. ¡Mejor cuidar beca que país!

Han firmado de todo, porque además son especialistas en todo, y si no tienen a la COPARMEX que les cubra esa parte, y si no tienen al Sr. X que les truene los dedos y les diga para dónde sopla el viento; así hoy son abajo firmantes en contra de la Guardia Nacional y del aeropuerto de Santa Lucía, como antes lo fueron del desplegado que decía que no hubo fraude en la elección del 2006, también de uno en que piden respeto a la autonomía del INE, o uno en julio del año pasado que llamaron "Contra la deriva autoritaria y por la defensa de la democracia", en el que, proponen a todos los partidos de oposición unirse contra Morena para "corregir el rumbo y recuperar el pluralismo político y el equilibrio de poderes que caracterizan a la democracia constitucional". Pero también aquel de "Esto tiene que parar, En defensa de la libertad de expresión" del año pasado etc.

Tienen larga historia, mismo patrón, mismos apellidos firmantes, Krauze, Camín, Casar, Reyes Heroles, Bartra, González, Cárdenas, Torres Landa, Molano, Morera, Wallace, Alazraki, Castañeda, Dresser, Aguilar, Pardinas, Zavala, García Bernal etc.

Es lo que hay, la avanzada "intelectual" del país, agachada y servil ante el poder económico; perdieron la perspectiva humana a cambio de dinero y reconocimientos, hoy son esta gentuza que determina lo que es importante y lo que no, actuando de embudo ante ciertas agendas y ocultando otras.

Van de salida.

Tercera llamada, ¡comenzamos!

2 de junio, 2021

En estas elecciones la bondad ganará por goleada, la parte podrida de la sociedad es minoritaria.

Como en el teatro antes de salir a escena las actrices y actores han aprendido sus diálogos, han vestido sus ropajes y la escenografía esta lista, así este domingo llegamos al día en que los ciudadanos, mediante nuestro voto, tomamos la decisión que resuelve el ruido político/mediático de los últimos meses. Es una responsabilidad ciudadana que se convierte en una obligación si es que hablamos de civilidad y es el momento en que cada uno aporta con su sufragio un ladrillo en la construcción de la casa que queremos.

Afortunadamente las decisiones de los partidos políticos ayudaron a que en vez de hablar de 4 o 5 proyectos hablemos únicamente de dos. El factor de la intervención de algunos empresarios encabezados por el Sr. Claudio X González (junior de su papá) y Gustavo de Hoyos (ex capo de COPARMEX) ambos acuerpados con el suficiente dinero como para comprar los cascarones ideológicos y "maicear" a candidatos y funcionarios de PRI, PAN y PRD llevó a la formación de esa miserable alianza conocida como Va X México cuya única finalidad y argumentación es oponerse al proyecto 4T encabezado por Morena.

Hay que recordar que fue López Obrador quien les dijo, júntense y hagan un solo partido porque al fin que son lo mismo, y estos ingenuos sin entender la carambola en la que les metía el Presidente, le hicieron caso y sumaron la corrupción y descomposición del PRI al conservadurismo, crimen y corrupción del PAN con la intrascendencia del PRD bajo el mando de un dueño de mucho dinero como lo es el Sr. X González. El resultado no puede ser más favorable para el proyecto 4T, por una parte la gente de esos mismos partidos no compró esa aberración ideológica que amalgamaba ideas entre sí contrarias, más el asco a la obvia intromisión de actores económicos con el único interés de lucro personal, aunado a una gran mayoría crítica que apoya a la 4T y que se dolió del trato clasista a la generalidad de la sociedad mexicana y que entendió que más allá de errores y traspiés del gobierno actual el objetivo se convertía en hacer frente común a ese regreso al pasado.

Y es así como llegamos a una real polarización en que de un lado los sinvergüenzas opositores al proyecto Lópezobradorista en vez de argumentar y expresarse a través de sus plataformas ideológicas prefirieron unirse cual cártel de cárteles con el objetivo de intentar volver al pasado reciente bajo la coincidencia común de que el saqueo al presupuesto vuelva a ser su forma de vida. Y por el otro el partido Morena aliado en algunos lugares con PT y PV en la férrea defensa al proyecto que inició hace casi 3 años bajo la directriz del presidente López Obrador.

Esa es la lucha de este domingo, mantener al país en el camino de resolver la polarización real en que vivimos o regresar al pasado de saqueo, corrupción, desigualdad, crimen y falta de oportunidades. Porque si hablamos de polarización real, esta existe en cualquier reporte estadístico de INEGI o de cualquier fuente seria, y es la que dice que un porcentaje muy pequeño de la población es dueña de la mayoría de recursos al mismo tiempo que más de 60 millones de ciudadanos mexicanos viven en situación de pobreza.

No es la polarización de la que los medios acusan al gobierno actual, porque si habláramos de este enfrentamiento mediático habría que llamar a las cosas por su nombre.

¿A qué, si no, le llamamos polarización mediática? A la provocada por esa fallida (todas las encuestas así lo indican) alianza de Va X México a que se sumó aquella "intelectualidad" que dejó de recibir millonarios contratos y beneficios en los gobiernos de PRI y PAN, quienes tradicionalmente han cooptado las publicaciones, foros y becas y con el añadido de medios de comunicación privados acostumbrados a financiarse de publicidad oficial y "chayote" para decir o dejar de decir lo que al poder convenía y que cubre a diario a través de columnas y editoriales el mensaje de oposición plagado de insidia y mentira. ¿A qué si no llamamos polarización mediática sino a las columnas tan clasistas y racistas como la de ese Sr. Eduardo Caccia que publica en Reforma? ¿A qué si no el mercado neoliberal editorializando en *The Economist* siendo replicado por la derecha conservadora? Frente a ello lo que queda es el agrupamiento y sólida defensa de un proyecto de largo alcance que transforma la forma de hacer política en México.

Después de este domingo nos queda una tarea: recordar y documentar a todos aquellos que de manera cínica intentaron destruir el proyecto 4T, a través de sus medios, a través de sus mentiras en sus desplegados, a través de la compra de bots, mediante la falsedad, falta de patriotismo e incluso traición al país. No hay que dejarlos pasar, hay que exhibirlos para que en poco tiempo no regresen bajo pieles de oveja o en caballos de Troya. No podemos olvidar que en este proceso transformador, hay traidores, odiadores e instigadores del enfrentamiento entre ciudadanos. Como en cualquier movimiento social fundamental en beneficio de México de un lado están quienes lo hicieron propio y del otro lado quienes al grito de "quémenlo todo" buscaron obstaculizarlo. Son los émulos y seguidores de Santa Anna, Iturbide, Huerta, Maximiliano, Miramón, Mejía, Elizondo, y muchos más. La tarea será recordarlo.

Avanza la república, retrocede la capital

10 de junio, 2021

> Los débiles y flojos, sin voluntad
> y sin conciencia, son los que se
> complacen en ser mal gobernados.
> *Benavente. Dramaturgo y premio Nobel*

Acabaron las elecciones y hay resultados. Viendo el país como se ve un bosque desde el aire, triunfo extraordinario de la 4T a través de Morena y partidos aliados.

Datos duros: de 15 gubernaturas en juego 12 las ganó la 4T, de 30 congresos locales 18 o 19 los ganó la 4T, de 300 distritos electorales 184 son para la 4T, de 500 diputados unos 280 son para la 4T vía Morena y partidos aliados (mayoría absoluta), por sí mismo Morena de tener 191 diputados en 2018 tendrá los mismos o unos cuántos más, como alguien les dijo un día: "no nos arrancaron ni una pluma"

Si en 2018 Morena gobernaba localmente (vía gubernaturas) a poco más de 37,5 millones de ciudadanos, en 2021 lo hará a más de 58 millones. De las gubernaturas que gana Morena se le quitó al PRD la única que tenía en el país, dos al PAN de las cuatro que tenía en los estados votados y ocho al PRI, todas (zapato). Para quienes viven con el cuento de que el proyecto 4T no es feminista o paritario por primera vez en la historia el país tendrá 7 mujeres gobernadoras de las que 6 son de Morena (5 nuevas y Sheinbaum en CDMX)

¿Si esto no es ganar, ganar, ganar entonces qué es? Habrá que entender la narrativa de los medios y comunicadores que falsearon información, datos y encuestas y que en estos pocos días mantienen su historia de que la 4T, Morena o el presidente perdió. Tendrán que pensar en algo muy pronto para que sus patrocinadores no les corten fondos de inmediato ante el descalabro de la atroz Alianza que compró el Sr. X González; más adelante en el tiempo habrá más información de las consecuencias que tendrá el desprestigio, una vez más constatado, de las plumas y voces chayoteadas.

Por parte de la derecha, qué preocupante que sus infladas celebraciones de sus triunfos sean con una andanada clasista, pasaron de hablar con «vas, carnal» al vil desprecio. Y qué esquizofrenia en la que viven al decir ganar a perder, a decir triunfamos cuando son verdaderos perdedores; otra vez juegan con el lenguaje que asumen que sus oyentes, cual tontos, creerán.

Entremos al bosque y veamos el árbol que representa la capital: en la CDMX se perdieron importantes alcaldías que se tenían, de 11 de 16 obtenidas en el 2018 Morena ahora tendrá solo 7 y la oposición 9; aunque el congreso se mantiene para la 4T hay que reconocer que es un golpe en la capital del país.

La Alianza que compró el Sr. Claudio X González a PRI, PAN y PRD le alcanzó para regresar a gobernar a los cárteles inmobiliarios, de explotación sexual y drogas en Cuauhtémoc; en algunas otras regresaremos a las historias de cambio de usos de suelo, crimen, desorden y narcomenudeo por doquier.

Le alcanzó también para poner en riesgo los avances en matrimonio igualitario, aborto legal, en materia de género, en derechos LGBT. ¿Habrá sido, como algunos dicen, un voto de castigo feminista el que les decidió a votar por el PAN y PRI?, puede ser si es que se les olvidó que la derecha nunca será feminista.

Para los chilangos ese orgullo de habitar una ciudad de vanguardia se acaba al haberse enquistado el PRI, PAN y PRD en media capital.

¿Cómo y por qué es que avanza la república y retrocede la capital? Seguramente se estudiará lo sucedido para poder explicar cómo es que se pasó de una ciudad en búsqueda de consolidar políticas feministas al asco de Margarita Zavala por las lesbianas; a que salga Pablo Gómez y entre Gabriel Quadri como diputado; a ser sede de la UNAM y al mismo tiempo a abrirle la puerta a panistas mochos; habrá que entender ese voto "de castigo" de clasemedieros aspiracionistas que no es más que un balazo en el pie de ellas y ellos mismos. Serán 3 años de gobiernos de derecha en la capital para volver a vivir la corrupción y malas prácticas que la ciudad ya había dejado atrás en los tres previos. Este pequeño triunfo de los conservadores no es para celebrarse por nadie, es mezquino porque estamos hablando de una ciudad con un verdadero proyecto transformador. Como dice la socióloga Teresa Rodríguez de la Vega, tal vez no es un castigo sino que «es una reacción a ese empoderamiento plebeyo". ¡Clasismo puro pues!

Parece que lo que perdimos es la Ciudad de México solidaria, hoy la ciudad que se sentía el centro del mundo se está dando cuenta que el retroceso en su "rancho" no es más que un reflejo de la realidad de esos puristas de izquierda que por ser tan puros, tan puros, eligieron votar por la Alianza; de esos grupos sociales muy dizque de avanzada mientras toman su café en la Roma y Condesa pero que al perder becas, fideicomisos y aviadurías, y no entender los efectos de la pandemia COVID en la economía del país, escogieron votar por la AlianXa. Y sobre todo de esos que votaron en el 2018 por un proyecto que les hacía lucir «progres y de avanzada» pero que pensaban que en realidad nada cambiaría y hoy se dieron cuenta de la profunda transformación en que estamos inmersos.

Los que en silencio pensaban durante estos 3 años: yo si estudié, morenacos, muertos de hambre, pinches jodidos, ignorantes, pinche pueblo lleno de gente pendeja, yo sí pago impuestos, mugrosos, ni pasaporte tienen, hambreados, mantenidos, no hablan inglés etc. encontraron el día para votar por los candidatos de la Alianza del Sr. X González y secuaces.

Los apolíticos, los que dicen que no son de izquierda ni de derecha pero que votaron por esa Alianza fondeada con dinero del extranjero y de empresarios. Los que con supina ignorancia votaron por la Alianza por miedo a la dictadura, al socialismo, porque compraron historias de que AMLO quitó las becas y las estancias infantiles, porque le dijeron que había que hacer un contrapeso a la 4T.

Así que…

Menos centralismo y más interior, la avanzada la lleva buena parte del país; la ciudad se rezaga.

El éxito de esta 4T es rotundo, unas alcaldías (espejitos) a cambio de gobernar medio país y de que los neoliberales, conservadores y corruptos no hayan podido allegarse del control del presupuesto, es un buen intercambio. Lástima por algunas de esas alcaldías.

Esta Alianza de X González y las botargas de PRI, PAN y PRD está a años luz de ser una oposición real a un proyecto como la 4T, en el camino se perderán batallas pero la guerra se ganará, el país ya está cambiando.

Solo queda exigir a la 4T que no permita que algún día estos cortoplacistas que vendieron ideales, proyectos y futuro pretendan regresar con piel de oveja al cobijo del proyecto transformador. Ya se descubrieron, les halagó el canto de las sirenas, ya ubicaron su polo, ya se tatuaron con la X que los compró; muy bien que ahí se queden.

El entramado

25 de junio, 2021

La multitud no odia, odian las minorías, porque
conquistar derechos provoca alegría, mientras
que perder privilegios provoca rencor.
Arturo Jaurteche

¿Cómo saber si vamos bien o vamos mal? ¿Cómo plantarse ante la discusión mediática en que para los odiadores y malquerientes al presidente López Obrador todo está mal sin importar lo que opine la sociedad mayoritaria?

Hablar de bien y mal en cuanto al estado del país no es el camino de una línea recta inamovible; no hay absolutos porque no puede haberlos y es falso aseverar lo contrario, si en algo no existe blanco y negro como únicas opciones es en la gestión de gobierno. Los resultados de cualquier mandato político no se explican más que en la gradualidad que da el tiempo en el que se desarrolla un proceso de gobierno. El Presidente López Obrador tiene una tarea que cumplir en un plazo de seis años y al cabo de este sexenio se podría decir lo hizo o no lo hizo. Sin embargo, decir que hasta finalizado el plazo se puede evaluar también es falso porque las políticas y programas públicos se construyan durante un espacio de tiempo, entonces al año tercero, como es el caso, se puede saber si se está trabajando en tales o cuales políticas y programas.

Una pista de la opinión más generalizada sobre el proyecto 4T y el gobierno de López Obrador, es el que da el resultado de las elecciones pasadas en donde Morena y sus aliados ganan la mayoría de la cámara de diputados y la mayoría de gubernaturas y municipios votados. Baste la realidad del dato duro anterior tan solo para decir que la sociedad, en su mayoría, aprueba la gestión actual.

Como marco de referencia considero para este brevísimo análisis que debe caber en una columna, tres aspectos: A) Las promesas de campaña, B) El contexto mundial y C) La comparación con gobiernos previos.

Promesas de campaña (las más relevantes): Cambios a la figura presidencial, Lucha contra la pobreza, Desterrar la corrupción, Combate a la inseguridad, Reforma energética, Cambios profundos en la Educación.

88

En todos estos compromisos de campaña hay un claro avance en cada uno de ellos. El presidente ya no vive en los Pinos, se acabó el lujo y boato para su persona, se desapareció el Estado mayor que con miles de personas cuidaba a amigos y familiares del presidente en turno, se acabó la partida confidencial para uso del mandatario, se acabó el derroche en viajes, aviones, alimentos e invitados. Se dio soporte de ley y se ampliaron los programas sociales. Se combate la corrupción como nunca antes se había hecho y se persigue a gobernadores y ex funcionarios de primer nivel y pronto, muy posiblemente, a expresidentes. Se creó la guardia nacional y se acabó el que el presidente y su secretario de seguridad fueran a la vez jefes de mafia. Se legisló para contrarrestar el daño que causa la reforma energética del PRI, PAN y PRD del gobierno de Peña Nieto y se litiga en juzgados ante el freno a su aplicación por parte de empresarios y jueces coludidos. Se hacen cambios en el sistema educativo para que este sea público, gratuito y de calidad.

Contexto mundial: Primero la caída de precios del petróleo que afectó desde el 2019 a México y después el impacto económico de la pandemia del COVID provocó la caída de todas las economías del mundo al punto que al final del año pasado el mundo (total) disminuyó en un -4.2% el producto interno bruto, la zona del G20 un -3.8% y la Eurozona un -7.5%. Por países, en las economías más importantes, algunos de los más desarrollados (Estados Unidos, Rusia, Japón, Alemania p.ej.) disminuyeron su PIB en niveles de -4 a -5%; les siguieron Francia, Italia, India y México en niveles de -9% y después España, Reino Unido y Argentina en niveles de -11 a -12%. Es decir que México llegó con una muy importante caída al cierre del 2020 pero lejos de las peores que enfrentaron países con economías mucho más sólidas. En el 2021 la proyección de crecimiento de México es de un +6% lo que la pone en un contexto de franca recuperación con la ventaja de que prácticamente no incurrió en nuevo endeudamiento con el exterior. La pandemia planea grandes retos a todos los países pero México logró mantener estabilidad y variables económicas controladas y ahora tiene la tarea de recuperar empleo.

Comparación con gobiernos previos:

En una situación de crisis como la originada por COVID, México no se endeudó, reconstruyó y rehabilitó cientos de hospitales, adquirió equipo médico y compró millones de vacunas. En gobiernos pasados los recursos se despilfarraron, se contrató deuda con el pretexto de cualquier evento, se calcula que por "corrupción" el 20% de los presupuestos se perdía. Se han mantenido y extendido todas las libertades, la prensa ataca e insulta al presidente día a día sin mayor consecuencia que la réplica pública. Se dejó de pagar a medios y periodistas miles de millones de pesos vía chayote y publicidad para que hablaran bien de los gobernantes. Se construye la obra pública sin pedir prestado, sin recibir "mordidas" y sin sobrecostos, todo lo contrario a las obras faraónicas o inconclusas de los gobiernos previos.

En resumen: El país tiene grandes retos, la pandemia incrementó el número de pobres a pesar de los programas sociales; los estudiantes tienen más de un año de no asistir a clases; al gobierno le falta avanzar en las reformas constitucionales que se requieren y a las que algunos empresarios, mafias y opositores se oponen; la inseguridad disminuye no con la velocidad que se requiere, pero:

Que el país avanza: sí. Porque se hace lo que se ofreció.

Que el país va bien: sí. Porque las variables macroeconómicas y la paz social se mantienen y consolidan. No hay punto de comparación entre la cantidad de políticas sociales segmentadas en cada estado de la República que se hacen hoy (p.ej. caminos rurales, mejoramiento urbano, reforestación) y la gestión de elefantes blancos del pasado reciente.

Que los opositores criticarán cualquier actividad, política o resultado positivo de este gobierno: sí. Porque su rencor, clasismo y odio no les permite lo contrario.

Que los opositores representados en la alianXa que se construyó para intentar acabar con el gobierno del presidente López Obrador, no reconocerán nada positivo de este gobierno, ni antes, ni ahora, ni nunca: sí. Porque los intereses económicos ahí representados necesitan mantener su narrativa que apela al pasado que les privilegió.

No hay análisis que sustente la burda grosería de que el país va al comunismo, a la venezualización, al desastre; la opción de cualquier ciudadano con un mínimo de buena voluntad o interés por el país, es allegarse de datos por fuentes que no sean las del periodismo pagado, manipulado por el dinero y manipulador de aquellos que lo permiten.

Dos pastorcillos, Zang y Gu, salieron juntos con sus rebaños y perdieron sus ovejas. Cuando el patrón preguntó a Zang qué había estado haciendo, contestó que leyendo. Cuando interrogó a Gu, dijo que jugando a las damas. Estuvieron haciendo cosas diferentes; sin embargo, ambos, por igual, perdieron sus ovejas. *Jiang Ji* (siglo II)

Para leer a AMLO

2 de julio, 2021

El que no tiene opinión propia,
pero depende de la opinión y el
gusto de los demás, es un esclavo.
Klopstock, poeta alemán.

La oposición tergiversa todo lo dicho por López Obrador respecto a prácticamente todos los temas, ¿por qué el lenguaje no es común para todos y así todos poder entender lo mismo más allá de estar de acuerdo o no? Precisamente es por lo que implica el primer verbo que uso en este párrafo: tergiversar (dar una interpretación errónea o forzada de las palabras, en muchas ocasiones con voluntad de hacerlo).

La opinión pública se nutre de la información que recibe a través de los medios de comunicación, las redes sociales y el boca a boca. Hace no muchos años, sin redes sociales, lo que sabía la generalidad del público era aquello que los medios de comunicación decían, era muy difícil contrastarlo con otros datos. En México fueron largos años en que unas cuántas empresas de comunicación controlaban y difundían la "verdad" que el gobierno en turno les indicaba o permitía.

Al triunfo de la 4T, han sucedido algunas cosas: aquellos medios de comunicación acompañados de multitud de comentaristas, analistas y columnistas han dejado de recibir "chayote" para decir lo que el gobierno quiera; las redes sociales invaden los espacios de información y llegan a cada vez más ciudadanos y, el gobierno lleva a cabo un ejercicio de comunicación todas las mañanas a donde acuden a cuestionar al Presidente cualquier periodista o medio de comunicación que lo desea.

La oposición ha encontrado en la desinformación y la mentira la forma de contrarrestar el flujo de esta información que se encuentra al alcance de casi cualquier persona, la forma en que lo hace es abusando del simplismo argumental para que sea fácilmente entendido por sus seguidores, por los malquerientes del gobierno y por quienes requieren oír frases fáciles que les den una "clara" idea de las cosas. Los opositores no quieren que se lea ni se escuche a AMLO.

Decir por ejemplo: "están dejando morir a los niños con cáncer por falta de medicinas" es de un facilismo vulgar cuando la realidad es que

91

el desabasto de medicinas existe desde hace décadas, que se ha avanzado en su solución y que parte principal del problema es la enorme corrupción de las farmacéuticas que surtían al gobierno de estos medicamentos. Pero, esta explicación es larga, requiere el sustento documental, la información precisa y de fuentes fidedignas y hay muchas personas que prefieren quedarse con el dicho inicial y con la escenografía que les montan de vez en vez de "marchas" de padres de niños… sin saber que la mayoría de los que acuden son personas pagadas y sin razón de estar ahí.

Decir por ejemplo que el presidente "agravia a las clases medias al reclamarles su aspiracionismo", suena fácil en un país en que hay una importante cantidad de personas de esa clase; cuando la realidad de lo que se dijo en la explicación completa que está registrada en videos y documentos, López Obrador habla de lo manipulables que son muchas personas partidarias del régimen de corrupción, de privilegios y de salir adelante ganando como sea, sin escrúpulos morales. A esto es lo que se refiere ese aspiracionismo que no conviene a nadie pero que a la oposición le conviene usar a modo de crítica sustantiva a la clase media. No, el presidente no dijo eso, él habló de un tema de fraternidad mientras daba una cátedra de ética y humanismo; y el discurso de sus odiadores lo convirtió en un mensaje en contra de una gran parte de la sociedad.

Hay una fábula antigua de China de Jiang Ji que dice: Había una vez dos hombres que discutían a propósito de la fisonomía del rey.

—¡Qué bello es! —decía uno.

—¡Qué feo es! —decía el otro.

Después de una larga y vana discusión, se dijeron el uno al otro:

—¡Pidámosle la opinión a un tercero y usted verá que yo tengo razón!

La fisonomía del rey era como era y nada podía cambiarla; sin embargo, uno veía a su soberano bajo un aspecto ventajoso y el otro, todo lo contrario. No era por el placer de contradecirse que sostenían opiniones diferentes, sino porque cada cual lo veía a su manera.

La fisonomía de las personas, la belleza en su amplitud, es un asunto de opinión; la realidad política, los hechos, los datos NO. Estos pueden no gustar, ser criticados, incluso detestados, confrontados con otras mediciones, argumentados, pero no manoseados a manera de juicio o valoración. Los datos son los datos, los hechos son los hechos.

El presidente utiliza un amplio lenguaje muy cercano a la mayoría de la población, conoce a los ciudadanos y sabe cómo comunicarse con ellos, quien le escucha le entiende perfectamente. La diferencia de opinión está cuando hay un filtro que pasa por aquellos comunicadores y medios dolidos por la pérdida de privilegios económicos y que a como dé lugar hablan mal, mienten y falsean la información real con estos argumentos breves y sintéticos pero alejados de la verdad.

¿Y cómo se comporta la opinión pública? Hay varios tipos, uno de ellos es el que se decanta por ciertos periodistas y medios tradicionales y lo que ellos digan es la única verdad, se acostumbraron al facilismo de no tener que pensar, si les dicen que no hay vacunas, no hay vacunas (aunque las haya y ya estén vacunados); si les dicen que los hijos del presidente tienen Lamborghini, los tienen; si les dicen que los presidentes anteriores no saquearon al país, no lo saquearon; si les dicen que el presidente es dictador, es dictador y así cualquier cosa; tan solo repiten lo que escuchan de esas vacas sagradas a quienes siguen.

Otra parte de la opinión pública se rige por aquello que confrontaba Napoleón I, "No hay que temer a los que tienen otra opinión, sino a aquellos que tienen otra opinión pero son demasiado cobardes para manifestarla", son los que callan y ven pasar; se acomodan al momento y circunstancia para quedar bien con cualquiera, a veces a través de su silencio.

Y otra parte del público, bajo el planteamiento de que "su opinión no es la realidad" evita escuchar a los comunicadores tradicionales que por décadas ocultaron la verdad del país; se informan con datos y con la información directa de las fuentes, comparan peras con peras y manzanas con manzanas y entienden la historia del país, la gravedad de sus problemas y se permiten tener argumentos más consistentes y elaborados en vez de frases hechas.

En resumen, para leer a AMLO lo único que se requiere es tener ojos bien abiertos, no tener mala leche, querer al país y tener conciencia del pasado reciente; no hace falta saber de física cuántica ni tener un manual para dejar de ser manipulados, tan solo hace falta tener buena voluntad.

¡Sí! La consulta

8 de julio, 2021

A menos de un mes para realizarse la consulta ciudadana que busca juzgar a funcionarios políticos del pasado, se exacerban las voces opositoras (¿de quiénes más podrían ser?) para provocar que ésta fracase promoviendo que la ciudadanía no participe. Tratar como niños y niñas, castrar en su derecho y obligación de votar a los ciudadanos mexicanos es una muestra más de la calaña y antidemocracia en que prefieren se desarrolle el país.

Cada quien tiene el derecho y la libertad de votar SÍ o NO; cada quien lo que decida.

En México en el año 2019 se modificó el artículo 35 constitucional para reconocer el derecho de la ciudadanía a votar en las consultas populares y decidir sobre diferentes temas de acuerdo al marco de la ley; se acotó lo que no puede ser votado: los derechos humanos, la política fiscal, la materia electoral y otros más. Ante una propuesta del Presidente López Obrador, 2 millones y medio de personas votamos para que esta se realizara, cubriendo así el requisito de ley de que por lo menos el 2% del padrón electoral lo solicitara. En octubre del 2020 la Suprema Corte de Justicia por mayoría de votos declaró como constitucional la consulta sobre si se debía juzgar o no a los expresidentes y señaló la pregunta a realizarse cuya respuesta deberá ser un SÍ o un NO: "¿Estás de acuerdo o no en que se lleven a cabo las acciones pertinentes con apego al marco constitucional y legal para emprender acciones de esclarecimiento de las decisiones políticas tomadas en los años pasados por los actores políticos, encaminada a garantizar la justicia y los derechos de las posibles víctimas?"

¿Qué hay más democrático que el proceso seguido para llegar a esta Consulta del próximo 1 de agosto? ¿Quiénes tienen miedo y están peleados con que haya más democracia en México?

Más preguntas: ¿Qué tienen en común la incorporación del Reino Unido a la Unión Europea en 1972; el retiro (Brexit) de este mismo Reino Unido a esa pertenencia en la Unión Europea en 2016; la decisión en los años ochenta en California para disminuir los impuestos en el estado; la permanencia de Quebec como parte de Canadá en 1995; la medida de aumentar los impuestos en el mismo estado de California en 2016; la decisión de Suiza de cancelar su ley climática, la de prohibir utilizar la burka (cubrirse la cara públicamente) y la de frenar la homofobia; la permanencia de Escocia en el Reino Unido en 2014? Tienen en común que todas estas decisiones no han sido impuestas por un gobierno sino el resultado de las consultas ciudadanas o referéndum.

Hay un argumento facilón, rondando en estas voces rivales al proyecto 4T y al Presidente López Obrador, que dice que no se requiere consulta para juzgar a los ex presidentes y otros ex funcionarios dado que existen las leyes correspondientes al respecto. No es lo mismo ley que justicia, habría que contestarles. Esta tesis, a modo, olvida las reglas no escritas de la impunidad y de las complicidades hipócritas de la élite del poder; por décadas cubrieron sus delitos de gobierno a gobierno, ocultaron y desaparecieron información, se protegieron con jueces a la medida, corrompieron todo lo que pudieron corromper y saquearon la riqueza del país; son rateros, criminales y corruptos pero no tontos como para dejar desperdigadas las pruebas de sus fechorías. Por eso es que se requiere una decisión de la sociedad que por lo menos les sancione socialmente.

Si en verdad se quiere romper ese acuerdo de impunidad del que se sirven parte de las élites mexicanas, debe hacerse tanto por la vía jurídica que implique un castigo formal como por uno representativo/simbólico que socialmente marque un alto colectivo a esa forma de agraviar al país que han tenido los políticos. La Consulta del 1 de agosto va en este último sentido. Aunque no es formalmente una consulta que busca enjuiciar a los expresidentes sino a cualquier funcionario del pasado, el imaginario social sabe que son Salinas, Zedillo, Fox, Calderón y Peña Nieto los verdaderos destinatarios; entre ellos acumulan fraudes electorales, crímenes, matanzas, enriquecimientos ilícitos propios y de sus familiares y amigos, contrataciones de una deuda pública escandalosa que tiene empeñado el presupuesto por muchos años y relaciones con el narcotráfico que sería bueno deslindar para que por lo menos las nuevas generaciones sean conscientes de que muchos de los problemas del País tienen nombre y apellido en estos vergonzantes expresidentes y sus partidos. Esta consulta no es un acto que apela al pasado, apela al futuro que queremos.

Decía Octavio Paz: "Sin democracia la libertad es una quimera". Que sean los ciudadanos quienes resuelvan y no una vez más partidos y empresarios miedosos del juicio y escarnio público. La consulta hará catarsis para renovar el sentido de justicia y legalidad en México, para manifestar abiertamente el conflicto del pasado con el del futuro al que aspiramos legítimamente y abrir las posibilidades de un diálogo entre víctimas y victimarios; que no sean unos cuantos quienes lo decidan, que seamos unos muchos.

La trampa: el INE es el único responsable dela organización de esta consulta, aduciendo falta de recursos (a lo que la Corte le respondió que sí los tiene) solo instalará una parcialidad de las mesas de votación requeridas, solo 57 mil en todo el país (como referencia, en las recientes elecciones se instalaron más de 162 mil). De acuerdo a la ley, para que la consulta sea vinculante debe votar al menos el 40% del padrón electoral, es decir un poco más de 37 millones de ciudadanos. Una operación matemática sencilla dice que tendrían que votar en promedio como mínimo 650 en cada mesa; en las 10 horas en que dura la apertura de las mismas cada votante, uno tras otro sin pausa, tiene menos de un minuto para hacer todo el proceso. El INE desde antes que inicie el proceso ya lo ha boicoteado, los anti demócratas están de plácemes.

La respuesta que debemos dar es salir a votar, el número que se alcance será el bueno para demostrar que mayoritariamente, los ciudadanos sin correa, votaremos por el SÍ, que sea un acto de moral y ética pública aunque pudiera no tener consecuencia vinculante directa pero sí por lo menos para que se convierta en la guía en el modelo de conducta que sí estamos dispuestos a aceptar por parte de los políticos. Nunca se debe olvidar que esta consulta no es un acto emocional sino un acto sustentado en la realidad de los hechos: los asesinatos, saqueo, corrupción, fraude electoral y muchos otros delitos existieron.

A esto nos enfrentamos, a esto hay que responder con el acto cívico más importante en manos de los ciudadanos, salir a votar.

¡Es que no habla inglés…!

22 de julio, 2021

> Usa el idioma que quieras, nunca
> podrás decir nada más que lo que eres.
> *Ralph Waldo Emerson.*

Las críticas al Presidente López Obrador por parte de la oposición se dividen en tres:

1. Argumentativas: No se les conocen hasta el momento.

2. Negativas: No importa lo que haga o diga el Presidente, para los antagonistas todo está mal.

3. Clasistas: En este rubro encontramos una amplia variedad de diatribas que con una intención de ofensa le han lanzado: Naco, provinciano, solo tiene dos trajes, sus zapatos están polvosos, flojo, moreno, tardó varios años en terminar la licenciatura, vive de manera austera, estudió en Universidad pública, no habla inglés…

Es obvio que esta columna trata, como su nombre ya lo dice, de la circunstancia atroz (para ellos) de que el Presidente ¡No habla inglés!

La explicación por parte de los opositores al cuestionamiento de esta pregunta es sugiriendo que cómo se podrán conducir los asuntos internacionales sin dominar el uso de la lengua inglesa. Decir directamente que es de nacos no saber inglés (aunque lo piensen) se les dificulta porque no podemos olvidar que no solo son clasistas sino también hipócritas.

Y no mencionan otros idiomas porque su foco de atención es su Tío Sam, en su reduccionismo de la historia y valores lo único que pueden considerar es su aspiracionismo a la visión estadounidense del mundo feliz, esa dulce ironía que choca con la realidad.

En contra de la visión tecnócrata de que los funcionarios y presidentes mexicanos deben salir de prestigiadas universidades estadounidenses o europeas y que se empalma con la perspectiva del "wannabe" clasemediero que solo entiende por riqueza y valor de las personas los símbolos exteriores, la ostentación y el blof que muestren, todo al ritmo del yes sir, yes sir, es muy bueno recordar solo por mencionar algunos que: Luis Videgaray, Cesar Duarte, Javier Duarte, Emilio Lozoya,

Enrique Peña Nieto, Felipe Calderón, Anaya, Vicente Fox, Georgina Kessel, José Antonio Meade, Carlos Salinas tienen en común que estudiaron en reconocidísimas universidades mexicanas y extranjeras y que ellos sí: hablan inglés. Entonces, todos estos no nos robaron el país, sino que: they just stole and disgraced the country, o sea fue en inglés que nos chin…

El presidente López Obrador ha dirigido la política exterior sin tener que hablar inglés; como es elemental y obvio para cualquiera con una mínima inteligencia, las relaciones bilaterales entre países y las multilaterales entre grupos e instituciones se conducen con intérpretes profesionales y documentos que son traducidos a las partes; esta situación real les rompe el simplismo de considerar el desconocimiento del idioma como una dificultad para ejercer su trabajo. El Presidente instruye al Canciller Ebrard en la política a seguir y este es quién la ejecuta; no es el idioma quien guía las relaciones entre Estados y Organismos. Por cierto, hoy además, se privilegia la doctrina tradicional de la política exterior mexicana como es el respeto a todas las naciones y la no intervención en sus asuntos.

Decían estos clasistas opositores que no se imaginaban cómo el Presidente podría comunicarse con el Presidente de Estados Unidos por ejemplo. Muy poco tiempo pasó para que recibieran el primer balde de agua, los gobiernos establecieron comunicación, se reunieron, tuvieron agenda y la vida siguió. ¿El ex Presidente Trump habla español? quién sabe, es irrelevante para su función de gobierno como lo es para la del mexicano. López Obrador ha mantenido comunicación con los presidentes Trump y Biden, con la vicepresidenta Harris, con los presidentes Putin, Xi Jinping, Macron, Trudeau, Merkel, Abe, Sánchez, Castro, Morales y demás presidentes latinoamericanos y lleva su agenda internacional sin tropiezo alguno. Pero, siempre les sonará una crítica válida decir: es que no habla inglés.

¿Y qué significa en realidad este tipo de críticas? Todas las características, con ánimo clasista, que se le atribuyen al Presidente López Obrador son las mismas de la gran mayoría de mexicanos, el color de piel, la forma de hablar según su localidad de origen y la austeridad en el vestir por ejemplo. Intentar agraviar *ad hominem* al Presidente por sus características físicas y de identidad es insultar a gran parte, a la inmensa mayoría de la sociedad. Y por esto, aquellos partidos, grupos y personas que así se expresan nunca tendrán apoyos mayoritarios; tantos estudios, tantos viajes, tanto blof en sus vidas para que acaben en esta tara de clasismo y racismo.

La oposición conservadora se acostumbró a lo que plantea la fábula del Rey desnudo: de aquellos presidentes prianistas que adoran y extrañan les encandiló su hermoso ropaje, aunque este no existiera.

El neoliberalismo, en su accionar sobre la identidad nacional, dejó como consecuencia que México viva una distorsión cultural y social de enorme magnitud. Marx, tan mentado y tan mal leído actualmente decía: "A medida que se valoriza el mundo de las cosas se desvaloriza, en razón directa, el mundo de los hombres"

Los conservadores bien consolidados en los grupos panistas y su más reciente derivación frenista, con eco y recursos en los medios de comunicación no acaban de entender o, más bien, no les interesa entender que la discriminación por clase, como lo es también la de raza y sexo, es una construcción social, no una característica genética, y que como tal, puede construirse a partir de decisiones personales, públicas y de cultura social. En vez de entenderlo así, asumen una superioridad que, aunque a todas luces es falsa mantiene ese cimiento de clasismo —que se suma por lo general con racismo— como una serie de prejuicios y discriminación con base en la pertenencia a un nivel socioeconómico.

La polarización en México es real, no es la que inventan columnistas y medios para atribuirla a López Obrador, la polarización es la plasmada en la desigualdad social y económica y en la visión clasista que el conservadurismo tiene sobre la mayoría del país. Y lo más sorprendente, hay una cantidad numerosa de personas que hacen la crítica de clase aún siendo y teniendo las mismas características, a ellos les cabe la pregunta de: ¿y ya te viste en el espejo?

¿Quién ganó y quién perdió en la Consulta?

2 de agosto, 2021

El mundo es un buen lugar, valdría la pena defenderlo.
Ernest Hemingway.

Es hablada y repetida una y otra vez la noción acerca de la polarización de posiciones políticas que vivimos en México. No importa para esta columna el origen de esa situación, ya escribiré de ello el siguiente sábado, sin embargo uso este concepto de polarización tan solo para decir que sería ingenuo que ante la reciente Consulta Ciudadana se tuviera una perspectiva común fuera de la posición dogmática en el proceso de comunicación de los grupos políticos. Cada quién habla según sus intereses y su visión de vida.

Hay un contexto que ayuda a explicar qué es una Consulta Ciudadana y cómo México se inserta en su dinámica. En el mundo en su conjunto, la Consulta es un mecanismo de participación ciudadana que se lleva a cabo desde hace siglos, los países más avanzados en su proceso de empoderamiento civil las llevan a cabo a manera de plebiscitos para resolver asuntos cuya solución es imprecisa en el marco de sus propias leyes. Según la Universidad de Zúrich a través de su Centro de Estudios para la Democracia Directa, hasta 1980 en Latinoamérica apenas se habían realizado unas 38 Consultas en diferentes países para escuchar directamente a los ciudadanos sobre variados temas que requerían resolverse, pero de 1980 a 2020 el número pasó a 103 lo que nos habla de cómo rápidamente se ha popularizado este ejercicio. Ejemplos en Latinoamérica sobran: Chile se pudo deshacer de la dictadura Pinochetista mediante una de estas consultas, Panamá decidió la ampliación de esclusas en el Canal que cruza su país también mediante este mecanismo, Paraguay decidió que sus ciudadanos residentes en el extranjero pudiera votar en las elecciones. Es decir diferentes momentos, países y temas. Y el resto del mundo nos da muchos ejemplos más, uno de gran importancia es que fue en una Consulta que Inglaterra decidió retirarse de la Unión Europea (Brexit).

En México con las reformas al artículo 35 constitucional y con esta primera consulta realizada el domingo, el país incorpora esta nueva forma de participación de la ciudadanía a la toma de decisiones.

Aquí viene una primera interrogante: ¿Haber realizado esta Consulta representa un triunfo o un fracaso para México? En mi opinión, cualquier demócrata puede considerar esto un completo éxito. Participar en las decisiones políticas a fin de mejorar la vida colectiva es invaluable.

La organización de la Consulta estuvo en la autoridad electoral, el INE. En la reciente elección federal de junio de este año, el INE instaló 162,896 mesas para recibir los votos para un padrón electoral de poco más de 93 millones de ciudadanos.

En el caso de esta inédita Consulta el INE instaló únicamente 57,000 mesas para el mismo padrón de 93 millones de ciudadanos lo que convirtió de entrada, gran dificultad para que muchas personas pudieran trasladase a su centro de votación correspondiente, en muchos casos a más de 50 km de distancia de su vivienda. Bajo este criterio la propuesta por parte del INE para recibir votos era de 36 segundos por ciudadano, uno tras otro.

¿De qué sirve saber estos números una vez que se conocen los resultados? Solo para saber que desde un inicio las posibilidades de alcanzar un mínimo de 34 millones de votos para hacer vinculante el resultado eran imposible. Aunado a esto, la difusión por parte del INE de esta jornada electoral fue mínima y confusa y lo más grave es que hubo una clara reticencia por parte del Órgano electoral a que se llevara a cabo de manera exitosa. Planteó públicamente como un desperdicio de recursos los 500 millones de pesos que debió sacar de su millonario presupuesto (el INE recibió para este año, casi veinte mil millones de pesos) y fomentó en voz de su presidente y alguno de sus consejeros la desestimación a la participación restando importancia al evento.

Segunda pregunta: ¿Haber realizado esta Consulta representa un triunfo o un fracaso para el INE? La parte de organización de la instalación de casillas es medianamente aceptable, las decisiones respecto a número de mesas, publicidad e intromisión de sus funcionarios fungiendo como opositores a la Consulta sí se puede considerar un rotundo fracaso de este INE. Esta Consulta le quedó grande al INE.

Los ciudadanos que decidieron no votar y aquellos que adicionalmente promovieron la NO participación, cada uno por sus razones personales pero en gran parte condicionados a repetir la consigna que les fomentaron los medios de comunicación, partidos políticos y columnistas que claramente se oponen al proyecto 4T y al Presidente López Obrador; consideraron que NO votar y promover que sus conocidos y seguidores NO lo hicieran, dañaría al gobierno actual. Sin mayor argumentación más que la de su conocido odio a la política del gobierno actual y a la democracia participativa y con la simpleza de chabacanas tesis que les llevó a la conclusión de frases como "la ley no se consulta", "cuesta mucho dinero" y cualquier otra burda relación con supuestas medicinas oncológicas faltantes y otros gastos sugeridos.

Estos ciudadanos en realidad optaron porque no sea obligatorio (vinculante) que se revise la historia del pasado, prefirieron ser omisos respecto a la corrupción y saqueo del país. Demostraron también la penosa realidad cultural de la mayoría conservadora del país y como dijo hoy Lorenzo Meyer: "No fueron a consulta porque no tienen conciencia que han sido explotados casi como animales por siglos".

Tercera pregunta: ¿Haber realizado esta Consulta representa un triunfo o un fracaso para quienes promovieron la NO votación? Desde el punto de vista numérico pueden considerarlo como un éxito, alcanzaron lo que promovieron en sus vasallos, pero desde un punto de vista ciudadano, democrático y de ética pública bien pueden avergonzarse ante este estrepitoso fracaso que los exhibe como anti demócratas, fomentadores de apáticos e indolentes ante la corrupción.

Por su parte, los ciudadanos que sí participaron alcanzaron cerca de 7 millones de votos, de los que más de un 96% fueron a favor del SÍ. Dato duro: para que fuera vinculante debían haber votado por lo menos 34 millones (sí, uno cada 50 segundos de principio a fin en cada una de las mesas instaladas).

Cuarta pregunta: ¿Haber realizado esta Consulta representa un triunfo o un fracaso para quienes sí participaron? Basta revisar las redes sociales para saber que cualquier persona que participó se encuentra satisfecha con haberlo hecho; sabe que su participación en la democracia es fundamental para México y que a pesar de todos los impedimentos puestos por la autoridad, por muchos medios de comunicación, por actores políticos del pasado y por una organización confusa y poco promovida, se logró el éxito en el objetivo de mandar un claro mensaje en donde más del 96% de participantes sí queremos que se investigue y explique el pasado.

La oposición le apostó también en este tema a la polarización, nos demostraron una vez más que el país les importa un bledo, sus intereses son los que deben estar protegidos y en esta ocasión se hicieron acompañar de la ignorancia, mala fe y pasividad, bien por ellos, afortunadamente van de salida.

Así que como en piñata, hay para todos, cada quién puede alzarse con el triunfo o el fracaso que elija.

Polarización a la mexicana

6 de agosto, 2021

Hay una élite política y económica que paga
a los medios de comunicación para que le
describan la política que usted debe oír.

Polarización, palabra de moda que hoy se usa en México para acusar al Presidente López Obrador al hablar de ciertos asuntos. Palabra que parece existir a partir del triunfo de la 4T de hace 3 años.

Argumento falso, ingenuo, hipócrita, tan cínico que tiene su origen en los grupos conservadores opositores, porque… suena duro y solo requiere una palabra que la hace fácil de ser captada por su séquito, y es el tipo de argumentación que no necesita siquiera conjugarse en un párrafo, basta con decirla para que en el imaginario antagonista se infiera que es el agravio al "fifí" por parte del "chairo" mayor en la presidencia.

Es parte de la naturaleza que las identidades de cada persona busquen la identificación con grupos afines, las coincidencias en preferencias deportivas, musicales, en lugar de origen, en rango de edades o cualquier otra, provocan de manera casi instintiva la consonancia en comunidad. ¿Es polarización la que se da entre los que van con un equipo de fútbol y los que van con otro? Obviamente no, es tan solo identificación por afecto, gusto, temporalidad o cualquier circunstancia así.

Entonces, si la polarización no se refiere a estas diferencias de la vida cotidiana, revisemos qué pasa con hechos que sí dividen de manera profunda a la sociedad en su conjunto:

Con datos acumulados de la ONU a través de su Informe Regional de Desarrollo Humano, al cierre del año 2019, la desigualdad económica en México se expresaba en que el 1% más rico de la población acaparó el 29% de todos los ingresos del país. Y abriendo ligeramente el abanico, el 10 % más rico concentra el 59% de los ingresos totales. Esto sí es polarización.

También al cierre de 2019, con datos de OXFAM y El Colegio de México, sabemos que en los 10 años previos, casi 3 millones de personas se sumaron a la pobreza en México, en gran medida por sus características étnico-raciales, esta investigación reveló que la lengua, el tono de piel y el

104

origen étnico son factores que supeditan la desigualdad dentro de las familias y su órbita social y su presencia en medios de comunicación. Esto sí es polarización.

La medición de CONEVAL al cierre de 2020 dice que la población mexicana en pobreza representa el 43.9% y la de pobreza extrema el 8,5%. La población vulnerable por carencias sociales y por ingresos constituye más del 32%. En resumen, tan solo el 23.5% de los mexicanos no están en los rubros de pobres o vulnerables. Esto sí es polarización.

Las expresiones clasistas como *prieto, indio, naco, gato, "moreno", "chairo"* etc. con que se busca discriminar a las personas por su color de piel en un país como México en donde menos del 5% es de piel blanca; evidencian las actitudes diarias con que se normaliza el racismo en México. Esto sí es polarización.

Todas estas situaciones mencionadas arriba y que son hechos, datos duros, han provocado dos visiones de país, una de ellas minoritaria: conservadora, a favor del *status quo* anterior al gobierno Lópezobradorista, racista, clasista, conforme con la enorme desigualdad y que se privilegia de los beneficios en manos de unos cuantos, pero sobre todo, con un profundo desamor al país. Y otra visión mayoritaria: que es la que encabeza el proyecto actual de gobierno que busca incidir en amortiguar la desigualdad y brindar oportunidades para todos independientemente de su raza, clase social, género y origen. Dice López Obrador: "Todos los seres humanos tienen derecho a vivir y ser felices".

Hay una enorme diferencia entre estas dos visiones, son dos posturas ideológicas que se contraponen y que hacen parecer como polarización lo que es simplemente desigualdad.

Matemática y estadísticamente un modelo de polarización implica dos lados iguales que se oponen, así que tampoco en este tipo de medición el caso actual mexicano está polarizado, porque el apoyo del presidente López Obrador es mayoritario, todas las estadísticas serias le dan entre un 60 y un 70% de aprobación, las voces en su contra son mucho menores a las de quienes le defienden.

La diferencia es que aunque sean menos los opositores, son ruidosos, son intereses en medios de comunicación, líderes de opinión, grupos económicos, financieros y empresariales acostumbrados al saqueo de recursos vía concesiones y evasión y exención fiscal, partidos políticos y abajo firmantes con muchos seguidores que vivieron por décadas del presupuesto y del chayote, son algunos que por muchos años se hicieron pasar como «progresistas» y que finalmente se decantaron por el canto del dinero y la corrupción. Ese ruido que hacen es el que hace parecer una división a partes iguales, el ruido que generan iguala la voz mayoritaria, y es por eso que a pesar de tanto ruido electoralmente se muestran en su medición real. Podemos escuchar gritos de lo que queda del perredismo cuando en las últimas elecciones estuvo a punto de perder su registro al haber tenido una votación del 3%, ¡ah, pero cómo hacen ruido! Gritos y sombrerazos del PRI y PAN cuando su suma no es siquiera la que obtuvo MORENA, ¡ah, pero qué ruido hacen!

Estos ruidosos extremistas que no aceptan al otro, al que siempre vencieron y siempre robaron; son quienes colocan en los medios la idea que dice que el Presidente López Obrador polariza a la sociedad cuando los describe como catrines, fifís, conservadores, bloferos o wanabis. No, la desigualdad económica es la que marca dos posiciones, el gobierno y la mayoría del país está de un lado, y los conservadores beneficiados por la corrupción del otro. La desigualdad no es de hoy, es histórica, pero estos antagonistas nunca la quisieron ver y para seguirla negando le llaman *polarización*, y esta es la historia.

AMLO y el mundo en la 4T

13 de agosto, 2021

¿No que no tronabas pistolita?

Es lógico que no lo soporten, es lógico que al verlo intentando cambiar las cosas y hacer que se respete la soberanía y la no intervención en asuntos de otros países lo rechacen, es lógico que cuando advierten que México recupera la tradición de asilo a perseguidos políticos se crispen. Es lógico porque es la forma que tienen los conservadores mexicanos de negar su incuestionable mentalidad de colonizados y su noción cultural de inferioridad en que se ven frente a otros países.

La historia de la diplomacia mexicana durante el siglo XX y lo que va del XXI reúne importantes eventos que bien se pueden agrupar en tres formas de relacionarse con el mundo. Cada una de ellas bajo las propias circunstancias de la geopolítica del momento, de la realidad que nos presenta la vecindad con Estados Unidos y de la personalidad de los presidentes y secretarios de relaciones exteriores y los embajadores mexicanos, todo esto con el apoyo de un gran grupo de personal de carrera que independientemente del gobierno en turno defiende los intereses del país .

De manera muy breve esbozo algunos de estos momentos de la diplomacia que han marcado a México:

En un primer grupo de eventos durante el periodo posrevolucionario y hasta el inicio del neoliberalismo en la década de los 80, México, bajo la idea fundamental heredada de Benito Juárez que encierra en su conocida frase «… el respeto al derecho ajeno es la paz», se caracterizó por hacer valer su soberanía y no intervención en los asuntos de otros países, usando como instrumento la Doctrina Estrada que se promulgó en 1930 y que dice en esencia: El gobierno mexicano no califica ni precipitadamente, ni a posteriori, el derecho de las naciones para aceptar, mantener o sustituir a sus gobiernos o autoridades. En 1931 en que México se incorpora a la Sociedad de las Naciones (antecesora de la ONU) el país estableció su posición a favor del derecho internacional, del principio de no intervención y del derecho de autodeterminación de los pueblos y siempre apoyó el principio de resolución pacífica de diferendos internacionales, así como rechazó el uso de la fuerza en las relaciones internacionales.

La política de asilo a perseguidos políticos como fueron los casos de Trotsky, de Menchú, de Cámpora, del Shah de Irán y de Hortensia Bussi entre otros, son emblemáticos del papel que ha jugado México en los asuntos internacionales.

El activismo de Gilberto Bosques, cónsul en Francia nombrado por Lázaro Cárdenas como su enviado personal en Europa al inicio de la segunda guerra mundial y que fue capaz de otorgar más de 40,000 visas y salvoconductos para que perseguidos del fascismo se refugiaran en México (por lo que se le conoce también como el Schindler mexicano) y que alquiló dos castillos en Marsella para esconder a hombres y mujeres (principalmente españoles) y evitar así que fueran capturados por los nazis, lo que le costó ser apresado junto con su familia por la Gestapo hasta 1944 en que se le permitió regresar al país (por cierto, qué corta memoria la de la monarquía y partidos de derecha españoles).

En 1948 México se incorpora a la OEA y participó en ella activamente en la construcción de un sistema de resolución de conflictos en Latinoamérica.

En 1967 México firma bajo la conducción del canciller mexicano Alfonso García Robles, el Tratado de Tlatelolco que proscribe las armas nucleares en América Latina y el Caribe, por este éxito diplomático García Robles recibió en 1982 el Premio Nobel de la Paz.

Es también fundamental la participación de México a principio de los 80 en el establecimiento de la paz en Centroamérica como miembro del Grupo de Contadora junto con Venezuela, Colombia y Panamá al margen de Estados Unidos.

En un segundo grupo, se podría llamar el de los vendepatrias y traidores, a partir de la segunda parte del gobierno de de la Madrid —ya inmersos en el neoliberalismo— y hasta el gobierno de Peña Nieto, México plegó los intereses del país a los del mercado y a la política que le marcaban los dictados norteamericanos y los grandes grupos empresariales del mundo que se beneficiaron de la repartición de las empresas nacionales.

En este periodo neoliberal México no solo dejó de hacer valer la importancia de su independencia diplomática sino que aquí encontramos la mayoría de escándalos en el servicio exterior: los gastos suntuosos del embajador Carlos Flores, nombrado por su amigo Fox, en la OCDE, que gastó a costa del erario mexicano miles de dólares en almohadas y colchones para su casa y más de 1,3 millones de dólares en una casa en París. O en el gobierno calderonista el caso del embajador Trejo Nava que en la embajada de Arabia Saudita tenía un expendio clandestino de alcohol en un país en donde su ley prohíbe su tráfico y consumo. O el caso de Francisco Arroyo, embajador ante Uruguay en el gobierno de Peña Nieto que escondió fondos por más de 1 millón de dólares en Andorra.

Y como olvidar el ridículo de la comitiva de Vicente Fox en China ya con Jorge Castañeda como secretario de relaciones, tocando las estatuas y posando junto a los guerreros de terracota en el Museo de Guerreros y Caballos de Terracota, considerados como la Octava Maravilla del mundo y donde tenían prohibido su ingreso. Y el mismo Fox y su esposa "Martita" haciendo turismo al Vaticano para lograr la anulación de sus matrimonios previos.

Estos escándalos y eventos grotescos a nombre del país tuvieron su epítome en el famoso "comes y te vas" que le endilgó Fox al presidente Fidel Castro para que no se enojara el presidente Bush por su presencia en México. Pero unos años después se subió la vara de vergüenza con la conducta del presidente Peña Nieto y sus cancilleres José Antonio Meade y Patricia Espinoza de derroche y ostentosidad en los viajes turísticos por todo el mundo en el invendible (por caro) avión presidencial que costó 218 millones de dólares, acompañado de la actriz que fungía en el papel de su esposa "la gaviota" y sus amigos, familia, maquillista, peinador y demás garrapatas del erario.

Y finalmente en una tercera etapa, ya en el Lópezobradorismo, en el que se recupera la política de asilo (el de Evo Morales es un claro ejemplo), la no intervención en las decisiones de otros países, mayor cooperación para el desarrollo con los países de Centroamérica, acciones en beneficio de las personas migrantes, y un radical cambio en eso de ser alfil de las empresas de armamento con el pretexto de la iniciativa Mérida y programas como Rápido y Furioso que inundaron al país de armas. Y es ahora que hay un alejamiento de la OEA tras convertirse esta en un organismo golpista como lo fue en el caso de Bolivia y en un momento en que su secretario general Almagro se ha decantado por actuar a favor de la ruptura democrática en el continente.

El papel de gestión diplomática de México en el mundo se reactiva, Noruega propone a México para que aquí se realicen conversaciones de mediación entre Venezuela y la oposición, lo que ya está sucediendo en este mismo momento. También el país, de la mano de su cancillería, ha realizado una gestión exitosa tanto en conseguir vacunas COVID de todos los fabricantes en el mundo como en donar cientos de miles de ellas a países con menores posibilidades económicas. La relación con Estados Unidos, siempre complicada, ha sido sorteada con posiciones claras que ponen en la agenda asuntos que le interesan a México y que sin confrontar marcan un contraste con el yes sir, yes sir al que se doblegaron los gobiernos priistas y panistas. Y en la relación con España, uno de los socios comerciales más importantes, se puso un rotundo alto al saqueo instrumentado por algunas empresas de ese país en colusión con ex funcionarios; este último punto explica el enfriamiento de la relación entre la monarquía y los grupos de extrema derecha españoles con México (tendrán que entender en España que la circunstancia ya no es la misma, ya no hay espejitos que les sirvan).

Lo anterior, entre otras cosas, ha llevado al Presidente López Obrador a ser evaluado entre los tres mejores presidentes del mundo desde el 2019. Nada mal para el hombre que dicen que "no habla inglés".

Así que sí, se entiende y es lógico que no lo soporten, que lo odien incluso. La independencia, dignidad y soberanía no están entre los afectos de los conservadores que antes que hacer algo por su país de origen preferirían ser colonia norteamericana. Y esta es la historia.

¿Hora del manotazo?

19 de agosto, 2021

La acción no siempre trae felicidad…
pero no hay felicidad sin acción.
Disraeli

Estamos por llegar a los tres años de este proyecto 4T encabezado por el Presidente López Obrador. ¿Es hora que el presidente de un "manotazo" sobre la mesa que sitúe a cada quién en su lugar? ¿O se debe seguir dando trato de demócratas a quienes son meros golpistas blandos?

Los opositores al proyecto Lópezobradorista han intentado bloquear todas las obras púbicas, propuestas, leyes y programas que el gobierno —electo por una mayoría superior al 53% representada en más de 30 millones de votos, ganando con votaciones hasta del 79% en algunos estados y siendo primera fuerza política en casi la totalidad de los estados— ha presentado.

Con el margen de acción que el triunfo de Morena y sus aliados obtuvo, se ha podido hacer cantidad de cosas: en obra pública destaca la construcción del nuevo aeropuerto (cancelando el elefante blanco en Texcoco), el tren maya y la refinería de Dos Bocas; se ha construido un nuevo entramado legal con más de 60 reformas constitucionales y cambios en leyes; tenemos al primer presidente en 80 años que privilegia la atención a grupos históricamente olvidados a través de programas de becas, pensiones, subsidios, proyectos de empleo temporal; créditos financieros y precios de garantía para campesinos; respecto a la economía se firmó la renovación del TMEC y los acuerdos paralelos, las finanzas atienden responsablemente las variables macroeconómicas: valor del peso, inflación y e inversión extranjera directa; ante la epidemia de COVID y frente a un sistema de salud devastado por los gobiernos anteriores se procuró una respuesta rápida para construir y habilitar hospitales, aumentar las camas disponibles y comprar equipos médicos y se logró negociar con los fabricantes de vacunas las cantidades necesarias para cubrir a toda la población.

Pero sin duda alguna, la cereza del pastel, es el frontal ataque a la corrupción que se lleva a cabo, nombres como Lozoya, Duarte, Ancira, Collado, García Luna, Medina Mora, Torres López. Herrera Pegueros, Lastiri, Elías Beltrán, Karime Macías, Romero Deschamps, Zerón de Lucio, son apenas algunos de los investigados, encarcelados, perseguidos o fugados. Esto acompañado de fondos congelados a través de la UIF en miles de cuentas bancarias por miles de millones de pesos y de dólares.

Y sin embargo…

¿El ritmo que se lleva en la gestión de gobierno será suficiente para lograr un modelo irreversible que impida volver a prácticas del pasado que saquearon los recursos del país y que aumentaron las enormes desigualdades? En este momento aún es incierto, no se ve tan claro cuando todas las decisiones del ejecutivo se ven frenadas, o por lo menos retrasadas, por disposiciones de jueces a modo, que amparan a todos los que se dicen afectados por el nuevo rumbo del país, decenas, cientos de amparos:

Los empresarios que se niegan a pagar impuestos lo siguen intentando, los monopolios entre empresas que se coluden para aumentar precios de medicinas y de gas encuentran los mecanismos para seguir haciéndolo, los concesionarios siguen encareciendo sus tarifas en base a contratos leoninos firmados en gobiernos pasados.

Y el poder judicial entre la complicidad y el "nomás milando". El INE tomando parte en los procesos electorales a favor de la oposición, el TRIFE en medio de una descomposición interna arrebatándole a la 4T puestos de elección ganados.

Los medios de comunicación, ahora con recursos de gobiernos estatales y empresarios en franco ataque al presidente y su gobierno, como nunca, la grosería, el clasismo y el racismo es promovido por aquellos que dejaron de recibir "chayote".

Exfuncionarios, expresidentes y sus familias, paseando por el mundo en medio del derroche. Calderón y Fox boquiflojos sabiéndose protegidos por el poder judicial.

Todos estos, incluyendo a esa nueva casta de «progres viudos del presupuesto», actúan al unísono contra todo lo que sea 4T, están desesperados por cancelar todos los obras en ejecución porque saben que una vez concluidas se les complicará aún más desprestigiar al gobierno.

¿Y nosotros?

La Fiscalía General de la República se ve reumática y anquilosada, actúa pero no acierta a dar los golpes contundentes que pongan un alto a la impunidad, los delincuentes de cuello blanco y exfuncionarios saben que el tiempo es su mejor aliado; mientras se arman las investigaciones y a punta de amparos se frenan las que se logran, continúan despreocupados. Se entiende que el mamotreto que le dejaron a Gertz Manero sea difícil de enderezar pero el tiempo va pasando y no se vale un: lo intentamos pero no pudimos.

En el partido MORENA se empiezan a ver ataques soterrados entre grupos o facciones, algunos muy adelantados acuerpando próximos candidatos que no están entendiendo que lo importante son los siguientes dos años, si no cuidamos la 4T y la ejercemos a plenitud no habrá ni Claudias ni Marcelos para contar la historia. No puede perder la brújula la dirigencia que a veces parece pasmada y callada, poco ejecutiva y sin el carisma que aglutine al Lópezobradorismo.

Los secretarios actuando en sus responsabilidades pero en algunos casos con poca visibilidad, la tarea de comunicación de algunos de ellos se las está ganando la prensa odiadora. No acaban de construir su fortaleza y dependen del abrigo presidencial para lucir.

El manotazo

El gobierno cuenta con la fuerza que le da la ley y la Constitución, la fuerza que le da la mayoría de la población, me parece que es hora de poner las cartas sobre la mesa a todos los que no van al ritmo del proyecto de transformación y hacer los cambios necesarios, si fuera el caso, aplicar la mano dura que la ley le permita para resolver los pendientes. No podemos seguir agachados a los poderes fácticos que se niegan a ceder sus privilegios mal obtenidos. Este no va ser, no puede ser, un sexenio de: lo intentamos.

¿Hasta dónde será paciente el Presidente López Obrador? Mi opinión es que se le acaba la mecha y pronto veremos que tirará un cañonazo como apretón de tuercas que ocasionará gritos y sombrerazos (por decir lo menos).

AMLO: ¿moda o convicción?

26 de agosto, 2021

Al nopal solo se le arriman cuando tiene tunas.
Refrán popular

Qué ironía escuchar cómo algunos usan como tesis para criticar o mostrar la animadversión que tienen al Presidente López Obrador, el cuento de: yo voté por él pero…, yo voté por AMLO pero…, yo siempre lo apoyé pero… Y a partir de ese pero lo que sigue es la crítica usual y el mismo discurso que usa cualquier franco antagonista al gobierno actual.

Aquí planteo, tan solo como una forma de caracterizarlos, que las personas que están en desacuerdo con la administración Lópezobradorista se dividen en dos grupos:

a) las personas que abiertamente y sin ambages dicen que están en contra de su proyecto y

b) las que se apenan de su conservadurismo e infieren lo que creen es una historia de vicisitudes que les ha hecho cambiar de opinión y que dicen: yo voté por él pero…

De estos últimos escribo hoy, de los taimados, blandos, convenencieros, falsos, tartufos y demás hipócritas a quienes les cuesta exhibirse en su realidad opositora, conservadora, a veces traidora pero siempre, eso sí, convenenciera.

A tres años de distancia de aquel triunfo y aunque el presidente mantiene más de un 70% de aprobación, encuentro que parte de esos votantes fueron de "ocasión", la moda era votar por López Obrador y a eso se sumaron, no por convicción sino porque la tendencia que marcaba las encuestas indicaban que ganaría y, para ese grupo derrotado históricamente sin entender el porqué ¡qué mejor que estar con el ganador! . Y así, sin convencimiento alguno pero montados en la ola de un proyecto ganador otorgaron su voto a la 4T. Gracias por ello.

No importa si es la ignorancia, el no leer y no informarse, el simple desinterés o la comodidad lo que da formación a este grupo: el no entender las razones de las circunstancias que ha vivido el país y todo aquello que llevó a la enorme desigualdad, violencia y carencias en que vive la mayoría

114

de los mexicanos, agota en su inmediatismo de intereses tan solo su propia conveniencia, principalmente económica. Estos votantes "arrepentidos", generalmente de clase media, hoy se sienten frenados al ver que van cayendo aquellos elementos con los que tradicionalmente "aspiran" a ser de ese 10% que es realmente rico y poderoso. Sus cuates que les daban chambas, funcionarios que conocían y les daban concesiones y contratos, becas porque tienen los contactos adecuados", participación en la vida social porque el primo del amigo se ha enriquecido a costa del erario etc., hoy son prácticas que se van acabando y que incluso se ven mal. Se han quedado huérfanos en esas posibilidades.

Esa forma de vivir la vida bajo la moda de turno es la explicación de su voto en el 2018, es lo mismo que les hace de vez en vez ser ecologistas, preocuparse de causas sociales (si son de otro país mejor y son de causas tan amplias como el calentamiento global aún más); usar pulseras de color que signifique apoyar alguna lucha por algo o de alguien. No son consistentes, no tienen ideología, si fuera ropa sería un *"fast fashion"* para usarse un par de veces y después cambiarla por otra.

Es en esta representación que tienen del mundo en donde se puede hallar algunas de esas voces que hoy se dicen arrepentidos. Porque no hay secretos, el presidente siempre dijo lo que haría, explicó sus políticas claramente, dijo que combatiría la corrupción (no lo entendieron así), dijo que por el bien de México primero se atendería a los pobres (no lo entendieron así), que acabaría con el influyentismo (tampoco lo creyeron) y que se rodearía de gente que tuviera amor por el país (¡y tampoco le creyeron!), votaron por moda, no por convicción. Y si no han tenido la capacidad de comprender la realidad actual y su porqué se van a volver locos a partir de ahora en que veremos movimientos que sacudirán a la clase política y a la sociedad para preparar el cierre del sexenio y se dejen amarrados los puntos fundamentales que hagan irreversible la vuelta al pasado (sobre esto escribí en mi columna anterior: "¿Hora del manotazo?").

El reciente caso de la escritora Brenda Lozano que fue nombrada como agregada cultural en España es un ejemplo que nos explica esa línea de pensamiento: en sus redes sociales y en sus artículos de opinión la autora es una crítica del gobierno actual, del proyecto 4T y en particular del presidente López Obrador de quién se burla constantemente, entonces, ¿por qué alguien con esas características, debe representar a este gobierno? Pero, a pesar de lo anterior, cuando se le cuestiona y critica por haber aceptado ese puesto dice: es que yo voté por AMLO. Haber votado por AMLO no es patente para abandonar el proyecto si se pretende el privilegio y responsabilidad de su representación. Tiene todo el derecho a estar en contra de López Obrador y su proyecto, esa es su libertad; la 4T tiene por su parte el derecho de ser representada en el mundo por afines.

La 4T no es una moda y el presidente no es un *showman*, la 4T es un proyecto de gran profundidad que intenta cambiar las malas prácticas del país; es obvio que hay a quienes no les conviene que eso suceda y lo dicen abiertamente y hay también estos otros: los que votaron por moda. Y esta es su historia.

Receta para el desencanto

11 de septiembre, 2021

La corrupción odia lo que no está corrupto.

¿Le conviene al país que una parte de la sociedad, aunque sea minoritaria, se sienta políticamente huérfana?

Una de dos, o los partidos políticos opositores sin darse cuenta se están auto saboteando, o bien por su ineptitud para entender a la sociedad frente a la fuerza del proyecto Lópezobradorista o porque hay alguna intencionalidad detrás de cometer los enormes errores que les están llevando a ser cada día más intrascendentes, desdibujarse ideológicamente y convertirse tan solo en el contenedor que albergue a cualquiera de los que están en contra de la 4T y del presidente.

Ser ese contenedor que reciba a todos los disconformes les puede redituar porque ante la mayoría que apoya al presidente y su gobierno (entre 60% y 70%), cada partido de manera independiente se vuelve trivial si es que hablamos de posicionarse como alternativa, esto puede ser una explicación.

Existe el antecedente que parecieron no entender los partidos opositores y es el que unir PRI, PAN y PRD no sumaba sino que alejaba a algunos de sus seguidores que no quisieran verse involucrados con los demás. Las cúpulas por supuesto no lo quisieron ver así, para ellos el intento de la sumatoria ganadora *(sic)* con el fuerte apoyo económico de dinero bajo la mesa por parte de los empresarios encabezados por X González fueron atractivo suficiente. Y también es necesario recordar que algunos mandos menores conocidos en sus localidades se plegaron a esta forma patrimonial de entender la política mexicana, ya sea porque observaron que no tenían posibilidad alguna con el nuevo gobierno o porque no pudieron dejar a lado su ambición por alguno de los pocos puestos o contratos a repartir entre los que se fueron añadiendo al galimatías formado. La suma de estos es lo único que los conformó como AlianXa.

Sin embargo, cabe también la posibilidad de que haya una intención de desbaratar el régimen de partidos que inició desde 1911 y que apenas en los últimos 70 años ha venido consolidándose. Ante la pérdida de confianza de sus anteriores electores tal vez las cúpulas políticas y económicas del país estén viendo la conveniencia de apostar por un modelo de fuerza que pueda contener a la sociedad mayoritaria. Luce como un desatino pero ante su desesperación se cierne la interrogante.

Se han encargado de construir la receta perfecta para el desencanto de sus votantes, veamos: En primer lugar la ya mencionada presentación en alianza electoral de PAN, PRI y PRD, que juntos no son ni chicha ni limonada y a cada uno por separado les cuesta explicar en que coinciden sus planteamientos comunes; pero sí hay una respuesta y es que quieren regresar al pasado en que ellos podían repartirse el presupuesto entre sí y sus amigos. Porque hay que decirlo abiertamente, todo el movimiento opositor a la 4T tiene que ver con que el dinero ya no cae en los bolsillos de las élites políticas, empresariales e intelectuales sino que ahora se reparte a los grupos más vulnerables y pobres.

Por otra parte la derechización (si es que se puede más) del PAN para llegar hacia un neofascismo que acuerda con el partido de extrema derecha VOX de España. Esto, no es un simple acto de provocación sino que es la representación clara de que el PAN, el partido tradicionalmente conservador, santurrón y mojigato de México, en vez de entender la modernidad, los movimientos feministas, la laicidad que señala la Constitución y las ideas de las nuevas generaciones; se aferra los dogmas de los cadáveres políticos que siguen a la cabeza del partido y que no permiten que sus jóvenes aporten nuevas ideas por lo menos de un conservadurismo menos cavernario. Es un tirarse al vacío político porque ya no tienen nada que ofrecer y construir que aporte a nuevos y decepcionados seguidores.

Por su parte el PRI, en ese esfuerzo diario de inclinar la balanza que le vaya conviniendo, a veces para que sus dirigentes y ex funcionarios no sean perseguidos por la justicia y a veces para seguir recibiendo recursos públicos ha perdido cualquier brújula ideológica; difícilmente se encontrará un priista ahora que hable de causas sociales y no se refiera tan solo a un pasado que concertaba con la corrupción y rapiña.

Y hay que referirse al PRD, sea tan solo para decir que sus dirigentes y escasos seguidores parecen no tener ningún respeto por el pasado, desconocen su origen y fortaleza y han desterrado de la sociedad cualquier esperanza sobre este antes importante partido. Este PRD hoy pegado a la ubre de PAN y PRI para mamar lo poco que le dan, no tiene ninguna propuesta de porqué habría que seguirlos y votarlos; por supuesto que no sea estar en contra de la 4T.

En resumen, estos tres que suman menos de uno, que tienen de voceros a frágiles representantes como lo son Fox, Tumbaburros, Calderón, los Chuchos, Quadri, Lorenzo Córdova, la mancuerna cómica de Loret y Brozo, Gilberto Lozano, Anaya, Madrazo, Xóchitl Gálvez, Castañeda, de Hoyos y otros más, están haciendo todo lo posible para que sean otras fuerzas quienes tomen su papel como interlocutores frente al gobierno y la sociedad; es difícil que no se den cuenta, más bien parece ser un acuerdo "obligado" a que les han sometido los verdaderos grupos de poder económico y mediático en el país. Pronto veremos que su candidato futuro será alguien externo que les será impuesto por los poderes a quienes les han servido en las últimas décadas; la diferencia es que ahora ya ni las apariencias cubren, a estos partidos les han hecho caer en el ridículo y el desprestigio para que no puedan justificar tener un representante con un proyecto común.

Dostoievski decía en *Crimen y castigo*: "tu peor pecado es que te has destruido y te has traicionado por nada". A la oposición de hoy se le acabó su tiempo, lo que sigue para ellos es tan solo gerenciar las instrucciones de sus dueños, sean quienes sean y sean las que sean. La receta para el desencanto social de sus seguidores está sobre la mesa.

¿Qué hacemos con las derechas?

24 de septiembre, 2021

Cuando despertó, el dinosaurio todavía estaba allí.
Augusto Monterroso.

Más allá del nombre que se les ha dado a través del tiempo, los derechistas están y estarán en el contexto socio político de México y del mundo. Pueden llamarse conservadores, reaccionarios, tradicionalistas, monárquicos, ultras o cualquier otro adjetivo con el que históricamente se hayan presentado como fuerzas políticas; el hecho es que son un elemento con el que las sociedades deben convivir.

Siempre van a estar ahí.

En política los términos de "derecha" y de "izquierda" tienen un origen relativamente contemporáneo que se refiere al lugar físico que ocupaban los constituyentes en la Convención Nacional durante la revolución francesa. En las sillas a la derecha de la del presidente de la Asamblea se sentaban los defensores del poder monárquico y en las de la izquierda los revolucionarios. Esta distinción izquierda/derecha se expandió al resto de Europa y después al resto del mundo para acabar convirtiéndose en una designación de concepciones políticas y de ideologías en general. A la derecha siempre los monárquicos, católicos, ultras o contrarrevolucionarios, a la izquierda los revolucionarios y opositores al *status quo*. Hay otros análisis mucho más amplios que explican el simbolismo de derecha/izquierda y que se remontan a la India y Grecia pero para fines políticos sirva este conocido origen derivado de la revolución en Francia en 1789.

¿Y quienes son los de derecha? Recordemos algunos de los hechos con los que podemos identificar a la "derecha" en Latinoamérica: Son quienes promovieron y apoyaron los golpes militares del siglo pasado particularmente en la década de los 70; son quienes asesinaron a Salvador Allende para imponer al general Pinochet en Chile; son quienes una vez en el poder alinearon las economías a las políticas de organismos internacionales que llevaron a los países a contraer deudas impagables; son quienes en aras del "libre mercado" fomentaron a través de sus políticas la desigualdad económico y social en América Latina.

120

En México, si nos vamos un poco más atrás en el tiempo, son aquellos que trajeron de Europa al emperador Maximiliano de Habsburgo para que gobernara el país; son también aquellos que apoyaron la represión y crímenes de Diaz Ordaz y de Echeverría; son quienes implantaron las políticas neoliberales con las que vendieron las empresas estatales en beneficio de privados nacionales y extranjeros, concesionaron las empresas de energía y estuvieron a punto de acabar con PEMEX; son quienes establecieron las políticas que tuvieron como consecuencia la desigualdad social; son los que apoyaron y encubrieron a Marcial Maciel y a las escuelas de legionarios y sus pederastas; son los homófobos y misóginos que han impuesto el rechazo social a quienes no son y piensan como ellos; son los intolerantes llenos de prejuicios que no tienen empatía por quienes tienen creencias y valores distintos a los suyos.

Son también los que más recientemente llevaron a la cámara de diputados a Margarita Zavala y en Coyoacán al Gabriel Quadri que dice: "Si México no tuviera que cargar con Guerrero, Oaxaca y Chiapas, sería un país de desarrollo medio y potencia emergente"; los que eligieron como gobernador de Nuevo León a Samuel García; los que votaron por rancios panistas y priistas para alcaldías y municipios en el país.

Son los que se han opuesto históricamente al avance de la participación política de las mujeres. Son los que tienen como visión del mundo el clasismo, los que denostan al moreno por su color de piel y al indígena por su origen, son los que dicen que el pobre es pobre porque quiere. Son los panistas y freenistas de golpe en pecho al tiempo que joden al vecino; son los taimados e hipócritas que con escapulario en mano roban los recursos públicos y que se resisten a que el país cambie.

Pues a estos de derecha no hay que dejarlos crecer, hay que exhibirlos permanentemente en sus actuaciones ilegales, amorales e inescrupulosas, hay que delimitarlos porque cada vez que están en el poder saquean los recursos públicos en su beneficio y retroceden en las políticas sociales.

No son insignificantes porque tienen poder económico, tienen medios de comunicación y tienen instituciones educativas en donde promueven su ideología clasista. Por ello y pese a ello es un imperativo moral el que les acotemos y les pongamos alto a cada uno de sus planteamientos de políticas públicas y hagamos todo lo que esté a nuestro alcance para que solo sean un referente de lo que no queremos como sociedad y país.

En México, estos grupos de derecha, sumados todos (partidos políticos, cúpulas empresariales, mafias delictivas, iglesias, faranduleros e intelectuales etc.) son minoría respecto al conjunto social de México, sin embargo no hay que descuidarse, son corruptores por naturaleza y se mueven como hiedra en todos los ámbitos.

Decía el escritor Robert Heinlein que: "Una generación que ignora la historia no tiene pasado ni futuro". Por eso debe ocuparnos a todos que las nuevas generaciones vayan conociendo quienes son y quienes están detrás de los lobos con piel de cordero que se presentan como «buena ondita» y «progresistas» que se sienten de avanzada pero que no son más que los conservadores, reaccionarios y cavernarios que bien conocemos.

Benny Lévy, filósofo, quien fue el último secretario de Jean Paul Sartre, publicó en 1980 una entrevista que le hizo a este en la que conversan sobre política y sobre la derecha y la izquierda. En ella, Sartre reprocha a la izquierda que permite que la derecha gane y ocupe espacios de poder, lo dice así: "…esta izquierda que deja triunfar a una derecha miserable. Y canalla. Para mí, hablar de la derecha y de canallas es lo mismo".

Este es el tipo de circunstancias que se repiten en la historia porque estos de derechas siempre estarán, lo importante es cómo los tratamos políticamente porque como ciudadanos están en todos lados, pueden ser los amigos, los compañeros o familiares, los artistas que vemos y leemos; de lo que aquí hablo es de su contención en las decisiones de poder político. En esto no podemos dejarlos pasar.

El dictador

9 de octubre, 2021

Es difícil liberar a los necios de las cadenas que veneran.

Voltaire

Decir que el Presidente López Obrador es un dictador es una de esas afirmaciones sustentadas en la ignorancia y esquizofrenia de quienes creen que con frases estridentes pueden despreciar la legitimidad de sus actos de gobierno.

A un gobierno que, le guste o no a la oposición, cumple con las promesas electorales (como ninguno otro en las últimas décadas) y con el plan de gobierno a que se comprometió desde el primer día de su mandato al que llegó por la vía democrática, no tiene cabida política, jurídica, o coloquial siquiera que se le pueda conferir cualquier actuación de tipo dictatorial.

Lo que los dictadores sí hacen es cometer crímenes, torturar, reprimir, eliminar la democracia, limitar las libertades de prensa, reunión y asociación; precisamente todo lo que es más cercano a las características y formas de gobernar de la derecha. No hace mucho, hace un par de sexenios, tuvimos a alguien en el poder con características dictatoriales: Traidor, sanguinario, megalómano, usurpador y corrupto, pero como a los 6 años entregó la estafeta no le llamamos dictador. Si algunos voceros de la oposición del PAN y PRD principalmente y en menor escala del PRI y MC vociferan de la supuesta dictadura a que nos conduce este gobierno es tan solo por la reiteración del discurso de mentiras que mantienen aunque los hechos vayan en sentido contrario. El propósito de los antagonistas a la 4T al expresarse así es continuar en el círculo perverso del que no salen y que consiste en intentar que la máxima goebbeliana que dice: "Una mentira repetida mil veces se convierte en una verdad" se cumpla.

Lo que hoy se vive en México no es una dictadura sino una gran transformación histórica que, por cierto, ya es estudiada en universidades y *think tanks* de todo el mundo. Una evolución del modelo neoliberal de saqueo y corrupción a uno que de manera pacífica busca mayor igualdad, justicia y oportunidades para todos y que pone por encima de intereses propios a la soberanía y el bienestar nacional. Hay una clara diferencia entre un dictador y el hiperliderazgo de López Obrador y esto sí que es un raro fenómeno entre los políticos mexicanos que les diferencia del actual presidente.

Noam Chomsky, el conocido lingüista politólogo y filósofo explica en su libro ¿Quién domina al mundo? que: "La amnesia histórica es un fenómeno peligroso no solo porque socava la integridad moral e intelectual sino también porque sienta las bases para los delitos que aún están por venir". A esta amnesia es a la que apela la oposición mexicana cuando, con el fin de confundir a sus huestes, usan palabras —en este caso dictador— con la finalidad de distorsionar la realidad. Hablarle así a sus oyentes para que a su vez lo repitan, mintiendo y falsificando el sentido del lenguaje no es más que decirles y tratarlos como aquello que dice la canción del compositor José José: "Pobre tonto, ingenuo charlatán".

La lista de dictadores en el mundo es larga, en todas las épocas y en todos los continentes; la gravedad de sus actos de barbarie y de la consecuencia de sus actos de gobierno marcó profundamente la historia de sus países. Si López Obrador es un dictador ya quisiera el mundo tener dictadores así.

• La dictadura impuesta por el rey belga Leopoldo II en Congo cobró la vida de la mitad de la población, 10 millones de personas que fueron usadas como mano de obra esclavizada.

• Dos millones de camboyanos fueron exterminados durante la dictadura de Pol Pot.

• Durante la dictadura de Porfirio Díaz, en las plantaciones tropicales los trabajadores vivían como esclavos; lo mismo sucedía en las plantaciones de henequén en Yucatán, con los madereros de Chiapas y los tabacaleros de Oaxaca.

• Idi Amín el dictador africano de Uganda ordenaba torturas y asesinatos a sus opositores diariamente y guardaba los cráneos de sus enemigos en su palacio. Sus víctimas se calculan en unas 300 mil.

• Etcétera, etcétera y más etcétera.

Sin embargo, siempre hay un sin embargo, si por dictador se quiere entender la acepción de aquél que maneja los hilos de los políticos del país, pues ya es otra cosa. El presidente tiene la capacidad de tener a los partidos políticos y sus representantes, incluyendo voceros, corifeos y abajo firmantes, en alerta permanente de sus dichos y hechos. Maneja a la perfección los ritmos sociales y electorales y hace que incluso parezca que se divierte provocando las más diversas reacciones. Un día levanta el cadáver político del ex candidato y hoy fugado Ricardo Anaya con tan solo mencionarlo; al día siguiente zangolotea a la senadora Lily Téllez, antes a periodistas chayoteros, a Krause y Camín, al expresidente Calderón y al bufón de Fox. A cualquiera que, de vez en vez, sirva para recordarnos a todos la pequeñez de antagonistas que tiene enfrente y que destruyeron y saquearon al país. Podría llamarse la dictadura del sarcasmo, y es que de todos los políticos y ex funcionarios del pasado que intentan regresar al poder no se encuentra uno que represente seriedad y programa alternativo, así que lo que el presidente López Obrador hace es pitorrearse de ellos, sin decírselos y sin que parezca que lo hace. Este dictador no ejerce de dictador, es un demócrata que tiene en la lona a sus contrincantes y que por más aire que les echa no atinan a levantarse.

Charles Chaplin escribió el final de la película *El gran dictador*, la gran parodia de Hitler. La idea de esta película surgió después de haber visto aquel documental de 1935 de Leni Riefenstahl *El triunfo de la voluntad*, que no era otra cosa más que un panegírico del movimiento nazi ; todo un atrevimiento por parte de Chaplin en aquellos años de pleno auge del nazismo, cierra la película diciendo:

"Pero… yo no quiero ser emperador. Ese no es mi oficio, sino ayudar a todos si fuera posible. Blancos o negros. Judíos o gentiles. Tenemos que ayudarnos los unos a los otros; los seres humanos somos así. Queremos hacer felices a los demás, no hacernos desgraciados. No queremos odiar ni despreciar a nadie. En este mundo hay sitio para todos y la buena tierra es rica y puede alimentar a todos los seres"

¿Ya nos vamos entendiendo?

¿Andrés Manuel dictador? Pamplinas.

La rebelión facha

30 de octubre, 2021

*Los enanos tienen una especie
de sexto sentido que les permite
reconocerse a primera vista.*
Monterroso

¿Y ahora contra qué y quién peleamos?, deben decir. Hasta ahora, en estos tres años, en todo lo que han hecho han perdido: en elecciones, en mayorías, en gubernaturas, en intentar menoscabar la popularidad y apoyo al presidente por parte de la mayoría de ciudadanos; en detener los proyectos del aeropuerto, tren maya, refinería, pensiones y becas; en frenar buena parte de las investigaciones por corrupción en contra de sus iguales; y —por encima de todas las cosas— perdieron la narrativa de tener alguna propuesta que signifique un camino de cambio, una "otra" manera de dirigir el rumbo del país.

Sería desvalorar el trabajo del gobierno y la 4T decir que ha sido un camino fácil, por supuesto que no lo ha sido, principalmente por los intentos de socavar y descarrilar las bases fundamentales del gobierno por parte de la oposición, pero es tan grande el desastre que hicieron los gobiernos anteriores, tan grande la herida social acumulada en la mayoría de la población que, de alguna manera, el buen resultado es obvio; con que hubiera un presidente que quisiera a su país y que actuara con honradez marcando la pauta a seguir por el resto del gobierno, que se preocupara por enderezar el torcido camino que llevó a la desigualdad y que defendiera los intereses nacionales; el cambio provocaría un México distinto, más digno, menos lastimoso y en reencuentro con una historia de grandeza civilizatoria que se trató de menospreciar desde la intelectualidad neoliberal.

Ante tal panorama, a tres años de gobierno y faltando poco más de 1 año de que los partidos presenten sus candidaturas para el 2024; la oposición se enfrenta a sí misma de dos maneras: unos contra otros y, sí, (aunque usted no lo crea) contra sí mismos.

La decisión por la candidatura para el 2024, aunque desde ahora parezca una deriva al fracaso, entre PAN y PRI (creo que el PRD, una vez

126

que ha perdido su registro en más de 15 estados, no cuenta ya para este fin), se empieza a vislumbrar como una pelea por las sobras. El partido que no obtenga la candidatura será el siguiente PRD. No es de extrañar que ambos partidos suelten nombres de ciudadanos para sondear la opinión pública; con muy mal tino hay que decir, porque mencionar como candidateables a la gobernadora de Chihuahua acusada de recibir sobornos, Maru Campos; al de Guanajuato, Diego Sinhue (el estado con mayor violencia del país); al desconocido de Yucatán, Francisco Vila y al perseguido de Tamaulipas, Javier García Cabeza de Vaca, además del fugado Ricardo Anaya y el saliente de Querétaro, Francisco Domínguez, y a, lo que ya parece un chiste de mal gusto, Margarita Zavala; y por parte del PRI a "Alito" y sus historias de corrupción, a del Mazo y su contubernio peñista y al junior de de la Madrid, aquél hijo desleal que acordó en decir que su padre estaba enfermo mental cuando regañaron al expresidente de la Madrid por decir que Salinas se había robado la mitad de la partida secreta; tan solo exhibe que no hay nada nuevo para el país y que su propuesta es tan solo una vuelta al pasado. Y ante ello lo que les queda es pelear, se empiezan a deslindar unos de otros, empiezan a dejar de votar en bloque (ya lo veremos en la reforma eléctrica); empiezan a alejarse de Claudio X su titiritero mayor para mostrar cierta independencia y no dejarle, además de su proveeduría de billetes, también el puesto de ser su gran elector.

Y como en la novela de Stevenson "Jekyll y el señor Hyde", en que un trastorno psiquiátrico provocado por un élixir hace que una misma persona tenga dos o más identidades o personalidades con características opuestas entre sí; la tropa de la oposición hace desfiguros narrativos un día tras otro. El presidente les suelta un tema, y como si fuera un juguete distractor de perros y gatos, estos salen a su caza, a decir la mejor ocurrencia, la máxima trivialidad, sin pensar por un momento si contradice lo que dijeron un minuto antes, un año antes o toda su vida.

El juego al que los ha puesto a jugar el presidente López Obrador es uno en que les obliga a exhibir sus contradicciones; ya sea el de los presuntos "de izquierda" que se vieron apoyando a los candidatos panistas y priistas en sus alcaldías y estados; el de aquellos que por años se dedicaron a menospreciar a la UNAM y que veían con sorna el que en los anuncios de empleos y empresas se dijera: "egresados de la UNAM abstenerse" y hoy en cambio, ante la crítica que hace el presidente a algo que no está funcionando en la Universidad, se dicen pumas de corazón. A quienes decían: ¡que el presidente se vaya!, ¡no lo queremos!, ¡que renuncie!, ¡hay que sacarlo del poder!, se les dio la herramienta legal para hacerlo: la Revocación de Mandato, pero como ante los buenos números de popularidad presidencial saben que su resultado será un fracaso más, entonces reculan, ya no hablan de ello y pelean en esa argumentación, los de FREENA que dicen querer la revocación les dicen a los de Claudio X y secuaces (los mismos a los mismos): ¡traidores, traidores!

Y mientras tanto en el congreso, los machos mandones de PRI y PAN que jugaron a decirse feministas orquestan a un grupo de diputadas, que como peladitas de mercado exhiben la miseria de su ideología conservadora y ruin en un claro intento de presentar a las mujeres como no aptas para gobernar (ya presienten que tal vez una mujer será la próxima gran figura del país); peleando en este caso contra la seriedad, la dignidad y los valores que vinieron a trastocar las formas (las suyas) anteriores de hacer política.

En resumen, están peleando, se están peleando, entre ellos, con ellos y con todo; para la oposición, ellas y ellos, su derrota moral es el acabose, aunque esto apenas está empezando. El acabose del empezose, como diría el clásico.

A cada guajolote le toca su navidad

13 de noviembre, 2021

*Los partidos políticos no mueren
de muerte natural; se suicidan.*
José Rodó Piñeyro

Como guajolotes cercanos a la Navidad…

El país se está quedando sin una oposición partidista que articule a la sociedad con una propuesta política que no sea la de volver al desastre del pasado. Los antiguos partidos y los nuevos pero con ideas frívolas y caducas van en camino de extinción, como guajolotes que se acercan a su fecha de caducidad.

Seguir viendo a lo ciudadanía como acostumbran desde hace décadas los partidos políticos tradicionales, como si esta no pensara, como si no hubiera que dirigirse a las nuevas generaciones que no quieren saber de sus vicios y mentiras que usan para llegar al poder; ha llevado al desapego de la sociedad civil por las formaciones partidistas. Bien decía Bobbio, el gran filósofo y politólogo italiano: …*cuán rápido y continuo es el cambio histórico. Me he dado cuenta de cuántos libros que yo no conozco leen los jóvenes y el poco caso que hacen de algunos textos míos.*

El PRD, otrora esperanzador proyecto que unificó a los partidos de izquierda, fundado en 1989 por los líderes históricos Cárdenas, Muñoz Ledo e Ifigenia Martínez; recientemente perdió su registro en más de 15 estados; perdió la última gubernatura que le quedaba y pasó a ser un simple matraquero de consigna de la agenda de los enemigos de la 4T bajo las instrucciones del grupo conservador del panismo y asociados. El chuchismo es la pica que lo destruyó y que adormeció e insensibilizó a unos cuantos seguidores que aún se mantienen a la espera de un milagro para no ver que es una historia cuyo fin ya fue.

La degradación de las ideas derechistas del PAN, que incluso en su conservadurismo de origen se mantuvo (a veces) alejado del extremismo y en cambio hoy coquetea con un neo fascismo insolente, clasista y racista tal como es el partido VOX español a quien hoy le rinden vasallaje. Y fuera de la parte ideológica, la criminalidad, corrupción, insensatez y malas prácticas de los dos sexenios en que mal gobernaron al país.

El PRI que no atina a encontrar el camino que le permita recuperar alguna pizca de la fuerza que por décadas tuvo, su permanente debate entre la institucionalidad que un día le permitió sentar las bases de cierta modernidad en el país y la deriva neoliberalista de sus últimos sexenios en la presidencia; ambos en medio de una escandalosa corrupción que tuvo como epítome el gobierno de Enrique Peña Nieto

Movimiento Ciudadano, pólvora de un día, alcanzó una importante gubernatura como lo es Jalisco y recientemente Nuevo León; sin embargo no logró cuajar como propuesta. Por una parte la ineficiencia del gobernador Alfaro que, a tres años de un grisáceo gobierno, va en declive hacia el ocaso político como un figurín intrascendente sin futuro. Y por la otra, el nuevo gobernador de Nuevo León, una burla en cada uno de sus actos, un bufón con una gran responsabilidad jugando como chamaco mal portado. Las dos oportunidades de MC fueron desperdiciadas, una por su irrelevancia y mediocridad y la segunda por su frivolidad y ligereza.

Y como consecuencia, en su lugar el espacio opositor lo ocupan grupos menores, ruidosos algunos, adinerados otros, son quienes aparecen en el escenario de la crítica al gobierno del presidente López Obrador:

Así vemos a grupos de ultraderecha como FREENA que viven en una permanente esquizofrenia y conforman el nuevo cascajo ideológico de una pequeña masa muy ignorante en el país que ha conseguido visibilidad en los medios de comunicación que, en una suerte de simbiosis les da espacio porque saben que su consigna es el odio (que comparten) al movimiento 4T.

A grupos de patrones presentados por una COPARMEX y otros organismos que se convirtieron en agencias de evasión de impuestos a costa de una cantidad de empresarios reales que invierten, dan empleo y trabajan cabalmente. Consiguieron que la palabra empresario fuera sinónimo de ultraje cuando son apenas unos cuantos sus representados bajo la ideología de rapiña, evasión y avorazamiento.

Todos estos, partidos y grupúsculos, hundidos en la más amplia corrupción jamás exhibida en México y con el manto protector de intelectuales, columnistas y una prensa que tradicionalmente se vendieron al poder presidencial y que hoy se conforman con menores cañonazos de billetes a cambio de sus plumas.

La gran diferencia entre el crecimiento y sobrevivencia por mucho años de esos partidos políticos y el proceso de extinción en que se encuentran, lo explica el nuevo modelo de gobierno que ha permitido una libertad de expresión sin límite y que de manera exponencial se manifiesta en las redes sociales, porque no es que ahora estos partidos sean distintos, es solo que ahora son exhibidos. Bajo un régimen de partidos como en el que vivimos una vez que estos fenecen otros tomarán su lugar, si actúan igual, acabarán igual.

Por su parte, MORENA que se funda y organiza como un movimiento de distintas voces y sectores (ojo puristas) intenta superar esa forma basada en la tradición de "partido" y se convierte en algo más parecido a una hermandad política bajo una tónica de darle sentido al compromiso social y a una visión que recoge ideas y las convierte en realidades aterrizadas en políticas sociales y económicas. Mientras no se entienda la distinción entre los unos y los otros, los opositores podrán seguir pensando en una forma de volver a un imaginario predominio de su partido mientras que la sociedad mexicana en su mayoría ya no se ve reflejada en la exclusión que ello supone.

MORENA de ninguna manera puede permitir caer en las formas que llevaron a los partidos a la debacle en que se encuentran, hay una gran lección del pasado que debe abrir los ojos a la dirigencia para mantenerse en el camino que atienda el interés que la sociedad actual requiere. Pensar en la política como se pensaba hace diez, veinte o más años sería un camino al precipicio.

El México político a partir del 2018 se debe entender como un trabajo de equipo que entiende que hay un futuro común y que guía a un líder, en este caso a uno que por décadas se encargó de recorrer al país, entender sus puntuales necesidades y que establece una perspectiva no de izquierda vs. derecha sino de conservadores (el pasado y las formas tradicionales de hacer política y que fomentaron la desigualdad, corrupción y barbarie) y progresistas (la realidad presente y la búsqueda de la forma de corregir las trampas establecidas en la economía y la justicia que reduzca la desigualdad social)

¿El final de los partidos? Sí, si pensamos en el modo tradicional de entenderlos.

20 de noviembre, 2021

Árbol que nace torcido…
Refrán popular

Sobre la Reforma eléctrica hay elementos técnicos que solo los especialistas pueden explicar para conocer sus ventajas y desventajas pero en cuanto al elemento político es inaceptable mantener un esquema que se autorizó y modificó en la ley a cambio de una tajada para los expresidentes y sus cuates ex funcionarios.

El proyecto de la Reforma Eléctrica corre en dos vías, una en la afectación en el bolsillo de algunas empresas, sobre todo extranjeras; y otra, en la necesidad de asegurar soberanía energética que no es otra cosa que asegurar el suministro energético a todo el país, dejar de tener la obligación de subsidiar a empresas privadas y de prevenir los altos costos por el que se está pagando por la electricidad en diversos países del mundo.

Este intento de reversión en la política eléctrica no debe entenderse como un cambio de reglas sino como el retorno a las reglas originales; porque el cambio de reglas se hizo en los gobiernos de Calderón y de Peña Nieto para beneficiar a empresas que les corrompían mientras estos les firmaban contratos a tutiplén. Si se tuvo que corromper a los gobernantes es porque nada bueno habría para el país.

Lo intrínseco y sustancial de las empresas privadas es obtener rentabilidad, ganar dinero, más allá de que se pueda decir que esta una forma reduccionista de entender los negocios y se plantee como eufemismo que la esencia de la empresa sea otra, la realidad es que las empresas tienen como objetivo ganar. Y esto en el ámbito de los negocios privados es formidable porque generan riqueza a través del trabajo y la innovación de muchas personas, ofrecen seguridad social y pagan impuestos.

Pero, creer que empresas privadas puedan ser responsables de la seguridad energética de México es de absoluta ingenuidad, avalar esa creencia por parte de partidos políticos (que en teoría luchan por un mejor país) es mala fe. Que élites rapaces que se benefician del negocio energético defiendan la legislación actual se entiende, que quienes patrocinen el despojo público sean servidores públicos y personas que en sexenios pasados tuvieron las responsabilidades más altas de gobierno únicamente habla de la pobreza moral del conservadurismo opositor.

Y sin embargo:

No se saca a las empresas privadas del negocio eléctrico, lo que se está queriendo hacer es regular de tal manera que la CFE, como empresa del estado, mantenga el 54% de la generación de energía y los privados hasta el 46%; de tal forma que la empresa pública mantenga su misión de servicio social y las tarifas por debajo de la inflación. En cambio hoy, la reforma de 2013 impuso un sistema llamado contrato legado que son acuerdos impuestos entre dos de las subsidiarias de la propia CFE para que compren electricidad a empresas privadas a precios generalmente altos y que impactan en las finanzas de la empresa.

Hay otros elementos que fueron armados en esa Reforma para que bajo diferentes esquemas y formas de operar tengan como consecuencia que la CFE sea quien pierda dinero día a día, por ello es muy importante leer y atender las explicaciones de los especialistas y del gobierno, y de ahí se puede entender la necesidad imperativa de una Reforma Constitucional que acabe con ese robo "legalizado" que ofrecieron, permitieron y cobraron los funcionarios y ex presidentes de los dos sexenios anteriores a través de la Reforma Energética.

Por ejemplo, la CFE, tiene 191 centrales de generación de energía (entre ellas 69 de energías limpias), pero ¡sólo opera el 55% promedio de su capacidad!, sin embargo, en contraparte y como una inexplicable contradicción, en el 2020, tuvo que comprar 90 terawatts/hora en el mercado eléctrico por 223,000 millones de pesos, y por consiguiente no pudo generar más de 215,000 millones de pesos, obligada a tener (con la legislación que se pretende cambiar) el 45% de sus plantas fuera de operación. Esta es la consecuencia de los cambios en la ley que fueron cabildeando empresas como Iberdrola y Naturgy desde años antes de que se aprobara en 2013 aquella llamada Reforma Energética que aprobaron entre PRI y PAN.

La empresa Avangrid (el socio mayoritario es Iberdrola) contrató como consejero a Felipe Calderón cuando acaba su sexenio y antes ya lo había hecho Iberdrola con su ex secretaria de energía Georgina Kessel; Carlos Ruiz Sacristán, exsecretario de Comunicaciones y Transportes en IEnova y Sempra Energy, Luis Téllez, exsecretario de Energía y Comunicaciones y Transportes, también en Sempra Energy. Esto es una realidad que nos explica el por qué debe cambiarse la ley, no es un acto de imaginación, es un acto de realidad, la ex secretaria de energía el expresidente y otros ex secretarios se fueron a trabajar a las empresas a quienes beneficiaron. Por sus "trabajos" y servicios prestados Calderón recibió más de 465 mil dólares, Kessel más de 3 millones de dólares, Téllez más de 1 millón de dólares, Ruiz Sacristán varios más millones de dólares.

Esta es la tarifa de las cabezas panistas y priistas por perjudicar al país, de Peña Nieto ya mejor ni hablamos.

Lo que sigue para beneficio del país es aprobar la Reforma Eléctrica, que será frenada hasta donde les sea posible, por las empresas favorecidas con contratos leoninos, los ex funcionarios priistas y panistas que se enriquecieron y por los odiadores del presidente López Obrador y la 4T, incluyendo el marginal perredismo, que tienen la visión tan corta como para no entender que se está jugando algo muy importante para México; ¿Cómo explicarles que sus fobias podrían guardarlas para exhibirlas diciendo las cosas que les gustan: como que el presidente sea naco o inepto o sus seguidores chairos y pobres; pero no para agraviar más al país?

¿No que querían que se fuera?

27 de noviembre, 2021

Así como te digo una cosa, te digo la otra…

La revocación de mandato…

Desde que inició su gobierno, los muy enojados antagonistas dicen que debe renunciar, a cada medida que toma la respuesta es: que se vaya, no lo queremos, es inepto, es un naco al que no queremos como presidente; por lo tanto han intentado detener todos los proyectos sociales y de infraestructura de la 4T con legalismos apoyados por jueces a modo. Todo porque no lo quieren, todo porque le odian y todo porque no quieren que continúe como presidente.

Mucho antes que López Obrador fuera presidente, ofreció en campaña que a medio ejercicio de su sexenio se iría si la mayoría así lo quisiera; la forma legal que se encontró para abrir esa posibilidad fue el mecanismo constitucional de la Revocación de Mandato. Este es un procedimiento legal, aprobado como reforma a la Constitución en 2019, y debería verse como la respuesta que, a todas luces parecería ser el sueño y deseo cumplido de la Oposición: ¡una votación para echar del gobierno al presidente López Obrador!

Pero, ironías de la vida, en el lamentable juego de los opositores en que según van viendo la aprobación que tiene el presidente López Obrador, trastabillan, ahora ya no quieren que —democráticamente— los ciudadanos puedan decidir si quieren que continúe o se vaya. Así de orates están, pero la explicación es bastante sencilla; no quieren que haya el procedimiento de Revocación porque intuyen lo que es obvio, que los números de aprobación presidencial no harán más que ratificar la confianza de la mayoría en su gobierno.

Ante ese fracaso, ahora reculan quienes antes clamaban ¡que se vaya, que se vaya!

Se han mantenido diciendo que el presidente es dictador y autoritario; que está al margen del mandato popular; que es anti demócrata por oponerse al régimen de élites; que no están de acuerdo que ante la calumnia les responda con más libertad de expresión; dicen que es antifeminista a pesar de llevar la paridad a nivel constitucional, legislar derechos para empleadas del hogar, hacer posible la despenalización del aborto en varios estados; le dicen corrupto a pesar de no tener una, ¡una!, sola prueba en sus dichos; y ahora que se les presenta la fórmula legal para sacarlo del poder dan un paso atrás, reculan.

A estos los explica bien Marx, Groucho, no el que les asusta: «Éstos son mis principios, y si no le gustan, tengo otros»

Es necesario apoyar la revocación porque se convertiría en la herramienta que, una vez establecida, hará pensar a cualquier presidente o funcionario sujeto de ella sobre sus acciones frente a la sociedad. Los opositores ya se dieron cuenta que no es un tema de presente sino de futuro; hoy la fortaleza de López Obrador es incuestionable, haya o no haya proceso de Revocación su sexenio está garantizado por la altísima aprobación de su gestión; pero hacia el futuro en caso de que algún día recuperen puestos de primer nivel saben que será la espada de Damocles que penda sobre sus latrocinios y maneras tradicionales de gobernar.

Y sin embargo, siguen gritando que se vaya, que se vaya. Tal vez se están refiriendo a que quieren que se vaya de manera no legal y democráticamente sino mediante la técnica tan de ellos mejor conocida como golpismo (blando o duro); de esta forma las élites hoy mejor posicionadas en el ruido mediático (X González y mafiosos asociados) se asumirían como el nuevo liderazgo que salva al país. Porque estos, por la vía democrática no ganan ya ni en su colonia.

El INE, sesgado y parcializado por los consejeros Córdova y Murayama ha puesto todas las trabas para que se lleve a cabo la revocación; en buena parte tienen en sus manos el éxito de este ejercicio democrático y dado el conocido talante autoritario y antidemocrático de ambos no se puede esperar nada bueno de su actuar. Con un millonario presupuesto a su cargo reclaman insuficiencia para su realización, aunque el mismo sí les sirva para el derroche en gastos suntuosos y salarios superiores a lo que la Constitución marca.

La revocación de mandato es un mecanismo democrático nuevo en México pero no en el mundo. Desde los escritos de Lenin * y Gramsci ** pasando incluso por el pensamiento de Locke y Montesquieu en que se plantea la importancia de que los ciudadanos tengan el derecho de quitar, al igual que como los eligen, a los funcionarios a quienes les han perdido la confianza; diversos países ya tienen en sus leyes la posibilidad de hacerlo (Taiwan, Ecuador, Bolivia entre otros) para llegar a un nivel mucho más amplio en cuanto a gobiernos locales (alcaldes de Japón, Alemania, Polonia, Perú y Estados Unidos entre otros)

¿Por qué la gente tiene que aguantar un mal gobernante o un mal legislador? ¿Por qué el INE y la oposición bloquean y niegan el recurso por esta vía? Sin duda alguna por dos simples razones: una que le tienen miedo a la participación ciudadana y dos que están poniendo sus barbas a remojar; fueron buenos para pasar leyes que les permita la reelección, pero no quieren que se les pueda acortar su periodo de enriquecimiento.

Vociferan contra el presidente López Obrador, y él como respuesta les dice: vámonos a la votación para la Revocación, si pierdo me voy. La oposición ante el ridículo que harán con el resultado previsto aplican aquello de *Mejor aquí corrió que aquí murió.*

* Lenin, V.I. Obras *Escogidas Tomo II*, Editorial Progreso Moscú, 1961.
** Bobbio, Norberto *Gramsci y la concepción de la sociedad civil*, 1972

4T Hora de cosechar

4 de diciembre, 2021

Un buen día, echando la vista atrás, se
dará usted cuenta que estos años de lucha
han sido los más hermosos de su vida.
Sigmund Freud.

En esta nueva temporada de videos y columnas estaré hablando de los frutos de la decisión mayoritaria del 2018 y dejaré a un lado lo que hasta ahora vine reiterando; que la oposición es pequeña, corrupta, frívola, ignorante, y que por más resultados y datos que se les presenten permanecen en su odio. Al igual que en las elecciones que hubo este 2021, en las que habrá el próximo año y en la presidencial del 2024 cosecharán el encono que sembraron y que bien se han ganado.

Los periodos de gobierno de seis años por lo general se caracterizan por un primer año de organización, el segundo y tercero de siembra de proyectos, políticas y leyes; el cuarto y quinto de cosechar y el último para consolidar y entregar a la sucesora.

A partir de este 1 de diciembre iniciamos el cuarto de año de gobierno y es hora de cosechar: el aeropuerto de Santa Lucía y la refinería Olmeca en Dos Bocas se inaugurarán a partir de los siguientes meses, un año después el Tren Maya; los grandes proyectos sociales como *Sembrando vida*, *Jóvenes escribiendo el futuro*, Pensiones para personas con discapacidad y para adultos mayores, avanzan consolidándose.

Y aunque todo esto es importante el principal resultado en este periodo de vendimia es un nuevo espíritu que recorre a la gran mayoría de la población, podrá sonar cursi pero, ahora como nunca, los ciudadanos en su mayoría, se sienten esperanzados, representados y satisfechos con el trabajo que viene realizando la 4T encabezada por López Obrador. Decía el colombiano Carlos Arturo Torres —político liberal que sirvió también a su país como funcionario en gobiernos conservadores—: "es necesario regresar al optimismo, es necesario creer en la patria, en su potencialidad, en su porvenir y en la alteza de sus destinos". Y eso está pasando en el ánimo nacional.

138

Hace apenas un par de días, en el tercer informe de gobierno, al llamado del presidente, respondieron cientos de miles de personas que de manera libre se organizaron para acudir al Zócalo y viajaron desde diversas ciudades, gastando sus propios recursos y su tiempo. Como en los mejores tiempos de campaña política, a tres años de gobierno se repite el fenómeno de querencia de la ciudadanía hacia López Obrador, al mismo tiempo que las encuestas lo ubican con una aceptación mayoritaria que se incrementa a cada medición; ¿qué si no es la confianza por el trabajo realizado y la esperanza de un mejor futuro lo que logra esta movilización?

A lo largo de este trienio se han realizado cambios constitucionales sobre muy diversos asuntos fundamentales que abarcan decenas de artículos de la Constitución Política que nos rige, todos ellos de gran sustancia, veamos: Se creó la Guardia Nacional que aunque está en un proceso de formación y consolidación, modifica el esquema de actuación de la autoridad para atender y resolver la Seguridad que es tarea aún pendiente; ésta Guardia Nacional sí es solo un escalón, pero ineludible, para poder solucionar la grave situación que se construyó durante décadas.

Se modificó la Constitución para establecer la Paridad de Género, ¡que ya es vigente! más allá que el gobierno la haya implementado desde su inicio. Este es uno de aquellos temas en que cuando se acusa al presidente López Obrador de supuestamente no ser feminista responde por sí mismo.

Y se reformó el 3º Constitucional en materia educativa, algo que maestros y trabajadores venían solicitando históricamente. Y se estableció también la Extinción de Dominio para recuperar bienes mal habidos producto de la delincuencia. Y se modificó el Fuero Constitucional que protegía de ser juzgado por diversos delitos a funcionarios públicos, particularmente al presidente de la república. Y se amplió la prisión preventiva para delitos relacionados con materia electoral, corrupción y robo de energéticos.

Y sin embargo ni las obras de infraestructura ni los cambios a las leyes son tan importantes como lo es el cambio de mentalidad que la sociedad está viviendo. Más allá de que futuros gobiernos pretendan modificar leyes ya avanzadas no habrá forma de apagar la conciencia que a lo largo de estos tres años despertó en la mayoría de los ciudadanos.

Una sociedad con esperanza, asumiendo que un mejor futuro espera a sus hijos es una sociedad que por consecuencia se vuelve más solidaria, más justa y menos dispuesta a regresar al pasado; y esta es la lectura que algunos no están sabiendo hacer; que la idea fundamental de que un mejor México es posible ha sido sembrada en una gran parte de la población, la misma que durante años y décadas fue viendo cómo se empobrecía mientras unos cuántos se quedaban con la mayor parte; la misma que fue viendo que sus vidas cada vez eran más frágiles, que sus hijos cada vez se alimentaban peor y que sus enfermos no podían curarse. Y no porque México fuera un país que no tuviera la riqueza suficiente para salir de su postración sino que la costumbre obligada de la pobreza y marginación hacían parecer como normal la enorme situación de desigualdad.

El gran Eduardo Galeano, citaba una frase de Fernando Birri: "La utopía está en el horizonte. Camino dos pasos, ella se aleja dos pasos y el horizonte se corre diez pasos más allá. ¿Entonces para qué sirve la utopía? Para eso, sirve para caminar".

¿Cuál es la diferencia entre un antes y un ahora? Que ha permeado una idea fundacional distinta, que engloba una nueva forma de vernos unos a otros, una idea que en su momento fue autófaga porque, haciendo un símil con el mito griego de Erisictón, había una casta de élites que construyó un sistema de leyes escritas y no escritas que benefició a muy pocos —insaciables de poder y riqueza— en detrimento de las mayorías. Y, esos pocos poderosos lucharon, y lo seguirán haciendo, denodadamente para que no hubiera esa nueva forma de pensar pero olvidaron que bajo la figura de una personalidad como la de López Obrador, a esta idea trascendente le pasaría lo que a los papalotes; que se elevan cuando es mayor el viento que se les opone.

El gran comunicador

11 de diciembre, 2021

Si tú no comunicas, otros lo harán por ti

En estos tres años ha florecido una novedosa forma de comunicación entre el gobernante y los ciudadanos, a través de eventos en los que el presidente narra historias, explica cómo el país llegó a la situación actual, alecciona sobre hechos históricos, declama poesía, se ríe y mofa de personas y situaciones de supuesta superioridad; ha logrado que, en esa construcción de narrativa, se establezca un relato político distinto, más cercano a la gente y alejado de la intelectualización a la que nos había acostumbrado la clase política.

El discurso elaborado, barroco, de frases hechas y "clichés" que no decía nada dio paso a un modelo que emociona, transmite valores y reconstruye una identidad injuriada en las últimas décadas. Uno de los aciertos del modelo de comunicación de la 4T es haber mantenido la costumbre que el presidente López Obrador estableció cuando fue jefe de gobierno de la Ciudad de México, la de llevar a cabo diariamente una conferencia "mañanera" a las que se puede presentar cualquier periodista que se registre e identifique como tal y otros que sin serlo sean designados por medios de comunicación; al día de hoy, en lo que va de los 3 años de gobierno se han realizado más de 700 diálogos de esta forma. Esa manera de comunicar directamente se ha replicado a muchas otras áreas de gobierno.

Este proceder en la comunicación ha permitido que sea el presidente quien se adelante a los temas vigentes en la sociedad, que informe del avance de proyectos y políticas, que explique temas coyunturales y, lo más importante de todo, que contrarreste información tramposa y falsa que se presenta en los medios informativos tradicionales.

Un desprestigiado grupo de voceros de partidos políticos, medios de comunicación, élites empresariales e intelectuales, insisten en descalificar y ofender al gobierno actual, particularmente al presidente López Obrador pero también a su familia (incluyendo su hijo menor de edad), a miembros del gabinete y a legisladores afines al proyecto 4T. Se han embarcado en un cotidiano discurso de rencor y odio que se repite en los medios de comunicación que controlan y las redes sociales en las que invierten ingentes cantidades de dinero para repetir su mensaje. Pueden hacerlo porque no se censura ninguna voz, ni siquiera la de la calumnia; nunca se había ofendido y agredido tanto a un presidente como se hace hoy, parece que es un reto que busca se les calle o persiga para salir a gritar: «nos censura el dictador», y no, no se coarta a nadie, se queda en eso, en gritería.

¿No se cansan de replicar su resentimiento? No. ¿Cómo neutralizar la desinformación que generan? Informando por los medios al alcance del poder público, no hay de otra.

Me parece que el modelo de comunicación actual es un mecanismo muy atinado porque este gobierno no cuenta con el espacio en medios de comunicación que no deforme o malinterprete los hechos y trabajos de gobierno. Hay que recordar que hasta que inició este sexenio, muchos periodistas y la mayoría de medios de comunicación vendían sus espacios para que el gobierno en turno se explayara en lo que quisiera, las entrevistas y noticieros eran eventos "a modo" para agraciar y beneficiar al funcionario que pagara por el espacio. Solo dos ejemplos: 1. En su sexenio, Enrique Peña Nieto le entregó sesenta y un mil millones de pesos a la prensa.

2. Los más reconocibles y afamados (*sic*) periodistas e intelectuales como López Doriga, Beteta, Micha, Riva Palacio, Alemán; Hiriart, Ruiz Healy, Krauze, se embolsaron más de mil millones de pesos en ese mismo sexenio.

Los teóricos de la comunicación tienen un gran trabajo que hacer para explicar cómo lo que parecía un dique que frenaría la interlocución entre gobierno y ciudadanos dio paso a un original mecanismo que acercó a unos y otros como nunca antes había sucedido. Hay una especie de inmunidad de rebaño por parte de la sociedad frente a los medios tradicionales/conservadores que perdieron toda credibilidad.

La consecuencia de que se haya dejado de pagar la cuota de esas plumas para que hablaran bien del gobierno es que se han dedicado a denigrar y desinformar los logros y políticas de la 4T; y ante ello, el gobierno actual tuvo que actuar y establecer su propia narrativa para informar y explicara su gestión.

Un claro ejemplo del ejercicio de comunicación es el relacionado con el COVID; desde la estructura de la secretaría de salud y por medio del responsable a cargo del tema, el Dr. López Gatell se presentó diariamente para informar sobre los datos relevantes y se publicaron día a día parámetros de métricas con información fundamental. En la búsqueda y obtención de vacunas se informó permanentemente, en este caso por el canciller Ebrard, del resultado de esa gestión y se informó de la cantidad que iba llegando al país y el plan correspondiente. Con estos dos ejercicios, que sirven solo de ejemplo, no solo se mantuvo informada a la ciudadanía sino que se ayudó a contrarrestar información falsa que, a contentillo de interesados en sembrar dudas o francamente sabotear el proyecto establecido para atender la pandemia, algunos medios y redes sociales se prestaron a confundir y mentir y se atrevieron, incluso en medio de una crisis de salud, a contratar "científicos" hechizos —el caso de una dentista de apellido Ximénez es palmario porque hasta un libro le publicaron— para intentar desviar la línea narrativa sobre el manejo pandémico.

Y entonces, lo que inició como una obligada forma de informar y comunicar sobre los asuntos de gobierno, dado que el proceso natural de que la prensa lo hiciera como actividad propia no iba a suceder, se acabó por convertir en el mecanismo idóneo que ha permitido que las políticas y programas públicos sean conocidos por la mayoría de los ciudadanos. No se ha valorado, tal vez, que parte de la gran aceptación que en todas las encuestas mantiene el presidente López Obrador, tiene que ver con el modelo de comunicación seguido y con una absoluta libertad de expresión, este es un gobierno en donde no hay censura para nadie. Que la población pueda escucharlo diariamente y que se le vea como alguien cercano por su forma de hablar, humano por sus propias contradicciones y preocupado por resolver problemas concretos que le afectan es algo novedoso en la política mexicana que da como resultado una mayor asimilación entre políticas públicas y necesidades sociales concretas.

2022

Los asuntos políticos ya no se dirimen con una fórmula simple, ni con planteamientos disyuntivos, como si hubiera que elegir entre el Estado o el mercado. El futuro será de quien conciba adecuadamente lo mixto, lo complejo y la articulación de lo heterogéneo.

Daniel Innenarity, *Política para perplejos.*

¡Todos quietos!

8 de enero, 2022

No se fíe del narrador sino de la historia.

Cuando se es parte de un proyecto ganador, es común que aparezcan los padrinos que se presentan como "creadores", "fundadores" o "dueños", usurpando derechos que nadie les ha otorgado sobre el devenir del mismo.

Al interior de la 4T hay voces que quieren correr en direcciones opuestas ¡pero colgados de ella!, hay gemidos y hay aspavientos; a algunas personas públicas que ocupan cargos importantes, entenados y carga maletas de los anteriores, la auto asumida realeza hereditaria de la izquierda (*sic*), puristas de la teoría, acomodaticios del presupuesto, cercanos y lejanos al poder pero con foto vigente junto al único jefe de jefes. A todos ellos les digo (no expreso "decimos" porque no me arrogo más que la representación de mí mismo), ¡quietos, todos quietos!

La trascendencia de la 4T, su logro principal, es que unió a la mayoría de la sociedad en un proyecto común, uno que le dice adiós a las políticas neoliberales fomentadas en las décadas anteriores y que construye una sociedad más igualitaria; se dice fácil pero su implicación es tal que, en su camino, este movimiento revolucionario deconstruye el imaginario social anterior y crea nuevas formas de percibirnos en la sociedad. Este logro es de todos, no de unos.

Dado lo anterior, creer que para alguien es posible un "quítate tú para ponerme yo" o una repartición de puestos y prebendas como se hizo durante el prianismo para contentar a tirios y troyanos*, o más aún, la creación de tribus para el prorrateo de canonjías como aquella que entre otras cosas llevó a la destrucción del perredismo; es ingenuo, ocioso e insolente. Por lo mismo, es de extrañar que algunos críticos y políticos supuestamente de gran experiencia política, no se den cuenta que plantear el futuro del movimiento de la misma forma en que se acostumbraba manejar los movimientos sociales y partidos políticos hasta hace algunos años es un error, un grave error.

146

En este trienio de cosecha de resultados en el que estamos, uno de los más extraordinarios es haber dejado sin discurso propositivo a la oposición política; su arenga se convirtió en la de la derrota, sin alternativas y opciones. La oposición mexicana, hoy ya se puede considerar como de las peores de todo el mundo, es irresponsable, entreguista, ignorante, soberbia, corrupta. Tener el apoyo de ella es condenarse al fracaso venidero. ¡Es tiempo de lealtades!

Ya no se puede volver la vista al pasado y me parece que es lo que algunas personas dentro del movimiento están haciendo; lo único cierto es que es tiempo de lealtades; porque en todo lo demás no hay certezas sino solo enigmas. Tocqueville decía: "el pasado ya no ilumina el porvenir, sino el espíritu humano camina entre tinieblas". La 4T es un movimiento que se construye día a día y que debe avanzar en la idea del bien común como forma de gobierno, a manera de como lo plantea Hanna Arendt: la política en tanto que disciplina que tiene como su telos un fin práctico: la conducción de una vida buena y justa en la polis. **

En este movimiento estamos trabajando, apenas se sentaron las bases del proceso de transformación que vive el país, en los próximos tres años disfrutaremos la profundización del impacto social positivo de este proyecto, este mismo año se concluyen dos obras emblemáticas: el Aeropuerto Internacional Felipe Ángeles y la Refinería Dos Bocas, y el siguiente el Tren Maya y el corredor interoceánico del Istmo de Tehuantepec. Todas estas obras han sido boicoteadas por todas las vías posibles por la oposición, y sin embargo, la voluntad política de este gobierno y, sobre todo, el apoyo popular, las está sacando adelante. Si en este momento alguien cree que puede distraer al movimiento con sus elucubraciones de candidaturas futuras, se dará cuenta, más temprano que tarde que apenas le servirá para cavar su tumba política; ¡es tiempo de lealtades!

Este sexenio que marca el inicio de la transformación es para disfrutarse, ojalá y haya altura de miras por algunos quienes hoy parecen escuchar cantos de sirenas desde el odio de la derecha, no es tiempo de declararse "…ista", ni de abrir facciones, es tiempo de cerrar filas, los leales de siempre eso hacen.

Muchos en este movimiento estamos viviendo acompañados de un gobierno por el que esperamos toda la vida, para muchos es la primera vez que tenemos al presidente por el que votamos, cito al mordaz y sabio caricaturista Antonio Helguera: "… si la caga pues sí, pero no me voy a poner a atacar a lo pendejo a un gobierno que esperé toda mi vida".

Cierro con una idea: los movimientos políticos los hacemos los ciudadanos, menospreciar al hombre y a la mujer común, como lo ha hecho y hace la prepotencia conservadora, es lanzarse al vacío. Yo veo un sentido de fraternidad y camaradería en la mayoría de la sociedad que no veo cómo alguien, que se diga parte de la 4T, pueda intentar romper el proyecto sin estar muy pronto fuera de él. La salida fácil y el cambiar de chaqueta por la búsqueda del puestito, es para los intrascendentes, todos los conocemos; en la 4T el camino es prolongado y solo resistirán los leales, porque no estamos hablando de un sexenio, esto que estamos viviendo es de largo aliento.

…

GRITAMOS, BERREAMOS,
MOQUEAMOS, CHILLAMOS,
MALDECIMOS
PORQUE ES MEJOR LLORAR QUE
TRAICIONAR
PORQUE ES MEJOR LLORAR QUE
TRAICIONARSE.

LLORÁ
PERO NO OLVIDES***

* El origen de la expresión se encuentra en la terrible rivalidad entre las ciudades antiguas de Tiro y Troya por la hegemonía en el Mediterráneo.
** Arendt, Hanna. *La condición humana*. Editorial Paidós.
*** *Hombre preso que mira a su hijo*, de Mario Benedetti.

¿Centro?, no gracias

15 de enero, 2022

Odio a los indiferentes. Creo que
vivir quiere decir tomar partido.
Antonio Gramsci

El desprestigio para los políticos de derecha que les acarrea el ser llamados de derecha, necesita un "control de daños" que pasa por falsear el idioma y preparar una ficción que oponga a la "izquierda" vs. "centrismo, medias tintas, tibieza" o cualquier otro término que suene bonito —en vez de derecha— para intentar quedar bien con todos. Es decir: ¿Centro?, no gracias.

A cada ciudadano, la historia y las circunstancias nos han formado opiniones que se convierten en esenciales y que establecen nuestra manera de resolver, vivir y atender nuestros asuntos. Esas opiniones sumadas a nuestro contexto de vida se convierten en certezas con las que tomamos decisiones día a día en la relación que mantenemos con la sociedad.

A la hora de las definiciones políticas expresamos esas convicciones (quienes votamos) en las elecciones que corresponden a nuestras demarcaciones, estados y país; lo hacemos votando por partidos políticos o coaliciones entre ellos. En un ambiente de libertad y democracia participativa, los electores nos decidimos por aquél partido que representa o se acerca, a nuestras creencias, opiniones y expectativas.

Cada partido político se forma alrededor de diferentes valoraciones sobre cada tema social; en sus documentos con los que se registran plantean su visión sobre cada uno de ellos y el papel que consideran debe tener el gobierno que surgiera en caso de que se vieran favorecidos por las votaciones (A veces esto es solo teoría porque son cartas de buenos deseos para atraer al mayor número de electores diciéndoles lo que quieren escuchar).

En el espectro político moderno, izquierda o derecha per se podría considerarse ya etiqueta obsoleta porque con la falsificación del vocabulario se puede fácilmente interpretar a modo y conveniencia su significado, cuando incluimos en la discusión: soberanía nacional vs. dependencia, cambio

149

vs. conservadurismo y religiosidad, socialismo vs. fascismo, liberalismo vs. libertarismo, etc. se complica según las combinaciones que los individuos sugieran para sí mismos. Algunos dirán, se puede ser liberal para algunas cosas y conservador para otras (como si esta fuera la discusión).

Sin embargo para no perdernos en terminología podemos simplificar, como diversos autores lo hacen, a qué se asocia derecha e izquierda: La derecha siempre es el sector de partido asociado con los intereses de las clases altas o dominantes, la izquierda el sector de las clases bajas económicamente o en lo social. La derecha conservadora defendió prerrogativas, privilegios y poderes enterrados: la izquierda los atacó. La derecha ha sido más favorable a la posición aristocrática, y a la jerarquía de nacimiento o de riqueza; la izquierda ha luchado para la igualación de ventaja o de oportunidad, y por las demandas de los menos favorecidos.*

En México, actualmente, los partidos se ubican así:

A la derecha PAN, PRI y ahora PRD, recordemos su alianza en las recientes elecciones. A la izquierda MORENA y PT. Por ahí, perdidos sin estructura ideológica pero que aportan votos y se unen a conveniencia a un sector u otro: PVEM y PES.

Y diciéndose como de centro: Movimiento Ciudadano; es decir, aquí hay un partido que en la coyuntura política se presenta como el moderado, el que no está en los extremos etc. ¿Será? (más adelante digo lo que veo al respecto, les adelanto que no).

Hace pocos días el senador Ricardo Monreal, frente a una entrevista al periódico Reforma (a simple lectura, entrevista a modo) plantea que la 4T deba correrse de la izquierda hacia el centro; antes no lo había planteado y es una absoluta contradicción porque atenta contra la base fundacional del partido del que se ha privilegiado, recordemos que es el coordinador de los senadores de MORENA y ha ocupado muchas otras posiciones siempre favorecido por su pertenencia al movimiento de ¡izquierda! que representa la 4T, MORENA, López Obrador, el chairismo, el sectarismo, e incluso el radicalismo —como ahora nos quiere presentar a quienes no comulgamos con su propuesta de asumirse tibios para quedar bien con todos.

El partido MORENA alrededor del cual se construyó la 4T, desde sus documentos fundamentales y visión se planteó de izquierda, dicen: MORENA es una organización política amplia, plural, incluyente y de izquierda, con principios, programas y estatutos.

¿Por qué correrse al centro? ¿Pero qué necesidad de pretender quedar bien con todos?

Por conveniencia del que lo plantea, porque la lectura de esta propuesta se encuadra en la mecánica de presentar como polarización la dinámica política actual del país. Suena "lindo" decir yo estoy en medio, no soy ni de un lado ni del otro, soy amiguito de todos y yo puedo ser el gran mediador.

Aun cayendo en la simplificación de por qué izquierda sí y centro no, planteo dos elementos: Uno: ¿Por qué el modelo de izquierda de la 4T sí?: Porque significa y representa que, hace 3 años, el grupo más grande de votantes en la historia del país, eligió un modelo que se comprometía a actuar con patriotismo cuidando la soberanía nacional, que acababa con esa forma de gobernar que implica el saqueo de los recursos públicos, que cortaría el modelo del estado corruptor, que respetaría las libertades, la separación de poderes, y, que trabajaría sobre los temas de justicia social para abatir la desigualdad. Nunca se planteó como algo que resolvería los añejos problemas de la noche a la mañana, sino que sería a través de un movimiento transformador. Justo lo opuesto a lo que la derecha (PAN, PRI y PRD) se dedicó a hacer, especialmente en los 36 años previos de neoliberalismo.

Dos: Para comentar sobre el segundo planteamiento, insisto en mi pregunta: ¿Por qué correrse al centro? ¿Pero qué necesidad de pretender quedar bien con todos? Porque asumirse de centro abre la posibilidad de ser incorporado como el candidato opositor para el año 2024 ante la patente situación de que no lo será por la 4T.

El senador Monreal se acerca como que no quiere la cosa (porque según él, somos idiotas y no nos damos cuenta) a una ruptura con la 4T y Morena para pasarse a lo que quiere llamar centro, muy posiblemente Movimiento Ciudadano.

Y Movimiento Ciudadano, más allá de decir quiénes y cómo lo crearon, es aquél que presenta candidatos patitos que con mercadotecnia e ignorancia de sus votantes ganan elecciones: no porque sean de centro, sino porque son de derecha, rotunda, absoluta, indudable; pero se dicen de centro y a esa confusión del lenguaje juegan. Su estrella y ejemplo que explica por sí solo este planteamiento de que el centrismo que se pretende es un engaño: el gobernador de Nuevo León: Samuel García, el más frívolo, conservador, vano, veleidoso, insustancial de cuantos gobernadores hay. Eso no es de centro, es de derecha.

Entonces, a quienes preguntan, ¿por qué no de centro?, respondo: porque en la circunstancia actual mexicana, decirse de centro es ser de derecha; urge la definición personal, de derecha o de izquierda pero no de un centro inexistente.

* MacIver, Robert M. *The Web of Government*, 1947.

Futuro, no pasado

> No hace falta un hombre del tiempo para
> saber en qué dirección sopla el viento.
> *Bob Dylan*

La constante en los gobiernos mexicanos de los seis sexenios previos al actual es su naturaleza, no sé si llamarla frívola o insustancial, en que lo que cambia —de manos— es el poder político, mas no la esencia superficial de las ideas y forma de gobernar. Hay una degeneración de la práctica de gobierno que se mantiene en el tiempo más allá de si la edad cronológica de los gobernantes es una u otra. ¡No es la edad!, es la concepción que tienen de la vida, del país y la sensibilidad y conciencia social con que han sido formados, lo que nos explica la desvinculación entre ideas modernas y viejas contrastadas con funcionarios jóvenes y viejos.

Hay una corriente de opinión que usa el argumento de la edad de los funcionarios públicos como correlacionada a las políticas y proyectos a su cargo. Estas opiniones caen en la simpleza de establecer una simple línea recta que les dice juventud → modernidad. Ideas viejas vs. ideas nuevas como si estuvieran ligadas a la edad cronológica de quienes las plantean y aplican.

La experiencia mexicana nos enseña que es un argumento falso que no es sustentado por la más mínima lógica siquiera.

Las ideas viejas y del pasado pueden ser establecidas por funcionarios y gobernantes de cualquier edad y viceversa respecto a doctrinas actuales y modernas (sic, por lo que ello pueda significar para cada ciudadano).

Al presidente López Obrador y de manera ampliada a todo lo que representa la 4T los opinólogos tradicionales, que buscan la argumentación simple fácilmente entendible para sus oyentes, aquellos que solo entienden la distinción entre blanco y negro; le critican que sus políticas representan una vuelta al pasado, a ideas viejas ya superadas que le alejan de una modernidad (que no explican) pero que lanza el mensaje de una propuesta de cambio necesario y obligado para que el país avance.

Sin embargo, también hay una contradicción en lo que dicen estos mismos opinólogos y críticos del poder porque refieren que hasta la llegada de este gobierno "íbamos bien" y que ahora ya no. Bajo su ilógica lógica, las políticas actuales son viejas y las anteriores son modernas; o algún trabalenguas mental parecido.

En la historia reciente de los partidos políticos actuales nos encontramos interesantes ejemplos de lo anterior que podemos ligar a sus representantes:

Los jóvenes (en este discurso de polarización por edad cronológica representa cuarentones) del PAN, Marko Cortés como presidente de partido, Felipe Calderón al momento de robarse la presidencia y Ricardo Anaya como candidato (pronto, en fuga), representan a un partido que es conservador, tradicionalista, clasista, machista, misógino, privatizador y malinchista; pero en el discurso ellos encuentran una cacareada modernidad que fácilmente se contrasta con sus políticas reales. No hay espacio para extenderse en su constatada noción sobre derechos de la mujer, ideas de género, soberanía nacional etc. pero sí cabe el no olvidar esa visión de dinastías familiares y de herencias cual derecho de pernada, como capataces de finca (*remember Diego*), como es su realidad al interior de ese partido.

Hablar de la "modernidad" del priísmo, encabezado por un ex presidente Salinas que a los 40 años condujo la presidencia y que afianzó las bases de la corrupción y la desigualdad, que desmanteló las empresas públicas en beneficio de parientes y amigos y que irrespetó flagrantemente los derechos humanos. Y qué decir del grupo de "jovenazos" en el gobierno de Enrique Peña Nieto, el nuevo PRI le decían, todos cuarentones: Emilio Lozoya, los Duarte, Borge, Sandoval, Rosario Robles, es decir la modernidad a cargo del saqueo de los recursos públicos.

El promedio de edad del gabinete de Vicente Fox y de Felipe Calderón rondó los 51 años, el de Peña Nieto de 52 y el del presidente López Obrador de 58; ¿ideas modernas vs ideas viejas? ¿Ya me voy explicando?

Y ahora lo interesante: en las elecciones del año pasado Nuevo León eligió gobernador, el partido Movimiento Ciudadano que se concibe como moderno, centrista, con visión de futuro ganó la elección a manos de Samuel García, no se puede decir siquiera que sea joven porque a sus 34 años no es más que un niñato, consentido, irreflexivo y frívolo hombre que en compañía de su socialité esposa, joven y moderna (*sic*); juegan a la casita de gobernantes y adoptan niños de orfanatos los fines de semana. ¡Esa es la modernidad de la que nos hablan! aquellos que dicen que en la 4T sus funcionarios "viejos" tienen ideas viejas.

Y la cereza del pastel: el mismo Movimiento Ciudadano, sí, este mismísimo "moderno y de centro" de Alfaro y ahora de Samuel García, ya tiene candidato para las próximas elecciones de Quintana Roo: el mirrey de mirreyes (le agrada que se lo digan porque lo considera una característica positiva), el vacuo y decadente Roberto Palazuelos; la decadencia moral que representa el usufructo de los recursos públicos, la pose falsa y la arrogancia es la oferta "moderna" de este partido.

Cierro, pensando en estos "jóvenes tan modernos", citando un verso de una joya de libro que recién me obsequiaron: "Él" de Catalina D´Erzell:

En aquella tarde tibia y perfumada
recobró mi orgullo su serenidad,
al recibir la certera puñalada
de tu vulgaridad.

Presidente censurado

12 de febrero, 2022

¿Por qué no te callas?
Rey Juan Carlos I a Hugo Chávez

La información es poder. Tal vez los medios de comunicación siguen siendo el cuarto poder, pero a diferencia del pasado la censura a ellos ya no es por parte del gobierno, sino de los mismos medios de comunicación (accionistas y editorialistas), de poderes fácticos como la delincuencia, élites económicas y de grupos que representan intereses extranjeros. Hoy, debido a la gran fuerza e impacto de las redes sociales, es más difícil censurar pero es más fácil desinformar.

El INE ordenó al presidente Andrés Manuel López Obrador no promocionar la consulta de revocación de mandato y le exigió que *se abstenga bajo cualquier modalidad o formato de realizar manifestaciones o comentarios sobre la misma o cualquier información que pudiera influir en las preferencias de la ciudadanía.*

El PAN en San Lázaro, informó que buscarán prohibir las conferencias matutinas del presidente Andrés Manuel López Obrador (AMLO) durante los periodos electorales.

En el INE, PAN y PRD urgieron a que el presidente López Obrador se abstenga de difundir las obras del Aeropuerto Internacional Felipe Ángeles, previo a la consulta de revocación de mandato. PRD: «Lo advertimos, señor presidente: respete la ley y la Constitución, deje para después la inauguración y la propaganda de ese aeropuerto.

Traduciendo a estos actores políticos: que se calle el Presidente, no queremos que hable para que la ciudadanía no se entere del trabajo que hace el gobierno, ¿qué, por la veda electoral no se puede inaugurar el AIFA? ¿Prohibirle las mañaneras es lo que les permitirá que las mentiras y noticias falsas en sus medios sean lo que prevalezca?

El presidente no se puede quedar callado, ante la diaria y uniformada infodemia a cargo de la oposición, es obligación del gobierno presentar sus proyectos, sus avances, sus políticas y su visión del país. Y, no menos importante, es que debe hacer un ejercicio reiterativo del por qué llegamos a donde estamos, qué sucedió en el pasado que dio pie a que la situación económica, política, social y de seguridad, sea la que es hoy. Los hechos y circunstancias originarias tienen nombre y apellido y no es con la prohibición de hablar de ellas como se resolverán los múltiples problemas del país.

Desde el inicio del gobierno del Presidente López Obrador, aquella "institucionalización" del pago a la prensa por parte del gobierno terminó, cayeron como dominó uno a uno los "famosos" periodistas que solían alabar al gobierno en turno a cambio de dinero y esto, en contraparte, impulsó el fin de la censura dado que dejó de pagarse para la adulación y abrió a la expresión libre de cualquiera lo que quisiera decir del gobierno. No es de sorprender que, como nunca, al gobierno actual le lluevan las críticas sesgadas y falsas de los mismos medios y periodistas que solían halagar a los anteriores. Y, lo que sí sorprende por su bajeza, pero se entiende dado el enojo causado por ese cambio fundamental que transformó la relación de los medios y el poder, que al presidente y su familia se les insulte de manera grosera, burda y personal. A diferencia con el pasado, incluso en este caso, no pasa nada, nadie pierde su trabajo y nadie es perseguido o encarcelado. Hoy Carmen Aristegui, por sus personales razones, confronta al presidente de la mano de tristes figuras y no pierde su trabajo.

La conquista de la libertad de expresión y de la libertad de prensa no es cosa actual, estas surgen de la simbiosis y al mismo tiempo parasitismo con los gobiernos en turno, por lo que por mucho tiempo hubo una correlación entre ser cómodos al poder y beneficiarse de ello y, por el contrario, ser incómodos y ser castigados (silenciado, encarcelado, desaparecido, asesinado). En la época más reciente el castigo paso a ser algo más sutil, se desplegaba con la pérdida de la fuente de empleo de periodista incómodo (Aristegui); del uso de sindicatos para acabar con las estructuras directivas (Excélsior/ Scherer 1976); del control del papel para impresión (monopolio de PIPSA en la primera mitad del siglo pasado) y de muchas otras formas de presionar (obligar) a que lo que se publicara o dijera fuera favorable al régimen en turno. A cambio, los periodistas y medios cómodos fueron enriquecidos con contratos y "chayote" que fomentaron una distorsión entre realidad e información accesible al público. Fundamentalmente, una de las razones de la magnitud de la corrupción en el país se debe a que los medios de comunicación que conocieron y participaron de ella, prefirieron callar. Es de recordar al ex presidente José López Portillo que dijo: "no pago para que me peguen".

La oposición ha intentado, por todos los medios, plantear su narrativa de crítica al gobierno, utilizan a los medios y pagan millonarias cantidades en redes sociales con el fin de conseguirlo; sin embargo, por una parte es tan fuerte el arraigo y popularidad del Presidente López Obrador, sus políticas y su trabajo social, que les ha sido imposible lograrlo y por otra, el efecto de las conferencias mañaneras en las que se presenta avances de obras, datos económicos, datos de salud, precios y se exhiben las mentiras opositoras; les corta cualquier viso de éxito. Han tirado dinero por el caño ante la realidad que ve y vive la mayoría de la ciudadanía (alrededor del 70%), así que lo que les queda es intentar silenciar al presidente, se cuelgan de extremos o interpretaciones de ley y apelan a cambios constitucionales, lo dicen abiertamente: queremos que el presidente no hable, que se calle.

Son los nuevos censores, ya no el gobierno, ahora ellos.

Vicente, Felipe y Enrique, cabilderos del saqueo

19 de febrero, 2022

Como si todo aquello que ha sucedido no pudiera haber sucedido de alguna otra manera.

Su desamor por México les volvió una cosa marchita: uno balbuceando incoherencias estupidizado por las drogas, el otro arrinconado en el rencor y el alcohol, el tercero sepultando su desprestigio en un exilio de oropel.

No es con España y los españoles. No es con un todo, ¡cómo habría de serlo!, como creer que la construcción familiar, social y cultural de ambas naciones requiera de una pausa. Lo que sucede es que malos mexicanos, poderosos en su momento, trajeron a empresas de ese país para que, en complicidad con el poder político (el suyo), tomaran sectores estratégicos para desvalijar las arcas presupuestales en beneficio de ambos: los que les abrieron la puerta y los que vieron la oportunidad de adueñarse —a precio de saldo— de una porción de algunas de las industrias fundamentales para el desarrollo del país. Y, a esa situación sí hay que ponerle una pausa para que no se repita la traición que representa la colusión entre sinvergüenzas.

"México es un país extraordinariamente fácil de dominar porque basta con controlar un sólo hombre: el presidente, decía el secretario de Estado de EEUU, Robert Lansing en 1924.

OHL, Iberdrola, Repsol, y muchas otras empresas españolas, Halliburton, y Enron estadounidenses, entraron al país no bajo la legitimidad de un "libre mercado" y de acuerdos económicos entre países, sino vinculadas a políticos, a tratos de favor y a prácticas lesivas que afectan la economía del país.

Con la llegada a la presidencia de Fox, pero sobre todo de su sucesor Calderón, se abrieron de par en par las puertas del mercado mexicano a estas empresas de Estados Unidos pero sobre todo de España, hasta permitirles el control de sectores estratégicos y sensibles de la economía mexicana, gracias en buena parte a la connivencia del poder político de los gobiernos panistas y priistas de turno que les concedieron tratos de privilegio que, ni siquiera recibían los empresarios mexicanos por más lazos corruptores que establecieran.

La empresa Avangrid (el socio mayoritario es Iberdrola) contrató como consejero a Felipe Calderón cuando acabó su sexenio y antes ya lo había hecho Iberdrola con su ex secretaria de energía Georgina Kessel; Carlos Ruiz Sacristán, exsecretario de Comunicaciones y Transportes en IEnova y Sempra Energy, Luis Téllez, exsecretario de Energía y Comunicaciones y Transportes, también en Sempra Energy. Esto es una realidad que nos explica el por qué debe ponerse pausa a estas empresas, no es un acto de imaginación, es un acto de realidad, la ex secretaria de energía, el expresidente y otros ex secretarios se fueron a trabajar a las empresas a quienes beneficiaron. Se dice que Enron patrocinó la campaña de Fox aunque no se ha podido comprobar, sin embargo este ex presidente y su familia resolvieron ampliamente sus problemas económicos durante su periodo.

Detengámonos en el caso de Felipe y su compañía patrocinadora Iberdrola. ¿Es o no es una vergüenza? Sí lo es, contratar a la que fuera secretaria de Estado de energía mexicano o al expresidente Calderón es insultar a los mexicanos porque obtienen de primera mano información confidencial del estado mexicano. Sí, estas empresas necesitan una pausa.

OHL y Peña Nieto, en ese inconfeso apareamiento defraudaron las arcas por más de 90 mil millones de pesos. Peña Nieto vive en España en su exilio dorado.

El país pierde cientos de millones de pesos cada año en subsidios a que está obligada en contratos leoninos a estas empresas.

El tema con España no se trata de la polémica que empezó en marzo de 2019 cuando el presidente López Obrador envió una carta al rey Felipe VI para que se disculpara por los abusos cometidos por los españoles durante la conquista de México. Eso es harina de otro costal, ese es un tema histórico como los que provocaron que Japón, Alemania, Francia, Reino Unido y Países Bajos se disculparan por hechos de violencia históricos con otros países; el presidente mexicano solicitó lo correspondiente y el gobierno español se negó a hacerlo. Ya lo harán, pero no es el tema actual. Lo que sí corresponde es entender que la 4T y particularmente el presidente López Obrador tienen una sensibilidad soberana que no es fácil de entender ni para las empresas que se sienten en tierra de conquista ni para los críticos nacionales del gobierno actual.

La diplomacia española haría bien en dejar su papel de lobista empresarial, recordemos que incluso el rey Juan Carlos vive exiliado en

Emiratos Árabes después de haberse comprobado un «regalo» de cientos de millones de dólares que recibió. No pueden ni deben seguir promoviendo a empresas que corrompen a gobiernos, aunque sean estos gobiernos los que les abran las puertas. México ya no es el mismo, eso se acabó, por ello la pausa a esas empresas. Si el gobierno español quiere darle una interpretación distinta a las palabras de López Obrador, es su problema, si piensan que asociar el nombre España a la corrupción que generan algunas de sus empresas les es conveniente, también es su problema.

Estas empresas a las que se les pone pausa, con su actuar nos trajeron lo peor de España, a las formas del típico chulo madrileño (allá le llaman así) que es la aspiración máxima de nuestras élites mestizas sobajadas, el chulo o chulapo que bajo su visión de vida, desprecia al mexicano colonizado, mientras que éste le sirve de tapete en su afán de parecérsele. Hay que recordar aquella imagen del Sr. Oteyza, representante en México de la empresa OHL zarandeando y encarando públicamente al ex presidente Peña Nieto. Eso es lo que trajeron y eso es lo que algunos aceptan y aceptaron.

Por su parte, en México, hay personas que por muchas evidencias y pruebas que se les presenten, no tienen la capacidad de comprender, y otras que, cegadas por el ego, el odio y el resentimiento al gobierno actual y, como en este caso, por un malinchismo que les dice que lo extranjero es mejor sin importar que no lo sea; tomarán partido por el país europeo en medio de ¡oles!, debido a un aspiracionismo gachupín trasnochado digno de tratamiento psicológico.

¿Golpe al presidente?

19 de marzo, 2022

Prefiero ser el peor de los mejores
que el mejor de los peores.
Kurt Cobian

Si hablamos de la consolidación de un cambio de gobierno obligado por poderes fácticos o militares en contra del presidente López Obrador, no, no hay un golpe. Si hablamos que, bajo el manual bien conocido —por su aplicación en muchos países— para intentar cambiar a gobiernos elegidos legítima y democráticamente, se sigue un patrón de conductas por parte de la oposición mexicana para intentar descarrilar al gobierno y hacerse del poder por la vía del golpismo, sí, sí hay señales.

La receta cantada de estimular el miedo y el odio, desprestigiar al gobierno, desestabilizar la economía, fomentar la violencia, infiltrar con grupos violentos las marchas de protesta, dividir al partido en el gobierno, comprar deslealtades de traidores, y, sobre todo, buscar que haya una percepción de estado fallido; se liga directamente con la campaña en medios de comunicación de descalificar al presidente y su gobierno, sea el tema que sea:

• Desde antes que fuera presidente López Obrador, la "Operación Berlín" dirigida o financiada por Enrique Krauze, fue el intento para que no llegara a serlo, el uso de recursos privados para incidir en el voto por parte de un grupo de empresarios contrarios ideológica y políticamente al candidato de Morena encendió las alertas de que la oposición que conformaba las élites económicas anti democráticas harían lo que fuera para evitar que triunfara el movimiento 4T.

• Una vez en el poder López Obrador, y ante el hecho consumado de la cancelación del aeropuerto de Texcoco (que parece ser el detonador para expresar y permear el odio irracional de los opositores) aunado a que se recortó más del 80 por ciento del gasto en publicidad oficial y que se eliminó la contratación directa a favor de aquellos columnistas que a cambio de recursos decían lo que el gobierno en turno quería que dijeran; la oposición optó por iniciar lo que se conoce como un Golpe Blando.

En el caso mexicano, Golpe Blando es aquél que a diferencia de la toma del poder político de manera repentina por parte de un grupo de poder de forma ilegal y violenta, generalmente a mano de militares, es el que se hace de modo encubierto, no tradicional, de manera "suave" sumando eventos, discursos, noticias, con el fin de que la suma de hechos que parecen aislados den una idea de deterioro social que el gobierno no puede controlar; su recurso publicitario es la no violencia —aunque la promuevan y patrocinen de manera agazapada—, el buenondismo y la preocupación por causas amplias, llámense feminismo, derechos humanos, ecología, defensa de niños con cáncer, manejo de COVID, críticas a la construcción de obras públicas. Cualquier tema sirve contraponiendo mentiras a la realidad para que ante cualquier acto de gobierno surja la crítica y respuesta contraria, sin tamices.

Parte del éxito de esta forma de golpismo es que parte de la ciudadanía (la más iletrada, aspiracionista, conservadora y reaccionaria), les "compra" su historia a través de medios de comunicación que se prestan a ello, de influencers y youtuberos, y de columnistas muy conocidos, respecto a causas, origen y responsabilidades de cualquier tema: periodistas asesinados, medio ambiente, la siembra de transgénicos, la violencia en el estadio en Querétaro, la violencia en Michoacán, Quintana Roo, Tamaulipas, la resolución del Parlamento europeo, la reforma eléctrica, el nuevo aeropuerto, las acusaciones de corrupción de la familia del presidente, la prohibición del uso de glifosato, la posición de México ante el conflicto ruso-ucraniano, la cancelación del fracking, las pensiones universales, la obligatoriedad del pago de impuestos a grandes empresas, todo, cualquier cosa, bajo su forma de presentar las noticias y la información; implica un tache para el gobierno.

El antecedente ideológico de este tipo de golpe, refiere a Gene Sharp, el teórico que se ha dedicado a formar los golpes las últimas décadas: desde Lituania, pasando por Yugoslavia, Georgia, Túnez, hasta sembrar su semilla en Latinoamérica con sus manuales de tácticas usados en Ecuador, Honduras y Brasil (en este caso para derrocar a Dilma Roussef y encarcelar al ex presidente Lula y evitar su regreso al poder). Su táctica habla de 3 etapas:

• Un individualismo que identifique una causa de desagrado personal para desconocer al Estado (Ablandamiento).

• Una vez que se conoce ese motivo de descontento se justifica el desacato a la autoridad y se le moviliza para la crítica (ya no individual) social (Deslegitimación y calentamiento de calle).

• De ahí a promover un motivo más amplio que unifique intereses diversos, es decir una ley superior a manera de "defender la libertad", "liberarnos del tirano". Para de ahí pasar a combatir al "dictador", eso sí, diciendo que su protesta no es violenta. El gobernante a derrocar habrá resumido en su persona miles de frustraciones, no lo respaldará la constitución, ni las elecciones democráticas y, si reprime será dictador, y si no, será porque es débil y no puede gobernar.

No es coincidencia el unísono ataque de INE, COPARMEX, LATINUS, FRENA, PAN, PRI, PRD, Chumeles, Calderón, Fox, X González, Lozano, Zavala, etc. para hacer permear un mensaje de decepción, de que las cosas están mal, que todo lo que se ha hecho es negativo, que el amplio apoyo al gobierno y al presidente es inexistente y en caso de que existiera es fruto de la ignorancia.

Hasta ahora, este golpe blando no ha sido exitoso, por una parte porque cada uno de estos opositores, grupos o personas, tienen intereses propios que no están dispuestos a dejar de un lado por una causa común (por más negativa que sea), así que le meten ruido y dinero pero a su propia conveniencia; y por otra, y que también es la razón de que no lo será, es por el amplísimo apoyo popular del que goza este gobierno, los ciudadanos que buscamos un mejor país somos la clave para que no pasen.

No hay que perder de vista que insistirán y que será una lucha diaria por su parte para descarrilar este proyecto, esta derecha quiere muertos, el estado no se los ha dado pero los van a seguir buscando.

Rudeza necesaria

2 de abril, 2022

Mi pecho no es bodega.

Como si todo fuera nuevo, como si el ayer no existiera, como si el hoy hubiera brotado súbitamente, como si no hubiera historia y hoy despuntamos nuestro primer día, así, en la desigualdad y violencia en que nos encontramos. Como si no hubiera causas y fuéramos causa primera.

Si todo hubiera iniciado ayer, si la vida actual de los mexicanos no tuviera una explicación histórica, entonces sí, los balbuceos y críticas a las acciones de gobierno actuales tendrían sustento; cualquier acción sería un azar, casi que un volado que podría tener cualquier resultado. La oposición podría gritar a los cuatro vientos que hay una mala suerte en su destino que les contradice su idea de país.

Sin embargo, sí hay historia, sí hay un por qué. Sí pasó lo que pasó porque unos lo hicieron, otros los apoyaron, muchos lo callaron y muchos otros de manera conveniente lo dejaron pasar. Los franceses en el siglo XVIII tenían la expresión: "Dejen hacer y dejen pasar, el mundo va solo" para referirse al libre mercado y a que el papel decisor del estado fuera el mínimo. Tres siglos después el neoliberalismo "a la mexicana" lo continúa adoptando para patrocinar teorías que sacan al estado como mediador y le dejan al mercado el rumbo del país. Cuando se dice mercado, se dice élites económicas que como telaraña tejen redes en todos los ámbitos posibles.

Sólo por hablar de los hechos de los últimos seis sexenios, porque es lógico pensar que ni siquiera ahí empezó la tragedia mexicana, para tener un marco reciente con personajes que aún viven y con una historia que para muchos ciudadanos representa el contexto de su vida. Y a esa historia hay que responderle y plantarle cara: el presidente lo hace y la oposición se enoja. "…pero sus estridentes ladridos solo son señal de que cabalgamos" Goethe.

Se quejan de que el presidente responda con firmeza y que no deje títere con cabeza. López Obrador no es un presidente que se ande por las ramas; en el siglo XVI los boticarios en España le ponían saborizante dulce a las píldoras medicinales —de suyo amargas— para este proceso doraban esas píldoras con el fin de que el recubrimiento dulce se pegara y así suavizar y evitar tragos amargos; este presidente no le dora la píldora a nadie, mucho menos a quienes le clavan cuchillos por la espalda al proyecto que con gran esfuerzo lleva a cabo la mayoría de la población.

Las respuestas del presidente son contundentes porque un proceso de cambio y transformación como en el que estamos lo amerita; lo que parece ser un incesante enfrentamiento con el periodismo enriquecido a costa de vender la verdad del gobernante en turno, con aquellos que perdieron privilegios y con los que se mantienen en el espasmo que les da la ignorancia de la historia y la realidad social; es parte de la labor que le ha tocado realizar.

Acostumbrados a la hipócrita diplomacia de los políticos tradicionales del PRI y del PAN que se azuzaban entre sí apenas para parecer oposición, parte de la sociedad se dice sorprendida por lo que gustan de llamar: …es que el presidente polariza, es que nos ataca, es que, es que…

Un cantante (argumentando en contra del tren maya) dice que el presidente no conoce México, López Obrador, que como ya dijimos no se queda callado (porque no puede ni debe) le recuerda que conoce cada municipio de este país, uy, qué polarizante. Un periodista inventa una historia de corrupción en la familia del presidente, se le demuestra que no hay tal y se le invita a que él a su vez explique su riqueza (inexplicable para cualquier periodista que viva de ingresos legales), uy, otra vez la polarización.

Si esa actividad presidencial; de desmentir las mentiras que siembran periodistas y medios opositores, de explicar los actos y razones de gobierno, de desenmascarar a muchos que defienden prerrogativas perdidas y que ante su enojo se arrogan actitudes clasistas y discriminatorias que, mientras tenían el poder y el control del presupuesto disimulaban en un buenondismo de democracia, pluralidad y civilidad, pero que hoy les supuran incontrolablemente exhibiéndolos en su cruda y vana realidad; se convirtió en parte del trabajo a realizar, que así sea.

El odio a los logros de la 4T en apenas 3 años, a las obras de infraestructura y a la política social implementada, ha puesto sobre la mesa un ríspido y continuo ataque hacia el presidente y su gobierno; éste debe contestarles, lo hace y lo seguirá haciendo porque es preciso combatir la narrativa entreguista de los bienes públicos y el relato de ficción de que los presupuestos están mejor en las manos de la triste oposición con que contamos.

El país vive una circunstancia que se creó a lo largo de décadas, ésta es agraviante para muchos mexicanos y es la condición que la 4T intenta cambiar acompañada de la mayoría de los ciudadanos; ellos no se quejan de la dura respuesta presidencial porque no va dirigida a ellos, sabemos para quienes sí.

Decía Eduardo Galeano: "No hay historia muda. Por mucho que la quemen, por mucho que la rompan, por mucho que la mientan, la memoria humana se niega a callarse la boca. El tiempo que fue sigue latiendo".

9 de abril, 2022

> El miedo es el más ignorante, el más injurioso y el más cruel de los consejeros.
>
> *Burke*

Los pretextos para no participar en la Revocación no son otra cosa que la muestra del miedo a la democracia participativa y la indolencia de su actividad como ciudadanos opositores. Le temen a la democracia puesto que saben que es el camino para que no regresen más al poder porque, no es un engaño para nadie, la mayoría de mexicanos no les quiere en el gobierno y elección tras elección se ven reducidos.

Como dice la cantante Liliana Felipe: Nos tienen miedo porque no tenemos miedo. Este pavor que se ha instalado en ellos les impide ver la conveniencia social de tener más democracia y más participación ciudadana. Es tal su turbación que hasta al árbitro electoral treparon a intentar destruir el proceso de Revocación de mandato, éste amenaza incluso con anular la consulta. ¿Qué hay detrás?

La oposición a la 4T, tan disminuida y carente de ideas, tan desmoralizada y exhibida en su penuria intelectual, sabe que sólo con medidas golpistas podría descarrilar la transformación que vive el país. Para ellos, golpismo blando como el que llevan realizando desde que inició este gobierno sí es conducente, válido y apropiado; democracia participativa no.

Todos los datos a la mano indican que en este proceso de Revocación el resultado será favorable al presidente, en realidad este proceso electoral no altera el presente, es la herramienta que hubiéramos deseado en el pasado y definitivamente la que queremos en el futuro; la magnitud es lo que les aterra, votaciones a favor de la continuidad de su mandato en orden de 60, 70 u 80 por ciento les infarta; no quieren enfrentarse a tal número cuando, después del 10 de abril, lo que sigue es la puerta de las elecciones en 6 gubernaturas y en el 2023 Estado de México y en 2024 caput. Esta es la causa inmediata de sus intentos de boicotear y promover la abstención en esta ocasión pero…

Una vez que se ha definido en la Constitución, artículo 35, y en la ley reglamentaria que se publicó el año pasado, el derecho de los ciudadanos a: "solicitar, participar, ser consultados y votar respecto a la revocación del mandato de la persona que resultó electa popularmente como titular de la Presidencia de la República, mediante sufragio universal, libre, secreto, directo, personal e intransferible" la herramienta está dada para que en lo sucesivo se pueda aplicar este proceso a cualquier gobierno votado que no cumpla con las expectativas ciudadanas. El miedo por lo que suceda más adelante, ante un eventual gobierno que pudieran tener, es lo que explica sus intentos de hoy.

Desde que llegó al gobierno el presidente López Obrador han dicho que quieren que se vaya, le acusan de todo aquello que les hace llegar a la conclusión de que se debe ir del poder y, sin embargo, ahora que tienen la llave para sacarlo, la llave democrática y legal para hacerlo, reculan. ¿Por qué? Porque en el discurso en los medios que les acompañan en esta promoción de su odio es muy fácil gritarlo, al enfrentarse a la realidad se dan cuenta que como en el cuento del *Rey Desnudo* de Andersen, así van ellos; ataviados de nada.

¿Cómo van a vender su derrota el próximo 10 de abril? Van a decir que los que no salieron a votar están en contra del presidente, no los que salgan y pidan con su voto que se vaya, no, dirán que ellos, en su infinita flojera, en su pereza social; se quedaron en casa y que ese es un triunfo. Nada nuevo hay en su comportamiento ciudadano una vez que dejaron de ser los dueños de prerrogativas, los caciques de la verdad que les vendieron los medios y periodistas pagados por los gobiernos en turno.

Le temen a la democracia y con eso han cavado su tumba, porque en vez de apostarle a ella, de organizarse y salir a convencer, de proponer, de establecer críticas con datos reales, de salir a la calle a ganarse los votos; se mantienen en la expectativa de que un golpe (no de suerte) sino blando o duro les regrese lo que tiraron por la borda, el poder —que no ejercieron— de hacer el bien por el país; el poder —que traicionaron— de construir un mejor México, el poder —que no quisieron— de acabar con la desigualdad y la injusticia.

Nos tienen miedo porque no tenemos miedo; sabemos que la mayoría alrededor del presidente mantendrá a la 4T en el gobierno hasta lograr cambios sustantivos, larga vida tendrá la 4T; ya no nos espantan con el zarape del muerto como cuando decían que López Obrador era un peligro para México, como cuando decían que, con él, viviríamos una caos económico, que el desastre estaba a la vuelta de la esquina. La sociedad ya no tiene miedo de sus mini manifestaciones tan llenas de glamour acompañados de su chofer llevándoles la sombrilla y sus "muchachas" llevándoles el lunch mientras son objeto de burla por su vacua argumentación.

La sociedad ya cambió porque aunque, ellos en la oposición, piensen que el cambio se refería además de a su pérdida de privilegios, solo al combate a la corrupción, a las políticas sociales y a las obras de infraestructura, no se dieron cuenta que el fondo es el cambio mental en la sociedad, hay nuevos paradigmas y nuevas formas de entender la valía ciudadana y el orgullo de la mexicanidad. No lo vieron venir y así llegamos al hoy: están aterrados de la democracia y por eso la sabotean. Ya ganamos porque vamos a votar, ya perdieron porque no lo harán.

Próxima parada: Dos Bocas

16 de abril, 2022

El que no quiere caldo, que le den dos tazas.
Refrán popular

Y después de la Revocación… Y después del aeropuerto, ese que sacó lo mejor y lo peor de los ciudadanos atentos a lo que hace el gobierno, sigue la Reforma eléctrica como cambio en la ley y la inauguración de la refinería Olmeca en Dos Bocas como obra de infraestructura estratégica. Mi duda existencial es que si así como la oposición dice que no usará el aeropuerto Felipe Ángeles, ¿tampoco usará gasolinas refinadas en Dos Bocas? Veo un futuro de maromas existenciales y ardores estomacales.

¿Quién hubiera imaginado que a pocos meses de inaugurar este proyecto, la guerra en Eurasia haría un caos en los precios y abasto de energéticos? En la lista de proyectos estratégicos de este sexenio la Refinería Dos Bocas/Olmeca se planteó como uno de los pasos para recuperar la soberanía energética que palíe los vaivenes internacionales en el sector, no por la guerra sino por la obviedad de que la sociedad requiere autosuficiencia en la materia. México intenta salir de la contradicción que le llevó al neoliberalismo de exportar petróleo para importar gasolinas. El acceso a la energía vía combustibles y electricidad a buen precio bien se puede considerar un derecho fundamental, hay quienes dicen que no es un derecho per se sino que en todo caso, sustenta a otros como lo son el derecho al trabajo, educación y alimentación.

Con esta refinería, el aspecto que se cubre dentro del marco de seguridad energética es la sustitución de importaciones de gasolinas y otros derivados petroleros; pero ¿por qué en los gritos de los odiadores de este gobierno, también la rechazan?

La oposición, para variar, ha intentado por todos los medios a su alcance que esta obra no se realice, así como lo intentaron sin éxito con el aeropuerto y lo hacen con el Tren Maya; en tres meses más tendrán otro motivo para darse de topes en la pared. Sus trabas, jurídicas y de narrativa de mentiras en los medios y redes, fueron cayendo una a una por lo que, una vez más, sólo la ceguera de sus seguidores apuesta a que en un acto de fe ésta infraestructura desaparezca y México, una vez más, deba importar gasolinas. Estos enemigos del gobierno actual, ese pequeño grupo clasista y aspiracionista argumenta que lo que viene es otro tipo de energía, se sueñan ya en sus autos eléctricos al mismo tiempo que les preocupa que la gasolina aumente unos centavos, pero como decía Calderón de la Barca, los sueños, sueños son; porque no tienen la voluntad o la capacidad de entendimiento para darse cuenta que el hacer esta refinería complementa muchas otras áreas de generación y que además hay un factor de tiempo para que la realidad mexicana pueda considerar el desuso de gasolinas en los vehículos. Y no les digamos, porque se exaltan, que las refinerías no solo producen gasolinas para carro.

En el año cuatro de gobierno lo que sucede es que, mientras a la oposición se le fue el tiempo en llamaradas de petate representadas en batallitas perdidas, la transformación avanzaba, la 4T está ya en un proceso de conclusión de proyectos y así seguirá siendo en los casi 30 meses que le restan a este gobierno; México parece ir, ahora sí, en un ritmo que no se detendrá y que casi seguramente se empalmará con el siguiente sexenio. Esto es posible porque hay una enorme cantidad de obras públicas en desarrollo y hay los ahorros suficientes para ejecutarlas, siempre los hubo pero acabaron en pocas manos (léase políticos y ex funcionarios). No es que faltaran recursos públicos, es que sobraban rateros.

Se les fue el tiempo porque mientras se amparaban sin ton ni son, la transformación avanzaba; porque mientras bloqueaban todas las iniciativas de gobierno, la transformación avanzaba; porque mientras apostaban a que al país le fuera mal, la transformación avanzaba.

Así qué, preocupémonos de los adversarios políticos porque ya que todo les ha salido mal, que han perdido elección tras elección, que cada vez tienen menos acceso a los presupuestos públicos y que cada vez la mayoría de ciudadanos los ubica por su odio y desamor al país; pueden ser capaces de lo inimaginable para recuperar el fuero, privilegios y dinero con el que se sirvieron en las últimas décadas. Preocupémonos al tiempo que es necesario ocuparse de la defensa del proyecto 4T y de estar atentos a las trampas de los antagonistas, a los esquiroles en congreso y gobiernos, a los que se acepten vender por unos pesos (o muchos) para destruir o detener los avances logrados.

Va la Refinería como irá el Tren Maya con sus 1460 kilómetros, como irá el Corredor Interoceánico con sus 300 kilómetros que unirá el Golfo de México con el Pacífico, como irán las presas, carreteras y hospitales en construcción, la 4T va.

No es lo mismo

28 de mayo, 2022

Nacimos aquí, donde las masas idolatran a
los idiotas y los convierten en héroes ricos.
Bukowski

No es casualidad que los tres partidos políticos opositores PRI, PAN, PRD, hayan derivado en dirigentes ineptos, mafiosos, despolitizados y aferrados únicamente a su enriquecimiento personal. El que hayan dejado a un lado los principios y plataformas que les dieron razón de ser —sin juzgar los que fueran en cada caso— para convertirse en empleados de Claudio X y, que al interior de sus partidos no tuvieran un freno para llegar a la casi extinción me lleva a la hipótesis de que es intencional.

¿Quién tiene interés en que en un régimen de partidos, como lo es el mexicano, los partidos de oposición de larga historia se deprecien, abaraten y pierdan identidad ideológica y de propuestas? Sólo alguien con el dinero suficiente para querer comprar sus membretes a precio de oferta.

Alguien del PRI, PAN o PRD (bueno, éste último ya no), tendría que ser inteligente y en consonancia con la ideología que los vio nacer oponerse a que un junior caprichoso, evasor de impuestos y golpista sea su patrón. Sin embargo tal vez ya es muy tarde, a partir de aquél vergonzoso Pacto por México en 2012, a estos tres partidos les fueron mezclando en un espantoso menjurje que, como robo hormiga, les fue privando de sus propuestas tradicionales y de su ubicación en el espectro político. Juntaron el agua con el aceite y los intereses de élites económicas arrasaron con el abanico opositor. Rehacer lo desecho se antoja imposible pero los opositores de base bien podrían darse cuenta que sus dirigencias los están arrastrando a un vergonzoso precipicio.

La soberbia de estos tres partidos al olvidar su función social y el interés de sus afiliados para, en cambio, darles un mero trato de animales me hizo recordar a Józef Weyssenhoff, el autor polaco que tenía una irónica revista de crítica literaria y social, que, al juzgar la poesía de Rimbaud (a quien despreciaba) dijo:

174

Al escuchar las palabras de Rimbaud siento escalofríos en mis patas traseras.

Así parece ser el modo con el que los dirigentes actuales ven a sus afiliados, si acaso estarán sintiendo escalofríos en…

El PAN, fundado en 1939, surgió como la oposición al poder emanado de la Revolución y sobre todo para defender a las empresas petroleras extranjeras a las que el presidente Cárdenas expropió. Se planteó también como una alternativa cristiana, de derecha, conservadora. Recientemente, hace apenas un año, sus senadores se adhirieron a la "Carta de Madrid", el instrumento de la extrema derecha española que "busca frenar el avance del comunismo" De los fundadores ideólogos panistas su desvarío fue pasando de un Gómez Morín a un Fox, Calderón, Fernández de Ceballos, para concluir en el cajón de ofertas a cargo de Xóchitl Gálvez, Javier Lozano y Kenia López bien representados por el aliado del prófugo Ricardo Anaya, el contador y sepulturero del panismo: Marko Cortés (éste último uno de los tres títeres del dueño de Va x México).

Por su parte el PRI, en sus nueve décadas de existencia, siempre presentó una ideología que aunque cambiante, mantenía una institucionalidad a diferentes valores, en un principio a la Revolución, posteriormente al desarrollo estatista, para después pasar a un centrismo inclinado a la derecha y, —ya en el neoliberalismo— a un capitalismo de libre mercado con restablecimiento a la iglesia católica de por medio. En este caso pasó de ideólogos como Reyes Heroles, Muñoz Ledo, Dulce María Sauri y Beatriz Paredes para llegar a otro de la triada pelele: Alejandro Moreno, el conocido como Alito, el multifacético (por sus cirugías) campechano, dueño de medios de comunicación, periódicos y televisoras de Campeche en donde fue gobernador (sí, el dirigente priista que como gobernador puso precio de medio centavo a cada metro de terreno público que adquiría y posteriormente donaba a su mamá).

Y lo que resta del PRD, el partido que se convirtió en la nada después de haber sido una muy competitiva oposición de izquierda que ganó la ciudad de México y varias gubernaturas; el que inició su camino al vacío una vez que sus líderes históricos fueron abandonando su barco. Ese PRD con Cárdenas, Ifigenia, Pablo Gómez, Encinas y López Obrador que a la salida de estos, quedó en la red del chuchismo para depositar ahí su incongruencia de haberse plegado con Peña Nieto en el Pacto por México. Una triste figura como la de Jesús Zambrano es el tercero de los tres dirigentes opositores actuales, el tercer cooptado.

Si cada uno de estos tres por separado, a cual más es un dirigente perdedor que ha acabado con sus partidos y ha perdido fuerza política y votantes elección tras elección, solo es cuestión de ver sus resultados, pues: ¿Qué lograrían juntos en la suma de ineptitudes e intereses económicos que hoy les empalma?

Cuando no hay ideología ni principios, propuestas y razones, lo único que amalgama a las dirigencias opositoras es el beneficio económico para los gerentes (no digo dueños porque ese ya es otro) de los partidos y, lo que sí es muy grave, convierte su única función en cumplir la instrucción que les han dado: estar en contra del proyecto actual. Estar en contra es el aglutinante de los —cada vez menos— ciudadanos que apoyan a esos partidos, y si no hay inteligencia en éstos para participar en la subasta de membretes y subirse a rescatarlos de la élite económica que los compró; será otra poderosa razón para que la 4T tenga muchos años por delante. Si los opositores, por capricho y conveniencia de sus dirigentes, quieren estar en contra de todo lo que haga el presidente López Obrador tan solo seguirán sumando la frustración a su idea de país, misma que parece desconocen, porque sus cabecillas les han dejado sin poder crítico ante la sociedad. Es hora de que se deslinden porque los volvieron irrelevantes.

El tamaño sí importa

4 de junio, 2022

O se acaba ya con los comportamientos mafiosos
del PRIAN o éstos acabarán con el país.

Las 6 gubernaturas en juego electoral mañana, no harán otra cosa que confirmar el crecimiento del proyecto 4T y la minimización de PRI y PAN. Estamos ante la cercana desaparición del PRI y el ajuste a la baja del conservadurismo, este año no perderán más estados porque no hay más elecciones.

En las elecciones del 2018, la composición política del país cambió de manera radical, más allá del cambio en el poder ejecutivo que trajo a López Obrador a la presidencia, los gobernadores de los estados pasaron de:

2012: 18 PRI, 7 PAN, 5 PRD
2018: 12 PRI, 12 PAN, 5 MORENA, 1 PRD
2021:4 PRI, 8 PAN, 17 MORENA.

Cuando se antepone el interés privado a los intereses públicos; y la ambición privada, la avaricia y la fascinación de ejercer el poder determinan la política, el interés público necesariamente pierde. Esto es lo que explica el radical cambio electoral en tan pocos años porque hoy existe una ciudadanía mucho más politizada y atenta a los cambios que suceden en su beneficio que no está ya dispuesta a perder.

Ningún gobierno neoliberal tuvo el ingenio para ver que el presidente tenía una tarea mayor que la búsqueda de lo "mío", los ciudadanos se (nos) habían acostumbrado a que las cosas eran como eran, a que no se saldría de la postración, a que los hijos de los pobres seguirían siendo pobres porque así era, porque se normalizó la desigualdad y la inseguridad, porque ningún medio de comunicación decía la verdad, porque se sistematizó la sinergia entre corrupción y políticos.

Así como en el territorio, el poder tiene un tamaño, el beneficio de las mayorías va por la vía de acrecentar ese tamaño. Mientras siga habiendo estados en manos del PRI y del PAN, estos seguirán sirviendo como caja chica de los partidos y sus dirigentes; la historia lo confirma: en la cárcel están o estuvieron Mario Villanueva (PRI), Javier Duarte (PRI), Tomás Yarrington (PRI), Roberto Sandoval (PRI), César Duarte (PRI), Jorge Torres López (PRI), Andrés Granier (PRI), Jesús Reyna (PRI), Guillermo Padrés (PAN), Jaime Rodríguez "El Bronco" (PRI-Independiente); y eso que muchos otros gobernadores —aficionados al uso de los recursos públicos en beneficio propio, de sus familias, de sus amigos y de sus partidos —han librado la suerte de que se les persiga.

Cada paliza que la ciudadanía le propina al PRI y al PAN en las urnas, es un golpe al crimen organizado, es un rompimiento de la estructura de la narcopolítica. Así como el gobierno del capo Felipe Calderón se alió al narcotráfico de manera directa poniendo a su secretario de seguridad García Luna al frente de la administración del tráfico de estupefacientes a cargo de distintos cárteles, así los gobernadores de PRI y PAN en sus estados han servido para acompañar a las mafias de todo tipo.

Una de las elecciones de mañana es la del estado de Tamaulipas que hoy gobierna el panista Sr. Cabeza de Vaca, ese estado penetrado hasta el tuétano por el narcotráfico en el que éste gobernador por el PAN y sus 4 previos gobernadores por el PRI: Cavazos Lerma, Tomás Yarrington, Eugenio Hernández y Edigio Torre Cantú; han sido acusados en México y Estados Unidos de delitos relacionados a narcotráfico y lavado de dinero. Cualquiera que apueste que Cabeza de Vaca se fugará del país en cuanto acabe su sexenio, o antes si puede, ganará.

Aunque los medios tradicionales de comunicación no dicen la verdad sobre las campañas en Quintana Roo, Oaxaca, Tamaulipas, Durango, Aguascalientes e Hidalgo y la expectativa de sus resultados, las encuestas serias coinciden en que el domingo será una debacle para los opositores a la 4T. Es papel de los ciudadanos de esos estados salir a votar y cuidar los intentos que, seguramente, habrá por reventar las elecciones.

Estamos ante las patadas de ahogado de los partidos PRI, PAN, PRD y MC que se toparán en unas cuantas horas con el resultado de su descomposición; su historia les condena, sus candidatos propuestos les exhiben, las dirigencias de sus partidos les reprueban. Aquellos que creyeron que votar en contra de la reforma eléctrica, aquellos que le apostaron a dar el litio a manos privadas, aquellos que se han opuesto a las pensiones, a la construcción de hospitales, aeropuerto, refinería, carreteras y tren, tragarán una amarga medicina en pocas horas.

Después de estas elecciones, MORENA se convertirá en el partido con más gobiernos en los estados desde el año 2000 y preparado para disputar el siguiente año los dos que le resten al PRI: el Estado de México y Coahuila; el PAN mantendrá un pequeño grupo de estados que se cuelgan del conservadurismo aspiracionista característico de la derecha.

Y a partir de esto, la elección mayor: el 2024 en donde se refrendará la 4T como proyecto nacional enfrentándose a una oposición envuelta en un pasticcio sin ideología alguna que buscará mantener o recuperar privilegios y acceso al presupuesto público, porque para la oposición el único interés en gobernar se escribe con $.

Ese Leviatán que para México representa las élites económicas, políticas, intelectuales y delincuenciales se toparon con la horma de su zapato; jamás pensaron que ese pueblo al que excluyeron sería el que los excluiría de las decisiones del poder político.

El problema es Claudio

11 de junio, 2022

…alquilando plumas que los absuelvan
falsamente en nombre de la opinión pública.
Álvaro Obregón

Sí, y también los desechos del PAN, PRI y PRD; y Marko, Alito, Zambrano, Chuchos, Creel, Diego, Fox y Calderón; y Krause y Aguilar Camín y Reforma; y los ingenuos ciudadanos que aún les creen. Pero si le tenemos que poner nombre al principal problema de la oposición en México es: Claudio X González. El hombre que les enseñó a todos los demás a odiar en grupo y el que a cuenta de billetizas los encaminó al precipicio.

Más allá de que la oposición se una, una vez más, para las próximas elecciones, su purga debe pasar por sacudirse el alacrán que se han echado al hombro porque el proyecto en el que los involucró no solo ha sido un fracaso numéricamente sino que además desdibujó cualquier tinte ideológico que tuvieran estos partidos. Y tal vez ya es muy tarde porque él puede ser el que se los sacuda primero.

Si alguien quiere saber qué representa el PAN y lee sus documentos básicos no entendería por qué va de la mano del PRI, si alguien conoce el origen y la formación del PRD no entendería su traición a las causas de izquierda y su apoyo al clasismo y racismo que representa el PAN y si alguien quiere conocer la difusa doctrina priista a la luz de la alianza tejida con sus dos compañeros de amasiato político tampoco hallaría aquello que les liga. Todo, gracias a que la matrona de sus haberes decidió prostituir los fundamentos opositores de cualquier democracia para que lo que les uniera fuera el odio.

Empédocles, el filósofo griego del siglo 4° A.C. planteaba el odio como aquella fuerza que "…actúa como separación de lo semejante", sin embargo no requerimos una interpretación filosófica o cosmológica para saber de qué nos habla la postura oposicionista que representa la alianza Va x México, cuando en los hechos el odio de Claudio X, PRI, PAN y PRD

180

significa mera repulsión y deseo de que las cosas le salgan mal al presidente López Obrador y, por consiguiente, al proyecto 4T. Y en consecuencia a México.

Numéricamente, la alianza Va x México ha participado en 21 elecciones a gubernaturas y de ellas ha perdido 17, es decir que sumar lo distinto no les ha dado resultado. Ante tal debacle cabe preguntarse: ¿a quién conviene esta alianza? A los partidos no porque en el camino el PRD desapareció, el PRI está a punto de hacerlo y el PAN haciéndose pequeño; es lo que provocó su sinergia con el obsequioso Claudio X. Tan sólo en la disputa de las 6 elecciones del domingo pasado el PRI perdió una población gobernada de 7,200,000 ciudadanos y el PAN perdió 5,900,000, y a pesar de la sangría, los dirigentes de esos partidos creen que seguirán con chamba.

Si un director de orquesta no logra que sus diversos músicos consigan la melodía que logre armonía, es despedido; si el director de una empresa no obtiene los objetivos para los que se le contrató es despedido; si un director técnico de cualquier equipo de fútbol pierde partido tras partido es despedido; ¿Qué es lo que hace que el titiritero de la política antagonista a la 4T mantenga su puesto y poder de decisión? ¿Qué se requiere para que los partidos detengan la sangría a la que los ha llevado Claudio X González? Y la pregunta más importante: ¿Qué se necesita para que los votantes de esos partidos pongan un hasta aquí a sus dirigentes convertidos en empleados de X y les obliguen a una "independencia ideológica y de gestión"?

En este sexenio, en México existe una sustantiva libertad de expresión, los opositores, todos, gozan de las garantías de una democracia que ha pasado del poder represor a cargo de organismos de seguridad bajo las órdenes del presidente en turno, a la libertad en la que cada quién es independiente de expresar sus opiniones, a tal grado que diversos periodistas, críticos, editorialistas, intelectuales y otrora agachone$ al poder hoy se permiten insultar al presidente López Obrador, su familia y colaboradores, no criticar, insultar. La mano que mueve la cuna de este movimiento tan bocón es Claudio X, el que puso sobre la mesa el hacer una lista negra de "chairos" cuando dijo: "Hay que tomar nota de todos aquellos que, por acción o por omisión, alentaron las acciones y hechos de la actual administración y lastimaron a México. Que no se olvide quien se puso del lado del autoritarismo populista y destructor" ¿Le beneficia al país?, ¿Le beneficia a los partidos? ¿Le beneficia a alguien?

¿Qué hace este jr. hijo de un poderoso empresario manejando los hilos de la política de los principales partidos de oposición? ¿Qué les sabe a Alito, Marko y Jesús cómo para mantenerse en el puesto a pesar de que los ha arrastrado al punto de la ignominia? Éstos tres saben que deben besar su trasero para conseguir algo, dirige sus partidos a través de su chequera e influencias, les distribuye los cargos, y reparte candidaturas, y cuando ya no le sirven los desecha.

"Algo está podrido en Dinamarca" le dice Marcelo, un guardia, a su compañero Horacio en el acto I, escena IV de *Hamlet*, el drama shakesperiano; refiriéndose a la idea de que algo anda mal. La popularidad de esta frase se debe a que alerta sobre la descomposición causada por la política obscena en todo nivel. La corrupción de arriba.

Hay algo muy podrido en la oposición Va X México, está demostrado que no van juntos por ampliar su votación porque hasta ahora pierden casi todo; es hora de que los partidos se deslinden de su gurú Claudio X, si de perder se trata que vayan solos y por lo menos no pierdan su sentido de existir como organizaciones políticas.

No soy yo, eres tú

18 de junio, 2022

La derrota es huérfana.
Napoléon Bonaparte

No son los líderes partidistas los que les fallaron, no son los partidos por los que votaron, ni siquiera es el capo que les involucró en esa agrupación Va x México, son ustedes, son ustedes los que creyeron que votar por los mismos de siempre tenía futuro.

Votaron por mantener la tragedia mexicana cuando ante la disyuntiva electoral del 2018 quisieron mantener al prianismo para conseguir alguna chambita, ganar un negocio o seguir saqueando los recursos públicos bajo el privilegio elitista al que se acostumbraron. La explicación que de manera reiterada les da la sociedad es que son ustedes los que nos deben una justificación a sus actos, sus líderes qué, sus partidos qué, son ustedes los que a través de su inescrupuloso voto traicionaron al país, afortunadamente no ganaron.

¿Qué han hecho ustedes, ciudadanos opositores para evitar el supuesto hundimiento del país? Además de mentir y acusar falsamente de lo que se les ocurra a la 4T y al presidente, los veo envueltos en su arrogancia, altanería, clasismo y soberbia, mientras que olvidan de manera intencional las traiciones, fraudes, matanzas, guerra sucia, robos, crímenes, negocios indecentes, vínculos con el crimen organizado, engaños, desfalcos, torturas y todo lo que hicieron el PRI y PAN —partidos que les representan. ¿Cómo nos lo explican? ¿Qué han hecho?

Además de enojarse porque se inauguran importantes obras públicas a las que minimizan y desprecian; además de encolerizarse porque López Obrador está considerado el segundo mejor presidente del mundo; además de gruñir porque los millones que le votamos y apuntalamos nos mantenemos a su lado y que muchos más —que en su momento no lo hicieron— ahora le aplauden; además de rabiar porque en cada elección que transcurre a partir del 2018 crece el apoyo hacia este gobierno y cada vez más estados, congresos y municipios son gobernados por este movimiento de transformación. ¿Qué han hecho, qué aportan, qué les permite quejarse del fracaso de sus votos?

Bajo la historia que les vendieron, y ustedes —de manera cínica o ingenua— compraron, antes del 2018 los precios no subían, el peso no se devaluaba, el país no se endeudaba; siempre hubo medicinas, vacunas y servicios hospitalarios de excelencia; el presidente era criticado por la prensa sin consecuencia de censura o desaparición; había inversión privada productiva, se construían y terminaban las obras de infraestructura: trenes, refinerías, hospitales y carreteras; la inseguridad no era un tema que lastimase al país; la educación pública era de excelencia y la desigualdad inexistente, los medios de comunicación honestos y veraces; el dinero público no se iba a manos y bolsillos de cualquier funcionario de medio pelo y hacia arriba; el fobaproa que acabarán pagando nuestros nietos no sucedió; sí, según ustedes, antes del 2018 el país era idílico.

Hoy, ustedes tan expertos en todo van dando palos de ciego y son cómplices por acción u omisión de las notables lumbreras que nos des-gobernaron, por ello hoy se enfrentan al naufragio que construyeron; se enfrentan al descalabro de su decisión de votar por todo aquello que casi acabó con el país si no se hubiera dado el golpe de timón que dimos en el 2018 los más de 30 millones de nacos ignorantes (secundum te). Hoy la sociedad les dice: no los queremos, les quitamos gobiernos y posiciones de gobierno, se volvieron irrelevantes, nunca más.

Estuvieron dale y dale con que la Alianza de PRI, PAN y PRD era la solución porque con ello lograrían frenar a este gobierno, no pensaron en las consecuencias si lo hubieran logrado, y no, no fue ninguna solución y más bien se les convirtió en un problema porque los desdibujó y ahora ya no saben ni qué son, ¿Son Alitos, Markos o Chuchos, o todos o nada?

Yo recomiendo que ya no busquen a quien culpar, vean lo que su modelo aspiracional de gobierno hace hoy; el gobierno de Jalisco a cargo del gobernador Alfaro de MC lleva este récord de incremento de deuda: 2006-4 mil millones, 2012-15 mil, 2018-18 mil, 2022 a mayo 29 mil, ya estamos en junio…

Vuelvan la vista al Nuevo León en el que la ciudadanía carece de agua pero los campos de golf se siguen regando, en el mundo tiktokero que prefieren vivir encontrarán a la pareja fosfo-gobernante que les hace enorgullecer como opositores que son; sí eso son, no son ellos, son ustedes los que votan por ellos.

Vuelvan a ver a la delegada en Cuauhtémoc que eligieron, ella está a punto de perder el puesto porque entre aberraciones e ilegalidades se volvió impresentable. Pero no llegó sola, ustedes la auparon como en otras delegaciones también lo hicieron con su vergonzosa Alianza.

En la 4T hay una intención: iniciar una nueva forma de relacionarnos como sociedad, de pretender abatir la inseguridad, la pobreza y sobre todo la desigualdad, de erradicar el clasismo y racismos que como forma natural de sus mirreinatos ustedes convirtieron en forma de vida social. Mientras no se sumen a estas causas y solo hablen de una vuelta al pasado, no busquen culpas en el otro, busquen en su interior la raíz podrida que la sociedad mayoritaria ya detectó. No es nadie más que ustedes mismos los que perdieron.

La 4T se concibió como una utopía del deseo del cambio, los que en ella participamos sabemos que estamos en algo trascendente que va dando frutos; es incluso un movimiento hondamente poético; precisamente lo opuesto a la banalidad de sus formas y sus ideas.

No busquen culpables, son ustedes y su tragedia.

El "broderismo"

23 de julio, 2022

Chupó faros.
Frase popular.

DOS MOMENTOS

1.1928 "Yo creo que la organización de un Partido de carácter nacional servirá para constituir un frente revolucionario ante el cual se estrellen los intentos de la reacción" Plutarco Elías Calles, "Jefe Máximo de la Revolución" fundador del PNR antecesor del PRI.

2. 2022 "…¿Cuántos periódicos hay y cuántos se leen? TV Azteca, la pinche televisora, tres vergazos, o sea… te la pongo más fácil: dos vergazos a López-Dóriga y se acabó el desmadre. ¡Y tampoco aguantan!" Alejandro Moreno "Alito" presidente del PRI.

Broderismo, palabra nueva que explica un sistema que se derrumba, un carnaval político, el final de una historieta o una infausta tragedia. Dice Alito que él es *"brother"* de aquellos periodistas a quienes les doblega con dinero público, de aquellas mujeres a quienes les extorsiona con fotos íntimas a cambio de posiciones políticas, de empresarios a su servicio a cambio de leyes que les beneficien. No hay traducción precisa para broderismo porque puede ser cualquier cosa que explique la inmundicia en la que acabó el priísmo y, como consecuencia, el sistema político partidista alrededor del neoliberalismo.

Si los partidos adláteres —PAN y PRD— al PRI, esos que en una imprudente simbiosis con el único fin de oponerse a todo lo que haga el gobierno actual; esos que bajo el manejo de X González comparten su destino tripartita, no son capaces de marcar un límite y establecer un deslinde a lo escuchado en los audios del dirigente partidista, se convierten automáticamente en compinches del vulgar y perverso jefe priista.

El silencio de la oposición involucrada en tales audios, de los periodistas ahí vapuleados y exhibidos, de los empresarios amenazados y obligados a entregar recursos ilícitos, de los propios compañeros de partido, de las mujeres diputadas chantajeadas, y de todos los agraviados que han sido mostrados y los que deben estar poniendo sus barbas a remojar; es

186

señal clara de que la corrupción y vileza política hicieron metástasis en la oposición representada en esos tres institutos políticos y los medios de comunicación conservadores acostumbrados al chayote y al copelas o cuello como norma de acción.

Esas palabras que se escuchan en voz del mentado "Alito", nos hablan, despejando cualquier duda si es que alguien la tuviera, del manual de gobernanza opositora y del mecanismo de saqueo y cooptación a que muchos sujetos públicos se han sometido, por conveniencia o convicción, en búsqueda de supervivencia económica —ésta invariablemente, pero también— política y social.

Después de oír lo que hoy es públicamente conocido por cualquiera que se informe y no ciegue y tape oídos a la realidad de este país —y no estremecerse—, es porque no está entendiendo nada, percibiendo nada, leyendo nada, viendo nada. Los ciegos seguirán ciegos, no importa lo que se les ponga enfrente.

Alito les dice *brothers*, sus *brothers*; ellos callan, agachan la cabeza y disparan a la mensajera. Sí, yo sí creo que son, no sus *brothers*, sino sus broders.

Cuando se fundó el PNR (Partido Nacional Revolucionario), en aquél México postrevolucionario, el presidente Calles buscó crear no solo el pilar sobre el cual gobernar sino también el aparato político mexicano para un futuro que se avecinaba complejo si no se lograba aglutinar de alguna forma a las mayorías y se encausaba la ideología de la Revolución.

Cuando el PNR cambia de nombre a PRM (Partido de la Revolución Mexicana) Don Lázaro Cárdenas tuvo el objetivo de que los intereses ciudadanos se representaran y fueran gestionados por sectores que les personificaran: obrero, campesino, popular y militar. Decía Cárdenas: "…con toda claridad la necesidad de transformarlo y de introducir reformas fundamentales para lograr una más sólida alianza entre obreros, campesinos, soldados y burócratas"

Cuando en 1946 el PRM cambia de nombre a PRI (el que hoy conocemos) se definió como "una asociación nacional, integrada por obreros y campesinos organizados, por trabajadores independientes, empleados públicos, cooperativistas, artesanos, estudiantes, profesionales, comerciantes en pequeño y demás afines en tendencias e intereses, que aceptaba los principios de la Revolución Mexicana, considerando a las mujeres exactamente en las mismas condiciones que los hombres".

LA DECADENCIA

A partir del sexenio de Miguel de la Madrid, el destino de los mexicanos empezó a cambiar. Se inició la construcción de una ruta sin retorno al despeñadero en lo político, en lo económico y en lo social, favoreciendo los datos macroeconómicos en vez de las microeconomías familiares, favoreciendo a las empresas extranjeras y vendiendo de manera obsequiosa los bienes nacionales. Durante 36 años se desvirtuó, desvió y corrompió el principio por el cuál estalló la Revolución en 1910. Los herederos del PNR, PRM y PRI dieron paso a la negación de su procedencia y las causas revolucionarias que dieron sustento a su propio origen.

CAPUT

Desde que Alejandro Moreno se convirtió en presidente del PRI en el año 2019, en base a sus resultados se ha convertido en el peor dirigente que ha tenido ese partido; a su llegada el PRI tenía 15 gubernaturas, 3 años después le quedan 3: Coahuila y estado de México que irán a elecciones el siguiente año y Durango que ganó recientemente acompañado del PAN y PRI.

El PRI en voz de su presidente pasó de representar cualquier atisbo ideológico o de organización al: "Yo, primero Dios, si me da la vida, seguiré aquí en el PRI hasta 2024, o sea, a mí me va a tocar decidir la lista porque todos esos pendejos que andan allá afuera no, que si no dan resultados se van a la verga. Yo fui electo cuatro años, yo me quedo aquí" Este es el dirigente que arrasó con los restos del PRI y que dice de los empresarios: "…Cuando tenga yo la comisión, vamos a cogernos a los empresarios con una reforma verga, o sea, para que se caguen, apretarlos. Se van a cagar".

El curioso caso de los 4 gatos

6 de agosto, 2022

Él puede parecer y actuar como
un idiota. Pero no se deje engañar.
Es realmente un idiota.
Groucho Marx

Si los escuchas hablar oirás que su diagnóstico es que este gobierno llegó a su fin, que lo que sigue es el desastre y que muy pronto volverán al poder; aunque los números tienen otra versión.

Mientras los oyes defender y librar la "batalla cultural" contra López Obrador al mismo tiempo que defienden modelos golpistas, al tiempo que agitan su bandera ucraniana en una guerra que prefieren no entender y, mientras siguen creyendo que basta con convocar al viejo anticomunismo en vez de pensar la gravedad de la pobreza, la desigualdad y la corrupción que promovieron en sus gobiernos; sólo queda avisarles que —esa batalla contra molinos de viento que dicen ver —la perdieron en el momento en que perdieron la vergüenza.

No es extraño que sus propuestas busquen retroceder el reloj de la historia, su miedo ante la persistencia de la pérdida de privilegios mal habidos que no construye un horizonte común de mejoras para la mayoría; y esto, que parece tan simple, sí lo percibe la gran mayoría de ciudadanos: los que llaman iletrados, ignorantes, flojos, nacos, esos a los que hay que sentar a veces en el último recoveco del restaurante para que no afeen la vista. Y es por eso que van en sentido contrario a la historia, es por eso que pierden y seguirán perdiendo.

Así como el maullido de los gatos puede expresar entusiasmo, excitación, compromiso o angustia, si pudiéramos hacer un análisis acústico del lamento opositor de los últimos cuatro años, sabríamos que expresan resentimiento, odio, discordancia con la realidad y miedo. Sobre todo miedo, mucho miedo.

No importa de quien estemos hablando: si del opositor dirigente partidista, del "aviador" sin puesto que se enteró que para cobrar hay que trabajar, del burócrata sin mordida, del empresario obligado a pagar impuestos, del aspiracionista acostumbrado a aparentar lo que no es, del patrón furibundo por tener que pagar prestaciones sociales, del ex funcionario al que se le acabaron los "cuates" en los gobiernos, de los factureros, huachicoleros, becarios, periodistas del chayote, etc. De cualquiera de estos opositores que abundan en medios y redes de comunicación y los otros sólo agazapados en su frustración, lo que les caracteriza y les unifica es el miedo.

Por no leer a Savater por ejemplo no se enteraron de la norma que bien les aplica en el contexto de una transformación como la que estamos viviendo: "¿Cuál es la única obligación que tenemos en esta vida? No ser imbéciles (…)" (Fernando Savater, *Ética para Amador*).

Pero no, había que actuar sin pensar dos veces, decidieron que había que decir no porque no; resolvieron que era más sencillo quedarse en el pasado y cobijarse en sus certezas, sus controles y sus seguridades bien conocidas, antes que atreverse a agradecer a la existencia misma por estar presentes y vivos en un momento histórico inaugural mexicano. Se olvidaron de ser felices, para solo estar seguros en sus miedos, se asustaron porque era más fácil embotarse y pasmarse que razonar la nueva realidad. He aquí la tragedia del opositor de hoy: duerme para huir del miedo, y además… no lo sabe.

¿Qué circunstancia material activó o cuál fue el origen del miedo vigente en las venas opositoras? La cancelación de un aeropuerto, ese proyecto —sumergible obra cuyos datos técnicos, ecológicos y financieros hacían inviable— fue lo que activó el sentimiento que los trae a la circunstancia en que hoy se encuentran. Vieron lo que no era, creyeron lo que no era, prefirieron no entender las razones y quedarse en el pánico.

Constantine Slodobchikoff, es un especialista en comportamiento animal, a la pregunta de por qué los gatos tienen miedo a los pepinos, explica: «Los gatos están genéticamente programados por instinto para evitar las serpiente. Como los pepinos se parecen a las serpientes, los gatos les tienen miedo" ¿Qué les pareció a los opositores que fue la cancelación de esa obra que su instinto les activó el miedo en que aún hoy viven, qué pepino vieron?

El mundo está cambiando, México también, las evoluciones no son para pusilánimes ni cobardes y mucho menos para aquellos que no entienden que en el mundo actual en el que los grandes poderes y las grandes élites mundiales van por todo, la unión de todos sería la fuerza que podría acompañar el destino mexicano. Es un gran momento como para preferir seguir agazapados, criticando, mintiendo y desmotivando a quienes guían en este momento el país. Lo que sí ha hecho la oposición y es su letra escarlata es que no han acompañado a este gobierno en nada, absolutamente nada; como si no fuera su país escondidos en su miedo prefieren apostar a su fracaso. Los demás tenemos que avanzar, seguir escribiendo la cotidiana historia sabiendo quienes son los unos y quiénes los otros.

Como dice la canción:
Nos ven reír, nos ven luchar
Nos ven amar, nos ven jugar
Nos ven detrás de su armadura militar
Nos tienen miedo porque no tenemos miedo.

Póngase una papa en la boca

13 de agosto, 2022

En la cabañuki de mi papi en la montaña
papalord, ahí llevamos a las lobukis
para matar el frío auuuuuuushhh.
Mexican curiosité

Hace algunos años, un Instituto preparatoriano, un centro de estudios "de élite", religioso, exclusivo para hombres, gestionado por los Legionarios de Cristo, dio el campanazo a una realidad de la que poco se hablaba en ese momento. Un video clasista, racista, misógino y discriminatorio fue el colofón de la celebración de graduación de una generación de varones. Se presentaba en sociedad una nueva camada de mirreyes.

En el polémico video, los jóvenes estudiantes hacen pasar por un casting a un grupo de mujeres para ser elegidas como sus parejas de baile. Los nuevos mirreyes, acompañados por un jaguar y flanqueados por dos mayordomos morenos, las obligan a lavarles los pies al tiempo que las desprecian hasta encontrar a la que es digna de su estulticia. En respuesta a las críticas, el Instituto Cumbres expresó en un comunicado que el video "no representa los valores del centro".

Y sin embargo, sí, sí los representa, (este vergonzoso video puede verse en redes aunque ha intentado ser bloqueado por sus hacedores), a nadie sorprende que el elitismo legionario tenga como consecuencia la formación de algunos estudiantes, muchos de ellos hijos de políticos, narcotraficantes y empresarios beneficiados con contratos públicos, que no tiene comedimiento para exhibir un derroche económico sin precedentes: la herencia que se encontraron en la cuna en que nacieron.

La vida "mirrey" de abusos y clasismo por parte de estos jóvenes herederos: de borracheras con decenas de botellas de champaña descorchadas en los antros, de viajes en aviones privados, de cuentas de miles de dólares en restaurantes, de bolsos y ropa de marca por la que se pagan cientos de miles de pesos, de choferes y personal de servicio las 24 horas, conforma un estilo de vida particular y fácilmente identificable porque está

192

rodeado, invariablemente, de gasto ostentoso, exhibicionismo y narcisismo. La marca de la casa del mirreynato es el alarde de riqueza acompañado de una muy dolorosa comedia en la que estos individuos actúan para sí mismos. Son porque se ven en sus fotos y redes sociales, si no hay foto, no son.

¡Mi Jaime renunció ayer!, me dueles México.

En la escala involutiva de los estereotipos de tribus que conforman la sociedad mexicana, en el escalón más bajo y decadente se encuentra aquella conformada por estos mirreyes: niños mimados, insensibles, insustanciales, ricos, que poco tienen que ver —aunque de algún modo son sucesores— de un esnobismo casi ingenuo representado por las llamadas niñas fresa, los niños bien o los junior; clan que en su etapa de debilidad intelectual derivó en este grupo promotor de la impunidad, la prepotencia y el desprecio por la cultura del esfuerzo. Eso sí, han creado una forma de hablar, ininteligible a veces, para marcar distancia con el idioma español tan de los comunes y corrientes. Ellos viajan en su «yatesuki papawh" mientras nosotros apenas y para la panga tenemos.

Ahora, ¡a lo que te truje Chencha!, si les oye decir: ¡es un tema político goeeey! Ya valimos.

El futuro no pinta bien si estas personas llegan al poder. ¿Sí, cómo que sí? No, la pobreza intelectual que predomina en las élites de poder mexicanas es inocultable y ha permitido que estos mirreyes ya se encuentren dirigiendo gobiernos locales, tengan diputaciones, senadurías y puestos de responsabilidad. Son los nuevos monárquicos arrodillados.

Han llegado al poder, de la mano del PAN, del PVEM y de MC personas insensibles, que no solo no entienden que no entienden, sino que tienen en sus manos decisiones que marcan el futuro de millones de personas. Formados en entornos de plena ignorancia de la realidad social definen políticas públicas que afectan a las mayorías.

En España se les llama pijos, en Argentina chetos, en Chile cuicos, en Colombia gomelos, en Bolivia jailones, en República Dominicana jevitos, en Ecuador pelucones, en Costa Rica pipis, pitucos en varios lugares del Cono Sur, en Panamá yeyés, en Venezuela sifrinos, en todos los países hay apelativo para estos "mirreyes". No son producto exclusivamente mexicano, son producto consecuencia de un neoliberalismo que puso al frente de cualquier valor ético, moral o social, el tener para ser, el tener para ostentar, el tener para hacer el ridículo con conocimiento de causa.

Afortunadamente estos nuevos gobernantes y empoderados políticamente, se enfrentan a que lucrar con la cultura del desprecio se convirtió —socialmente— en una canallada que equivale a su suicidio político, gobiernan una vez pero no repiten, la sociedad mayoritaria los identifica y a su vez les desprecia. Un gobernador de Nuevo León como Samuel García (tan fosfo fosfo), un dueño de partido como Jorge Emilio González, un aspirante a gobernador como Roberto Palazuelos, muchos de los "jóvenes" panistas que acompañaron los gobiernos foxista y calderonista, todos ellos desconectados de la ciudadanía; son como las tigridas, esas plantas que solo florecen por un día. Florecen al amparo de ruido mediático, de redes sociales, de compadrazgos y de corrupción, pero al no tener sustento intelectual o social perecen en cuanto son vistos por los «otros», reivindican su ignorancia afirmando su veracidad (material).

Estos individuos, mujeres y hombres, tienen la sensación de decir la verdad sabiendo que están diciendo cualquier cosa, se conceden importancia apelando a su propia tragedia. Si los oye ponga atención, escuche su lamento mientras observa su camisa desabotonada, se saben vacíos. Recuerden las célebres palabras de Samuel García sobre la dura infancia que le tocó y formó al lado de su padre, ésta perorata nos explica mejor lo que yo intenté aquí: "Era bien duro porque me decía: "Si quieres que te pague la semana te tienes que ir conmigo al golf el sábado, y terminando los 18 hoyos te pago la semana".

El niño del tambor

20 de agosto, 2022

Si no quieres repetir el pasado, estúdialo.
Spinoza.

La política mexicana fue relativamente fácil de entender hasta el 2018, antes nada cambiaba, se vivía entre la simulación y el gatopardismo. A partir de la llegada de López Obrador, el PRI, el PAN y el PRD implosionaron y cambió todo el sistema de partidos e instituciones. Esto significa que, para entender el momento actual, se debe comenzar casi desde cero, y si no desde cero, sí hay que volver a comenzar.

Los cambios políticos y sociales de los cuatro últimos años son crueles para el entendimiento de niñatos que se niegan a asimilar un México nuevo y distinto.

Todo empezó con una maqueta de aeropuerto: un día se les dijo que ese capricho suyo no se haría, que su juego de "pretender" ser primermundistas no incluía comprometer el erario futuro, años antes de que empezara su construcción se les dijo que no lo hicieran, que era insostenible, que si lo hacían se les quitaría, no lo creyeron. Acostumbrados a hacer lo que se les pega la gana lo iniciaron, en su juego de terquedad obviaron todos los datos que les decían que ecológica, económica y técnicamente, su operación —en caso de que fuera construido— desembocaría en riesgos ambientales y financieros inaceptables para el país. Pues pasó, lo iniciaron, cambió el gobierno, se los quitó. Recomiendo la lectura de "La cancelación" de Jiménez Espriú, el sólo prólogo ya es suficiente para entender el desastre que se avecinaba.

Su chifladura, en esta ocasión, se quedó en una seductora maqueta que al no realizarse, y ciegos a las razones, provocó algo similar a un efecto de síndrome de Peter Pan: afloró una gran inmadurez emocional en su edad adulta que —cuatro años después— no pueden controlar.

México cambió en muchas cosas, sigue en un proceso de reformas económico, político y social y la oposición se mantiene en una infantil pataleta.

Después de la maqueta siguieron leyes, llanto otra vez; fin a negocios y componendas que saqueaban el presupuesto público, gritos y maldiciones; redistribución del ingreso favoreciendo las necesidades más básicas de la población vulnerable, rabietas y conductas desafiantes; Aeropuerto, Refinería y Carreteras concluidos (no maquetas), vinieron los golpes y mordeduras.

El problema es que les educaron para creer que élite económica y política significaba ser el centro del universo y que *per saecula seculorum* obtendrían lo que desearan de manera inmediata; de ahí la frustración, de ahí su decisión de no madurar e incorporarse a un mundo de adultos que construye un nuevo país.

Vivieron acostumbrados a contarse y creerse sus propias historias, para validar su saqueo preparaban una narrativa de "conveniencia" pública, la transmitían en sus medios de comunicación a través de sus locutores, periodistas, intelectuales (*sic*), que dinero de por medio repetían lo que fuera necesario para fundamentar la rapiña a la que sometieron a México durante décadas; qué otra cosa si no es el fobaproa, la venta de empresas públicas, las concesiones de minas, el desmantelamiento de PEMEX, CFE y —en general— la industria energética; la destrucción para su privatización de los sistemas de salud y educación; el contubernio con el narcotráfico. Sí, qué difícil debe ser que se les haya acabado el poder de decisión para acabar con el país pero, ¿nos importa? No, que lloren y que pataleen si es lo que quieren.

Hay un excelente libro de Gunther Grass que llevó al cine Volker Schlöndorf en 1978: "*El tambor de hojalata*". La historia relata la vida de Oscar, un niño que vive durante la época de la Segunda Guerra Mundial y que a los 3 años deja de crecer, su cuerpo deja de crecer pero su mente no. La trama es compleja, macabra, extraordinaria; sirva mencionarla por dos cosas: una, es que éste Óscar acaba en un hospital psiquiátrico a los 29 años, y dos, que me hizo pensar en el trauma tan fuerte con que va cargando la oposición mexicana al tener cuerpo de adultos y comportamiento infantil.

Teóricamente, uno de los umbrales que marca el paso a la edad adulta es la aceptación de responsabilidades cívicas y la participación en la vida pública. En un mundo sano, ser adulto equivale, en buena medida, a ser ciudadano. Los opositores mexicanos, en su sustracción al debate de ideas y al acompañamiento (de preferencia crítico pero sustentado) a las políticas públicas nuevas —distintas a las que se construyeron en su propio beneficio— gamberrean el significado de ciudadanía, de alguna manera se presentan como extranjeros frente al resto de mexicanos.

¿Qué hacemos? ¿Procuramos incorporarlos a la discusión pública o los dejamos fuera? ¿Seguimos viendo cómo se dan topes de pared a cada elección en que pierden o les anticipamos poco a poco que el próximo año perderán también el Estado de México y Coahuila para que lo vayan aceptando? ¿Les contamos lo que dicen todas las encuestas y escenarios futuros del 2024 o preparamos las cámaras para filmarlos mientras escupan su rabia?

Con todo lo anterior, hay que decir que la situación es más compleja que sólo verlos emberrinchados, en términos generacionales representan a un grupo con una descendencia y un entorno que bien puede aprender del mismo embrutecimiento clasista y negacionista de sus padres. Nos enfrentamos a la tarea ética infinita de no ceder y cuidar el proceso de transformación en el que estamos envueltos porque con estos de mentalidad novata y bisoña no contamos, y a mi parecer ni contaremos.

Cambiemos de perspectiva y observemos las cosas desde el otro lado ¿qué están viendo ellos?: realidad y espíritu; un sumario de hechos, políticas y formas nuevas acompañadas de un ánimo y un "por qué" que no pueden entender, saben que hay una complejidad cultural y un aglutinante social que no alcanzan a concebir en su individualismo egoísta.

Mejor que se llore en su mundo feliz y no en el nuestro real.

Mujeres y la 4T

17 de septiembre, 2022

No puedo decir si las mujeres son mejores
que los hombres. Sin embargo, sí puedo
decir sin dudar que no son peor.
Golda Meir

Hay preguntas que a veces no lo son. Son más bien expresiones de un lamento que se auto infiere quien las emite: ¿Crees que una mujer puede ser presidenta? Es pregunta retórica porque en México jurídicamente la ley lo permite desde 1953 (fue apenas en ese año, en el gobierno de Ruiz Cortines, que las mujeres gozaron de ciudadanía plena) Que hoy se escuche esa interrogante es por otra razón, no por el concepto legal.

Hay preguntas que no expresan una duda sino buscan hacer énfasis en algo que se quiere decir pero que es políticamente incorrecto hacerlo. ¿Quién está haciendo esta pregunta?: Los conservadores, la derecha, el panismo. ¿Por qué la hacen?: Porque saben que están ante la real posibilidad que en el año 2024 una mujer sea Presidenta de México. El camino para ensuciar la narrativa de esa eventualidad es cuestionar los "atributos" femeninos para la responsabilidad de encabezar el poder ejecutivo mexicano. Hacerlo de esta forma es taimado, es cobarde y es ruin, pero tiene una historia que explica el por qué. Veamos:

El PAN es el partido conservador y de derecha por excelencia, su esencia es antifeminista, misógina, machista, conservadora y, a veces, más cercana a un fundamentalismo religioso que niega en los hechos la igualdad entre mujeres y hombres. Si en 1941 el PAN les decía a sus mujeres el papel que jugarían en ese partido: "simplemente, que actúen como madres, como hermanas, como hijas, como novias, como amigas, pero encaminando su esfuerzo, su generosidad y su amor, no solamente hacia los fines meramente individuales sino al fin supremo de la felicidad de este grande hogar que es la patria, y en el cual ella, la mujer mexicana, debe ser como en el seno del hogar pequeño, reina, y por la dignidad, por el amor". En el 2001, no hace mucho, ¡ya en este siglo!, el destacado ideólogo panista, Carlos Abascal, secretario del trabajo y de gobernación en el gobierno panista de Vicente Fox

198

se expresaba así: "¿Las mujeres también son seres humanos? El trabajo del hogar es el medio de realización plena de la mujer" (por cierto, ni hombres o mujeres panistas se quejaron).

Y, para más perlas del "feminismo" panista baste recordar la de Vicente Fox: "el 75% de los hogares en el país tenían una lavadora, pero no de dos patas o de dos piernas, sino metálica". O la del gobernador panista de Baja California Francisco Vega: "Ustedes son lo mejor que nos ha pasado. Están rebuenas todas para cuidar niños, para atender la casa, para cuando llega uno y 'a ver, mijito, las pantunflitas'. No, no, ustedes de veras que son el pilar de la familia y perfectamente lo saben. Muchas felicidades". O Diego Fernández y el viejerío etc. Sí, la historia de la misoginia y machismo panista es larga.

Se han preguntado ¿Por qué si en el PAN hay mujeres diputadas y senadoras, preparadas, experimentadas —más allá de la ideología conservadora que profesan— se les tiene en silencio y se les acota su participación pública? Y en cambio, ¿a las que se comportan como pendencieras, vulgares e ignorantes como Kenia, Xóchitl, Lily y otras aún más estridentes pero con menos reflectores; las "usan" como su voz feminista, sus representantes en medios y posibles candidatas? lo hacen porque saben que sus expresiones arrabaleras le indican a los votantes que la pregunta ¿Puede una mujer ser presidenta? es válida en el conservadurismo. Presentar a estas mujeres como "figuras" posibles candidatas es mera burla que busca, una vez más y como siempre, que la derecha acepte la necesidad de un tradicional machín de los que "comen santos y cagan diablos". Es la manera de decirle a sus votantes: ¿ven porqué necesitamos hombres a cargo?

Mientras que en la izquierda, particularmente en MORENA, la paridad en las posiciones políticas es una realidad, mientras que gobernadoras, diputadas, senadoras, secretarias de Estado; ganan las posiciones en que compiten y tienen presencia y voz pública, imponen puntos de vista, GOBIERNAN, MANDAN, ACTÚAN de manera abierta y naturalizando lo que es natural: la igualdad de géneros; en el conservadurismo prefieren minimizar a sus propias, hacerlas a un lado y presentar un "feminismo con cara de macho" en la figura del camorrismo vestido de mujer.

MORENA tiene fuertes candidatas para el 2024 o para cualquier posición de primer nivel, Claudia sobresale en las encuestas para candidata presidencial, pero están también Rocío, Olga, Tatiana, María Luisa, Luisa,

Alejandra, Rosa Icela, Delfina, Salma, Citlalli, y más, muchas más; en la izquierda ya no es tema, ya no es una discusión la figura de la mujer en la toma de las decisiones más importantes del país.

En la oposición no hay candidatos hombres posibles, no tienen figuras destacadas porque cualquiera que levanta la cabeza rápidamente es vapuleado por su propia historia y, lo que es de destacar es que no hay candidatas posibles, porque al PAN le aterra la idea de presentar una mujer que resulte interesante para el electorado. Si alguien cree que en su momento haber presentado a Margarita es algo distinto a lo que hoy hace con las ramplonas que le representan, se equivoca; a pesar de que Margarita es una mujer preparada y con experiencia la lanzaron al ruedo porque sabían que su nula habilidad para comunicarse y el ser esposa del criminal expresidente la volvía un cero a la izquierda (como su % alcanzado lo constata), reiterando la estrategia que busca que en el ideario colectivo panista es necesario que sean hombres los que lleguen al poder; las mujeres no. Para la derecha mexicana, la defensa de la familia heteropatriarcal, la preservación de la cultura en su versión más reaccionaria, la alianza con las iglesias y las élites establecidas, el clasismo, la oposición al aborto seguro y legal, los prejuicios, costumbres y tradiciones que se basan en la idea de la inferioridad de la mujer o en roles estereotipados; hacen ver muy lejos el día en que sea una mujer quien les represente de manera seria para una posible candidatura presidencial. Por eso prefieren jugar con la pregunta: ¿Crees que una mujer puede ser presidenta? No cabe duda, machos pero hipócritas, la vileza en todo su esplendor.

Rabia

1 de octubre, 2022

*Desde entonces siempre ando por el mundo
con esta caja de espadas, hiriéndome a mí
mismo cuando no puedo herir a otros.*
Marlowe

Los demonios andan sueltos. La oposición no soporta tener, cada día, menos influencia, se ven en la intrascendencia de las decisiones políticas, económicas y sociales porque ahora la mayoría de la sociedad es quien marca el camino. Y eso les enoja, les encoleriza, les da rabia. Tal vez ya prefieren enfurecerse —de una puta vez— en lugar de volverse locos poco a poco.

La 4T tiene una personalidad y trascendencia propias. El resultado de los cambios realizados en los últimos cuatro años es de tal magnitud que sacó a la luz a dos México que, pudiendo ser pluralidad, por obra de la miseria afectiva de los partidos políticos residuos del neoliberalismo, parecen estar permanentemente enfrentados.

Adam Przeworski es un conocido politólogo polaco especialista en temas de democracia. Me atrapa su claridad cuando explica que *los sistemas de gobierno representativo nacieron bajo el miedo a la participación de la masas populares (…])* de tal modo que no nos equivocaríamos mucho si pensáramos que el problema estratégico de los fundadores de las democracias liberales no fue sino cómo construir un gobierno representativo para los ricos y protegerlo frente a los pobres.*

Así, la desventurada e incipiente democracia mexicana se ha instituido resistiendo —paso a paso, elección a elección— las trampas y fraudes del prianismo; y sin embargo, en la 4T nos hemos plegado a esa "democracia" que históricamente buscó impedir que las mayorías decidan el quehacer público. Los opositores son especialistas en blandir (después hablamos de los cuchillos) términos como libertad, justicia, democracia, etc. pero solo si se dan en las barbas del vecino porque cuando esa misma democracia les dice que son minoría, que ya no deciden, que ya no gobiernan sacan lo peor de ellos; sus demonios que les habitan y que hoy parecen escapárseles.

201

Esa rabia que se desliza desaforadamente en las palabras, gestos y gritos de los antagonistas a la 4T, que se expresa en las redes sociales desatando discursos de odio, intentando recuperar dogmas del pasado y dinamitando los precarios puentes de convivencia que se han sostenido a pesar de ellos; son los que en medio de un neolenguaje manipulador (aquel que dice una cosa por decir otra) han abierto una definitiva (creo yo) polarización.

Porque ¿cuál es el costo de no canalizar la rabia con que la oposición se resiste a un nuevo modelo de Nación que busca resolver los grandes conflictos nacionales: principalmente la desigualdad y el clasismo? ¿Creen que alguien va a olvidar o perdonar, cuando, sin la mínima empatía para compartir o entender la crudeza del testimonio de vidas en espacios de marginalización social (pobreza, criminalización, desempleo, racismo, machismo), lo máximo que se podría esperar de ellos, si acaso, es la indiferencia? Cada día que pasa, si por ellos fuera, se aleja esa posibilidad.

Hay una constante en los remanentes del neoliberalismo a la mexicana: la apología del fascismo, la conformidad con la desigualdad y un clasismo descarnado, desentendido todo esto de cualquier terminología y pose académica. Su ataque golpista y la afrenta de odio representan un emplazamiento político cada vez más radical, cercano a lo subversivo y a la tragedia incendiaria. Porque en su propio juego democrático en el que no saben perder, les hemos ganado la partida y están dolidos, muy dolidos. Pero ojo, ningunearlos es muy grave, no son amenaza pequeña, son un peligro en potencia, tienen recursos, tienen medios y tienen cooptado a parte del poder judicial.

Aquellos que llaman al magnicidio, aquellos que le dicen cacas al presidente, aquellos que recomiendan colgar a los chairos en el zócalo, aquellos que aplauden el intento de degüello del Sr. Tabe (padre del alcalde panista en MH) a un funcionario público que le suspendió su ilegal negocio; aquel ex canciller que pedía parar al presidente por las buenas o por las malas; aquél doctor que sugirió aumentar las dosis de medicina de López Obrador para que muriera; esas mujeres en senado y cámara de diputados que se expresan y provocan vulgarmente; todos estos y más son los que representan y encabezan la rabia de esas élites que están dispuestas a inmolar a sus seguidores (porque ellos están bien resguardados y no dan la cara, solo avientan las piedras detrás de la barrera).

Los medios de comunicación que, a través de payasos que claman que el presidente es "pinche y pendejo", juegan al retorno al pasado que les enriqueció; que a través de "columnistas" pendejean a los chairos que dicen les estorban, a los nacos que no piensan, a los morenacos, a los que son pobres por huevones, a los que no son "exquisitos" como dicta el canon del intelectual a lo Vargas Llosa; son punta de lanza en este embate social que estamos viviendo.

Están furiosos, perdieron Tamaulipas, la alcancía panista producto del narcotráfico; pierden las votaciones en las leyes que aseguraban no pasarían; la justicia —hasta donde se puede— les cerca; huyen del país; tiene que pagar los impuestos que evadían; ¡no lo pueden soportar! Es un drama que a algunos nos parece cómico a primera vista pero es de una profunda tragedia social; realmente se han exhibido en la putrefacción que intuíamos pero que ahora hacen visible.

Los opositores que no están de acuerdo en esta forma de actuar, es hora de que se deslinden, porque los están metiendo en un remolino que acabará por tragarlos. Estamos viviendo un tiempo de mercenarios que han desenfundado sus armas y las señales que han dado hasta hoy nos dicen que quieren sangre. De ese tamaño es su rabia.

En la 4T, tenemos que trabajar con algo así como un manual de urgencia para el tiempo presente. Hay que cuidar lo que se ha construido y a quienes están en la primera línea, particularmente al Presidente. Que los violentos no pasen.

* Przeworski, Adam *Democracy and the Limits of Self-Government*, Nueva York, Cambridge University Press, 2010, p. 162

No los distraigan

8 de octubre, 2022

Homero y yo nos separamos en las puertas
del Tánger; creo que no nos dijimos adiós.
Borges

Si usted es fotógrafo y ve a una persona ahogarse, ¿ajusta su lente para sacarle la mejor foto posible o deja a un lado su cámara y hace lo posible por rescatarla? ¿Es comparable un dilema así con ver a la oposición ahogándose en su miasma o darles algunas ideas para que dejen de zozobrar? Mi conclusión es que, en éste segundo caso, saquémosles la foto mientras los vemos hundirse y minimizarse.

Ya ha transcurrido cuatro años de este gobierno, la oposición decidió no apoyarlo, ha intentado bloquear todos sus proyectos; ha asumido lo que llamaron "moratoria legislativa" para no aprobar cambios en leyes; ha dedicado ingentes recursos económicos a mantener a medios de comunicación, editorialistas y columnistas que —a cambio de ellos— discurren mentiras y medias verdades; ha vulgarizado el lenguaje de la confrontación política; ha pasado al insulto y agresión como forma cotidiana de trato hacia quienes favorecieron con su voto a López Obrador. Convirtieron una obvia polarización derivada de la desigualdad social en una, patética y grosera, polarización clasista.

¿Y cuál fue el resultado, qué obtuvieron a cambio? La intrascendencia política. Han perdido casi todo, no solo votaciones, cargos, presupuestos y poder sino, además, y me parece que es lo más importante, desvirtuaron lo que decían representar. Hoy nadie puede decir qué diferencia al PAN del PRI, PRD o MC. Lograron confundir a su base electoral al intentar unir agua y aceite para estar en contra de…

Eso, lo intrascendente de su "idiosincrasia" construida en este cuatrienio, al interior de sus seguidores se convirtió en fuente de enojo social, mismo que les ha llevado al derrumbamiento permanente. Y nosotros los vemos caer, y nos reímos, nos solazamos al ver que la narrativa histórica de la 4T agotó rápidamente cualquier viso de pensamiento racional opositor;

tiró como dominós en fila cada concepción social, económico y política que decían tener.

Ahora bien, si el discurso opositor pretendía llegar a los hombres y mujeres que favorecieron con su voto al gobierno de López Obrador, evidentemente han fracasado. Sencillamente no pudieron esconder la complicidad histórica del prianismo con el autoritarismo, la violación de derechos humanos, la desigualdad y el clasismo. Sus gobiernos no sólo no hicieron nada para favorecer una mejor distribución de recursos y minimizar el desastre social que crearon y que después se fueron heredando al paso de los sexenios neoliberales, sino que además actuaron de manera complaciente —cuando no asociada— con la delincuencia organizada, particularmente del narcotráfico y del saqueo de recursos públicos. No pensaron que los sectores sociales mayoritarios ya los conocen bien y que dejaron de comprarles sus historias que les decían que los llevarían al primer mundo. En resumen, una vez más por no entender el país y a sus ciudadanos, ahora politizados, se han ido dando de tumbos cada vez que abren la boca.

Ese discurso —intrascendente para la mayoría— no encontró eco más allá de las mismas élites que lo emiten y del "aspiracionismo" analfabeta que les sigue —cada vez en menor cantidad— (me remito a los resultados electorales a lo largo de estos cuatro años) Nuevos seguidores, afines a la ideología clasista que se dice "económicamente liberal" (con la ayuda divina de jugosas exenciones fiscales y concesiones públicas, hay que decirlo) no los tienen; son menos que los mismos de antes, haciendo lo mismo, diciendo lo mismo, gritando lo mismo. ¿Por qué no se allegaron de nuevos ciudadanos a sus partidos? Principalmente porque no ofrecen nada más que estar en contra de.., no tienen proyecto ni ideología, y su conservadurismo trasnochado invariablemente se ve acompañado de un desamor profundo al país. No tienen una sola herramienta que enfrente los resultados cuatroteístas.

Al no contar con liderazgos serios, dejaron sus tareas en bufones y peladitas, que han decepcionado y avergonzado al prianismo de antaño que hoy se encoge y esconde, nadie espera nada de ellos. Entonces:

Entre ellos se hablan y se entienden, sus líderes provocan y promueven majaderías en las personas que les representan como voceros, de ahí éstos pasan a manejar a sus menguadas huestes y anularlas de todo entendimiento afectivo al país. México es naco, dicen; huele mal, dicen; es moreno, dicen. La gente conservadora y aspiracionista necesita que le digan cosas, oír cosas, hay muchos mensajes que provienen de gente idiota y que consumen con avidez; cuando las élites vean el legado que están sembrando: la falta de civilidad y amor al país, la incultura y la ignorancia; no sé si se vean arrepentidos, lo que sí sé es que debería darles pena. Siempre hubo analfabetos, pero la falta de estudios y cultura se vivían como vergüenza, nadie se jactaba de no tener cultura o haber leído libros. Los analfabetos del conservadurismo de hoy son los peores porque en su mayoría han tenido acceso a la educación, saben leer y escribir, manejan tecnología, son la clase económicamente dominante, y, precisamente por su incultura y analfabetismo están volcados a ser un producto en un mercado.

Y nosotros los vemos caer, nos reímos de ellos, nos alegramos de sus fracasos golpistas y de sus resultados electorales, así van muy bien, no hay que distraerlos.

No, no los distraigan; nosotros avancemos en todo lo que hay que hacer para transformar el país que la tarea no es poca, a ellos dejémosles el encargo de memes y bots.

No los distraigan.

Pata rajada de Macuspana

26 de noviembre, 2022

¡Olvida la muerte y busca la vida!
Gilgamesh

Presidente:

Érase una vez un México imbuido de desesperanza y desencanto, un país roto en sus certezas y en camino hacia el precipicio social producto de la arrogancia de élites económicas, políticas y sociales que —bajo una lógica de clasismo, racismo e individualidad— intentaron despojar la cosmogonía mexicana de su sentido de comunidad.

Y llegaste tú, como vocero, representando para muchos una posibilidad de salvación en este país exacerbado, a contarnos una nueva narrativa en la que te hundías en los momentos más significativos de la historia nacional para explicar y, sobre todo, recordar, de dónde venimos; y nos hablaste así de nuestras transformaciones, de los sueños y posibilidades de un México que se presentaba herido y agotado.

Eres constructor de una nueva historia, esa que dice que puede haber algo mejor, esa que se contrapone a la idea del "así nos tocó vivir" sólo porque unos pocos, en su propio beneficio, asignaron el papel que cada mexicano debía seguir para que el histórico saqueo de recursos pudiera realizarse.

Como nadie, entendiste que la única polarización posible de hablar se refiere a la desigualdad económica y social; y que el racismo entre los propios mexicanos es uno de los forzados pilares sobre los que se construyó el país; y que, finalmente, el clasismo es el aniquilador de la convivencia nacional. Y a partir de que interviniste, México no es el mismo, defendiste a los tuyos, a ese todos tan separados de sus procesos de identidad, reconstituiste un tejido ajado en cientos de años y particularmente en las últimas décadas.

¿Con cuántas personas se llena el Zócalo? preguntan los curiosos: con uno, contigo, la gente te sigue y así es que te conviertes en héroe; debe ser difícil porque enfrentas pruebas que en los hechos representan un carácter ontológico porque te conviertes en un personaje fundamental en la construcción de nuevos referentes culturales que te dejan muy poco espacio para fallar.

No eres como los héroes míticos de la antigüedad, obviamente; representas un heroísmo contemporáneo que te transforma paso a paso en mito, aunque algunos no lo ven, no lo quieren ver o ¡no lo están viendo! cuando frente a sus narices te conviertes en un arquetipo que responde a patrones universales e inmutables, creo yo, en donde no te circunscribes a una sucesión de avances y retrocesos, entre pasado y presente, entre lo bueno y lo malo; sino que fundamentalmente rechazas el concepto del destino para anteponer la idea de ciudadano, de hombre libre.

Cuando la oposición te ve como el conductor de la voz de la mayoría no te soportan, para ellos el único héroe a considerar es el vencido; es aquél del que puedan decir: sí, fue y acabamos con él. El problema del héroe, del mito López Obrador es que hoy eres de carne y hueso, hoy eres el hombre en el gobierno, el hombre al que sigue la mayoría de mexicanos y por lo tanto antes de que trasciendas como mito histórico intentarán destruirte; saben que si al acabar tu gobierno la persona que continúe tu labor no es de los suyos, están acabados. Ellos necesitan o, destruirte ahora o, destruir tu legado bajo un siguiente gobierno a su cargo.

Mañana habrá una marcha, hiciste un llamado y acudirán millones, los que estamos contigo intuimos que lo haces para mostrarle a los opositores la fuerza que les haga detener cualquier intento de ruptura social. Mañana sabrás una vez más, constatarás lo que representas para este país al que alguna vez le llamaron "de jodidos" Tienes un gran compromiso que es el de los héroes, el de los que ya no son para sí mismos sino para los demás.

Te amolaste estimado presidente, así te toco vivir, es tu sino del que no tienes escapatoria; somos afortunados a quienes nos tocó contemporizar contigo y vivir la transformación que has provocado.

Por los otros no te preocupes, algunos de ellos tienen recursos inagotables para ellos y sus descendencias, otros se convirtieron en traidores cuando, aunque en algún momento se decían cercanos obradoristas, se dieron cuenta que tu gobierno no era para repartirles prebendas; y en las mitologías históricas los traidores acaban mal. Y otros, los más, tan solo vivirán con la desventura de no entender la trascendencia histórica en la que estamos y la vergüenza de haberse dejado manipular por los mismos que ocasionaron la tragedia mexicana que muchos, encabezados por ti, intentamos revertir.

Realizar hace al héroe, no hace cosas por serlo sino lo es porque las hace, hay mucho trabajo aún, mi opinión ciudadana es: deshazte de la basura, aniquila con las posibilidades legales de tu puesto a los conjurados que ya conocemos y cuando acabes vete a "La chingada" a descansar. Aunque he oído que los héroes no descansan.

Te han puesto un buen sobrenombre, uno muy bonito: Pata rajada de Macuspana: el trabajador de la tierra que lo vio crecer. Si te querían insultar, también, una vez más, se equivocaron, te halagaron aunque no entiendan por qué.

El 18 de julio de 1872, cuando el presidente Juárez, al que tanto admiras presidente, estaba a horas de morir de angina de pecho, escribió una carta, la última de sus muchas escritas, en esa breve carta de la que no me explayaré decía: "Las cosas por acá siguen siendo buenas como habrá visto usted…" Que así igualmente sea cuando en el año 2024 entregues el poder: que las cosas sigan siendo buenas.

Un autogol llamado oposición

3 diciembre, 2022

No quieras enseñarle el Padre Nuestro al Señor Obispo…

Todo indica que la oposición de derecha y sus partidarios (incluyendo los que se dicen que no son de aquí ni son de allá) se han topado con que sus ideas viejas y su anquilosado corazón, con que la tristeza de su concepción clasista y racista frente a la vida en sociedad, su menosprecio a los demás y su arrogancia en la defensa de conveniencias y privilegios (como representación excluyente del otro) les ha llevado a, irreversiblemente, perder la compostura como nueva forma de relacionarse con sus antagonistas políticos.

Aunque sea en portería propia también es gol, autogol, y por eso —aunque vivieron otra gran derrota— en su interior algo festejan ¡porque acostumbrados ya por cuatro años a perder, eso de meterse un gol tampoco sucede todos los días! Y ese festejo les hace lanzar estridentes gemidos que bien pueden leerse como una derrota no solo moral sino también psíquica o bien como un grito de ayuda. ¡AIURA! Asistimos a la fascinante descomposición del conservadurismo mexicano expresado en su comportamiento frente a la mayor marcha de ciudadanos en la historia de este país.

Frente a lo sucedido en la ciudad de México y muchas otras al interior del país y en otros países; frente al desbordamiento ciudadano en apoyo al proyecto 4T y lo que esto les representa, ahora sí, están fuera de sus casillas; la desconfiguración pública de sus representantes y de los que les acompañan como malquerientes de este gobierno y del presidente López Obrador; nos hablan de una fase terminal en cuanto a ideas, propuestas, argumentos o razones con las que nos pudieran decir por qué si tienen razón en querer volver al pasado.

En esta crónica del detritus que han construido en los últimos años han llegado al nivel más bajo y más odioso; ni siquiera comparable con aquél vivido por los porfiristas al triunfo de la Revolución.

La masiva participación en defensa de un proyecto y de un líder como López Obrador, no es nueva, no es fruto en respuesta a la morrocotuda pasarela rosa organizada días antes como quieren hacer parecer, y, no es fruto de un acarreo de más de un millón doscientos mil personas como dice la torpe narrativa que intenta negar la realidad; es en realidad la expresión de la necesidad política de "muchos" de expresarse, más allá de con votos, ante al agravio opositor que lleva 4 años atacando al gobierno que en democracia —esta sí— venció arrolladoramente en las urnas. Y es también la continuación de la muestra de antagonismo político que surgió frente a los golpes antidemocráticos intentados para evitar que éste llegara a la presidencia por la vía del desafuero y la guerra sucia en su contra, y es también la respuesta obligada a las ofensas y humillaciones que hemos vivido los iletrados, chairos, nacos, borregos, sucios, acarreados, hambreados y pata rajadas —según dice la concepción más fina de la naturaleza del movimiento 4T— por parte de la oposición.

No entender es no entender, Perogrullo dice, no aceptar que los dirigentes de sus partidos fracasaron, no aceptar que la idea de un retorno al pasado ya no tiene cabida, no aceptar que la ciudadanía ya se expresó hace 4 años y que refrenda elección tras elección su preferencia y decisión de por quién ser gobernada; ese no entender y ese no aceptar es lo que hace que el exabrupto y estupidización argumental sean su arma a utilizar a un año y medio de unas próximas elecciones. Si alguien cree que ese ¡mayoritario muchos!, si es que cabe la expresión; va a votar por quienes una y otra vez les insultan, por el insulso wanabismo conservador que decidió odiar en vez de comprender la nueva realidad mexicana; pues está obviamente equivocado.

Porfirio hablando de Calígula y Hitler, Margarita tartamudeando sandeces, Anaya en fuga haciendo juicios de valor, Alito no sabe ni donde meterse, Fox en drogas, Calderón huyendo, Claudio X tirando su dinero en alelados, los aliancistas perdidos al no tener identidad; es lo que hay, lo que tienen y con ello tienen que vivir.

Que una marcha les provoque esto es la muestra de la ceguera ante el buen manejo macroeconómico del país, ante la obra pública, ante la protección social de los más necesitados, ante lo realizado y lo mucho por hacer. Y a esos ciegos que no quieren ver porque se quedaron sin privilegios solo queda decirles, ánimo, el país es mucho más grande que las miserias mentales que aprendieron y que no se quieren sacudir.

Siguen reformas a leyes, elecciones de nuevos consejeros, elecciones en Estado de México y Coahuila, elección presidencial en 2024; la vida sigue, es muy posible que se sigan topando con pared y que sigan metiendo sólo autogoles, porque oye, eso de querer medirse en las calles con la chucha cuerera que es el "pueblo", es quererle enseñar a nadar a un ganso.

2023

¿Tenemos todo prohibido, salvo cruzarnos de brazos? La pobreza no está escrita en los astros; el subdesarrollo no es el fruto designio de Dios. Corren años de revolución, tiempos de redención.

Eduardo Galeano. *Las venas abiertas de América Latina.*

El calderonato

11 de febrero, 2023

Mal empezó, mal acabó, en el camino nos jodió.

Del diccionario de la realidad mexicana: Caldero Hijos y —nato de la chingada.

1. m. Periodo sexenal entre 2006 y 2012 en que el Estado mexicano se fusionó con el narcotráfico.

2. m. Movimiento político de carácter depredador y corruptor que se desarrolló en México, y que se caracteriza por el entreguismo a las élites económicas y la cooptación de los medios de comunicación.

3. m. Doctrina cuasi fascista, autoritaria y antidemocrática encabezada por Felipe Calderón y el Partido Acción Nacional, de graves consecuencias económicas, políticas y sociales para México.

"Haiga sido como haiga sido", así llegó. Por una puerta trasera apareció a su toma de posesión, recibió la banda presidencial de manos de un torpe presidente que fue tan mal gobernante que tuvo que organizar un fraude para pasar la estafeta a un miembro de su mismo partido.

Los dos sexenios panistas, el de Fox y Calderón se caracterizaron porque en cada uno de ellos sus presidencias rápidamente tocaron fondo: cuando se pensaba que después de la de Vicente Fox —que llegó con un enorme bono democrático, con credibilidad por parte de sus votantes y apoyo por haber sacado al PRI de Los Pinos—, y que sin embargo, muy pronto dilapidó su capital político para convertirse en el bufón de cartonistas, columnistas y de la población, no podía haber un gobierno peor, zas, llegó Calderón.

Vicente Fox es quien inicia el calderonato porque él es quien permitió el fraude electoral que llevó a Los Pinos a Felipe. El brazo político del panismo no alcanzó a que los votos de la "gente bien y bonita" que dice representar, fuera suficiente para un triunfo limpio frente a López Obrador; fue necesario la bribonada que avaló el INE y el Tribunal Electoral para evitar abrir los paquetes electorales y limpiar la elección, a cambio declararon ganador al michoacano con apenas el 0.56% más de votos que el tabasqueño.

¿Y quién es quien llegó? La familia Calderón vivía en Morelia en los años 70, siempre fueron señalados como conservadores de ultraderecha, mochos y reaccionarios; ese fue el entorno del niño Felipe. La escritora Olga Wormat explica en su libro "Felipe, el Oscuro" (Editorial Planeta) que Calderón forjó su personalidad "en un ámbito de ausencia paterna, violencia intrafamiliar, discriminación y derrotas". Un panista cercano a él y amigo personal de su padre como lo fue Jorge Eugenio Ortiz Gallegos, dice del expresidente: "Fue un mal hijo, un neurótico con inclinaciones violentas". Otro reconocido panista, Jesús González Schmal relata por qué las cosas salieron tan mal con Calderón, dice: "Tiene que ver con su personalidad; además se rodeó de advenedizos que no tiene formación, mediocres y pillos que llegaron al poder para hacerse con el botín. Son los neo panistas que invadieron el partido. Felipe prefiere rodearse de mediocres que le digan a todo que sí, que lo adulen, porque no tiene capacidad autocrítica" y abunda: "Es un hombre débil y visceral… Felipe tiene una gran pobreza intelectual, por eso es tan autoritario".

El resultado del gobierno de Felipe Calderón se puede contabilizar, de entrada, en las miles de víctimas inocentes que dejó en una fallida "guerra" contra el narcotráfico, que —hoy se confirma en una corte de Nueva York— fue inventada para cubrir su necesidad económica y personal, para sentirse el «machuchón» de algo (posiblemente por esa necesidad de la que careció en la infancia, de ser reconocido por alguien, particularmente por su padre). Del PAN es que salieron Calderón y antes Fox y —en ambos sexenios— Genaro García Luna como vaso comunicante y omnipresente operador de ésta pandilla azul dedicada a la delincuencia. No hay panista que se excluya, ya sea por participación o por hacer como que no vieron y no escucharon. Felipe Calderón reiteradamente dice categórica y más bien calderónicamente que desconocía las actividades de su mano derecha, hombre de confianza y poderoso secretario de seguridad hoy juzgado en Estados Unidos; obviamente es de los que cree que, aparte de unos cuantos groupiesque le siguen, los mexicanos nos chupamos el dedo.

Y sin embargo, en este juicio ha salido a la luz lo que todos sabíamos y que la mayoría de los medios de comunicación mexicanos ocultan: Que Felipe Calderón, Genaro García Luna y sus cercanos son quienes representaban a uno de los bandos, el del cártel de Sinaloa —el mismísimo del Chapo Guzmán. Felipe Calderón fue presidente del narco estado mexicano que formó en su sexenio (2006-2012) a la par que jefe de mafia, siempre tuvo dos cachuchas. Habrá que ver más adelante si no era el segundo y García Luna el verdadero capo dei capi, no podemos descartar nada ante el ocultamiento mediático de los sexenios panistas y el de Peña Nieto.

Tampoco supo Felipe Calderón, dice él, del enriquecimiento inexplicable de García Luna, de las empresas fantasmas, de los paraísos fiscales en los que ocultaron el dinero, de los cientos de millones (por lo menos detectados ya 700 millones de dólares) extraídos fraudulentamente de las arcas del gobierno.

Felipe Calderón quiere jugar con la ignorancia de sus allegados y creyentes; lo que no queda claro es si sí será su decisión que se le juzgue por narcotraficante o pasar como un imbécil que no se enteró de nada de lo que sucedía en su gobierno. El juicio en Estados Unidos ya abrió la puerta a que conozcamos no solo al Felipe presidente corrupto, al que decretó la extinción de Luz y Fuerza del Centro dejando en la calle a miles de trabajadores, al que solapó a sus familiares responsables de la muerte de 49 niñas y niños en la guardería ABC en Hermosillo Sonora, al que hundió la política petrolera y energética para favorecer a empresas extranjeras en las que al salir del gobierno trabajó; sino que se le conozca también en su función de narcotraficante.

Esperemos que resuelva la justicia, la de Estados Unidos, la de México, o la que lo alcance tarde o temprano; se acabó la historia del mejor presidente como le gusta llamarle a trasnochados poco leídos y a wanabis de la postmodernidad; sólo fue el mejor presidente para los narcos, y más en concreto para el Cártel de Sinaloa.

El criminal Calderón causó una tragedia nacional al iniciar, para su propio fin y beneficio económico, una guerra entre los cárteles de droga de los que de uno de ellos él era el jefe y su subalterno García Luna el gerente. Bien se puede considerar el suyo, el peor gobierno y gobernante en la historia moderna de México. El calderonato (calderonarco como bien le dice Rubén Charvel) no es sólo el periodo del tiempo en que se desarrolló, sino es también la mentalidad, entreguista, corruptora y delincuencial sembrada en parte de la ciudadanía, hoy bien representada en la oposición. Serán años los que se necesiten para limpiar el estercolero provocado por el panismo, que aún hoy, aplaude al criminal «Chaparrito, peloncito de lentes, hipócrita, oportunista, coludido con criminales, corrupto y causante de miles de muertes de mexicanos» como le llamó el también panista Manuel Espino.

De una personalidad como la del nefasto expresidente, no esperemos nada, no habrá disculpa pública, que ni siquiera le sería suficiente a la descomposición social sufrida; él huyo a España y difícilmente regresará salvo que el panismo lo cobije con fuero de senador o diputado en las elecciones del 2024 (si lo permitimos).

¿Por qué el peor?

18 de febrero, 2023

Hay grandes diferencias entre malo y peor.

Sumó, a la continuidad de las políticas del neoliberalismo —con su consecuencia de empobrecimiento y desigualdad— la tragedia humanitaria ocasionada por su papel como capo protector del grupo narcotraficante más grande en la historia del país. Nada más.

En mi columna pasada, "El calderonato" (https://dedogmasyrenuncias.com/2023/02/11/el-calderonato/) dije como una de mis conclusiones: "Bien se puede considerar el suyo, el peor gobierno y gobernante en la historia moderna de México". Un par de personas me hicieron saber que no coincidían y que consideraban que la argumentación de mi escrito no era suficiente —supongo que su referencia iba en su muy personal comparación con el resto de los presidentes del periodo neoliberal— aunque también sospecho, porque no me chupo el dedo, que querían meter en la discusión a la presidencia de López Obrador. Sin embargo como su no coincidencia fue solo eso y no un mayor razonamiento (lo que no me sorprende, porque lo suyo, lo suyo, no es argumentar) intentaré ampliar cómo es que llego a esa conclusión.

Felipe Calderón fue el segundo presidente del panismo, llegó al cargo a través de un fraude ampliamente documentado, en el que no me detendré; así como el priísmo se agotó a lo largo de 70 años en el poder y dio paso a un producto llamado Fox, el panismo encabezado por el espurio presidente dio paso al regreso de otro producto comercial esta vez llamado Peña Nieto. Es decir que Felipe Calderón en 6 años de gobierno regresó la presidencia al priísmo, no tuvo la capacidad siquiera de mantener esa posición para su partido. En la fraudulenta elección que le llevó al poder en el 2006 los votantes que le asignó el INE fueron de casi 15 millones, en las elecciones siguientes el PAN tuvo menos de 13 millones.

El neoliberalismo mexicano que inicia con Miguel de la Madrid en 1982 aunque cuaja con Carlos Salinas y concluye con Peña Nieto en 2018 es responsable del empobrecimiento de la mayoría de mexicanos. No es una opinión, todos los datos disponibles lo confirman, veamos:

La estrategia neoliberal se empieza a instrumentar en Latinoamérica a finales de los años 70, en su preparación y de acuerdo a los lineamientos del Consenso de Washington, jóvenes economistas y abogados son "preparados" en universidades norteamericanas para que regresen al país a implementar las políticas que les dictan los organismos financieros internacionales: libre actuar de las "fuerzas del mercado" como el gran solucionador de las distorsiones económicas, las decisiones económicas a cargo del sector privado, la desaparición del Estado de Bienestar, la desregulación, y finalmente, la expropiación de la riqueza nacional a manos de unas cuantas empresas trasnacionales acompañadas por las élites locales.

A partir de la "caída del sistema" en 1988 que impone a Carlos Salinas en la Presidencia entra al juego político nacional el crimen organizado trasnacional como factótum de gobierno; es ahí cuando con cambios en la Constitución y con controles autoritarios se impone la Reforma Educativa que privatizó la educación y mandó al desempleo a miles de profesores; cuando se permitió que capitales extranjeros y grandes empresas trasnacionales explotaran el campo al modificar el 27 constitucional desplazando a miles de campesinos de sus comunidades ante la imposibilidad de competir con las grandes empresas monopolizadoras. Es también en ese periodo cuando se privatizan las telecomunicaciones, la minería, la siderurgia, la banca y las pensiones. Solo con esto el gobierno de Salinas (ilustre economista de Harvard) podría considerarse el peor, pero ahí no acaba la historia, le siguió Zedillo.

Ernesto Zedillo (el aún más ilustre economista, pero esta vez de Yale) fue feliz tan solo por unos días, apenas unas semanas después de su toma de posesión, en lo que se conoce como "el error de diciembre", se le cayó la economía. (Lo que se sabe es que recibió cifras maquilladas para disfrazar la crisis económica que ya causaba desde entonces el neoliberalismo) Ese errorcito causó un empobrecimiento generalizado para los trabajadores y sus familias que sumado al "rescate" de los banqueros en el llamado Fobaproa bien lo pueden poner como candidato al premio del peor. Pero momento, porque llegó Fox.

No obstante la mercadotecnia que impulsó a Vicente Fox como representante de la alternancia, siempre se supo que su gobierno no significaría una ruptura con el modelo neoliberal, de hecho sus decisiones abundaron en la destrucción de PEMEX al abrir los negocios del petróleo mexicano— y con ello parte fundamental del presupuesto nacional —a empresas trasnacionales. Su entreguismo significó miles de millones de dólares de pérdida de ingresos petroleros, muchos de ellos robados por los grupos políticos en el poder, que profundizaron la pobreza. Otro gran candidato al título del peor, pero pácatelas, que llega Calderón.

Antes de hablar de Calderón es bueno recordar estos datos: En el periodo de 1935 a 1982, es decir los casi 50 años anteriores al neoliberalismo, el producto interno bruto de México creció anualmente en promedio de 6.1%, el del periodo neoliberal de 1983 a 2018 que incluye a De la Madrid, Salinas, Zedillo, Fox, Calderón y Peña Nieto (sí el mismísimo periodo de los "brillantes economistas de las "mejores" *(sic)* universidades del mundo) el 2.3%. Y el producto interno bruto per cápita en el periodo previo a tanta inteligencia en el gobierno fue de 3.2% y en el periodo neoliberal 0.7%. De estos datos surge una premisa: la economía en manos de los gobiernos neoliberales empobreció al país, y aunado a ello amplió la desigualdad concentrando la riqueza en pocas manos. Antes del neoliberalismo la economía mexicana era mayor a la de China, después de ellos pues… ya sabemos.

Calderón, al igual que Salinas, llegó a la presidencia por la vía del fraude, en su gobierno amplió las concesiones mineras y el desfalco y destrucción de PEMEX (recordemos que a las empresas a quienes regaló el sector energético es a donde se fue a "trabajar" al finalizar su sexenio), reprimió ferozmente al Sindicato de Electricistas y cerró Luz y Fuerza del Centro enviando a miles de trabajadores a la calle; legalizó la subcontratación y el outsourcing a través de su reforma laboral, con lo que precarizó el trabajo y las prestaciones sociales de los trabajadores; abrió las puertas de par en par al intervencionismo de Estados Unidos y sus agencias de espionaje a través del plan Mérida; en resumen destruyó lo poco que quedaba de bienes nacionales para hundir a México en la dependencia económica de otros países. Con esto entra a la candidatura de peor, pero nos falta todavía el culmen de su actuar: sumergió a México en la tragedia.

Pocos días después de tomar posesión, Felipe Calderón declaró —entrajado en una casaca militar— la guerra al crimen organizado. Hoy sabemos que fue una ficción para que, acompañado de Genero García Luna, formaran el cártel de narcotraficantes más poderoso de México. El saldo del juego de guerra del criminal presidente es: más de 500 mil personas asesinadas, muchas de ellas en su gestión y muchas otras posteriormente como consecuencia de la generación de violencia en todo el país; miles de personas desaparecidas, miles de personas desplazadas, dejó un país en llamas que 10 años después apenas comienzan a apagarse. Calderón representa el peor gobierno porque no solo continuó lo que todos los presidentes del periodo neoliberal hicieron: empobrecer y saquear al país, en eso todos fueron iguales, la diferencia es que su gobierno además representa la debacle ética y política.

Le siguió Peña Nieto, el sexenio de Hidalgo (como símil de año de Hidalgo en que los gobernantes se roban todo lo habido porque saben que se les acaba la teta presupuestal), porque con él se acaba el neoliberalismo como política económica de gobierno. Si su sexenio no fuera una trágica descomposición de corrupción y frivolidad, sería un chiste. El presidente chulo, saqueador y vividor refugiado en España tan solo es consecuencia existencial del desgobierno de Calderón que le abrió las puertas de regreso al priísmo de la mano de un producto televisivo que engatusó a millones de votantes.

La necesaria mayoría

18 de marzo, 2023

Cruzazulear: Acción de perder un partido luego
de tener la victoria prácticamente asegurada.

¿Vamos a dejar que destruyan lo construido en este sexenio? El punto de partida es entender que cualquier espacio de poder que recuperen será para revertir los avances sociales, políticos y económicos logrados. ¿Vamos a aceptar una vuelta al pasado? La regla fundamental para quienes participamos de la 4T es no tener duda que la amoralidad opositora está presta a asaltar el cambio transformador de este primer gobierno anti-neoliberal.

Una de las tareas urgentes por parte del movimiento 4T que considero es de las que debemos empezar, desde ya, a hablar: La necesidad de construir las máximas mayorías en el legislativo.

Aún no es tiempo de pensar en las elecciones del 2024, ¿o sí? Hay formas y procedimientos para elegir candidatos, eso pasará en su momento y ese será un primer momento de inflexión. El partido dirá el cómo, las encuestas dirán el quién, los ciudadanos que participamos de la 4T auparemos en concurrencia, por necesidad casi existencial del proyecto 4T, a ese quien. Porque si no…

Y una vez que ratifiquemos en el cargo presidencial a una de las nuestras o nuestros, ¿qué, que se las arregle como pueda?

Ya hemos hablado mucho, yo por lo menos, de la bajeza y estulticia opositora representada en PAN, PRI y PRD, de lo enfermizo de su representación pública, de los valores que dicen defender y que no son otra cosa que la defensa de sus privilegios mal habidos, de su clasismo, de la cleptocracia mostrada en las décadas anteriores al sexenio actual, de la cooptación que mantienen de algunas áreas en el poder judicial y organismos "autónomos". Hablemos ahora de lo que sigue porque como bien decía Monterroso: "Cuando despertó, el dinosaurio todavía estaba allí" No creamos que porque las encuestas nos traen por las nubes nos podemos quedar sentados de brazos.

En este primer gobierno de transformación la figura más importante del movimiento es el que hoy es presidente: Andrés Manuel López

222

Obrador. No hay racimos de figuras que causen tal emoción, popularidad y seguimiento a sus ideas; vamos, a lo largo de la historia se cuentan con los dedos de la mano las personalidades de ese tipo; esos líderes natos con una clarísima idea del destino nacional se dan a cuentagotas; quien le siga en el cargo no necesariamente tendrá las mismas cualidades, sin duda tendrá otras pero dudo que aquellas que permean con una simple palabra o un gesto una idea trascendental.

A esa otra u otro que le siga debemos acompañarlo con la herramienta más poderosa del poder en México, los votos (¿o por qué creemos que los opositores quieren tener a sus títeres a cargo del INE?): necesitamos la mayoría en el legislativo federal y en los locales. Para eso son los votos, para incidir mandando sobre quien queremos que nos represente.

Si las cámaras son la representación popular entonces que lo sean, que se llenen de representantes verdaderamente populares y que estén dispuestos a "romperse la madre" por sacar adelante los cambios que aún faltan. Ya sabemos cómo funciona esto, minorías con poder tienen la facultad de detener el proceso constitucional que se requiere, así la reforma eléctrica, así la reforma electoral, así cualquier cosa. Necesitamos tener mayoría calificada en las cámaras para avanzar en el proyecto transformador. Se dice fácil pero no lo es porque la suma de intereses en contra del cambio intentará frenarlo una y otra vez.

Desde que el PRI perdió la mayoría en el congreso allá en 1997, los presidentes forman mayorías por acercamientos ideológicos, de negocios o de delincuencia.

Así las reformas que se hicieron en el periodo neoliberal, por ejemplo las peñanietistas mejor conocidas como la venta del país, se lograron una vez que el PRI y PAN, ellos sí unidos ideológicamente, compraron al PRD para tener la suma necesaria.

La reforma al Poder Judicial con la que Zedillo sacó a todos los ministros de la Corte, la logró con la suma de votos y su mayoría en el Senado.

Desde 1917 a la fecha la Constitución ha tenido más de 707 reformas, 213 previo al periodo neoliberal y el resto en pleno neoliberalismo (dato importante para los palurdos que dicen, es que AMLO quiere cambiar la constitución); por ejemplo, con Carlos Salinas hubo 55 cambios a la Constitución, (no recuerdo las lágrimas de los hoy opositores por cierto, no recuerdo que le acusaran de dictador…), Ernesto Zedillo 77, Vicente

Fox 31 cambios, Felipe Calderón 110 reformas, y Peña Nieto 155 cambios (lo que se conoce el vergonzoso periodo del Pacto por México) entre PRI, PAN y PRD.

Las reformas constitucionales requeridas y que no han podido realizarse y que acaban siendo meras reformas en leyes secundarias (y que a veces tampoco logramos mayorías para pasarlas) son ocasionadas por esa falta de número en los votos en la cámara de diputados y senadores.

Y no solo eso porque además México es un sistema federal que requiere la aprobación de la mitad de las legislaturas para las reformas constitucionales y, por lo tanto, cuenta con posibles puntos de veto adicionales, de ahí que también es importantísimo pensar en los congresos y gobiernos estatales.

La cantidad de reformas realizadas en el periodo neoliberal, obviamente, por si alguien lo dudaba, al ser promulgadas por gobiernos contrarios ideológicamente al proyecto de país que surgió de la Revolución Mexicana y que dio origen al texto constitucional de 1917, mismo que contenía un claro énfasis en la justicia social, afectaron en perjuicio del país, aspectos torales como el de la educación, la tenencia de la tierra, los recursos del subsuelo —petróleo, minas—, las condiciones de trabajo, los derechos humanos, los derechos de los pueblos indígenas, el Poder Judicial, entre otros muchos porque le metieron mano a todo lo que pudieron.

La única forma de revertir esas políticas que hoy son obligadas por las leyes que se hicieron en su beneficio y que claramente agreden a la sociedad mexicana y benefician a las élites económicas y políticas del conservadurismo, es a través de cambios que solo con mayorías se pueden lograr.

Pensar, como muchos ingenuos lo podrían hacer, que hay que dividir el voto, uno a este y uno a este otro es más de lo mismo, es hacerle una cuesta arriba a un próximo gobierno que estará, como éste lo está, rodeado por hienas y con caballos de Troya insertados.

La Independencia tuvo su documento de Morelos "Sentimientos de la Nación"; la Reforma, su Constitución de 1857, y la Revolución, su Constitución de 1917. La "Cuarta Transformación" tiene que dejar su huella en las leyes, concretamente en la ley de leyes, la Constitución.

Seamos prácticos, la 4T es y será, solo si la dejamos bien planteada y sembrada en la Constitución.

Adán, Claudia y Marcelo

25 de marzo, 2023

Este camino/ ya nadie lo recorre/salvo el ocaso.
Matsuo Basho

La argumentación opositora no es algo que tenga que hacer sentido para sus seguidores, cualquier palabrería que se les diga la van a aceptar como buena, no les hace falta leer, investigar o informarse; con estar atentos a las voces que les manipulan —y que lo han hecho históricamente— es suficiente para que repitan su diaria, cansada, agónica y repetida homilía: la 4T es algo malo… Bien les aplica lo que decía Michel Montaigne: "A lo que más le temo es al miedo" Ese discurso, el miedo que da su ignorancia y el costo de sus payasadas se reflejan en cada votación a la que se han enfrentado, les volverá a suceder en julio de este año y les volverá a suceder en el 2024. Así que hablemos del 2024…

La elección será una fortísima muestra de la confederación de todos los opositores: PRI, PAN, PRD, MC, FRENAA, sí por México, boa, mexicanos contra la corrupción, émulos del fascismo, provida, chalecos amarillos, va por México, ataviados de rosa, bloque negro, México libre, tumor, letrinus, brozos, hijos de Martita, prófugos escondidos en Atlanta, Madrid o Israel, y cualquier otro fierro viejo que vendan. Algo así como el sindicato de malvivientes defenestrados del presupuesto público. Y también, porque obviamente no todos son como los mencionados, un segmento de la población que es conservadora y reaccionaria; de esos hay en todo el mundo y los seguirá habiendo, incluso en las mismas familias hay múltiples opiniones que se expresan de diversas formas a la hora de votar. Yo siempre he dicho que en todas las familias siempre habrá un "facho", otros dirán que siempre hay un "chairo".

Hay análisis históricos, transgeneracionales, que —en resumen— dicen que los abuelos, bisabuelos y anteriores de los que hoy son reaccionarios fueron los conservadores de su tiempo y que, en contraparte, los liberales de aquella época formaron familias preocupadas por el entorno social y la igualdad de oportunidades por lo que hoy son los socialistas de cualquier parte del mundo. (*Spoiler*: no siempre es así, liberales engendran

225

reaccionarios y viceversa) Así que, aunque usted no lo crea, muchos de esos que desconocen o reniegan de donde vienen votarán en oposición. "Cosas veredes, Sancho, que farán fablar las piedras" (*Cantar de Mío Cid*).

Morena tiene tres muy poderosos candidatos, puede haber otros que se puedan sumar, así como hubo otros que se restaron por traidores; el resumen actual es tres: Adán, Claudia y Marcelo. A unos cuantos meses de que se defina quien de ellos nos representará (insisto, ¡podría haber también alguna otra u otro!) es necesario exigirles un compromiso que allane de una buena vez la forma en que se resolverá su candidatura al interior de la 4T. No es otra cosa más que un compromiso claro, contundente, sin rodeos o sutilezas que diga que aceptarán el resultado que arroje el procedimiento que existe en los documentos del partido MORENA; que a ese resultado acompañaran y que a quien resulte el/la candidata alibrarán hasta lograr el triunfo en el 2024.

No importa si los partidos políticos antagonistas a López Obrador y al movimiento de transformación que hoy estamos viviendo deciden que respecto a sus posibles votantes les ponen de candidato a un burro, a una mesa o a un alebrije, ellas y ellos votaran por ese por el simple hecho de no votar a favor de la 4T; aquella manifestación reciente en donde los vistieron de rosa es uno de los ejercicios para constatarlo, habrá otros. Algo así como: todos reunidos a favor de nada y sin entender nada. Punto a su favor porque no requieren como candidato ni a una personalidad, ni a alguien pensante, ni a alguien que no sea delincuente, tampoco un programa o propuestas; los votos de sus alienados sufragantes los van a tener, como ya dije antes, por el simple hecho de votar en contra de… Su odio e ignorancia no son nuestra responsabilidad.

Lo que sí es nuestra responsabilidad es evitar cruzar los siguientes meses con mensajes "subliminales" de aquellos que les interesa competir por la candidatura presidencial, que hagan parecer que si no es ella o él, quien no lo sea se irá (a lo mejor, así como que no quiere la cosa) a otro partido, que le —pasarán— sus votos a alguien más. No sería la primera vez, recientemente nos pasó con la candidatura en Coahuila y hace no mucho en otros estados.

Lo que es responsabilidad de los "precandidatos" "corcholatas" o como se quieran llamar es entender la trascendencia de lo que significa ganar el 2024, no para ellos, para el País. Cualquier desviación que permita que los opositores arranquen triunfos, hoy impensables, se los demandaremos a aquellos que chaqueteen por causa de su egolatría. Cada uno de ellos tiene cualidades, cada una su historia de experiencia y vida, cada uno sus grupos cercanos, cada una su visión de país. Sin embargo el movimiento es mayor a sus unicidades, la continuidad de la 4T es la razón política fundamental de su participación en la contienda. No son ellos o su historia sino México.

La elección del 2024, no es una "normal", casi que a la hora de votar, los opositores ni se preocuparán de pensar en el futuro o en lo que dejarán a las siguientes generaciones; será una elección plebiscitaria, el apoyo a la transformación de la 4T o el odio a López Obrador y la vuelta al pasado. De ese tamaño es lo que se nos viene, de ese tamaño es el reto del candidato que tengamos. Tenemos que llegar sobrados y convencidos del triunfo que habrá; necesitamos echarles el "montón" que evite que piensen en trampas a modo. Así como los votantes opositores votarán por la piedra que les digan que lo hagan; así las élites de la reacción instaladas en el poder judicial y el INE intentarán bloquear el triunfo cuatroteísta porque saben que con ese triunfo de continuidad transformadora cada vez les será más difícil retroceder a los tiempos de su vida privilegiada con recursos públicos (si no lo hicieron en el 2018 es por la abrumadora cantidad de votos a favor de López Obrador).

Así que, Adán, Claudia, Marcelo, considerando que parte de la ciudadanía está cansada de que los políticos tradicionales les "hagan de chivo los tamales": ¿pa´cuando la conferencia o el comunicado que les recuerde que «somos distintos» y que vamos juntos en este proyecto?

De Dresser a Krauze

15 de abril, 2023

El que se acuesta con perros
se levantará con pulgas.
Benjamín Franklin.

Que detengan las mañaneras porque se quieren bajar. La "intelectualidad" rapiñera nos salió agachona: Dresser tan acostumbrada a los micrófonos y al cobro de cachés de hasta 150 mil pesos por conferencia y Krauze —que no canta mal las rancheras— engolosinado durante el neoliberalismo con su cuota de ingentes recursos públicos para hablar y escribir lo que conviniera; ahora que pasaron a ser —la primera una pésima contorsionista (vamos, como si le exprimen un limón a una almeja) y el segundo un astuto misántropo a todo lo que huela a 4T o López Obrador— claman por censurar la voz del presidente.

Cualquiera supondría que lo mínimo que se puede esperar de aquellos que se consideran "intelectuales" y que creen que de ellos emana la "sabiduría" que debe regir el pensamiento social es que estuvieran de acuerdo —e incluso fomentaran— una absoluta libertad de expresión. Una vez más nos damos cuenta que no es así, que en el caso de estos dos personajes, famosos, conocidos, citados, con amplios espacios de expresión en medios de comunicación públicos y privados, no aplica. Es su voz o el silencio, se dicen a sí mismos que con sus logros y reconocimiento han conquistado el usufructo de la palabra. ¡Los demás a callar!

Es tan apabullante la realidad del cambio profundo del modelo económico y político—social de la 4T que los voceros y comentócratas de la reacción se presentan desnudos y sin credibilidad ante la sociedad mexicana. De ellos, que aún desde su concepción conservadora y de derecha, hubiéramos tenido alguna esperanza de decencia en su comportamiento ante la decisión mayoritaria de elegir a López Obrador como presidente; vimos como rápidamente se acomodaron en un discurso hostil lleno de intenciones retrógradas y de enredos y enjuagues que les retrotrajeran al mundo feliz en el que el presupuesto público caía como maná a sus bolsillos.

228

No sería ésta la primera vez que los conservadores nos imponen censura, en el 2011 durante el calderonato, más de 700 medios de comunicación encabezados por Televisa y Azteca firmaron un compromiso de no hablar de la violencia en México. Por supuesto no faltaron en esa ocasión las vacas sagradas que aún hoy nos quieren venir a dar cátedra de libertad de expresión: López Dóriga, Gómez Leiva, Marín, Maerker, Ferriz de Con, Loret, Beltrán del Río, Sarmiento etc. la lista es larga. Casualmente el tema a censurar fue la violencia mientras Calderón y García Luna hacían sus desmanes como jefes del narcotráfico. Hoy las cosas son diferentes, hay una sociedad activa que no se va a dejar y los medios privados languidecen en el escarnio público.

Estas dos cabezas —Dresser y Krauze— con ansias de censura, son nada más y nada menos que la cabeza de ratón de esos grupos de intelectuales abajo firmantes de múltiples desplegados que apoyen sus causas, a ellos les queda "como anillo al dedo" aquél apelativo que endilgó el filósofo español Gustavo Bueno (1924-2016) de referirse como "Los intelectuales: los nuevos impostores" a ese plural que unifica en el nombre común una condición colegiada como si todos pensaran la misma idea (misma que sale de manera obligada de una voz única, la del gurú Krauze o la de la bailarina y espía estadounidense Dresser). Es muy común que a la voz de estas dos figuras se pliegue el resto de los eruditos, firmantes, ilustrados y nunca bien ponderados miembros de la élite cultural que giran alrededor de las revistas Vuelta, Nexos y las cúpulas de la cultura oficialista en las instituciones públicas durante el periodo neoliberal; de ahí la amplia difusión de los dichos y opiniones de estos gerifaltes culturales.

La banalidad del bailongo catártico en que se exhibe Dresser y el mote que Carlos Fuentes le adjudicó a Krauze como «cucaracha ambiciosa» bien nos puede dar una pista de sus intereses y principios.

La intención de acallar la voz del presidente López Obrador sugiriendo prohibir sus conferencias de prensa diaria indica la fase terminal en que ha ingresado la *"intelligentsia"* con ínfulas en que se ha convertido la casta de ex becarios y vividores del presupuesto de Cultura. Asistimos, pues, a una descomposición fascinante, es un fenómeno histórico inédito de destrucción de la lógica y la ética social y de valores por quienes, en un amplio sentido, serían responsables de construirlos.

Dresser, le dijo a Carmen Aristegui: "Creo que una solución tendría que ser el fin de la mañanera. No niego que México tenía brechas preexistentes: sociales, culturales, de raza, de clase, pero en La Mañanera se atizan esos agravios y se crean enemigos a conveniencia". Krauze por su parte escribió para el Washington Post que las"provocaciones" (así le llama a las conferencias diarias Mañaneras) del presidente contra periodistas, escritores e intelectuales durante sus conferencias matutinas podrían motivar el asesinato de alguno de sus críticos… (*sic*).

Ambos son parte de ese grupo de los utópicos de la vuelta al pasado molestos porque se les responda a su discurso plagado de mentiras, a que se les presente información y datos duros de los hechos de gobierno, a que se desenmascare la corrupción con nombre y apellido, a que se cuestione la desinformación de las "noticias" de los grandes medios de comunicación privados (en que por cierto ambos participan). La sola petición de proponer prohibir las mañaneras es una muestra más de la histeria opositora ante sus reiterados fracasos electorales y ante el tren que ven venir en el Estado de México y después en el 2024.

Como un círculo vicioso, como una serpiente que se come a sí misma, esa trasnochada propuesta le da la razón al Presidente para explicar lo que representa la oposición en este país.

Afortunadamente la Constitución mexicana dice en su Artículo 6º: Es inviolable la libertad de expresión. Este derecho no estará sujeto a previa censura sino a responsabilidades posteriores y comprende la libertad de buscar y difundir información por cualquier medio. Y en el Artículo 7º: Es inviolable la libertad de difundir opiniones, información e ideas, a través de cualquier medio. ¿A poco no los conocen Dresser y Krauze, o sí y solo es parte de sus avances de golpismo suave?

A estas alturas ni aunque los medios de comunicación tradicionales se abran a la sociedad, dejen de mentir, e incluso se deshagan de las lacras que les representan, ni así, ni así, las mañaneras desaparecerán. Las Mañaneras llegaron para quedarse.

Cité al inicio a Benjamín Franklin, cierro con otra cita de él mismo: "Sólo necesitamos mirar a nuestro alrededor para ver que estamos de píe en medio de una montaña de escombros de aquellos pilares de las verdades más conocidas".

Con C de "Que pierdan todo"

13 de mayo, 2023

Aceptar que el poder factual tiene
la última palabra sería reconocer el
fracaso y el fin de la civilización.
Arturo Uslar Pietri

La utopía habita en las casas de los mexicanos, lo hace como un fantasma que gradual y progresivamente alimenta un movimiento social llamado la Cuarta Transformación (4T). Esa utopía está llena de ilusiones porque únicamente pretende romper las cadenas que se han impuesto a los ciudadanos de este país. No sueña con alcanzar una plena y definitiva felicidad, no sueña con perfecciones, simplemente parte de la convicción de que todos los mexicanos somos iguales por naturaleza, que todos tenemos la misma dignidad, que todos tenemos los mismos derechos y obligaciones, que todos tenemos derecho a elegir a nuestros gobernantes, que los recursos públicos son para lograr el bienestar de todos y que dada la situación real heredada por siglos de opresión y desigualdad: "por el bien de todos, primero los pobres".

Ya no se puede esperar más, no hay eternidad suficiente para que quienes repudiamos el pasado nos detengamos en tolerar guerritas sucias, golpes blandos, boicots legislativos, reacomodo de corruptos; la chequera de las élites son profundas como lo son también los bolsillos de cualquiera dispuesto a frenar la transformación del país.

No es solo el gobierno sino el entorno completo de la 4T, es decir la gran mayoría (líderes, funcionarios, artistas, empresarios, opinadores, estudiantes, ciudadanos comunes), quienes no tenemos interlocutor en la oposición; nos enfrentamos cada día al desquiciado o desquiciada de turno. Hoy es el Sr. Creel, ayer la señora Lily Téllez; mañana será cualquier otro prófugo del psiquiátrico, invariablemente torpe, excluyente y execrable.

A esos bolsillos pesados de ciertas élites —las más retrógradas— les sale barato; en vez de preocuparse por ganar limpiamente en elecciones; maicear legisladores, jueces y ministros. Porque ¡mira que para lo primero tendrían que salir a la calle, recorrer el país, conocer a los mexicanos,

231

entender sus necesidades, ser parte del nosotros!, para lo segundo solo tienen que estar al pendiente de quien tiene el botón momentáneo que puede frenar coyunturalmente la marcha del movimiento Lópezobradorista, cuatroteísta, transformador o como le queramos llamar.

Por lo tanto, ¿Es su modelo o es el nuestro; es el privilegio elitista o es el beneficio mayoritario; es su plan o es el nuestro?

Ante un proyecto como la 4T se identifican tan solo dos grandes visiones (es importante repetirlo, solo dos): quienes apoyan el proyecto de transformación del presidente López Obrador, en su mayoría ciudadanos de ideas de izquierda y liberales y, otros quienes marcada y explícitamente lo rechazan y que en su mayoría son conservadores, clasistas, racistas y neo-liberales. No hay una tercera vía, la tibieza, el centrismo, el dialoguismo, el un pie aquí y otro allá son también del segundo grupo; son conservadores y reaccionarios que no se atreven a salir de su closet. Reitero, solo hay dos posiciones.

Esa moda de El INE no se toca, no al Tren Maya, defendemos la legalidad de lo caido-caido etc. impulsada por, medios de comunicación, iglesias, ONG´s financiadas por Estados Unidos y grupos corporativos, esa aparente "lucha activa" que dizque reivindica políticas sociales es tan solo un paso de manual de golpe blando; en voz de la oposición es mera difamación y calumnia. Y con esa, su narrativa, se surten los medios de comunicación masivos.

Nosotros los detendremos, su fiesta se les acaba, para eso también es el Plan C.

¿Se debe seguir dando trato de demócratas a quienes son meros golpistas blandos? Sí porque nuestra democracia tan mancillada por ellos; a veces por el mismo INE, a veces por marchistas rosados que no saben ni como se llaman; es la que habla de votos, un ciudadano es igual a un voto.

Mientras que exfuncionarios, expresidentes y sus familias, se pasean por el mundo en medio del derroche. Mientras que Calderón y Fox boquiflojos sabiéndose protegidos por el poder judicial, y delincuentes son liberados por jueces, y legislaciones votadas mayoritariamente por el Congreso son frenadas por la Corte. Este no va a ser, no puede ser, un sexenio de: lo intentamos. Para eso es el Plan C.

Hasta ahora, el golpe blando que intenta la reacción no ha sido exitoso, por una parte porque cada uno de estos opositores, grupos o personas, tienen intereses propios que no están dispuestos a dejar de un lado por una causa común (por más negativa que sea), así que le meten ruido y dinero pero a su propia conveniencia; y por otra parte, y que también es la razón de que no lo será, es por el amplísimo apoyo popular del que goza este gobierno, los ciudadanos que buscamos un mejor país somos la clave para que no pasen.

No hay que perder de vista que de aquí al 2024 insistirán y que será una lucha diaria la que provocarán para descarrilar este proyecto, ¿no hay duda verdad? esta derecha quiere muertos, quiere tragedia, la 4T no se los dará pero ellos los van a seguir buscando o los recrearán. Ojo, nos enfrentamos a la canalla, al instinto bestial del privilegiado que está dispuesto a lo que sea para clavarle un cuchillo en la espada a este país.

Entonces, entonces, ¡lo que sigue es el plan C!

Todo lo sucedido en el actuar del conservadurismo debe ser nuestra motivación: transformemos sus hechos, su oposición, su desamor, sus transas, su odio, todo lo que ellos son, en motivación para la etapa que sigue: el plan C. Que no ganen nada, que pierdan todo.

Si no hay interlocutor, si no hay con quien dialogar, construyamos las mayorías para hacer los cambios que requerimos. Nuestras mayorías, no la de la suma inexistente con ellos, no la mayoría a la que se han negado consistentemente.

El plan C, ¿qué es?, no es otra cosa más que votar todo a favor de Morena, es formar mayoría en el congreso; para reformar la Constitución se necesitan 334, dos tercios del congreso formado por 500; hay que ir por los 334 en la próxima elección para poder llevar a cabo reformas constitucionales, ese es el Plan C, muy simple pero muy complicado a la vez porque a veces se hace una distinción del voto, se vota por un partido para presidente o gobernador y por otro para diputado o senador. El plan C es votar parejo por Morena, formar las mayorías que permitan las reformas, hacer los cambios en la Constitución, reformar el poder judicial, en resumen, mandar al carajo de una buena vez las rémoras opositoras enquistadas en juzgados y Corte, en legislaturas y en Senado.

Necesitamos la organización del partido —no solo en la cúpula sino en las calles—; la información a los ciudadanos por todos los medios (la4tv juega un papel fundamental), la selección de candidatos con arraigo en su localidad y comprometidos con el proyecto, probados en su lealtad, alejados del canto de las sirenas; todo suma para que se llegue a elecciones para lograr lo que se necesita: la mayoría calificada.

A la próxima o próximo presidente no le podemos dejar atada de pies y manos, debe poder avanzar en el proyecto de Nación, la 4T no es un proyecto sexenal, es un proyecto de vida. Hasta hoy se ha hecho mucho, se rompieron toda clase de paradigmas, las últimas encuestas dicen que más del 80% de la población está satisfecha con el trabajo del presidente, hagamos que ese número se refleje en los votos.

Parece que el 2024 está lejos, no, no lo está, el 2024 ya empezó, en política ya empezó. En Morena ya empezó, que ese inicio sume y no reste; que nuestros precandidatos sumen y no resten; que nuestros líderes de partido sumen y no resten; que los esquiroles al interior puedan ser neutralizados; que los tibios se decanten.

Cierro con unos versos de la *"Suave Patria"* de López Velarde:

Yo que sólo canté de la exquisita
partitura del íntimo decoro,
alzo hoy la voz a la mitad del foro
a la manera del tenor que imita
la gutural modulación del bajo,
para cortar a la epopeya un gajo.
Navegaré por las olas civiles
con remos que no pesan,
porque van como los brazos del correo chuán
que remaba la Mancha con fusiles.
Diré con una épica sordina:
la Patria es impecable y diamantina.

Promedio de bateo o lo más difícil de explicar

20 de mayo, 2023

Lo más difícil de explicar es aquello evidente
que todo el mundo ha decidido no ver.
Ayn Rand.

Primero lo fácil, los datos duros: En el periodo de 1935 a 1982, es decir los casi 50 años anteriores al neoliberalismo, el producto interno bruto de México creció anualmente en promedio de 6.1%, en el periodo neoliberal de 1983 a 2018 que incluye a De la Madrid, Salinas, Zedillo, Fox, Calderón y Peña Nieto el 2.3%. El crecimiento del producto interno bruto per cápita en el periodo previo al neoliberalismo fue de 3.2% y en el periodo neoliberal 0.7%. Es decir que en términos generales la economía en manos de los gobiernos neoliberales empobreció al país, y, aunado a ello, amplió la desigualdad concentrando la riqueza en pocas manos. Para ponerlo más gráficamente, antes del neoliberalismo la economía mexicana era mayor a la de China. Cuando inició el gobierno de Salinas en 1988 había un solo mexicano en la lista de Forbes, cuando acaba Salinas en 1994 ya había 24.

¿Algún tecnócrata neoliberal podría responder cómo fue que se invirtieron 11 billones de pesos de deuda externa, mientras aumentaban los pobres de 20 a 70 millones?, ¿Nos podría decir por qué quebró Pemex siendo la segunda petrolera más grande del mundo?, ¿Tendría la honestidad intelectual de explicar cómo fue que regalaron la planta productiva de energía, carreteras, ferrocarriles, puertos? No, nunca lo hará ningún tecnócrata, no hay vergüenza que puedan enfrentar porque todo esto no es más que la explicación del profundo saqueo de bienes nacionales en beneficio de una insaciable élite rapaz.

Los resultados electorales de 2018 no se dieron por obra y gracia del espíritu santo, si por primera vez un presidente de "izquierda" llegó al poder, fue porque López Obrador lo hizo después de una larguísima lucha ciudadana derivada de la frustración por las condiciones en que vive la mayoría de la población y ante la urgente necesidad de empezar a resolver demandas sociales y económicas postergadas indefinidamente, y de poner un alto a la creciente violencia inducida por el gobierno calderonista y la generalizada corrupción del gobierno peñanietista.

Si las cosas se han hecho bien o no, sólo la curva de cambios que beneficien a la mayoría de la sociedad es la que nos puede dar una respuesta; ¿Los datos de los que gustan a los numéricos neoliberales que entienden el PIB únicamente como resultado de la economía y bienes materiales qué nos dicen? ¿Cómo les respondemos en sus mismos términos a quienes han puesto al sujeto neoliberal en oposición al sujeto social, cómo a éstos que reducen la complejidad de los individuos a la economía, al ingreso, a la productividad y que anulan, en consecuencia, su esencia de individuos sociales y políticos? ¿Qué decimos a quienes consideran la esencia humana medible sólo como un acto económico?

Pues les decimos esto: El producto interno bruto puede incluir la economía y bienes pero no la libertad, la poesía, la igualdad, la no-violencia, la decencia, la felicidad, las cosas que a final de cuentas importan en la vida… Y sin embargo, en sus términos y con lo que se satisfacen lean: En un sexenio en el que la pandemia de COVID destrozó la economía del mundo y que una guerra en Europa (esa que coincide con su visión del mundo), comparando que México se endeudó más de 26 puntos del PIB entre el 2001 y 2018; en este sexenio lo ha hecho en apenas un 3.8%, una curva que baja radicalmente conforme avanza el actual gobierno. Si la inflación en el gobierno de De la Madrid fue de más del 130% y en el de Zedillo de más del 35%, en este gobierno, con todo el daño estructural en la economía del mundo, de 2019 a 2022 fue de 7.9% y actualmente baja hacia 6%. Ese PIB que tanto les gusta ha crecido en términos constantes desde 2018 en medio de la grave crisis mundial. El presidente López Obrador es el más aprobado por los ciudadanos comparado con todos los presidentes mexicanos anteriores a su mandato. López Obrador es el segundo presidente mejor evaluado en el mundo. En este gobierno, del que decían que chocaría con los vecinos del norte, las exportaciones se han incrementado como nunca y México se convirtió en el principal socio económico con Estados Unidos. La inversión extranjera directa es la más alta en la historia. Se ha incrementado la confianza en las instituciones. Han disminuido los delitos de alto impacto y sobre todo ha mejorado la percepción de inseguridad. Ha disminuido la pobreza laboral, se ha incrementado el ingreso per cápita, ha disminuido la extrema pobreza en adultos mayores, el ingreso laboral se ha incrementado, el desempleo ha disminuido, los trabajadores mexicanos ganan más, tienen más vacaciones y reparto de utilidades. Datos, datos, datos, (busquen las fuentes, que para eso dicen que sirven) En el promedio de bateo del presidente López Obrador sus números son muy buenos.

A los opositores les recuerdo que esas reformas neoliberales radicales tan suyas y que tanto defienden y les enorgullecen, se tradujeron sólo en una subordinación del gobierno a los intereses de las empresas, transnacionales y nacionales, y de los organismos financieros internacionales, no beneficiaron a la población bajo ningún parámetro; sí beneficiaron al contubernio entre esos funcionarios y gobernantes del periodo neoliberal con la chequera del presupuesto público. Eso sí.

El neoliberalismo moldeó las relaciones sociales y familiares, hogar, el trabajo, la escuela, los espacios públicos; convirtió en autómatas del odio a aspiracionistas embrutecidos que olvidaron y olvidan cualquier acto de responsabilidad social; convirtieron —en sus dichos— a quienes estamos fuera de su burbuja, como seres marginados (chairos), caricaturizando nuestra narrativa para hacernos parecer ridículos; creyendo que su visión de sueño americano les llevaría a la cima, al fifísmo que no acaban de entender, diciendo que lo son mientras regresan agobiados de su jornada laboral.

"No vayas a pedirle nada. Exígele lo nuestro. Lo que estuvo obligado a darme y nunca me dio— El olvido en que nos tuvo, mi hijo, cóbraselo caro. —Así lo haré madre". *Pedro Páramo*, Juan Rulfo.

El presidente López Obrador es el mejor presidente que ha tenido el país en los últimos cien años, no solo por los hechos y datos, no solo por la dimensión de las obras que se realizan, no solo por la relevancia de la infraestructura (la extensión del tren Maya, por ejemplo, equivale al tamaño de Francia), el complejo aeroportuario del AIFA, el canal interoceánico, los caminos rurales, la refinería en Dos Bocas, la compra de Deer Park; lo es porque le ha dado un nuevo sentido a la mexicanidad; el ser cuatroteísta, obradorista, morenista o como le quieran decir, es una forma de estar en el mundo, de contemplarlo buscando entenderlo, esperando por tiempos mejores, construyendo en compañía de otros, rompiendo los moldes de lo que así «tuvo que ser», es reconocer la grandeza mexicana en contra del destino injusto y vil al que nos quisieron someter las élites económicas, es una intención de lucha hasta poder devolver el reflejo que nuestra historia nos dio en préstamo. Ese enorgullecerse de ser mexicano, de levantarse del idílico agachamiento en el que los conservadores quisieron dejarnos, lo logró López Obrador, por eso, por mucho, es el mejor presidente que hemos tenido cualquier mexicano.

Cada mañana el Presidente explica cómo gobierna el país al que los anteriores mandatarios empobrecieron y vapulearon, lo hace con un sentido de orgullo que transmite el sentir de cientos, miles, millones, decenas de millones de mexicanos consientes del momento histórico que nos tocó vivir: la singularidad del rol de López Obrador en la historia de México.

A veces uno sabe de qué lado estar, simplemente viendo quienes están del otro lado, porque no se puede ser neutral en un tren en movimiento, y eso, es lo más difícil de explicar.

¿Qué sigue?

9 de junio, 2023

Me interesa el futuro porque es el sitio
donde voy a pasar el resto de mi vida.
Woody Allen

Hagamos un ejercicio de imaginación: ¿cómo pensamos que se sienten y se ven los políticos opositores al proyecto 4T cuando, a partir del 2018, han ido perdiendo estados, legislaturas, senado, población gobernada, presupuestos públicos (auch, duele); cómo se pueden sentir sus seguidores al saberse parte de un proyecto fracasado. Y, todos ellos en conjunto, políticos y funcionarios de PRI, PAN y del residuo perredista sumados a sus votantes cómo, cuando saben que son parte de la narrativa que explica a México en una suerte de enfrentamiento entre un proyecto nacionalista, soberanista, igualitario y social como lo intenta ser la 4T, en oposición a lo que son y representan: un grupo de gestores de élites rapaces, desnacionalizados en su afecto al país, dispuestos a vender los recursos nacionales, dispuestos a mantener la marginación y las carencias sociales para la mayoría de la población?

La Cuarta Transformación y su brazo de acción, Morena, de la mano del presidente López Obrador; ha ganado —consistentemente— el aprecio y respeto de la mayoría de los ciudadanos, veamos:

A partir del 2018, Morena convirtió en cotidiano lo que fue insólito en la elección presidencial de ese año; triunfos contínuos y rotundos que la han llevado a gobernar a más del 70% de la población; 23 estados ganados en ¡5 años¡ y con amplias posibilidades de ganar los que se voten en futuras elecciones (incluyendo a los que hoy gobierna la más reaccionaria ultraderecha como lo es Guanajuato).

En 2018 Morena no gobernaba ningún Estado, apenas se fundó en 2014 y en 2015 obtuvo sus primeros diputados, es en ese año 2018 del triunfo que no pudieron robar a López Obrador que inició la suma: Chiapas, Veracruz, Ciudad de México, Tabasco y Morelos; en 2019 llegó Baja California y Puebla, en 2021 ganamos 11 estados más: Baja California Sur, Campeche, Colima, Guerrero, Michoacán, Nayarit, Sinaloa, Sonora,

Tlaxcala, Zacatecas y el aliado Partido Verde, San Luis Potosí; le siguió el 2022 con Oaxaca, Tamaulipas, Hidalgo y Quintana Roo. Y hace unas semanas el Estado de México.

¿Qué otra cosa sino esto es ganar? Y por el contrario, ¿de dónde deriva la esquizofrenia política de la oposición de decir que ellos ganan, que ellos van adelante, que el 2024 va para ellos? Únicamente de que saben que tienen que mantener su mensaje a sus cautivos, maliciosos o ingenuos electores.

Los resultados políticos de la oposición son vergonzosos, sus cabecillas han demostrado ser un fiasco — no sólo sus presidentes de partido sino que también la flor y nata de sus líderes y sobre todo el titiritero que los mueve, Claudio X— carecen de otras propuestas que no sean aborrecer a López Obrador y a los chairos; han alimentado a sus seguidores con un discurso de odio que se contrasta muy fácilmente con los resultados de este gobierno.

La minimización del PRD era muy predecible, su traición a los principios de la izquierda al asociarse con PAN y PRI hacía adivinar su futuro; más novedosa es la debacle del reaccionario PAN empiernado con el PRI en un contubernio, inimaginable hace un par de décadas, que explica su actual trivialidad. El conjunto de esos tres partidos devenidos en detractores de la realidad nacional tiene una lógica sustentada en las convicciones del adinerado X González, ese sí un verdadero peligro (no para México porque en la suma cuatroteísta nos pitorreamos de él) sino para el futuro de cada uno de esos partidos políticos. La mentecatez de estos actores políticos no quiso ver que se enfrentaron con el líder político y social más poderoso de los últimos cien años como lo es López Obrador. Pero ellos y sus votantes dirán que no, que van ganando.

Mientras que la oposición tiene que decir que pueden ganar (aunque ningún dato lo sustente), que ganan (aunque pierdan), y que la 4T va en caída libre, lo que es alimento para sus embrutecidas huestes; nosotros en la 4T qué, ¿Qué sigue para nosotros?

Si mantenemos la idea, como lo hemos definido en este movimiento, de construir un nuevo modelo social, es necesario ahondar en la guía actual: apoyos sociales para «nivelar» mínimos de bienestar, recuperación de la soberanía nacional, lucha permanente contra la corrupción, enfrentamiento incesante contra el clasismo y racismo, equilibrio en las finanzas públicas, consistencia en la defensa de los derechos humanos y total libertad de expresión (aunque tengamos que escuchar a las mojigatas Dennise, Xóchitl, Paloma, Alazrakis, Ferriz y demás obrando por la boca pa'l cielo).

Hay cínicos que dicen que Morena es el mismo PRI de siempre, no tienen datos que sustenten su dicho pero lo dicen para tener algo que decir, para convivir digamos. Si lo piensan un poquito, a ese PRI al que PAN y PRD maman las ubres (por cierto ya lo secaron) es al que le hemos vencido al igual que a ellos. Una propuesta de lo que tenemos que hacer en la 4T, más bien de seguir haciendo, es reiterarles que son lo mismo, decírselos una y otra vez, es más, convencerles que desaparezcan como partido y sean uno solo. Que se hagan un solo partido, ayudémosles.

Mientras que en la 4T tenemos varios candidatos al 2024, del otro lado hay un vacío que llenarán con cualquier botarga que les arrime votos. Lo que tenemos que hacer en la 4T es definir, con las reglas del partido, quien será quien nos encabece en el 2024 y en ese momento arroparle todos, sin desviaciones y titubeos.

El país no empieza hoy, no inició en el 2018, tampoco en el 82 al triunfo de Miguel la Madrid y la tragedia dizque modernista, no lo hace en el sexenio trágico del alcóholico Calderón y tampoco en el de la banalidad foxista, mucho menos en el de la cueva de ladrones de Peña Nieto. El país es más, mucho más, es la historia y es nuestra cultura, pero es también los rapaces y delincuentes que nos gobernaron en los seis sexenios anteriores y a quienes una minoría les sigue votando, a estos hay que contener, y eso también es una tarea vigente en la 4T.

Tareas hay muchas, infinitas, como lo es México.

Si me dan a elegir…

14 de julio, 2023

Si me das a elegir entre tú y ese cielo donde
libre es el vuelo para llegar al olvido si me
das a elegir, me quedo contigo.
Julio Cortázar. Rayuela.

Bien decía Aristóteles: *Solo hay una manera para evitar las críticas: no hacer nada, no decir nada y no ser nadie.* La historia no es algo que nos pasa por el frente, por el contrario, somos ese proceso histórico; no es algo que *"se hace"*, es más bien algo que hacemos. Y en ese proceso, por simples razones naturales nos equivocamos, acertamos y fallamos. Así todas las personas, así las instituciones y así los gobiernos. No hay perfecciones, no hay inmaculaciones, no hay nada a prueba de error.

Hablemos de la 4T, hablemos del presidente, hablemos de este gobierno sexenal; ¿es perfecto?, pues obviamente no, obviamente no.

Aunque Enrique Krauze y camarilla le digan «mesías» al presidente, aunque la oposición endiose a López Obrador y le dé características absolutas y grandiosas, aunque lo vean hacia arriba y se deslumbren de lo que está sucediendo en esta transformación, no, no es impecable, no es la deidad que les atormenta en sus sueños, ni queremos que lo sea. Como no lo es ninguna persona y ningún proceso histórico (parece que hay que recordárselos).

Pero, como dijo Cortázar y canta Manu Chao: "si me dan a elegir… yo me quedo contigo".

Parto con un ejemplo: Martí Batres, nuestro Jefe de Gobierno que sustituye a Claudia Sheinbaum, le leyó la cartilla a la oposición en la Ciudad de México durante una conferencia de prensa hace apenas unos días: les dijo entre otras cosas que la ciudad no es conservadora y que seguirá siendo una ciudad progresista; argumentando su dicho les recordó que si hay matrimonio igualitario no es por los opositores sino a su pesar; les recordó también que si hay pensión para adultos mayores no es por ellos sino a pesar de ellos; si hay obras de infraestructura es a pesar de ellos no gracias

242

a ellos; si hay progresismo y una ciudad de avanzada es a pesar de ellos...
¿Esto significa que la gestión en la ciudad ha sido perfecta? No, obviamente
no, pero me regreso a la poesía: si me dan a elegir...

Otro: Acusan que el presidente no es feminista y esté a favor de
las mujeres; ¡lo dicen del primer gobierno paritario por excelencia, lo dicen
del de los apoyos a mujeres y madres solteras, lo dicen de la izquierda que
aprueba todos los derechos de la mujer! Y lo dice una derecha que representa el conservadurismo, ese sí, el enemigo histórico de las mujeres. ¿Y sin
embargo, eso significa que todo está bien y todo está hecho al respecto?
No, obviamente no, la tarea continúa.

El actuar del gobierno federal en estos 5 años en ningún momento
ha sido acompañado por los conservadores, en ninguno, pan, PRI y el residuo
perredista se han opuesto —invariablemente— a los proyectos y decisiones
de la 4T; de la mano que mueve su cuna, han votado en contra de todo, han
intentado impedir —con legalismos y con ganar tiempo— vía amparos, las
obras fundamentales de infraestructura, desarrollo y políticas sociales propuestas; todo es bloquear, todo es no, todo es sabotaje. Y sin embargo, a pesar
de su obstrucción, la gestión se ha realizado, las obras ven luz, las políticas se
implementan, el país se mueve, el país crece y avanza; no gracias a ellos, a pesar
de ellos. Entonces, a su pesar, se vuelve más bien un timbre de orgullo, ver
y saber que se hicieron y se hacen cosas, se gobierna; ¿hay fallas? sí, algunas,
obviamente, obviamente. Pero, entre el inmovilismo del *status quo* propio de
las derechas, entre el pasmo en el que quisieran que estuviéramos y ante su
perplejidad por todo lo logrado; incluso, con los errores que hayamos cometido, con lo que nos falta por hacer, con la traición de por medio de algunos
cuantos, con la premura de tiempo; a pesar de todo eso, si me dan a elegir...

El país que heredamos en el 2018, el que dejó el neoliberalismo, es
uno saqueado, es uno completamente desigual, dejado en las manos del crimen organizado, deteriorado en sus sistemas educativos y de salud; nosotros lo sabemos, los opositores lo saben pero evitan la discusión, ya no digamos reconocerlo. Y si no hay un reconocimiento del estado de las cosas
a la llegada de López Obrador no hay forma de apreciar todo lo logrado;
así que eso pasará, que no lo reconocen porque partiría de que dijeran, sí,
el trabajo de los 36 años previos, desde de la Madrid hasta Peña Nieto, fue
una porquería, fue un drama de sucesos en contra del país, es una historia
de pillaje, clasismo y odio a la Nación.

Por eso, si me dan a elegir, me quedo contigo, porque más allá de los resultados concretos y visibles, de obras, aeropuertos, carreteras, trenes, combate a la corrupción, manejo de la economía; lo fundamental es que la voluntad, la energía y las decisiones para revertir la calamidad heredada existen claramente. Ahí está el triunfo moral de este gobierno, en su disposición, en su decisión de detener la tragedia nacional y el derrumbe hacia la destrucción del Estado mexicano. No hay forma de comparar —por ser tan distantes— lo que hicieron y habrían hecho si siguieran gobernando los personajes del pasado con lo realizado en estos 5 años; insisto, más allá de las obras, en la intención convertida en un cambio de paradigma que inició con aquello de "por el bien de todos, primero los pobres".

Que para el desastre ocasionado, los conservadores dicen que no tuvieron alternativa, para el fobaproa no tuvieron alternativa, para la complicidad con el narco no tuvieron alternativa etc. etc.… típico argumento de la derecha. En la izquierda les criticamos y les demostramos que las cosas pueden ser diferentes (eso sin contar toda la carga amoral que hay y hubo en sus decisiones); así, en esta dualidad de ver las cosas, se configura el campo ideológico que nos enfrenta hoy: la derecha defiende sus hechos y su palabrería, su riqueza inexplicable y su clasismo mientras que en la izquierda hablamos de alternativas, de otra manera de actuar y enfrentar los problemas, incluso nos atrevemos a proponer utopías. Mientras que ellos mienten con descaro y desprecian la realidad y la objetividad, mientras que ellos hablan de teorías conspirativas sobre dictaduras inexistentes; la 4T realiza, hace, cambia, avanza, incide en un mejor país. Eso es lo que nos diferencia, así que, si me dan a elegir…

La transformación de México es un acto emocional que se mide (y no es contradicción medir la emoción) en el aprecio que marcan las encuestas al presidente y a sus resultados de gobierno; se mide también en los indicadores que dice que el siguiente gobierno también será cuatroteísta; y se constata —para deleite y burla nuestra— en la "conversión al izquierdismo" de la oposición; Creel dice que es de izquierda, Xóchitl dice que es de izquierda, Claudio X dice que es de izquierda, ya hasta los perredistas que votan por el PAN dicen que son de izquierda, esto que no es sino la vergüenza que les representa ser lo que son, es nuestro triunfo y en consecuencia su derrota moral.

La derecha existe y seguirá existiendo porque así es el mundo, siempre habrá un idiota feliz o un fascista actuante: por eso, sin duda alguna, la obligación ética de los ciudadanos es optar por un lado, no hay más, no hay medianía, no hay un pie aquí y un pie allá; es una decisión el elegir. La mayoría ya lo hizo conscientemente a través de su voto; otros cuantos por conveniencia, odio, negocios, medianía intelectual y rencores eligen otra opción; no tienen forma de tamizar porque su circunstancia les obliga. Y es aquí que en la izquierda debemos reconocer que hay un fracaso de nuestra parte: el no haber podido explicar cómo quitarse la venda al movimiento de wanabis que vive en la inepcia de entender que su manera de elegir es un tiro en su propio pie. Por lo menos recomendémosles a Nicolás Guillén: "Soldado, aprende a tirar…"

Si me dan a elegir, como lo hago porque puedo hacerlo en mi albedrío, yo me quedo aquí; a pesar de exclusiones, reclamos e indiferencias de algunos, incluso cercanos; el sentido moral que me invade al estar de este lado de la historia en este preciso momento de transformación, no lo cambio por nada.

El vocero perfecto

23 de julio, 2023

Espero tengan preparadas sus
preguntas para mis respuestas.
Henry Kissinger.

¿Quién hubiera pensado que Vicente Fox —que durante su mandato requirió de un vocero para que tradujera sus incoherentes dichos en aquella sección de: *"lo que quiso decir el presidente"*— se convertiría, con el paso de los años, en el vocero idóneo de la oposición; en el más claro decidor para explicar el pensamiento de los antagonistas a la 4T? Escuchar sus palabras es sumergirnos en un delirante carrusel que suma y resume las voces de quienes se oponen al gobierno actual. Sí, aunque usted no lo crea, el iletrado y rústico expresidente es la voz cantante de quienes buscan regresar al pasado.

Y a pesar de ello (lo digo sonriendo y solo para que conste) luego dicen que no hay un triunfo moral de la 4T sobre los conservadores mexicanos representados en el prianrd; en fin que ya que es la realidad que nos toca vivir pues hablemos de ella.

Cuando un Héctor Aguilar Camín (el abajo firmante e intelectual de cabecera priista) dice del presidente que es *"pendejo y petulante"*, cuando Javier Lozano (el ex secretario del trabajo y ex senador panista) le dice al presidente; *Chingue usted a su madre,* o un Gilberto Lozano (el esquizofrénico líder frenista) dice de los afines a este movimiento 4T que somos: *"chimpancés", "simios", "descerebrados"* e *"idiotas"*; se requiere de una correcta traducción, porque los desprecios e injurias deben bajarse al nivel ideológico y social que es de lo trata la política, y quien más sino Fox que nos viene a traducir lo que ellos quisieron decir: *Estoy a favor de Xóchitl porque me va a regresar mi pensión de ex presidente, con Xóchitl se acabarían las pensiones para que los guevones (ninis, adultos mayores, madres solteras, etc.) se pongan a trabajar.* Y esto es jauja en los oídos de la oposición que, haciendo un ejercicio alegórico, asume los deseos foxistas con un retorno al pasado neoliberal.

Así como ya es imposible pensar que los partidos políticos tradicionales: PRI, PAN y PRD, tengan un portavoz que explique su intención

246

o propósito futuro y alguna argumentación sobre su radical oposición a cualquier política o proyecto de este gobierno, ya es imposible pensar en un mensaje de López Obrador sin López Obrador. El presidente decidió ser quien en sus conferencias mañaneras marque la línea de comunicación de absolutamente todos los temas políticos, se ha encargado desde el primer día de su mandato de explicar lo que se hace y las razones de por qué se hace; de lo que se cambia e intenta cambiar, de quienes fueron los culpables del desastre político y del saqueo de recursos y de las políticas tecnócratas y neoliberales que pusieron en venta las empresas nacionales y de los beneficiarios del espolio; el presidente es su propio vocero (Eso explica por qué quieren acabar con las Mañaneras).

En el otro lado ya tienen a Vicente Fox, lo intentaron con los anteriores comunicadores y opinadores estrellitas: López Dóriga, Ciro, Loret, Alazraki, Beteta, Krauze, Ferriz etc. pero todos se convirtieron rápidamente en cartuchos quemados; así que qué mejor que el lengua larga expresidente, el engañabobos en la elección del 2000, el esposo de Martita y padrastro y promotor de sus pillos hijos, el traidor de la democracia que empoderó a García Luna y a Calderón; ¿Quién mejor que la ruindad e ignorancia personificadas en el decrépito hombre de las botas para que represente la voz y las palabras de la oposición. Quién mejor para promover y defender delincuentes y reaccionarios que quien los encabezó allá en el no muy lejano sexenio del 2000 al 2006.

Una vez más la oposición fracasó (caray, llevan más de 5 años de no atinarle a una) en crear una narrativa consistente con algún proyecto de gobierno y de futuro, creyeron que ser dueños de los principales medios de comunicación les convertiría en automático en dueños de la opinión pública; y zas, que cinco años después apenas y son dueños de su opinión publicada; que no es lo mismo por cierto. Son como uróboros en una historia sin fin, publican lo que se creen y los leen los que se lo creen, así una y otra vez; sin efecto alguna en la conciencia ciudadana del cada vez más politizado país.

Cuando el vocero Fox se refiere a Claudia Sheinbaum como *"judía"* a manera de menosprecio, únicamente está explicando el racismo de quienes representa, dice "francés a Ebrard para exponer la xenofobia a quienes no son como él (caso raro porque hay que recordar que es el gilipollas hijo de una española y un gringo) ; cuando desde antes de ser presidente le decía al priista Labastida *"La vestida"* tan solo traducía a lenguaje coloquial la homofobia panista; cuando le dice a López Obrador: *"mediocre, tirano, alteza imperial"* solo está eructando la banalidad y confusa línea de pensamiento opositor. Sí, reitero, tienes al mejor vocero que se puede tener cuando reúnes las características propias de bobo que no entiende de nación, de soberanía, de igualdad, de justicia y de libertad.

Fox es Fox; es un hombre de pocas ideas pero atinadas para su público, es la caja resonante del wanabismo, del echaleganismo y del son pobres porque quieren; encarna la creencia del merecimiento de los bienes público para los gobernantes como botín de conquista.

Si la 4t, López Obrador y este sexenio se pudieran resumir en un solo concepto, ese sería su atención a la cuestión social, es decir, *"en el principio central de la igualdad"*. Este principio ya ha logrado un importante rol en la percepción ciudadana, la mayoría sabemos a lo que vamos y sabemos de dónde venimos. La desigualdad en las oportunidades en la educación, en los recursos y calidad de vida, representan ese escándalo que puso en movimiento, día tras día, año tras año, elección tras elección, a una ciudadanía actuante que jala y sigue al gobierno que eligió; por eso la 4T tiene al mejor vocero que puede tener en la voz de López Obrador.

Datos y datos...

4 de agosto, 2023

El conocimiento no es una vasija que
se llena, sino un fuego que se enciende.
Plutarco

Por un lado, la valoración de lo intangible, incluso de lo sentimental y conmovedor, de lo que afecta y cimbra a las personas y sus familias. Por otro lado, la tara que dejó la tecnocracia desvalorizada —esa hija incestuosa del neoliberalismo— de concebir el bienestar de un pueblo tan solo por lo que se puede medir y contar.

Por un lado, el sentido de dignidad que asume una cabeza de familia al salir de la pobreza y poder dar un mínimo de bienestar a los suyos y de conseguir servir un plato de comida más de una vez al día en la mesa de sus hijos; por el otro, el ilusionismo del aspiracionista que se ve en el espejo caricaturesco de la riqueza como símbolo de su éxito vivencial.

No, no todo es para todos, son dos distintas formas de entender la vida, de ver el mundo, dos lenguajes que se excluyen; el primero es uno que en la oposición no entienden —valores, Nación, soberanía, igualdad, justicia, fraternidad— no caben en su visión de analizar el mundo como la suma de mercancías. El segundo: el de los datos duros, el de la suma de $1+1=2$ y las tendencias macroeconómicas, las encuestas y los términos técnicos; ese mundo que en la oposición decían entender, hoy parece que ya tampoco es para ellos —a pesar de haberlo presumido incansablemente—. ¿Por qué será?

¿Hablamos de datos duros? ¿Están listos los opositores a la 4T para tener esta conversación sobre los resultados en estos 5 años? Mi opinión personal es que no, creo que la maroma dialéctica se convirtió ya en una forma de antagonizar con el movimiento de transformación que encabeza López Obrador, no, no, no, no. Hay un negacionismo que es ya una irreductible forma de pensar para los conservadores que no les deja reconocer el más mínimo atributo de este gobierno. El dato duro, la forma de medir resultados que hasta antes de este gobierno representaba el culmen de verdad para los tecnócratas y que ahora se convirtió en un: sí pero, es

249

que, ah pero, es que el mundo, es que los gringos, es que la suerte, es que no es para tanto, es que, es que…

Pero ese es su problema, nosotros disfrutemos lo realizado, hablemos de los logros obtenidos en estos cinco años y que a aquellos —a quienes derrotamos una y otra vez de manera pacífica en las urnas— les entre por un oído y les salga por el otro.

• Estimaciones preliminares sobre la evolución de la pobreza revelan que en 2022 habríamos tenido 5 millones de pobres menos que en 2018 y que la tasa de pobreza extrema por ingresos será la más baja desde que tenemos registro.

• Entre 2018-22 el ingreso de las familias con menos recursos creció 19.9%, 11% en comparación con 2020.

• México es uno de los 3 países de la OCDE que más ha incrementado sus salarios mínimos, que más empleo formal ha generado y que mejor ha controlado la inflación.

• La brecha de desigualdad disminuyó, en 2018 el decil más rico ganaba 21 veces más que el decil más pobre, en 2022 ya se redujo a 15 veces.

• Este año México ocupa el 2° lugar mundial en tener la tasa más baja de desempleo (2.7).

• De los países de la OCDE, México es el país que más ha aumentado el salario mínimo en estos 5 años.

• México acumula tres años al alza en inversión extranjera directa.

• La producción de gasolinas aumentó más de un 30% de 2019 a 2023 pasando de 204 mil barriles diarios a 277 mil. El gas licuado duplicó su producción en el mismo periodo. (Todo esto después de que el neoliberalismo hundió la industria nacional y la decreció año tras año, particularmente a partir de la Reforma Energética de 2014).

• Las variables macroeconómicas están controladas, el peso mantiene su fortaleza frente al dólar, la inflación tiende a la baja.

• La estimación del crecimiento del Producto Interno Bruto esperado para este 2023 es de 3.6%

• México es hoy menos desigual que al inicio de esta administración, y, señoras y señores ¡de eso se trata este proyecto!

Y más datos, triviales o no, pero que igual les chocan, tan solo para que suelten lágrimas bajo la almohada nuestros malquerientes:

• Con 13.74 millones de horas vistas, López Obrador es el 3er streamer más visto en el mundo.

• Morning Consult ubica al Presidente AMLO como el segundo líder mundial más popular del mundo.

• Los datos de INEGI dicen que la CDMX tuvo en 2022 la tasa de homicidios más baja desde 1989 en que se contabilizan estos datos. La mitad de homicidios que en 2018.

• La última encuesta de Mendoza Blanco da una aprobación del 84% al trabajo del presidente, entre los simpatizantes del PAN el 60% y del PRI el 67% lo aprueban.

• Y un dato del mundo que también se une a la burla a los conservadores: Una reciente investigación académica confirma que el 97% de las noticias falsas las ven los usuarios de derecha y que la desinformación de Facebook la consumen los conservadores.

• Si hoy fueran las elecciones presidenciales, Morena y sus aliados ganarían con entre un 55 y un 60% de los votos.

La verdad es subversiva y transformadora, y por eso los fascistas posmodernos agrupados bajo el mando de Claudio X no la toleran. Los datos actuales desenmascaran sus mentiras y explican causas y efectos. Por eso a ese fascismo que hoy se llama neoliberalismo, cuando los datos no le convienen a su discurso, les teme y desprecia y si no puede manipularlos los silencia (lo que explica por qué los logros de este gobierno no aparecen en los medios de comunicación que controlan las trasnochadas élites y que son la fuente de donde se informa nuestra lamentable oposición).

Los libros rojos

11 de agosto, 2023

Hay disfraces para todos… Pero,
cuidado, no dejen entrar a los
comunistas, cierren bien la puerta…
Pablo Neruda

La lucha por la defensa de los libros gratuitos no es de ahora, no empezó a inicios de la década de 1960 en que comenzó su reparto, tampoco en la Constitución de 1917 o la de 1857, inició en la Independencia al despojar a los curas de su mayordomía sobre la educación.

Los libros comunistas

En redes sociales, algunas personas me preguntaron que qué opinaba de los libros comunistas, respondí que desconocía el contexto ese en donde una televisora del grupo de medios de difamación enojados con este gobierno —y concesionada por el Estado— salió a llamarlos así y alertaba del peligro que representaban para la infancia mexicana (esa que tanto les preocupa);en estos días me puse a leer al respecto, escuchar y leer pedagogos y maestros, y a revisar los libros que amablemente me compartieron para poder hacerme de una opinión que pudiera argumentar (por cierto que en el camino vi dos videos de pregoneros de TV Azteca a cual más de penosos. Así que esta es mi opinión:

La divido en tres partes:

• La coyuntura
• La lucha histórica por la Educación
• Los libros.

La coyuntura

Estamos en periodo preelectoral, en la 4T y en el frente opositor se está en el proceso de elegir al candidato que represente a cada una de las dos fuerzas políticas en México, de un lado tenemos a tres o cuatro candidatos placeándose para convencer que su propuesta es mejor que la otra, tres de ellos son magníficos contendientes y uno de ellos nos representará y será la próxima mujer u hombre presidente; del otro lado se esfuerzan en inventar una figura que les arrime unos cuantos votos para que tengan fuerza en las cámaras de diputados y senadores para intentar bloquear los cambios que saben les vienen a partir del 2024, por lo que cualquier tema que les ayude (o crean que les ayuda) para denostar a este gobierno, para posicionarse, para atraer capitales que financien sus campañas será usado por los conservadores en esta batalla; los libros es uno de ellos.

• Un grupo de empresarios editoriales, de México y España que —previa mochada (como lo fueron así todas las formas de gastar y repartirse el presupuesto público)— fueron favorecidos con la fabricación de libros de texto en los sexenios del contubernio prianista, y hoy que ven perdido su negocio le buscan tres pies al gato.

• Un séquito de abajo-firmantes e "intelectuales" acostumbrados a creerse la luz de la educación y pensamiento nacional, se ven relegados de la producción de estos libros y se dan cuenta que su criterio de intelectuales mercantiles, ya no volverá a convertirse en negocio de la educación pública.

• Un empresario, Salinas Pliego, concesionario de televisión, conocido evasor fiscal, que nos debe a los mexicanos una suma de alrededor de 30 mil millones de pesos de impuestos, que pelea en tribunales para evitar pagarlos; intenta chantajear a este gobierno (parece olvidarse de a quién se enfrenta) para que le condone sus deudas lanzándole una campaña mediática como la que estamos viendo.

Ese es el contexto de este tema, el pasticcio que debemos conocer para poder entender la habladuría de los "libros comunistas".

La lucha histórica por la Educación

No podemos olvidar que el neoliberalismo, por su propia esencia mercantilista, no invirtió en educación pública mientras gobernó el país, lo que sí hizo fue perseguir judicial y violentamente a los maestros. Partiendo de esto, que es público y comprobable, ¿Quién puede creer que tenga una real preocupación por los libros de texto, por sí mismos? La escuela pública, históricamente, nunca ha importado a los conservadores, más bien se oponen a ella, a su laicidad, a su gratuidad y en consecuencia a los libros de texto.

¿Que no les gustan estos libros de texto gratuitos? No, ni estos ni ningunos. Su posición sobre este tema es la misma que han mantenido desde que éstos existen a partir de 1959 en que se creó la Comisión Nacional de Libros de Texto Gratuitos bajo el gobierno del presidente López Mateos. Esta premisa, así como el contexto político-electoral en el que estamos y la historia sobre la lucha histórica por la educación, nos ayuda a entender cómo llegamos a este punto de decir que los libros de texto actuales son comunistas.

A partir de la Independencia, la educación dejó de ser un bien exclusivo a cargo de los curas católicos (el escenario ideal de la derecha mexicana). Se convirtió en un bien público que buscaría impulsar el desarrollo nacional, pero por razones económicas y sociales del momento, este fin buscado llevaría años para que fuera una realidad, o se acercara a una realidad.

Con las Leyes de Reforma, que separa la Iglesia del Estado, se le da un casque más a los curitas dueños de la decisión de quiénes, qué y cuándo podían estudiar los niños mexicanos; conforme pasan los años el Estado asume cada vez más el control del proceso educativo, aunque el contexto socio-económico y de comunicaciones hizo difícil que se implementara por completo; pero por lo menos las leyes ya adelantaban el camino a seguir.

En la Constitución liberal de 1857, se estableció la libertad de enseñanza y de credos, puso en el papel ambos elementos fundamentales para lo que seguía en términos de libertades. Porque en esos años decir que cualquiera puede estudiar y cualquiera puede creer en lo que desee, es de una avanzada tremenda.

Pero, en medio de la dificultad de las guerras, de la falta de recursos, de las invasiones extranjeras, del poder fáctico de la iglesia y del conservadurismo, el proceso educativo se mantenía muy lejos de poder sacar del analfabetismo a la gran mayoría de la población. Al iniciarse el siglo XX, la educación aún respondía con exactitud a los intereses del régimen político en el poder: tener a la mayor parte de la población sumida en la ignorancia para que no pudiera exigir sus derechos.

En la constitución de 1917 el artículo tercero que trata sobre la Educación fue uno de los que mayormente crearon discusión; había quienes se oponían a que la Iglesia pudiera participar del todo en la Educación y quienes favorecían que en escuelas privadas pudieran participar (casi que como en la constitución del 57). El tema educativo siempre ha sido una lucha entre Iglesia/Reaccionarios y el Estado, aún ahora en 2023.

Por eso no sorprende que el diputado Alfonso Cravioto, miembro en el Congreso Constituyente de 1917 y quien fue uno de los principales promotores y redactores del artículo tercero —de la Educación— inició su defensa para defender el proyecto carrancista de esta manera: "Si cuerdas faltan para ahorcar tiranos, tripas de fraile tejerán mis manos"; y les dijo: cito esto para que la Asamblea se dé cuenta de mi criterio absolutamente liberal. A más de 100 años de distancia coincido con él porque en las grandes decisiones, en los fundamentos de país, no puede haber medias tintas, se es o no se es.

Como resultado de los debates y enfrentamientos la redacción del Artículo tercero quedo así: «Art. 3. La enseñanza es libre; pero será laica la que se dé en los establecimientos oficiales de educación, lo mismo que la enseñanza primaria, elemental y superior que se imparta en los establecimientos particulares. Ninguna corporación religiosa, ni ministro de algún culto, podrán establecer o dirigir escuelas de instrucción primaria. Las escuelas primarias particulares sólo podrán establecerse sujetándose a la vigilancia oficial. En los establecimientos oficiales se impartirá gratuitamente la enseñanza primaria.»

¡La Constitución Política de 1917 definió así el carácter y el contenido de la educación!: que sería laica, obligatoria y gratuita, sin injerencia de las iglesias, por lo que el proceso educativo estaría controlado y dirigido por el Estado. (En lenguaje actual de TV Azteca, Marko Cortés, prianistas, freenistas y demás cavernarios significa: Comunismo).

La historia de la educación en México es una en la que el conservadurismo intenta (con éxito en muchas ocasiones) apropiarse del modelo educativo para convertirlo en negocio, para mantener en la ignorancia a la población y mantener así su grupo de votantes pegados a las televisoras. ¿Por qué actuarían distinto respecto a los libros gratuitos?

Desde 1917 a la fecha ha pasado mucha agua bajo el puente, diversas reformas ha habido, los conservadores y la Iglesia siguen en sus afanes privatizadores; las reformas posteriores, particularmente la del 2012 del Pacto por México que firmaron PRI, PAN y PRD, fueron en el mismo sentido: confrontar la educación pública, laica y gratuita.

Los libros

Algo muy bueno debe pasar con estos libros si la Unión Nacional de Padres de Familia (la misma que en 1961 rechazó los libros de texto gratuitos y la laicidad de la educación porque es el camino al comunismo) se junta con Rosario Robles, Claudio X González, Héctor Aguilar Camín, Ciro Murayama, Guadalupe Acosta Naranjo, Claudia Ruiz Massieu y unas 200 personas más para inconformarse, quiere decir que el camino es el correcto. Nada que ellos aplaudan sería bueno para el país.

Cuando el presidente López Mateos forma la Comisión Nacional de libros de texto gratuitos en 1959, la Unión Nacional de Padres de Familia se opuso a la implantación del libro de texto, y se unieron a su demanda el Partido Acción Nacional, el Movimiento Cristiano y la jerarquía católica. En 2023, el Partido Acción Nacional y la Unión Nacional de Padres de Familia dicen que no permitirán que los libros de texto gratuito sean distribuidos, porque afectarían la mente de las y los estudiantes de educación básica con sus contenidos y pensamientos comunistas. ¡Son los mismos haciendo lo mismo!

De comunistas no les encuentro nada, es una vil mentira que hace ruido, será que no del comunismo soviético y tenga yo que revisar si corresponden a otra cosa que los reaccionarios llamen comunismo. Los libros se hicieron con la participación de especialistas, académicos y maestros, se realizaron 925 foros, pasaron por un largo proceso. Los opositores en vez de leerlos, analizarlos y entender el modelo educativo planteado prefieren descartarlos llamándoles "libros comunistas", lo que para sus seguidores y votantes es maná caído del cielo.

Es mentira también que desaparezcan las matemáticas, que sean adoctrinadores, que tengan contenidos peligrosos o que hagan mal uso del lenguaje; lo que cambia es que ahora a las matemáticas se suman otros saberes, que se rompen paradigmas y se promueve el pensamiento crítico, la apertura y el debate, se desmitifica la sexualidad, se promueve el respeto a la diversidad, se reconocen las variantes de las lenguas y se promueve la interculturalidad.

Dice el especialista Felipe Ávila: El nuevo modelo pone en el centro el fortalecimiento del tejido social, de la comunidad, de la solidaridad, del humanismo a partir de un método pedagógico que desarrolla los conocimientos y saberes a partir de problemas, y del trabajo colectivo en el aula, entre alumnos, junto con los maestros y junto también con los padres de familia. (Lo que significa en lectura irracional: Comunismo).

Dice Ricardo Peralta: "Los libros de texto actuales, los de la polémica, ya no utilizan el ejercicio de memorizar lo que cada disciplina presentaba, ahora se utiliza la razón para traducir procesos abstractos a una manera lógica; un método de enseñanza-aprendizaje, igual al que se aplica en Finlandia, mismo que se considera el más prestigioso a nivel mundial" (Lo que significa, en lenguaje chumelista, panista, reaccionario, opositor: Comunista).

No importa que el actual jefe panista pida mandar los libros a la hoguera, no importa que 4 gobernadores panistas digan que en sus estados no usaran esos libros rojos; lo importante es que en los libros se habla de temas reales, de temas sociales, biológicos y científicos reales: se habla de menstruación y se habla de tipos de familias, se habla de derechos sociales y se habla de luchas históricas y guerrillas, se habla de fraudes políticos y se habla de corrupción.

Conclusión

Una vez más el escándalo mediático es el sustento del discurso opositor. El gobierno está haciendo sesiones vespertinas explicando cuál fue la hoja de ruta para el desarrollo de estos libros, acuden los especialistas que participaron y exponiendo los criterios que se tuvieron; tal vez el gobierno debió hacerlo antes, haberse adelantado al ataque mediático del evasor de impuestos Salinas Pliego. Sí, tal vez sí.

¿Qué son perfectibles los libros? Claro que sí, como todo en la vida. ¿Que es un traspié tener una veintena de erratas entre los 36 libros y miles de hojas? Sí, lo es, los maestros deberán aclarar que Benito Juárez no nació un 18 de marzo sino tres días después, el 21.

En este proyecto de país, las bases y los cimientos son construidos por los mexicanos que quieren un mejor país para todos; en esta construcción de ideas y fundamentos de la Cuarta Transformación y que encabeza López Obrador, como lo es la creación de este modelo educativo, No pueden participar los obstruccionistas y antiamlo, su participación debe acotarse en lo que puedan incidir con la suma que les de sus votos cuando se requiera una votación, nada adicional que eso. Ni modo que el presidente Carranza, al convocar al congreso constituyente para la Constitución de

257

1917, hubiera dejado participar a conocidos asoladores a su gobierno, o dejara que conocidos herederos de latifundistas definieran la tenencia de la tierra, o dejara que los voceros de las iglesias tuvieran voz en la redacción del Constituyente que nos rige.

Y una vez más, en este como en muchos otros temas, no podemos olvidar a Monsiváis cuando decía: "La hipocresía es la verdadera doctrina de la derecha".

El sur infinito

25 de agosto, 2023

> La verdadera división de las clases sociales
> habría que hacerla teniendo en cuenta la
> hora en que cada uno se tira de la cama.
> *Benedetti*

Si para cualquier ciudadano común cabe una áspera respuesta, o mínimo un extrañamiento cuando se refiere de manera peyorativa, clasista o racista respecto a cualquier otro mexicano, ¿Cuál es el nivel de exigencia que se debe pedir a alguien que pretende gobernar, dirigir o representar a México? Debe haber una línea que no se pueda cruzar, una en la que más allá del encono político-electoral y de la discusión política, fuera inaceptable para todos referirse con desprecio de otros ciudadanos por razón de su clase social, raza o género. Decir que los mexicanos del sur son huevones ¿a qué corresponde? más allá de que sea el pensamiento de los conservadores mexicanos. ¿Se puede permitir eso en voz de candidatos a puestos de elección que saben que sus palabras serán replicadas profusamente por los medios de comunicación?

La senadora panista Lilly Téllez dice que: *"al sur ya le toca trabajar",* que *"Los mexicanos del sur son flojos".*

El ex gobernador priista de un norteño estado, Jaime Rodriguez apodado El Bronco, decía que *"El norte vence la adversidad, mientras el sur-sureste tiene la bendición de la naturaleza, pero la desgracia de la flojera"* (por cierto acusado y encarcelado por desvío de fondos públicos cuando terminó su gobierno).

El actual gobernador del mismo estado, Samuel García del partido Movimiento Ciudadano dice: *"En el norte trabajamos, en el centro administran y en el sur descansan…"*

El diputado panista Gabriel Quadri dice que: *"Si México no tuviera que cargar con Guerrero, Chiapas y Oaxaca, sería un país en desarrollo medio y potencia emergente…"*

Yo no voy a hablar de qué estado de la república son estos que se dicen políticos; solo me quedo con el caso del diputado Gabriel Quadri porque no podemos olvidar que este señor que se dice ecologista mientras atiende las corridas de toros, que este señor al que le sobra el lastre que ve en Guerrero, Chiapas y Oaxaca; es el mismo por el que votaron los panistas y perredistas en Coyoacán; esos que se dicen cool y modernos. En el recuento de daños no podemos echar al olvido que quienes llevaron a la Cámara de Diputados a este señor, son los coyoacanenses —sí los mismos que habitan en territorio puma— ellos son los que eligieron de representante a un racista reaccionario. Cosas de la política, cosas de ignorancia, de negocios y de manipulación mediática.

Porque decir que los del sur, o los del sureste, o como prefieran agrupar a un tercio de los ciudadanos de este país, son flojos, no pasa de ser un cliché absolutamente racista y clasista, veamos:

Datos y no percepciones: De acuerdo al Índice de Competitividad Urbana 2022 del Instituto Mexicano para la Competitividad (IMCO), existen ciertas localidades en el país que tienen jornadas laborales semanales de más de 48 horas. Por ejemplo: Tuxtla Gutiérrez, La capital chiapaneca tiene una tasa de 34.5% de personas que laboran con jornadas de más de 48 horas semanales; en Villahermosa; Tabasco el 34.3%, en Tapachula, Chiapas el 33.1%, en Oaxaca el 32.7% (Y para nadie que investigue un poquito, que conozca la realidad nacional —como sería deseable en quienes ocupan o aspiran a cargos políticos— se puede obviar que estas ciudades se encuentran entre los lugares con peor pago por hora trabajada) En esa deshonrosa métrica a que nos llevó el neoliberalismo, Tapachula es número uno, Oaxaca número dos, las peores pagadas y de las que más trabajan.

Y estos son datos de trabajos regulados porque son los que se obtienen de las bases de información del IMSS, pero si a alguien se le ocurre voltear a otros sectores, por ejemplo el agrícola, porque qué fácil es hablar desde un escritorio en el oscurantismo de no poder distinguir que el campo no es como una oficina o una fábrica y sus jornadas laborales no son como las de otros trabajos; los campesinos se levantan en la madrugada a trabajar mientras los demás aun dormimos; hay una gran incomprensión hacia el campesino y hacia el indígena porque se parte de que es "natural" su pobreza y la desigualdad bajo la que viven.

Porque, ¿sabrán nuestros ilustres politiquillos que en el sureste, ese al que desprecian enormemente, se produce el café, la caña de azúcar, el plátano, limón, piña, coco, sandía, mango, vainilla, cacao, cebada, cítricos y arroz entre otras muchas cosas, y que son esos campesinos y gente que llaman "huevona" quien los siembra y cosecha?

El petróleo mexicano se extrae principalmente de ese sur, sureste al que le llaman flojo: Tal vez asumen esos políticos conservadores que se abre una llave y sale. Los estados que más producen petróleo son Campeche, Tabasco, Veracruz y Chiapas. El gas se produce principalmente en Tabasco, Veracruz y Chiapas. Resulta que con nuestros flojos e indeseables conciudadanos del sur, el 96.6% de la producción petrolera se concentra en Veracruz, Tabasco y aguas del Golfo de México (principalmente Campeche) y el 75% de la producción de gas natural se concentra también los mismos 3 lugares (Veracruz, Tabasco y aguas del Golfo de México).

El sureste aporta el 33.70 por ciento del Producto Interno Bruto Turístico; ¿debemos suponer que quienes dan ese servicio a los turistas son robots o máquinas?

O será que no es que sean flojos sino que históricamente y en el rejuego de las políticas neoliberales, la región presenta altos niveles de pobreza debido a precarios ingresos que están por debajo de la línea de bienestar, grandes carencias sociales, además del mayor grado de des-igualdad, rezago educativo y salud. Si para un político es fácil decir que la tercera parte de la población es floja y no trabaja y por eso es pobre, solo hay que hacer constancia de dos cosas: que desconocen la realidad y que la práctica de la política sin ética pierde totalmente su función de servicio público.

Ese Sureste que desprecian es la cuna de las grandes culturas pre-colombinas y por ello tiene la concentración más grande de poblaciones indígenas, como resultado tiene una gran diversidad y riqueza en su patri-monio cultural; y en contraste tiene una de las mayores desigualdades que hay en el país. ¿Pero estos les dicen flojos?

Como región, el sureste es la segunda región más poblada del país, después de la mesorregión Centro-País, tiene una extensión terri-torial de más de 500,000 kms2 y cuenta con casi el 30% de la población mexicana. Es la región con la mayor biodiversidad de México, concentra —esa zona de flojos según les dicen los panistas y priistas— enormes riquezas naturales, enormes capacidades agropecuarias y la mayor concentración de agua dulce del país.

Oaxaca, Puebla, Chiapas y otros estados del sur, también Guerrero, aportan en sus mujeres la fuerza de trabajo que sirve como "trabajadoras del hogar" en muchos otros estados del país, incluso los más norteños. Más allá de que los datos de COPRED consideren que muchas de ellas son mal pagadas y carecen de seguridad social; trabajan arduas horas que superan por mucho las 48 semanales; imagino a estas "flojas" atendiendo quienes les desprecian, ¡qué tragedia! Y que vergüenza sus dichos frente a la realidad.

Dicen flojos más bien porque son racistas y clasistas, porque cuando dicen «el sur» o «la gente del sur» en realidad quieren decir morenos y pobres. «La gente morena es floja» es lo que en realidad piensan. Sus flojos son los indígenas y los morenos, varía en el alcance de qué estados cubre su desprecio únicamente el hecho de qué tan más o menos racista es la persona en cuestión.

México no es un país de flojos, no hay datos que sustenten tal barbaridad, y sí en cambio los hay los de la Organización Internacional del Trabajo, dependiente de la ONU que dice que casi el 30% de los trabajadores mexicanos, alrededor de 11 millones de personas trabajan jornadas "excesivas".

El racismo y la discriminación que llevan al cliché fácil, habitan cómodamente en el lenguaje y en los hechos del conservadurismo mexicano que representa el PAN, FRENA, PRI y PRD y que se aglutinan en el Frente Opositor que comanda Claudio X, su muy promovida e inflada precandidata, la señora Xóchitl Gálvez dijo hace apenas unos días al presentar entre sus iguales: "La gente del sureste no puede trabajar 8 horas seguidas…" ¿Nos sorprende? No, de la que estuvo a cargo de la oficina de pueblos indígenas del foxismo, no, de la panista que quiere gobernar este país, no. Su racismo es vomitivo pero es lo que tienen.

"Este sigue siendo un país profundamente racista y clasista" y quienes contribuyen a ello quieren volver a gobernarlo.

Carlos Pellicer, el tabasqueño, (es decir flojo según nuestros brillantes políticos) escribió entre muchos poemas uno que nos habla del trabajo del campo, aquel que se hace por ejemplo en el sureste:

SEMBRADOR

El sembrador sembró la aurora;
su brazo abarcaba el mar.
En su mirada las montañas
podían entrar./
La tierra pautada de surcos
oía los granos caer.
De aquel ritmo sencillo y profundo
melódicamente los árboles pusieron su danza a mecer./
Sembrador silencioso:
el sol ha crecido por tus mágicas manos.
El campo ha escogido otro tono
y el cielo ha volado más alto./
Sembraba la tierra.
Su paso era bello: ni corto ni largo.
En sus ojos cabían los montes
y todo el paisaje en sus brazos.

Este lenguaje, ¿lo entienden los opositores, los conservadores, los reaccionarios? No, para ellos es más fácil decir que son flojos.

Bastón de mando.

8 de septiembre, 2023

No estoy interesado en el poder por el bien
del poder, pero estoy interesado en el poder
que es moral, que es correcto y que es bueno.
Martin Luther King

A la 4T, la Cuarta Transformación, bien podríamos ponerle un epígrafe. "Cuando ya lo insólito es cotidiano…" Porque, ¿cómo, si no entonces, podemos entender los resultados obtenidos —contrarios a todas las pesimistas proyecciones de la oposición— al inicio de este gobierno y cada día y cada mes y cada año y cinco años después?

Con la oposición en contra, en estos 5 años se mantuvieron firmes las variables macroeconómicas; los anunciantes del presagio se quedaron con las ganas de ver hundirse —una vez más— la economía del país. Los que auguraban un dólar a 30 pesos se quedaron con un palmo de narices.

Con los medios en contra, en cada una de las elecciones para gobiernos y congresos locales que ha habido desde 2018, Morena ha crecido y en la mayoría de los casos ganado. Del 2018 a la fecha hemos ganado 22 gubernaturas por ejemplo. Sí, de 0 a 22 en 5 años.

Con un 30% de los ciudadanos siempre en contra, los programas sociales favorecen a la inmensa mayoría de mexicanos, también los odiadores a la 4T cobran sus pensiones, becas y apoyos.

Con una pandemia de por medio en contra, y un sistema de salud quebrado y saqueado, del 2018 al 2022, hay más de 5 millones de mexicanos que salieron de la pobreza.

Con una guerra en Europa en contra porque llevó los precios de los alimentos y energía a máximos históricos; y a pesar de ello, la inflación en México ha tenido de los mejores comportamientos en el mundo y los ingresos salariales han crecido por arriba de lo que ha sucedido en cualquier otro lugar y, en México en cualquier otro gobierno.

Con una violencia incontrolable al recibir el gobierno y una corrupción permeada en todas las áreas del Estado actuando en contra del futuro de la mayoría de los mexicanos, sin pedir préstamos como solía hacerse, se desarrolla infraestructura como pocas veces. Es fácil decir aeropuerto, trenes, carreteras, Tren Maya, Corredor Transístmico, plantas de energía, plantas de agua; pero si nos damos cuenta de lo que significa entendemos lo inaudito del trabajo realizado.

Con una rotunda deslealtad y un profundo desamor al país de muchos que —a conveniencia— se vistieron de rosa, de blanco, de botargas, de ecologistas, de todo cuanto significara oponerse a la gestión de gobierno, se topan con que los números, los datos y los hechos dicen que se han hecho bien las cosas. Sus gurúes y líderes con quienes se identifican viven escondidos o a salto de mata en Estados Unidos, España o Indonesia.

Y si digo en contra es porque todos estos antes mencionados, no aportaron siquiera, un ápice de buenos deseos para que al país le fuera bien; no se diga ya un voto o un apoyo para alguna de las causas en las que se pudo avanzar. La ciudadanía ya se los cobró.

Pero las cosas no son por milagro, alguien es quien ha conjuntado los esfuerzos de millones de personas, hay quien encabeza este proyecto: Andrés Manuel López Obrador, el presidente de todos (también de quienes le odian al mismo tiempo que se benefician de su gestión), él es quien en estos 5 años le ha dado la vuelta a la circunstancia en la que nos manteníamos; él es quien derrumbó la tara neoliberal. El hombre que ocupa la segunda posición en popularidad y aprecio entre los mandatarios de todo el mundo; el hombre que a más de 5 años de gobierno mantiene una aprobación de más del 68% y del que más del 75% por ciento de los ciudadanos considera que ha hecho en un buen gobierno.

Estos 5 años suponen una experiencia tan penetrante y sorprendente que cuando se recuerda parece haber ocurrido en un letargo con muchos sueños dentro; con un montón de imágenes, símbolos y lecciones de historia que se han mudado indefinidamente a la memoria. Este hombre y su gobierno le han dado un nuevo rumbo al país.

Estos cinco años han pasado rápidamente y estamos a uno en que debe suceder —aunque nos cause tristeza— el cambio de poder, la renovación sexenal de la presidencia. Falta un año para ello, dirán algunos; hay que aferrarse al poder pensarán otros; es un dictador que se quiere mantener en el poder dirán los absurdos. López Obrador entregará la presidencia a quien los votos de la elección en julio de 2024 declaren ganadora. De eso no hay duda más allá de las calenturientas cabezas de sus odiadores que aseguran se quiere eternizar en el poder.

Pero hoy estamos hablando de otra cosa; de la entrega del bastón de mando. Tan simbólico, tan ininteligible para algunos; tan fundacional en su esencia.

Un poderoso símbolo entra a la narrativa política mexicana; lo que éste representa es casi para iniciados —que son ya la inmensa mayoría de mexicanos—, no lo es para quien no quiere o puede entenderlo. El simbolismo de su representación es de lo que estamos hablando.

El gobierno lleva su cauce y sus fechas y calendarios institucionales; el movimiento de la Cuarta Transformación fundado por López Obrador acompañado de muchos otros, va distinto; gobernar es tan solo una parte, su vivencia es más que eso.

López Obrador dijo que cuando se eligiera a la persona que se convertirá seguramente en candidata a la presidencia y también seguramente quien será la que le suceda en el puesto; le entregaría el mando del movimiento, no del gobierno, del movimiento. Pocos le escucharon, pocos le creyeron; su permanente presencia hace parecer imposible que un día al encender el televisor ya no estará. Y no va a estar.

No bien se acabó el conteo de las encuestas que declaran ganadora a Claudia Sheinbaum que unas horas después, el presidente le hizo entrega del bastón de mando; el símbolo —poderosísimo— con el que él quiere decir, yo me voy, sigue Claudia.

Parece difícil que hayamos llegado a este momento; como si la solución fuera pensar que es un sueño de una travesía en el que finalmente se regresa al lugar en el que se vive y en el que descubrimos que todo está exactamente como se dejó antes de partir; pero no, no va a pasar; ya es Claudia.

El hombre en la cúspide de su poder, en la cima del aprecio ciudadano nos ha dicho; sigan ustedes. Si todos los logros materiales no fueran insólitos respecto a lo que se creía y decía por parte de los opositores; éste solo hecho, el dejar ser dirigente y dar un paso a lado lo es, cuando nadie se lo ha pedido, cuando muchos no quieren que suceda, él lo hace; porque sí, porque es un hombre de palabra, porque es un demócrata; porque sabe que es la hora de las mujeres.

Hay pocos ejemplos de personas que en la cúspide del poder, lo ceden en beneficio de algo más grande, de una idea mayor. Costa Rica tiene un ejemplo: cuando en 1948 Don Pepe Figueres abolió el ejército al triunfo de una revolución que él encabezaba y siendo él el jefe militar y victorioso. Y pocas historias más hay en este sentido, no es costumbre ceder el poder cuando no es requisito. Sólo quienes viven con la máxima: «Es necesario hacer importante lo importante«, tienen la capacidad de hacerlo.

En el año 2018, al asumir la presidencia, López Obrador recibió de manos de los representantes de las 68 comunidades indígenas y afromexicanas el Bastón de Mando, en símbolo de reconocimiento y apoyo al nuevo dirigente de la nación. Este hecho histórico, cargado de un gran valor y contenido simbólico, era inédito en nuestro país; que las siempre marginadas y maltratadas comunidades indígenas lo hicieran, significaba que veían en el presidente a uno de los suyos, a uno a quien le cedían su poder para que viera por ellos, para que les representara, para que fuera su voz.

De tal forma, ahora López Obrador pasa otro bastón, inspirado en el simbolismo de los bastones indígenas, pero éste es uno que significa que la cabeza y dirección de la Cuarta Transformación ya no es él; él renuncia, Claudia asume.

Claudia Sheinbaum no recibe ningún regalo, recibe lo que le corresponde, duela a quien le duela; la ganadora en este proceso es ella y sólo ella.

Tenemos una gran futura candidata y presidenta, una mujer preparada, científica, con experiencia de gobierno; tiene frente así grandes retos, abundar en la lucha por el feminismo y por atender la afectación del cambio climático; continuar con la disminución de la pobreza, mantener el impulso a la educación… me puedo seguir porque sus tareas son inacabables como lo son las necesidades y desafíos del país.. Ha sido una gran decisión la que tomamos la mayoría en Morena. Claudia, la primera mujer en la presidencia de México. "Cuando ya lo insólito se nos vuelve cotidiano", así la 4T.

La derecha iletrada

16 de septiembre, 2023

Conocían las letras, pero cuando
has sido educado para no pensar,
eres analfabeto de otra manera.
Herta Müller

Quitaron de las escuelas el civismo, la filosofía, la historia, las artes, la literatura, dejaron a sus jóvenes —que hoy, muchos de ellos, son adultos y padres y madres— despojados intelectualmente. Eso explica por qué es más fácil que les entusiasme un youtubero descerebrado o una influencer hueca; o que voten a partidos políticos conservadores o a frentes que unen a PAN y PRI que les ofrecen que nada cambiará a cambio de que sean dóciles; que sucumben ante la idea del aspiracionista banal y frívola dando como pago la apatía que ve pasar frente a sus ojos el saqueo de recursos y el acaparamiento de la riqueza en pocas, poquísimas, manos. Lograron normalizar que la humillación del poder sea consustancial al wanabismo en que transcurren sus vidas.

El daño que la derecha y el conservadurismo han hecho a los valores básicos que se construyeron en las luchas históricas, las mundiales y las propias: de la Revolución francesa, la Independencia de Estados Unidos, la Independencia Mexicana, pasando por la Revolución y los Movimientos igualitarios y las grandes luchas laborales y sociales…, es inconmensurable; incluso en medio de las transformaciones actuales: la revolución digital, la ecológica, la feminista o la socio-política; el haber convertido su narrativa y discurso en uno que apela al clasismo, al machismo, al aspiracionismo e incluso al racismo para lograr convencer a un obrero o un oficinista, a un pequeño empresario o un estudiante, a un jornalero o a una ama de casa, que su proyecto reaccionario y conservador es viable y que no es solo ruido y opiniones, es de una magnitud demencial.

Han convertido la discusión política, en vez de una reflexión sobre la gestión del poder, a la que les hemos invitado al cimentar un proyecto que a nuestros ojos es transformador (la 4T), en una cantinela binaria de derechas y de izquierdas.

¿Es redundante decir derecha iletrada?

268

Casi pero no, porque hay que reconocer que en la derecha hay personas de muchos tipos e ideas, en general el problema son sus élites y sus mayorías que asumen su dictado como propio porque no están interesados en leer, investigar o confrontar ideas. Les dicen: El presidente es un dictador y naco, ¡sí, es un dictador y naco! ¿Por qué? Ah, por todo lo que hace, se quiere quedar en el poder, repítanlo ad infinitum… Y así permanentemente, esa es la triste realidad de su pensamiento embobecido por la televisión y medios, redes sociales y sobre todo su herencia familiar. Tal parece que no hay opción, es necesario hacer algo distinto de lo que hemos hecho como país y como sociedad para sacar del letargo a los futuros fascistas que dicen, son el futuro del país.

La derecha utiliza la pantalla de la batalla cultural para esconder que es representada por partidos neoliberales que no piensan tocar los privilegios de las élites; que ese sea el pensamiento de los gerentes de los partidos (que para mantener ese discurso y ese accionar es que les contratan) se entiende, pero que logren convencer a un empleado que recibe un salario insuficiente y que para llegar a cubrir su gasto del mes se endeuda en tarjetas de crédito, que es fifí (hasta les ponen playeras que lo digan) y que su aspiracionismo es real y que si le "echa ganas" se convertirá en el "blanco, heterosexual y millonario" como corresponde a una identidad ficticia que le significa ser exitoso. ¿Cómo llegamos a este punto, en qué momento perdimos la dignidad que como ser humano tiene cualquier persona para dar paso a un "tienes que ser así"? ¿Por qué ese empleado vota a la derecha? Porque se le apela a otra identidad que les han hecho creer es la propia, la natural, la prestigiosa y la que los distingue del resto.

Para la derecha vale todo. Pueden decir hoy que sí y mañana que no, hoy blanco y mañana negro, no pasa nada, basan gran parte de su estrategia en la confusión y en la mentira. Se dicen ecologistas cuando han destruido el planeta, se dicen feministas cuando odian a las mujeres, se dicen demócratas pero sólo si ellos ganan.

¿Y por qué iletrados? Cualquiera pensaría que si van a escuelas, a "grandes" escuelas, son estudiados, preparados, cultos. ¡Qué va! Ni los datos les dan la razón. Durante los 50 años previos al neoliberalismo los principales miembros del gobierno mexicano estudiaron en la "naca" UNAM, así como los secretarios de Economía, de Hacienda y en general de todos los que manejaron la economía. En ese periodo el país tuvo un crecimiento promedio de más del 6%. En el neoliberalismo, desde De la Madrid hasta Peña Nieto, los que manejaron las mismas áreas salieron de las escuelas que de solo mencionar les provocan orgasmos; Yale, Harvard, Oxford, Princeton, Columbia, Brown etc.; pues estos «brillantes y letrados» derechistas hundieron la economía y endeudaron al país y el promedio de crecimiento en su gestión fue de 2%. La diferencia es que su desamor al país, su no entender al mexicano y sus necesidades les alcanzó para tan solo enriquecerse ellos y sus amigos. Sí, son iletrados porque la indiferencia y apatía hacia los derechos ciudadanos hizo que formaran generaciones de jóvenes dispuestas a comprar títulos, ser estrellas tiktokeras, y convertir en frustración de no "poderla hacer" frente al modelo imaginario de éxito que les han puesto como zanahoria.

El conservadurismo quema a fuego lento, por lo general en forma de traumas, un ejemplo es el efecto de la moral conservadora y cristiana en la vida sexual de muchas personas. El panismo por ejemplo, ese partido "mocho" por excelencia —sí, por más hipócritas que son, se dicen cristianos— es de esos que inculcan a sus hijos y a quien se deje escucharlos que el himen es la frontera que separa la pureza de la impureza en las solteras, y en las casadas su fortaleza está en la honra al servicio del esposo. Pero así como dicen una cosa, enseñan a sus hijos a través de un machismo patológico en donde la mujer está a su disposición (recuerden los casos de los videos de graduación del Cumbres y otras escuelas de legionarios); combaten cualquier lucha feminista y se oponen a la legalización del aborto. Si lo que digo en este párrafo es una mezcla de cosas es precisamente porque en la conversación propia de los grupos reaccionarios, lo que hay es una suerte de "pasticcio" de conceptos que se mezclan para que mercadológicamente suene a que tienen razón. Si usted les habla de una obra de 1450 km como lo es el tren maya, le argumentaran con una foto de una inundación de un aeropuerto en Europa diciendo que es el Felipe Ángeles de México. Cada quién tendrá sus ejemplos, el caso es que convirtieron en imposible el diálogo argumentado. Y, riámonos de esto, por algo es que hay estudios, como el publicado en el 2020 por el Instituto Andaluz de Sexología y Psicología, realizado desde 5 años atrás que concluye entre otras cosas que "Las mujeres de izquierdas quieren y tienen más sexo que las de centro o derechas" porque ellas y sus parejas son más desinhibidas entre las sábanas. Principalmente, porque la dañina moral católica en torno al sexo les afectó menos o porque fueron criados por padres que no se tragaron mucho eso del pecado de la carne. ¡Además de iletrados, mal cogidos estos derechistas!

Tren de lágrimas

22 de septiembre, 2023

Tanto tren con tu cueppo/ tanto tren;
tanto tren con tu boca, tanto tren;
tanto tren con tu sojo/ tanto tren.
Mulata, Nicolás Guillén

¿Hay ideología de por medio al decidir qué, cuándo y dónde se hace obra pública? ¿Hay un actuar distinto entre derecha e izquierda respecto a las decisiones financieras? ¿Se soluciona el rumbo económico del país sin que intervenga la ideología de quién gobierna? Decir que no debe haber tendencia política en estas decisiones es la trampa perfecta para que la respuesta sea volver a la política neoliberal (porque según dicen, ésta no tiene ideología sino que las fuerzas del mercado son su motor), tal y como la de los 6 sexenios de depredación que van de De la Madrid a Peña Nieto. La decisión pasa por hacer obra que beneficie a las mayorías u obra que beneficie a unos pocos; he ahí el dilema, la diferencia y lo que significa un modelo ideológico transformador.

En 1995 el presidente priista Ernesto Zedillo decidió privatizar los ferrocarriles mexicanos, entregó en concesión más de 22 mil kilómetros de la vía férrea mexicana, es decir el 84% de la red y el 95% de todo el sistema ferroviario, con ello las 1220 locomotoras y 254 mil vagones de carga. Los beneficiarios fueron diversas empresas mexicanas y estadounidenses, entre ellas Kansas City Southern Industries; él, al término de su gobierno fue contratado en el consejo de Administración de ésta empresa. ¿Fue o no ideología deshacerse de una industria nacional que daba empleo a más de 15,500 personas y que usufructuaba las vías públicas, es o no la constatación de que el neoliberalismo tiene como eje fundacional la desaparición del Estado en la política industrial y económica de los países para que éstas sean reguladas por las élites privadas?

Muchas preguntas pero la que no lo es, es el hecho cínico y poco ético de Zedillo de irse a trabajar a una empresa extranjera a la que benefició. Mismo modus operandi que continuó el panista Felipe Calderón cuando después de regalar la industria energética a la española Iberdrola,

271

al término de su mandato se fue a trabajar, también como consejero, a una filial de la misma. Además de su ideología política en estos casos se mezcla con la putrefacción moral del neoliberalismo.

Si se invierte en la industria eléctrica nacional o se regala y privatiza por supuesto pasa por ser una decisión económica sustentada en una ideología; si éste gobierno gasta más de 9500 millones de dólares para renovar turbinas, más de 6 mil millones de dólares para recomprar plantas a una empresa mafiosa como lo es Iberdrola, si construye más de 12 plantas nuevas de ciclo combinado, si construye en Sonora la planta fotovoltaica más grande de Latinoamérica, significa que hay toda una ideología detrás que renacionaliza la industria eléctrica.

Volvamos al tren.

El primer ferrocarril mexicano se construyó en la época de la República restaurada durante el mandato de Benito Juárez, fue la vía de Veracruz a Ciudad de México de poco más de 600 kilómetros; al terminar el porfiriato el país ya contaba con una red de más de 20,000 kilómetros; éstos trenes —los mismos que transportaron tropas durante la Revolución— fueron nacionalizados de las empresas concesionarias en 1937 por Lázaro Cárdenas y sería el priista Zedillo su privatizador casi 60 años después. No hay mucho que explicar sobre ideología ¿o sí?

Otro priista, Enrique Peña Nieto, uno de los máximos corruptos y corruptores presidentes emanados de ese partido, sí optó por construir un ferrocarril, uno de 58 kilómetros, el Tren Interurbano México—Toluca, un muy buen proyecto no cabe duda; se empezó a construir al inicio de su sexenio en el 2012 y al terminar 6 años después no tenía siquiera un avance del 30%. Se proyectó en 30 mil millones de pesos, cuando acabó el sexenio peñanietista se había erogado la totalidad de ese dinero y se había comprometido gasto adicional por otros 30,000. Vil saqueo de recursos (ya verán por qué). Quien tomó la batuta del proyecto y enderezó el entuerto fue López Obrador, se encontró con una obra que en muchos casos no tenía siquiera derecho de paso sobre los terrenos que ocupaba y que para concluirlo requería una gran inversión. Costo total $97,000 millones de pesos. Costo final por kilómetro: Mil seiscientos setenta y dos millones de pesos. Sí, como lo lee, ¡cada kilómetro costó 1672 millones de pesos! (Esto no es sino la ideología del saqueo y robo de recursos públicos, la ideología liberal)

Pero hay más trenes:

El proyecto del Tren Maya que inició en 2019 será inaugurado en diciembre de este año 2023. Es un recorrido de 1554 kilómetros, algo así como el perímetro de toda Francia, será finalizado en 5 años. Costo final proyectado $500,000 millones de pesos. Costo final por kilómetro: Trescientos veintiún millones de pesos.

¡Ojo! Tren Toluca 1672 millones de pesos x kilómetro y más de 10 años para su construcción (5.8km por año). Tren Maya 321 millones de pesos por kilómetro y 5 años para su construcción (310 km. Por año).

Se constata que mientras la ideología de derecha y neoliberal no es más que ideología de pillaje, la ideología de izquierda construye en beneficio de las mayorías.

En la infancia de muchos adultos, hubo un tren en el que viajamos o veíamos pasar, antes de su privatización fue un gran sistema de transporte de pasajeros. Como sucede en Europa, algo que quienes viajan invariablemente reconocen, hay una magnífica movilidad entre ciudades y países por la vía del ferrocarril. ¿Por qué aquí se optó por destruir esta industria? La respuesta es simple: Es parte de la catástrofe neoliberal mostrada en un tema específico y concreto. Es parte de la ideología de derecha, NO beneficiar a las mayorías.

Aquí, los conservadores mexicanos, los apoyadores de la candidata corrupta y plagiaria que les ha impuesto el Sr. Claudio X hablan pestes del Tren Maya, lloran y hablan pestes del Tren Interoceánico en construcción que cruza el Istmo de Tehuantepec, lloran y hablan pestes de la rehabilitación del tren Veracruz-Chiapas y la nueva conexión con la refinería de Dos Bocas, y pestes de la rehabilitación ferroviaria de la ruta de Coatzacoalcos a Salina Cruz que implica el establecimiento de 10 corredores industriales, y más pestes del tren ligero de Guadalajara y del tren suburbano de Monterrey, y de la extensión del tren suburbano que conectará Buenavista con el AIFA y…

Los avances en estos 5 años en Infraestructura están lejos de las obras de relumbrón de los gobiernos anteriores; hoy solo hablo de ferrocarriles pero hay muchísimas más. Por su parte, los gobiernos neoliberales son dignos de recordar por la barda para una refinería que construyó el gobierno del ex presidente alcohólico; y también de su autoría, el adefesio conocido como la suavicrema que está en paseo de la Reforma construido para conmemorar el bicentenario de la Independencia; por los cascarones de hospitales que dejaron regados por todo el país, por la carretera del amor que diligenció el panista Fernández de Cevallos para llegar a la casa de su novia, y poco más. ¿Por qué en este sexenio se hace obra pública? Porque hay dinero fruto de la austeridad y buen manejo de recursos y sobre todo porque hay vocación de servir a las mayorías.

Sí, sí es ideología, y por cierto, es de izquierda.

La señora de las gelatinas

29 de septiembre, 2023

¿Las mujeres también son seres humanos?
El trabajo del hogar es el medio de
realización plena de la mujer.
Carlos Abascal, panista, secretario de gobernación foxista

He dicho que los conservadores mexicanos, en esta época principalmente los panistas, en su infinita misoginia e ideología sobre las mujeres, las utilizan a conveniencia para demeritarlas y que sean burla social; la caída libre a la que lanzaron a la Sra. de las gelatinas no es más que el último ejemplo. El mensaje subliminal para sus seguidores es: «sólo un hombre es formal, serio y preparado para gobernar…», nada distinto a lo que hicieron antes cuando subieron a la palestra —a Lilly, Kenia, Margarita, Mariana… dándoles sus quince minutos de fama a cambio de una irreflexiva y obligada bullanga que diera la nota para que sus periódicos y voceros tuvieran material suficiente para la crítica permanente a López Obrador, a la izquierda, a los chairos, a…

Cabe preguntarse: ¿Por qué las presentan como si su intención —al proponer mujeres a puestos importantes en la política— fuera real y sin embargo, al día siguiente las convierten en payaso de las cachetadas? Sí, sí es un asunto de machos y es su respuesta a la obligada paridad en la vida pública.

La tragedia de la oposición política al movimiento de la Cuarta Transformación es de tal magnitud que se confronta y contradice a sí misma en un símil de patadas de ahogado. Sus razones:

• No tienen proyecto de Nación (el oponerse a todo no es propuesta).

• No tienen candidatos preparados con arraigo en el afecto de los ciudadanos (se han ganado el desafecto de la población por su elitismo y clasismo).

• No se permiten presentar a la lid electoral a quien les puede confrontar (e.g. Beatriz Paredes) su idea de que odiar al gobierno actual, a sus seguidores y en particular a López Obrador, es razón válida y suficiente para tener la opción de gobernar.

275

Y entonces, al llegarles la fecha mágica en que deben elegir a quien les represente en la siguiente elección presidencial, se dan cuenta que en 5 años no construyeron nada, ni plan, ni arraigo, ni afecto, ni razón. Y con eso, con ese nada que tienen en sus manos presentan a alguien, mi teoría es que eligieron a una mujer porque así matan dos pájaros de un tiro al saber que irremediablemente van a perder: para contrastar (ternuritas) la opción de la mujer candidata morenista y para subrayar —una vez que fracasen— que en su campo político solo un hombre podría haber sido triunfador. Sí, sí es un asunto de machos, si no lo fuera hubieran elegido a una mujer que es infinitamente más preparada como lo es la priísta Paredes.

La crítica a su candidata está a todo lo que da, y no porque sea mujer, precisamente no por eso. En este momento histórico, en pleno 2023 hablar de esto puede parecer de fuera de época, de mal gusto pero relean la cita al inicio de esta columna, es de un líder panista, del secretario de gobernación del primer presidente panista, y es de apenas hace unos años; busquen la crítica a dichas expresiones por parte de los conservadores mexicanos, incluso de los wanabis de izquierda moderna, y no la van a encontrar. El panismo que se disfraza de moderno es la misma organización de ideas medievales, de golpes de pecho y de hipocresía; no es adjetivación, es realidad. A las pruebas me remito.

Y qué que sea mujer, si sus dichos y propuestas representan un retroceso civilizatorio, nada distinto a muchos hombres. Si hablamos de política, si hablamos de la intención de desarrollar el país en beneficio de todos; el hecho de que quien cree que puede dirigirlo sea una persona inconsciente, bobalicona, desinformada, manipulable, corrupta…, debería encender las alertas del mensaje que envían a sus votantes. Su candidata es el mensaje que les dice: para ustedes ciudadanos mexicanos conservadores, reaccionarios y de derecha que nos darán su voto (a fondo perdido) lo que les ofrecemos es esto, esto se merecen; no es necesario presentarles un proyecto, una idea o una candidata fuerte, no vean como un problema que no tiene una noción cierta y fundada que le permita comprender el país, acepten su ignorancia o por lo menos, para ser condescendientes, su supino desinterés en la historia, las tradiciones y las artes.

Y que sea mujer si en el cercano futuro será caso de estudio en los centros de investigación política el cómo fue posible rematar a la oposición y colaborar a desfondarla al nivel más bajo como nunca antes lo estuvo.

Una mujer que, hoy confirmamos que lo hacía solo para convivir, año tras años en una fecha como hoy decía apoyar la libre decisión del aborto y su despenalización y hoy es obligada a desdecirse. Sí, sí es un asunto de machos que le van indicando qué decir.

La mujer de la risa idiota, de la risa sin motivo, la de risa patológica bien identificada en manuales de psiquiatría, que nos hace recordar que la risa que normalmente refleja un estado de alegría y que es muy saludable y que cuando no es así, puede ser resultado de que algo no está funcionando bien. No importa lo que le pregunten siempre la verán reír, soltar un par de groserías les hablará de sus «huevos» y de que la *pendejió* y seguirá su ruta tan campante. La están usando y la están destruyendo.

En su historia de vida ésta mujer dice que es la clásica (*sic*) emprendedora que después de vender gelatinas quiso ser CEO y convertir su tiempo en dinero, pues será pero a la mala, copiando su trabajo de tesis, montando una empresa y generando ese dinero con el que soñaba a través de corrupción, amiguismo y puestos políticos. Y sin embargo —o por eso— su mayor y principal problema no es uno de educación, sino de valores, es decir uno moral y ético, y ahí es donde empalma con la visión de los machos que la encumbraron a su ladrillo mareador.

Su candidatura es fruto de la propagación de la ignorancia y del declive cultural de la derecha en México, de esa que finge que sabe mucho cuando verdaderamente no sabe nada. Su candidatura es la consecuencia del aspiracionismo frívolo que permea a panistas, priistas y perredistas; algo así como eso quieren pues eso tienen.

La señora de las gelatinas vive en un performance que le han impuesto y mi opinión es que sus posibles votantes no se lo merecen; por más reaccionarios, ignorantes y desconocedores de la historia sean, creo que sí podrían beneficiarse de un proyecto, una idea, una razón y una candidata preparada, aunque vayan a perder.

Hombres necios que chaqueteáis

13 de octubre, 2023

*Eres como el mortífero veneno que
daña a quien lo vierte inadvertido, y
en fin eres tan malo y fementido que
aun para aborrecido no eres bueno.*
Sor Juana Inés de la Cruz.

¿Recibimos cascajo? ¿A cambio de qué? No nos basta con haber sufrido a la panista Lilly Téllez y a Germán Martínez que —una vez que tuvieron los puestos —una como senadora y el otro panista como Director del IMSS—, traicionaron a López Obrador y su gobierno y ahora los vemos convertidos en falaces enemigos de Morena.

Bien dice el dicho: Perro que come huevos ni quemándole el hocico; si son conservadores, reaccionarios, derechistas, mochos, adoradores de lo extranjero; ¿Por qué de repente en Morena queremos allegarnos de esos cuadros?

Pragmatismo sí o pragmatismo no. No podemos olvidar que no sólo queremos ganar elecciones y ganar mayorías sino que queremos el Plan C que es la suma de votos a favor de nuestras propuestas. Y ahí es donde el puerco tuerce el rabo porque a veces su pragmatismo chapulinesco no les da para aprobar cosas en las que no creen. Sí creen en el puesto pero no creen en la responsabilidad que conlleva.

Pongan atención a un caso que viene, no diré nombres: una señora que ha dicho cosas como preguntarle al hijo del presidente que cuánto roba, o que dice que nunca había visto a un presidente más ignorante que López Obrador, que AMLO ha dañado a los pobres, que llena el Zócalo con acarreados, señora por cierto comparsa de Lily Téllez; ahora busca su respectivo hueso en Morena Puebla, haciéndole la barba a un posible precandidato morenista. ¿Va a llegar pronto a Morena?

Un galardonado deportista, halagador priista y después panista, odiador de la 4T, diputado que votó en contra de la Reforma Eléctrica y que el que ésta no tuviera los votos suficientes para pasar le provocó festejar. Éste señor, hace apenas dos o tres semanas, acompañado del dirigente del

PAN Marko Cortés, le levantó la mano a la Sra. Xóchitl —la de las gelatinas para mayor referencia— en señal de apoyo a su "futuro presidencial". Y unos cuantos días después, así de repente (como en transfiguración) lo vemos en fotos con Claudia Sheinbaum, nuestra futura presidenta, y es recibido en Morena con aplausos de parte de diputados de nuestro partido. Él va sobre un puesto en Yucatán, ¿nosotros vamos sobre cascajo para reciclar?

Afortunadamente en Morena tenemos libertad de opinar, libertad de decir y libertad de criticar, podemos entonces decir que hay cosas que en lo personal no vemos bien y avanzar.

Si estratégicamente el presidente aceptó que ex gobernadores priistas al término de su mandato pasen a ocupar embajadas o consulados; hay una explicación: es el costo a pagar porque no intervinieron fraudulentamente en la elección en los estados que gobernaban. Algo así como que les pagamos porque no nos robaron la elección, en fin, esa es la maniobra que encontró el presidente, ante el tamaño de la ruindad panista/priista, para lograr triunfos que de otra forma hubieran sido burlados. Así la priista Pavlovich se acomodó en Barcelona, el campechano Aysa González en República Dominicana, el de Sinaloa Quirino Ordaz Coppel en España.

No podemos obviar que Morena es un movimiento que aglutina a muchos: de hecho en nuestra declaración de principios, en el apartado 6 dice: Nuestro Movimiento reconoce su esencia en la pluralidad; MORENA es respetuoso de la diversidad cultural, religiosa y política a su interior. Nuestra acción individual y colectiva está sustentada en principios de honestidad, patriotismo y reconocimientos de las diferencias para forjar una nueva forma del quehacer público, alejada de los vicios y la corrupción de las prácticas políticas del actual sistema político, cultural y económico. Los integrantes del Movimiento deben tener presente en su quehacer cotidiano que son portadores de una nueva forma de actuar, basada en valores democráticos y humanistas y no en la búsqueda de la satisfacción de intereses egoístas, de facción o de grupo.

Pregunto, ¿qué tiene que ver lo anterior con un, imaginemos, me acuesto siendo panista y amanezco morenista?. Así el chapulineo político. Desayuno con la playera de Morena como con la del PRI y ceno con la del PAN. Para justificar mi bi o tri o cuatri polaridad argumento que es por convicciones y compromiso o porque fui iluminado… Pero la realidad es que la mayoría de esta clase de "políticos" busca estar con el ganador, busca la siguiente chamba y si no se la dan o pierde su apuesta, pues a lo que sigue, porque como dijo Marx, no Carlos sino Groucho: "Estos son mis principios, si no les gustan tengo otros".

El PAN es derechismo, es individualismo, es intolerante, no acepta el laicismo, es conservador y ha sido permanente y duramente agresivo hacia los chairos morenistas. ¿Estos panistas que se convierten en morenistas de la noche a la mañana se han deslindado?

Ojo con dar por bueno ese desdibujamiento ideológico como el que mató al PRD al haber votado las propuestas de PRI y PAN en aquel pacto por México, eso explica también porque muchos perredistas se convirtieron al panismo; y no nos embrollemos porque la política es la política, es decir que muchas veces hay que tragar sapos en busca de un bien mayor, en 2018 nos convertimos en un movimiento que para lograr mayorías como las que obtuvimos tuvimos que "cachar" a varios indeseables, nos hicimos pragmáticos. Hay un concepto que se llama el *"catch all"*, lo ideó el politólogo alemán Otto Kircheimer, se caracteriza porque, "en aras de buscar un mayor número de votantes, deja de sustentar una ideología específica, y adopta planteamientos no radicales, tratando de que el mayor número posible de ciudadanos coincida con sus posturas; de este modo caben en él personas pertenecientes a prácticamente todas las tendencias ideológicas o, inclusive, aquéllas sin ideología, pues el partido no tiene un eje ideológico bien definido".

Pregunto, ¿no tenemos un eje ideológico? ¿No es nuestra propuesta acabar con las formas del pasado? ¿Lo vamos a hacer invitando a los políticos del pasado?

¿Cómo funciona?, ¿hoy soy conservador, misógino, en contra de legalizar el aborto, pienso que el pobre es pobre porque quiere y mañana me paso a Morena y ya no lo soy?

Al rato vamos a recibir los trozos perredistas que después que traicionaron al movimiento, a López Obrador, que se unieron al PAN y que dicen que son "izquierda moderna" mientras vituperan a la 4T; querrán chapulinear porque están a punto de desaparecer del mapa, no falta mucho para que los veamos haciendo brincos, maromas y machincuepas para «explicar» su conversión. Y en este desfiguramiento hasta cabida podría tener Alazraki (por un poquito más de 25 pesos) o Ricardo Anaya.

Se vale, cada persona es libre de elegir el partido que quiera, de optar por pertenecer a un movimiento u otro; eso no está en discusión, en este sentido no hay "purismos" que valgan. Mi punto es que en sentido opuesto, es decir desde el punto de vista de a quienes recibimos y para qué, nuestra responsabilidad es que no les podemos dar puestos en un determinado tiempo, no pueden llegar a "recibir"; antes tienen que "demostrar". Debe prohibirse nombrarlos a puestos de elección o a puestos en los gabinetes por el solo hecho que se cambiaron de partido y traen "grupo", que le talacheen primero. Si no queremos Lilis Téllez o Germanes Martínez, no los creemos, o ya mínimo pidamos que se vayan de rodillas a la basílica a expiar sus pecados y luego vemos. Tenemos las coaliciones para lograr votaciones con distintos partidos, usémoslas, pero no confundamos al electorado con un pasticcio infumable.

El pragmatismo político tiene límites, ¿Quién los pone, quién le pone el cascabel al gato en época de chapulines?

¿Por qué se les llama chapulines? Se les llama así por su capacidad de dar saltos —que desafían lineamientos ideológicos o programáticos, e invariablemente caer de pie, por disparatado que luzca el cambio, caen de pie. Es decir, en su caso, caen con chamba porque sí, solo porque sí, no porque hayan construido nada en el movimiento.

Ya no somos nuevos, tuvimos 5 años para formar gente, no necesitamos reciclar políticos ¿o sí? El chapulineo no es nuevo, es práctica en el mundo y en México, el ropaje de pragmatismo es consustancial a los busca chambas en los gobierno, para ellos el país es lo de menos, el proyecto ni se diga; es, entonces, en el partido en donde debemos poner las reglas. Algo así como: nos reservamos derecho de admisión.

¿Y la ciudad apá?

20 de octubre, 2023

¿Estoy yo acaso en un lecho de rosas?
Cuauhtémoc.

En 2016 cambio su nombre a CDMX y se convirtió en la entidad (no Estado) 32, es la Capital con 9 millones 200 mil habitantes; con sus 1495 km² representa apenas el 0.1 % del territorio nacional pero aporta el 27% del crecimiento del país y es sin duda el principal centro económico; sede de los tres poderes por lo que también es el corazón político de México; uno de los grandes motores de la nación en lo académico, social, cultural y financiero. Se dice lo anterior en tan solo 5 líneas pero es mucho, muchísimo, por eso es que es inmenso también lo que estará en juego en el 2024.

Es la ciudad de los mercados, del de San Juan, Jamaica y Sonora; del Zócalo y las interminables marchas; del tráfico y caos; del «se compran colchones…»; la del plantón en Reforma; la de la epidemia de cólera en 1833 y la de los sismos los 19 de septiembre; la capital del gran Imperio Azteca; la de Frida y Diego; la de olor a tequesquite y nixtamal; la de la matanza de estudiantes en 1968…

En 2021 Morena ganó en la ciudad 31 de 33 distritos pero solo 7 de 16 alcaldías con lo que gobierna al 53% de los ciudadanos de la entidad. Que la oposición alcanzara el 47% fue un duro golpe a la izquierda, tiene su explicación en que, adicional a nuestra propia soberbia por el arrastre Lópezobradorista del 2018 y los triunfos electorales estado tras estado que hizo que Morena se confiara y no saliera a votar y en cambio el PAN/ PRD/PRI sí (en 2018 la elección federal tuvo participación del 63.42%, en 2021 el 52%.); hubo dos razones/pretextos —uno de frustración otro de sumisión— que devinieron en 3 factores:

• La traición del "morenista" Ricardo Monreal al apoyar a candidatos opositores, en particular a la hoy alcaldesa Sandra Cuevas en la alcaldía Cuauhtémoc (Nota: el bumerang a los habitantes de esa demarcación que votaron por la Sra. Cuevas esperemos los haga reaccionar en un siguiente evento electoral; es tan vulgar, corriente, clasista e ineficiente la perredista

282

alcaldesa que, representando claramente al desmemoriado PRD convertido en una anomalía de conservadores a la caza del hueso, es lo opuesto a una idea de dirigente para una ciudad moderna y de avanzada)

• La vendimia de principios (del latín da natibus) que hizo el PRD para coligarse con el PAN en varias alcaldías más y así cambiar los votos de los que se dicen "izquierda moderna" a favor de una alternancia elitista a manos del derechista, bisnero y cavernario panismo. Cómo olvidar que con sus votos llevaron al Congreso al panista Gabriel Quadri en vez de a Pablo Gómez en Coyoacán (sí, ese Coyoacán sede de la UNAM)

• El agotamiento del wanabismo clasemediero (porque qué feo reconocer la propia pobreza) por no entender lo que significa "por el bien de todos primero los pobres", y que esta política pública claramente extendería beneficios sociales a todos, incluyéndolos como lo hace, porque al paso de estos años vemos a estos tan opositores cobrando becas, pensiones y apoyos y de ahí pasan a vestirse de rosa para salir a tontear a favor del conservadurismo que precisamente los sobajó por décadas, se les olvidó que en el país y por lo tanto en la ciudad hubo una época en que pudimos estudiar becados y había pensiones medianamente dignas después de laborar las décadas correspondientes, hasta que el neoliberalismo arrasó con todo y mandó las becas y las pensiones al carajo (hay afores centaveras, eso sí) (Aquí cabe todo un análisis de cómo muchos de aquellos "supuestamente" clase media, estudiados en escuelas y colegios privados en realidad tienen una conciencia social que apenas les alcanza para practicar meterse una papa en la boca y decir *awiwi papirri*).

Si el efecto Xóchitl es el que veremos en los resultados en CDMX el próximo julio, hoy podríamos incurrir en la misma soberbia del 2021, el verla desbarrancada, desinflada y en una campaña balbuceante haciéndose acompañar de la peor ralea de exfuncionarios no nos puede hacer bajar la guardia; a los citadinos (me excluyo porque ahora voto en el estado de México) les importa cosas reales de las que hay que hablar: movilidad, empleo, agua, pobreza, educación. Está demostrado también que en los citadinos no hay diferenciación por clase social para votar por uno u otro, así que no se puede caer en la generalización, en todas las clases hay wanabis desinformados porque en todos lados hay Xóchitls vestidas de rosa.

Cuando a López Obrador lo intentó desaforar el gobierno foxista, la ciudad se volcó a defenderlo; en 2007 la ciudad votó por aborto legal;

en 2009 por matrimonio igualitario; es una ciudad de libertades que no puede quedar en manos de la derecha; esta es la ciudad de los encuerados de Spencer Tunick y también la de los encuerados de los 400 pueblos en protesta por reparto de tierras; no es apta para mochos y mucho menos para cárteles inmobiliarios.

La propuesta de Morena se definirá en las siguientes semanas: Clara Brugada, ex alcaldesa de Iztapalapa; Omar García Harfuch, ex secretario de seguridad capitalino; Hugo López Gatell; ex subsecretario de salud federal; Mariana Boy, titular de la Procuraduría Ambiental y de Ordenamiento Territorial de la CDMX y Miguel Torruco, diputado federal. Cartas fuertes las de la 4T, una vez más quien resulte ganador de diversas encuestas será el o la candidata y a esa debemos apoyar de manera unánime para no dar paso a que la derecha intente apoderarse de la ciudad. Morena tiene proyecto y tiene también la fuerza suficiente si se presenta organizado en la ciudad.

Hoy, todos los datos indican que la oposición está desfondada, el PAN impondrá al PRI y PRD a quien quiera de candidato, tendrá que elegir de una flaquísima caballada enredada en corrupción pero altamente rebuznante; de ahí su violencia a la 4T y chairos que la acompañamos y por ello su apoyo a cualquier causa que no sea la del gobierno, no importa si en el camino tiene que ponerse del lado del dispendio en la Corte o de bloquear políticas sociales.

Que estén así fracturados nos debe dar gusto, nos debe complacer que les vaya mal porque así debe ser cuando un grupo actúa mal, cuando miente y es hipócrita, cuando su plan de gobierno es obtener ventajas injustas, aquí bien nos aplica usar —como anillo al dedo— ese término alemán "*schadenfreude*" para alegrarnos de su desgracia, o el francés "*joie maligne*" o el holandés "*leedvermaak*" o el mismísimo hebreo "*simcha la-ed*" o el ruso "*zloradstvo*". (Tal variedad de términos —impronunciables para mí— que encontré en un diccionario para explicar una emoción existen porque en todas las sociedades surge el sentimiento de enojo contra el que actúa mal, es decir que en todo el mundo nos permitimos el encabronamiento ante la fatalidad cuando es obligada y decidida por elites que se hacen acompañar de devotos palurdos a quienes ni voltean a ver).

Lamento si a las buenas conciencias les afecta que diga que qué bueno que la oposición haya acabado en despojos, es hora de decirlo: debemos proteger la ciudad capital porque por ahí intentarán meterse adoptando la narrativa que gusta escuchar a los buenaonditas y aspiracionistas que conforman su grey; y cuidado porque de este tipo de ciudadanos no hay pocos, más bien hay un montón. En la "Ética nicomáquea" de Aristóteles, que es uno de los primeros libros sobre ética y moral de la filosofía occidental, ya se habla del término *"epikhairekakia"*: alegrarse por la mala fortuna de otro. Que no nos de miedo decirlo, el comportamiento opositor que busca regresar al pasado, ese que ahondó en la pobreza, desigualdad y corrupción del país, no debe aceptarse, mucho menos considerarse como una forma de pensar tan solo distinta, respetemos personas pero no ideas, su ruina debe alegrarnos.

Si yo votara en la ciudad lo haría por Clara Brugada, y sin embargo, cualquiera de los nuestros que resulte ganador tendrá mi simbólico apoyo.

Acuérdate de Acapulco

5 de noviembre, 2023

*…los hijos de puta siempre
encuentran una justificación.*
Ricardo Darín

"No dones", es la campaña de los voceros de los opositores a este gobierno, de manera organizada, crearon esa "tendencia" en redes sociales para difundir su idea y noticias falsas. ¡Se van a robar todo!, ¡No hay que confiar!, ¡Con este gobierno es mejor no donar!, ¡Si los acapulqueños votaron por Morena que ahora se chinguen! La oposición formada por PRI, PAN y PRD oscila de lo inhumano a lo cruel en medio de una gran tragedia de dimensiones pocas veces vista; ante esta campaña mediática el pasmo y simpleza de la candidata Xóchitl muestra, una vez más, la miserabilidad de su proyecto y su inmenso desafecto al país. Los mexicanos (la mayoría) nunca olvidaremos que en medio de esta tragedia la oposición impulsó un espantoso mensaje de odio.

El huracán Otis descubrió varias cosas:

• Quiénes son los que se dedican a hacer montajes de lo que sea para llamar la atención y que sean repetidos y replicados en redes sociales y medios de comunicación, así de esta forma alimentan de "información" a esa clase wanabi ávida de convencerse de tener razones para ser anti amlo y que depende absolutamente de lo que le digan los mensajeros de la élites para crear sus puntos de vista (si es que se le puede decir así a repetir lo que escuchan). Así por ejemplo, dicen que si el presidente se fue en carretera y no en helicóptero es porque no tiene idea de lo que hace; o que se impedía la entrada de ayuda a Acapulco porque la requisaban en las carreteras; que la luz regresaría al puerto hasta el siguiente año etc. (decenas, cientos de disparates de este tipo están en las sobremesas de estos sabelotodo).

• Que hubo y hay, una campaña bien organizada para difundir noticias falsas, que buscan confundir y minar la confianza en las acciones de gobierno, buscan desorganizar las tareas imperativas siguientes; y en algunos casos, también mostrar su absoluta impericia de lógica como la de la Sra. Margarita Zavala diciendo que se hubiera puesto en el presupuesto

286

el costo de los daños a solventar por el huracán (nota: primero fue el presupuesto y después el huracán, pero pues ¿quién le explica que el Mesías que le atormenta no es adivinador?).

• Que si alguien creía que la imbecilidad y clasismo de un Gabriel Quadri (diputado federal por el que votaron los aspiracionistas coyoacanenses por cierto) que sugiere que México deje de cargar con Chiapas, Guerrero y Oaxaca para ser un país próspero y desarrollado no podía ser superada, zas, que surge un Leo Zuckerman preguntando al aire en señal de televisión abierta (concesionada por el Estado por cierto): ¿Vale la pena reconstruir Acapulco?

Al día siguiente del siniestro el gobierno federal estuvo presente tomando decisiones inmediatas para atender lo urgente: buscar víctimas y afectados y censar a la población, limpiar vías de acceso y revisar los daños en las construcciones. Una semana después del siniestro hubo un Plan de atención a la población afectada, de entrada se asignaron más de 61 mil millones de pesos en un programa publicado, estructurado y calendarizado que abarca los apoyos más importantes en una primera etapa. Hoy ya hay más de 20 mil elementos de fuerzas armadas y guardia nacional ayudando, se reparten más de 40 mil despensas diarias y se sirven más de 50 mil comidas calientes al día.

Por su parte la oposición ha sido consistente tan solo en mentir, burlarse de las acciones de gobierno e insistir en no apoyar a los chairos guerrerenses —porque ya generalizaron en su decir que ser pobre es ser chairo—. Sin embargo entre esta pléyade de carroñeros del dolor, hay un par compelidos a donar espléndidamente: el ultraderechista Alazraki y su canal de televisión Atypical que ofrece 5 garrafones de agua siempre y cuando alguien le diga dónde los puede conseguir (es literal, busquen el vergonzoso video de su ofrecimiento acompañado de dos despreciables co conductores que le avalan su magnificencia). Y la, dícese "pizpireta", perredista Sandra Cuevas, alcaldesa de Cuauhtémoc quien ofreció no comprar ropa nueva por 3 meses (también en video). Y poco más, la solidaridad opositora en pleno.

Pero una vez más, eso es lo de menos, que no aporten no es problema porque la mayoría de ciudadanos sí lo hará; es bueno que reiteren sus capacidades "solidarias" para que por nuestra parte recordemos en todo momento, que ellos no están, que No estuvieron tampoco en esta situación; que el país avanza y que Acapulco se levanta y reconstruye y todo sin ellos. La oposición al gobierno de López Obrador no es una que haya sido o represente algo virtuoso porque no hicieron nada, estorbaron y ya, no aportaron, no edificaron un proyecto, no gestionaron una idea de país; más bien hay que definirlos como: La oposición que no fue.

Si esa suma de PAN-PRI-PRD alguna vez creyó que tenía oportunidad para convencer y cosechar votos en 2024, con su comportamiento esa opción ha quedado completamente aniquilada frente a la mezquindad y rapiña política mostrada.

Por otra parte, la fuerza destructiva de este huracán también nos enseña, a todos, que la naturaleza ya se cansó de nosotros, que ya es hora de tomar en serio los efectos del cambio climático y que la responsabilidad no es exclusiva de los gobiernos sino de cada ciudadano; me parece que los mexicanos debemos hacer un alto en el camino y pensar y decidir el destino que nos estamos construyendo. Lamentablemente ya sabemos que con la oposición no contamos, queda en nosotros resolver el futuro, y sí, estoy hablando de política y de elecciones 2024. Ni una posición para quienes destruyeron el país y que hoy, en medio de la desgracia, se solazan en su infame decisión de no colaborar.

Por último, si muchos de los jerarcas políticos y económicos piensan y son así: desinteresados en la mayoría de la población y únicamente preocupados por sus privilegios; ¿Cómo explicar que trabajadores, obreros, clases medias, jóvenes y mujeres les solapen? ¿Qué circunstancia de vida dañó tanto a ese sector de la población para que adoren a quienes pusieron al país en la situación en que lo dejaron en el 2018? El wanabismo es una cosa, el volverse émulos de la infamia es otra.

La última y nos vamos

3 de diciembre, 2023

Todo lo grande está en medio de la tempestad.
Martin Heidegger

Esa amenaza que se cierne sobre México si los dejamos regresar debe ser claramente entendida, aprendida y enseñada a los jóvenes; es imperativo sacarlos de la idea de que un modelo depredador puede ser benéfico para el país. Es obligatorio para quienes somos partícipes de la 4T el explicar una y otra vez que el resultado de las políticas neoliberales solo tuvo como efecto la devastación del medio ambiente, una creciente desigualdad, la precarización de los empleos, el empobrecimiento generalizado, la violencia y la sistematización de la corrupción. Que lo sucedido en México en los 6 sexenios de neoliberalismo no es otra cosa más que un despojo de recursos naturales y bienes públicos.

Tres obvias reflexiones en ésta que es mi última columna del año:

1. Andrés Manuel López Obrador acaba su gobierno en menos de 10 meses.

2. Claudia Sheinbaum está preparada para asumir la presidencia y avanzar en la Cuarta Transformación.

3. La derecha simbiotizada en oposición sigue y seguirá ahí: inane, herida, trastornada y vengadora pero actuante.

I.

López Obrador concluyó su quinto año de gobierno, este que no es un sexenio sino uno de 5 años y 10 meses entra a la recta final. Si nos atenemos a los datos duros, a las fuentes de información confiables, a las encuestas y a la percepción ciudadana, estamos en la etapa última del mejor gobierno que ha tenido México en las últimas décadas.

No voy a argumentar lo que para mí es obvio y ya he hecho a lo largo de cada una de mis columnas semanales, tan solo invito a quien no coincida que revise la información pertinente en las fuentes serias que guste: las nacionales y las extranjeras, los datos macroeconómicos, las obras realizadas, la distribución del gasto social, la disminución de la desigualdad, la disminución de la pobreza, el incremento salarial acumulado, la disminución en los índices de inseguridad, la confianza de los inversionistas traducida en la mayor inversión histórica, el crecimiento del PIB, el aumento en el empleo formal, entre otros muchos datos.

El legado obradorista es inmenso porque partió de aglutinar un movimiento mayoritario que le ha acompañado y que parece dispuesto a continuar apoyando la transformación ahora bajo la directriz de Claudia Sheinbaum; posiblemente desde el Cardenismo no se había visto una ciudadanía tan comprometida con su gobierno. Pero además de esa conformación de millones de personas bajo un deseo de tener y vivir en un mejor país, el rompimiento con las formas del pasado (lo que a muchos les parecía imposible) de corrupción, intolerancia, antidemocracia y mala gestión gubernamental marca un antes y un después. Y para más burla o peor suerte de sus/nuestros odiadores, la politización ciudadana —insuficiente pero creciente— hace muy difícil pensar en un regreso a los gobiernos del pasado, el PAN, PRI y PRD disminuidos o acabados no atinan a recomponerse bajo alguna idea de proyecto; es tal el avasallamiento de los hechos y los dichos que su desdibujamiento de cualquier rol importante es inminente.

II.

México se está poniendo cada vez mejor, su futuro pinta bien. Claudia Sheinbaum será la próxima presidenta, va a serlo porque se preparó para ello, porque aprendió caminando a lado de su tutor político, porque se preparó en esa maravillosa UNAM (muchas veces denostada), porque vivió las luchas ciudadanas frente al cruento neoliberalismo, porque en su calidad de científica tiene un claro y lógico pensamiento y porque se ha rodeado de un extraordinario grupo de asesores que estará a cargo de acompañarla en el proyecto. Ah y también porque es mujer. Y lo escribo así porque esa idea que flota que será presidenta solo por ser mujer es incorrecta, será presidenta por muchas cosas y también por ser mujer.

Su tarea es enorme, es avanzar en lo que se ha construido, es consolidar políticas que se encuentran en sus primeros pasos, es corregir lo que no se hizo bien, es incidir de manera frontal en campos como la Cultura, la Ciencia y la Educación. Será suya la enorme tarea de guiar a México en la lucha contra el cambio climático; en romper el paradigma de que la salud de los mexicanos es secundaria al beneficio de las empresas de comidas y bebidas chatarra.

Y de una buena vez, y apoyada con la fuerza que le dará el Plan C, hacer la reforma al poder judicial, tan necesaria, tan urgente y vital.

Tarea urgente que tiene además, es demostrar que así como López Obrador ya lo hizo, eso de que todos los políticos son iguales, es tan solo palabrería para alimentar a la derecha que clama que el Estado no debe existir o reducirse a su mínima expresión. En la 4T los políticos no deben, ni pueden, ni son "iguales" a los que hemos conocido en el pasado.

Desconozco si seguirá con el formato de las Mañaneras, lo que sí es un hecho es que la comunicación se vuelve el nodo esencial y disparador del proyecto de futuro. La oposición sigue controlando los medios de comunicación, no es poca cosa el decir que es tarea fundamental establecer un modelo de información que llegue a todos y que rompa con la desinformación que ofrecen las élites de poder económico.

En mi opinión, el próximo gobierno será una gran sorpresa para todos los que vivimos de por sí ya deslumbrados con una transformación que no ha roto ni un solo cristal. Quedarse a medio camino no puede pasar, eso es tan solo preparar el camino del regreso de la derecha.

III.

El México clasista, prepotente, arribista, racista, despolitizado (si alguna vez lo fue) es ideológicamente detestable y como tal no puede regresar a gobernar.

La oposición, conforme se fue yendo a pique y dejó de agandallarse los presupuestos públicos (su razón de ser), perdió un sistema de valores mínimamente decente, en su actuar volvieron huecas las palabras democracia, justicia, cultura, sociedad y política para tornarlas en sinónimo de frivolidad, egoísmo, odio, intransigencia y caos. No pueden regresar a gobernar.

Si ellos quieren regresar a la vida pública —a través de darle fuero— a Ricardo Anaya, Felipe Calderón, Alito y demás ralea, lo harán con los pocos votos que obtengan. Les alcanzará para hacer ruido pero no para gobernar.

Si vuelan como pato, caminan como pato, graznan como pato, son pato. Su candidata es lo que es porque es lo que mejor les representa: la banalidad, el negocio, los contratos públicos, la corrupción y sobre todo el desamor al país. No pueden regresar a gobernar.

Colofón: Es imprescindible explicar a los jóvenes cómo es que llegamos hasta aquí; a la oposición no le gusta que se hable de historia porque son como avestruces escondidas en el agujero del olvido en el tiempo. Tenemos que hacerlo, veo un universo tiktokero que es materia prima para la derechización; es tarea impostergable comunicar a las generaciones jóvenes quiénes somos y de dónde venimos.

2024

Pero lo definitivo en nuestro triunfo fue la activa, consciente y decidida participación del pueblo; la gente estaba harta de la corrupción, de la impunidad y de la humillación de las élites y decidió darse la oportunidad para emprender juntos la Cuarta Transformación de la vida pública en México.

Andrés Manuel López Obrador. *¡Gracias!*, 2024

2024, el año del suicidio

13 de enero, 2024

> Era el mejor de los tiempos, era el peor de los tiempos, la edad de la sabiduría, y también de la locura; la época de las creencias y de la incredulidad; la era de la luz y de las tinieblas; la primavera de la esperanza y el invierno de la desesperación.
>
> *Historia de dos ciudades, Dickens*

Contrario al modelo neoliberal que nunca logró beneficiar a las mayorías, el modelo 4T ha disminuido la pobreza en más de 5 millones de personas al 2022, se estima que serán 9 millones menos de pobres al final del sexenio Lópezobradorista. Algo debe morir para que algo nazca, la sociedad avanza, el mundo avanza y se enfrenta a nuevos retos pero hay siempre y en todo momento una base mínima que se debe construir y mantener, una que atienda la dignidad humana, la justicia, la igualdad y la solidaridad; el modelo neoliberal atentó contra ello, el rescate en un nuevo modelo de transformación es lo que estamos viviendo en México; tonto aquel que no lo quiera ver, tonto aquel que se haya suicidado en aras de su ignorancia o su ceguera.

I.

El PIB crece, la inflación que desbocó la pandemia y las guerras disminuye, la participación de México en los mercados externos —particularmente el de Estados Unidos— crece, la consolidación del Corredor del istmo de Tehuantepec sigue atrayendo inversiones, la inversión extranjera directa en ascenso, las remesas crecen como consecuencia de la confianza al país, aumenta el consumo, la deuda externa disminuye con respecto al PIB, el país enfilándose a estar pronto dentro de las 10 economías del mundo una vez que ya superó en este sexenio a España, Australia y Corea del sur, disminuye el gasto operativo del gobierno y en cambio aumenta el gasto social.

Pero hay también otro mundo:

Y va a pasar que en el siguiente sexenio, la Señoga X será pronto olvidada al haber perdido escandalosamente frente a Claudia Sheinbaum, aunque en el Senado estarán, ellos sí sin duda porque ya se repartieron sus puestos de plurinominales: Marko Cortés, Ricardo Anaya (aunque usted no lo crea, éste delincuente escondido en Estados Unidos está a la espera del fuero senatorial para regresar a México), Lilly Téllez y por parte del PRI Alito Moreno (son ratas, no pendejos). La de las gelatinas a su casa, con la enorme bolsa que le hayan asignado en el acuerdo mafioso al que se sometió, porque —aquí entre nos— su candidatura fue un mal chiste, con cargo al presupuesto público, del prianismo a sus ingenuos votantes, mientras que los mafiosos jerarquillas partidistas del PRIy PAN seguirán mamando del erario protegidos por el fuero que impide sean perseguidos en sus estafas.

Y va a pasar también que el otrora PRD, del que hay que decir con "indignada ironía ciudadana", al que ni un mendrugo le arrojaron en el reparto de puestos, magistraturas, juzgados, notarías y demás botín que se adjudican en su acuerdo de coalición estos banales y venales del Frente Amplio por México (léase Claudio X y sus títeres), que desaparecerá del mapa político. No tiene ya que hacer nada, solo con mantener su ritmo de caída constante en este sexenio que le ha hecho perder el registro en Estados al que se presentó en elecciones (no alcanzó ni 3%): 1 en 2019, 8 en 2021, 4 en 2022, 2 en 2023; su jaque mate es el 2024.

II.

Mientras tanto el presidente que se retira en unos meses y que tiene la aprobación más alta de los últimos mandatarios en el cargo, el personaje político más importante de las últimas décadas, el hombre alrededor de quien giran las conversaciones del país, al que ni el "humor" chumelista, ni las groserías brozistas, ni las mentiras de López Dóriga, y no se diga los montajes de Carlos Loret o la palabrería hueca e insultante de Denisse Dresser, ni el mal gusto y chabacanería de Alazraki, ni la insulsez de Leo Zuckerman, Raymundo Riva Palacio o Sergio Sarmiento, las muecas de Ciro, mucho menos los sesudos análisis de los Pedros Ferriz o la frivolidad de Guadalupe Loaeza, pudieron con su modelo de comunicación de la "Mañanera" y con la evidencia de los resultados de gobierno. Todos estos comunicadores, y muchos más, a quienes los ingresos que reciben les es suficiente para evitar poner los pies en la tierra y reconocer que ya perdieron la narrativa que les mantuvo por décadas como voceros de infames gobiernos, o reconocer que su ordenamiento mental se volvió obsoleto.

Pero hay también otro mundo:

Y también sucederá que la comentocracia afín a los modos del pasado —todos ellos bien maiceados, todos ellos ricos en chayote— se encontrarán ante un cambio de gobierno que tampoco alimentará su voracidad; veremos la desaparición de programas y arrogantes *figurines* mediáticos a quienes ya será insostenible mantener con los dineros de Claudio X y otros empresarios comparsas, todo tiene un límite, se les acabó el cuento de que íbamos al vacío y a lo que para asustar a sus cándidos oyentes y seguidores llaman venezualización. Si en el neoliberalismo el desvío de recursos hacia los medios de comunicación fue clave para el adoctrinamiento ideológico de gente que aún hoy no puede quitarse la venda que les impuso el dogma economicista, echaleganista, clasista, ese del pobre es pobre porque quiere, ese que dice que el estado no debe intervenir en la economía porque el "mercado" se encarga, ese que dice que el país debe ser solo para unos cuántos; los casi 6 años transcurridos en esta transformación han sido la puntilla para demostrar su error y exhibir su resentimiento, procacidad y su odio a México.

Si a ellos se les olvida a nosotros no, que ellos fueron los ávidos deseadores de que el aeropuerto Felipe Ángeles no funcionara, que la refinería no se construyera, que la economía se cayera, que el peso se devaluara, que el tren Maya no arrancara. Sí, también va a pasar que se irán finalmente.

III.

Los programas sociales llegan a más de 30 millones de personas, estos apoyos se convierten en pocas horas en una derrama económica a empresas y comercios en todo el país; los salarios se han incrementado como nunca antes, desaparece el *outsourcing* y el pago de prestaciones es obligado; se construyen carreteras, puentes, parques solares, universidades, puertos, hidroeléctricas, cobertura de internet en todo el país; disminuye el desempleo a su nivel más bajo desde que hay registro en México y el gobierno ejerce una rigurosa disciplina fiscal.

Desde el 2018 el peso ha incrementado su valor respecto al dólar en más del 15% (es la moneda con mejor desempeño en el mundo), la inversión extranjera alcanzó un nivel histórico en el año 2023 con más de 36 mil millones; después de la India y China México es la economía que más ha crecido después de la pandemia; el salario mínimo ha tenido crecimiento del 113% en este sexenio; la deuda pública disminuyó del 60.6% al

47% como porcentaje del PIB en 2023; la Bolsa de Valores ha roto todos sus récords; el turismo aumenta considerablemente convirtiéndonos en el tercer país con más turistas extranjeros.

Pero hay también otro mundo:

A poco de que concluya el sexenio siguen sin entender, no quisieron ni quieren hacerlo, nunca lo harán; a veces me pregunto si es que no pudieron o solo es que no quisieron —que no es lo mismo porque bien dice la frase de Unamuno: "lo que la naturaleza no da Salamanca no lo presta"— , a estas alturas del sexenio ya no importa, su irrelevancia es clara y patente.

Las voces acalladas y ocultas de los políticamente correctos, aquellos que no son sino veletas agitadas al ritmo de vientos que les hace ser medianos, enojados porque el gobierno hace hospitales, aeropuertos, presas, refinerías, caminos y trenes.

Ciudadanos —minoría al fin pero tristemente con una venda en los ojos— cegados ante la realidad de que hay una economía sana y en crecimiento, que hay un proyecto de país que busca beneficiar a todos, cegados pero con la mano extendida para recibir sus pensiones o las de sus padres y abuelos, cegados pero disfrutando nueva infraestructura, cegados pero con una capacidad de consumo mayor, cegados pero con salarios mejores.

Si decidieron seguir y agruparse con un grupo de nefastos personajes, esos que votarán por la "Señoga Xingona" —ni hablar, no hay mucho que hacer— también se verán inmolados en este 2024.

El payaso de la dictadura

20 de enero, 2024

El periodismo moderno justifica
su existencia por el gran principio
darwiniano de la supervivencia
del más vulgar.
Oscar Wilde.

Hay un entorno propicio para que un pelafustán con peluca verde insulte al presidente, no es otro más que una irrestricta libertad de expresión. Y, eso sí, cada quien elige cómo expresarse y cada quien se dirige a su público; esto último habla más del público de Brozo que de él; ese público al que le dice "culeritos" y que ante la plena grosería y vulgaridad se ríe, que el bufón diga que el presidente es dictador les emociona, que les hable de huevos y mamadas les halaga.

El payaso "político" actual, aquel que se construye una imagen pública de bufón: iracundo, imprevisible, de chiste fácil, del sarcasmo sobre la noticia actual; ese que en teoría parte de la autenticidad de oponerse al sistema y a los buenos modales y de despreciar lo políticamente correcto, que transcurre su "stand up" entre la sorna y el insulto ligero o grave; que se vanagloria de su libertad de expresión burlándose de minorías, de mujeres, de razas, de clases sociales, es cada vez más común verlo como parte de la "comentocracia" en todo el mundo. Las redes sociales abrieron su espacio de actuación y ese fenómeno de "banalización de la cultura" tan presente le acuerpa.

México no es la excepción, aunque con su propia modalidad; ya no cercanos al poder en el sexenio actual (no hay recursos públicos que caigan a sus bolsillos) los bufones de turno (Chumel, Kenia, Lilly, Brozo, Gilberto Lozano, Dresser etc.) están intrínsecamente ligados a las élites económicas; anteriormente cuando estas élites controlaban al Estado (particularmente durante el neoliberalismo) servían para que el resultado de su comicidad fuera el elogio al gobernante, el sí señor, sí señor. En ese mismo periodo de 6 décadas anteriores, la acotada y autorizada (de la que nunca se quejaron) "libertad" de expresión obligaba a que no se molestara al gobernante y su familia, pero sobre todo a que no se atacara el modelo económico y poco más; el clasismo y misoginia sí eran permitidos en el *sketch* de pronta—risa. Ahora, esos bufones y payasos atienden la agenda de las élites que, dispuestas a pagarles ingentes cantidades de dinero (la cuota depende del número de seguidores), a cambio requieren que esa vocería o gritería llegue a un público —atraído por ese humorismo que envuelve el mensaje político clasista y racista con jocosidad— dispuesto a reír aún sin entender.

Hay una gran diferencia entre el bufón clásico y el actual. Los payasos, bufones, histriones, arlequines, *"clowns"* como se les dice en inglés, siempre han sido integrantes de los sistemas de poder. Su relación —histórica— con las élites de poder se da en todo el mundo y a lo largo del tiempo; los payasos en las sociedades europeas, asiáticas e islámicas cumplieron un papel que no fue solamente entretener en las cortes y palacios, sino además y de manera importante recordarle a los reyes que estaban rodeados por aduladores, que ellos —los monarcas— eran simplemente humanos y, por lo tanto sujetos de error. Actualmente (y la razón es que ya no son pagados por el gobernante en turno) su fin es ponerse al servicio de un amo que les mira con desprecio pero que les utiliza a conveniencia de una agenda que busca recuperar privilegios perdidos.

La sola presencia del payaso tiene una implicación en la que se plantea una doble personalidad, la del personaje y la del intérprete. El problema viene cuando ambas figuras se yuxtaponen y dejan de diferenciarse, tal es el caso de Víctor Trujillo/Brozo Brozo/Víctor Trujillo. El misógino comediante que pasó, en maroma con triple salto mortal, de la crítica política al escarnio coprológico-infantilizado del insulto fácil, llevado por la voracidad económica que lo llevó de ser medianamente respetado a ser considerado una lacra mediática. El chistosito buleador que con micrófono en mano y el patrocinio de Carlos Loret y Roberto Madrazo en la plataforma Latinus cree que con insultos, mentiras y ataques infundados hará mella en la aprobación presidencial o en pretender incidir en el proceso electoral del 2024. El verdadero Víctor Trujillo/Brozo Brozo/Víctor Trujillo se muestra como lo que siempre fue, un conservador de closet al acecho de una oportunidad que le permitiera ofrecer las nalgas (ya que estamos en modo Brozo) al festín particular de la comedia de Claudio X que lleva como protagonista a la señora de las gelatinas.

La vida tiene diversas formas de hacer justicia, tiene balances naturales; el payaso de peluca verde purga con ser Víctor Trujillo, Víctor Trujillo expía con ser Brozo.

"Nada más le digo a Brozo que si yo fuera dictador, él no estaría diciendo esas cosas", le dijo el presidente; se le olvida al bufón de nariz roja que en cualquier régimen dictatorial su palabrería sería perseguida y penalizada; sin ir más lejos, en el prianismo muchos comunicadores fueron castigados severamente, incluso perdieron sus trabajos, por atreverse a hablar del alcoholismo de Felipe Calderón o de la casa blanca de la gaviota y su consorte Peña Nieto. Que Brozo diga que López Obrador es un dictador es una falta de respeto, no para el presidente, no para la 4T en su conjunto, no para los chairos —porque ya sabemos de dónde viene ese vómito de odio— es una falta de respeto para la prensa que históricamente se afanó en que se cumpliera la libertad de expresión no solo como una máxima de ley sino como una de realidad.

Se equivocó de dictadura, la suya, en la que él vive, es la dictadura que le impone su avidez por el dinero y el verse obligado a ser el chistoso del jerarca Claudio X; Brozo no tiene salida, es víctima de su ego y de su titiritero, él eligió esa dictadura tan propia de su ruindad; al acusar de dictador a López Obrador solo refleja su nivel de estupidización y su poco discernimiento; como dijo Nicolás Guillén: "soldado, aprende a tirar".

Uno no puede mentir o insultar sin consecuencia sin que la ciudadanía se lo cobre cuando tenga oportunidad. Si Brozo cree que su bajeza es graciosa, la respuesta la tendrá cuando le confronten los ciudadanos en la calle.

La caída libre en la que se encuentra la oposición se expresa clara y fatalmente en la ira del conservador comediante Víctor Trujillo/Brozo; no hay deslinde de sus seguidores ni de la Sra. X, ni de PRI y PAN, ni de los tele-intelectuales que firman desplegados, ni de los políticamente correctos (cuando les conviene); este figurín vestido de payaso les representa cabalmente.

¿Qué vamos a ganar?

3 de febrero, 2024

¿Dónde hay un ejemplo semejante,
toda una nación, una nación entera
que haya perdido todo su patrimonio?
Humboldt.

Llevan décadas calumniando a López Obrador, ¿por qué nos sorprendería que una vez en el gobierno dejaran de hacerlo? lo declararon un peligro para México, lo desaforaron, pretendieron encerrarlo y sacarlo de la vida pública. Fox y Calderón alineados con las élites económicas pusieron toda la fuerza del estado en su contra, gastaron muchos recursos e influencias para acabarlo y sacarlo del mapa político, le crearon una guerra sucia para evitar verlo en la presidencia y nada les funcionó —no antes y no ahora—; no vieron que detrás de él estamos muchos; creyeron que se trataba de la lucha de un hombre cuando a lo que se enfrentaron es a la voluntad de un grandioso pueblo; ese pueblo al que no conocen y no entienden. No, no es solo López Obrador, es un México que ya no se deja y que tiene un proyecto que significa que ahora sigue Claudia, pero, ¿para qué? Aquí va mi explicación:

En el juego formal en que se organiza la competencia electoral los partidos políticos buscan ganar, ese es el sentido de su existencia, se conforman como organizaciones políticas para buscar y ejercer el poder.

¿Poder para qué?, sin duda para intentar incidir en la definición de la vida organizacional cotidiana y de la distribución y uso de los recursos públicos. Esto es lo que define a una organización política con un proyecto que se mueve únicamente en una tesitura económica en que a todo le ve cara de dinero, ganancia, compra—venta; en México tenemos un gran ejemplo en los 36 años de neoliberalismo que abarcan los sexenios de Miguel de la Madrid, Carlos Salinas, Ernesto Zedillo, Vicente Fox, Felipe Calderón y Enrique Peña Nieto. En esos 36 años el país perdió su patrimonio público de manera desbordada, las empresas de gobierno fueron rematadas o regaladas, se otorgaron concesiones de recursos naturales de manera escandalosa (la corrupción es también explicación), tierras obsequiadas a la minería, agua, minerales, ferrocarriles, carreteras, todo lo que pudieron regalar o rematar se hizo. Y eso fue una forma de ejercer el poder, sin duda.

Bajo una perspectiva más cultural, digamos que más holística, hay otra forma de ejercer el poder, una que incorpora tres cosas a la facultad y definición de las reglas económicas: el beneficio colectivo, el ritual público y la emoción. Y esto, es otra forma de ejercer el poder, también sin duda. He aquí el dilema moral que queda patente entre derecha e izquierda; gobernar para los negocios, las empresas y los funcionarios que se enriquecen en su gestión o gobernar para el beneficio de todos. Me remito a Robespierre, líder de la Revolución francesa, presidente de la Convención Nacional en dos ocasiones: *Ningún hombre tiene el derecho de amontonar grandes cantidades de trigo al lado de su prójimo que muere de hambre. ¿Cuál es el primer objetivo de la sociedad? Mantener los derechos imprescriptibles del hombre. ¿Cuál es el primero de esos derechos? El derecho a la existencia* *

• El beneficio colectivo: en la 4T se definió en la frase *"Por el bien de todos primero los pobres"*, se ejecutó en las políticas sociales y económicas de becas, pensiones, incrementos al salario, desarrollo de zonas marginadas (principalmente sur, sureste), buen manejo de las variables macroeconómicas, obras públicas de utilidad para las mayorías: carreteras, trenes, caminos, sistemas hidráulicos, refinerías; austeridad en el gasto público, entre otras.

• El ritual público: la cercanía con los ciudadanos por parte del presidente, el respeto a las costumbres de los pueblos, el *"yo me hinco donde se hinca el pueblo"*, la comunicación diaria (la Mañanera, siempre denostada y ahora imitada) que marca la agenda de información pública; la presencia constante del gobernante en todos los Estados; la reiteración de la historia como fuente del presente; la insistencia en no olvidar que la corrupción y los corruptos (con nombre y apellido) son quienes nos arrastraron al país que se recibió en el 2018.

• La emoción: Las encuestas marcan que la apreciación al presidente López Obrador es además de mayoritaria (como nunca antes la ha tenido ningún otro presidente mexicano desde que se tienen estas mediciones), transversal, es decir que cruza todos los segmentos de edad, escolaridad y clase social. No me refiero a si hay de por medio una decisión de voto a favor o voto en contra, me refiero al hecho de que la mayoría de los ciudadanos de este país, en rangos que alcanzan el 80% considera que se ha hecho un buen trabajo. ¿Y qué tiene que ver esto con la emoción? Tiene que ver con que hay un sentimiento generalizado que vislumbra un futuro mejor, que ve que bajo una forma distinta de gobernar, bajo un estilo personal de gobernar (Cosío Villegas *dixit*): los más desposeídos, los más viejos, los menos preparados porque no se les permitió estudiar, las minorías "inexistentes", las mujeres en general; todos los que fueron dejados de lado, desechados, por un capitalismo atroz; hoy ven políticas públicas que les incluyen y sobre todo hoy tienen esperanza. Pienso en Antonio Machado cuando dice: "*Dice la esperanza: Un día/ la verás, si bien esperas./ Dice la desesperanza:/ Solo la amargura es ella./ Late, corazón… No todo/ se lo ha tragado la tierra*". Y la esperanza, contrario a lo que el conservadurismo y la derecha mexicana dice, no es meramente simbólica, y por no entender esto es que se encuentran tan lejos de todo: del cariño de los ciudadanos y, de lo que más o únicamente les importa, de sus votos.

¿Para qué queremos ganar el próximo junio de este año quienes somos parte del proyecto 4T?

Para continuar con un proyecto, llámese o no Humanismo mexicano —ese decir de López Obrador que retoma del autor romano Publio Terencio "*nada humano nos es ajeno*", añadiendo que: nutriéndose de ideas universales, lo esencial de nuestro proyecto proviene de nuestra grandeza cultural milenaria y de nuestra excepcional y fecunda historia política".

Queremos ganar para ejercer una idea que convertida en acción habla de justicia, soberanía, igualdad y libertad para todos. Queremos ganar para que en continuidad pongamos el siguiente piso de la 4T, en mejorar lo que se hizo, en corregir lo que se hizo mal, en hacer lo que no se hizo; pero siempre e invariablemente sin permitir un regreso al pasado que hoy representa el prianismo y la oposición conservadora, corrupta y de derecha que se mantiene al acecho.

No somos esos tibios que se llaman izquierda democrática, que con su pasividad acompañaron la construcción del neoliberalismo, no somos esos marchantes de colores en defensa de lo indefendible y no somos bajo ninguna circunstancia de esos que hablamos de libertad si se refiere a esa libertad negativa del neoliberalismo que se repliega y acota en un individuo, sino que somos quienes pensamos en la libertad a través de la acción e inteligencia colectivas, en comunidad, en ciudadanía. Para eso queremos ganar.

El diseño de su guerra

9 de marzo, 2024

El mal es esa anomalía que está
delante de los ojos de todo el mundo
pero que nadie consigue ver.
Donato Carrisi

Su causa está condenada al fracaso porque está cimentada en la estúpida y despiadada visión clasista sobre la mayoría de los ciudadanos. Sus políticas, cuando gobernaron, fueron crímenes contra el bienestar público para satisfacer sus propios bolsillos. Votar por ellos —una vez más como en el pasado lo hicieron— dándoles el "beneficio de la duda" de que ya cambiaron, es un error garrafal que pagarían esta y las siguientes generaciones y del que México difícilmente se levantaría. De ese tamaño es el desastre de su gestión y la aberración de su ideología.

La mentalidad prianista (que ahora es simplemente la de un panismo rozando los límites de la ultraderecha y el fascismo) está en otra cosa que no tiene nada que ver con la búsqueda de un mejor país. La arrogancia es su problema, creer que México es para su reparto es lo que les inhabilita para ser opción de gobierno.

Y como la mayoría de ciudadanos ya identificó su calaña, lo que claramente explica el resultado de todas las encuestas, dan un arriesgado paso a una guerra sucia creyendo que con ella podrán salirse con la suya. Supongo que dicen algo así: si por las buenas no podemos pues van a ver por las malas.

Les invito a revisar todas las votaciones que han habido para decidir sobre algunos de los puntos anteriores, a revisar también las notas periodísticas de lo que expresaron sobre cada uno de estos proyectos; ese NO es la sustancia de su propuesta de gobierno.

No hay posibilidad de "campaña, es decir de contrastar ideas porque no las hay por su parte; decidieron y prefirieron apostar al NO a todo lo que se haya hecho. No a las pensiones, no a las becas, no al Tren Maya, no a al aeropuerto Felipe Ángeles, no a la refinería, no al corredor Transístmico, no a un peso fortalecido, no a quitar el *outsourcing*, no a los incrementos salariales, no al combate al huachicol, no al combate a la corrupción, no…

Fueron capaces de usurpar causas legítimas que terminaron politizadas a su conveniencia, convirtieron grandes temas y causas honestas y nobles en botín político; para muestra un botón (no, menos, tres, parafraseando a su ídolo Enrique el pillo), basta con ver lo que hicieron con tres temas:

• Ecología: Convirtieron la narrativa en favor de la ecología en una campaña de comunicación sin sustento en contra del proyecto de Tren Maya con cómicos y artistas que viven en Estados Unidos y que nunca antes cuestionaron los temas del medio ambiente . No se acordaron antes de hacer lo mismo ante la minería a cielo abierto, las irreflexivas y perjudiciales concesiones de agua, las autorizaciones a expoliaciones de tierras para extraer minerales y materiales de construcción; el daño a los ríos por derrames químicos por empresas.

• Feminismo: Pasaron de negarse a votar a favor de políticas feministas, de rechazar la despenalización del aborto, de negar el empoderamiento femenino, de negarse al matrimonio entre personas del mismo sexo y el derecho a decidir sobre el propio cuerpo y la sexualidad, de no ver la diferenciación salarial entre mujeres y hombres, de negarse a apoyar una clara definición sobre la necesidad de una vida sin violencia a las mujeres; pero como son hipócritas y es temporada electoral se convirtieron de repente, ahora los vemos utilizar el lenguaje feminista como si fuera su lucha eterna. Sí, el prian, ese ente misógino y patriarcal (como bien le llama Héctor Atarrabia), resulta que en campaña se dice aliado de las mujeres y que ellos representan el verdadero feminismo. Y explica el mismo @HectorAtarrabia: "Todos, todos, todos los movimientos sociales que han tomado las calles por derechos, justicia y bien colectivos, son, por definición, de izquierda. Justo eso y no otra cosa significa ser de izquierda: anteponer el bien común y defender los derechos humanos." Pero en su conversión mental ellos son la izquierda.

• Libertad de expresión: Cambiaron la costumbre del chayote con la que se decían que vivían en libertad de expresión mientras prohibían voces, quitaban concesiones, despedían periodistas, extorsionaban a dueños de medios; y ahora en cambio dicen que es dictadura una plena y absoluta libertad de decir, que, incluso, ellos pervierten y llevan al extremo al insultar y maldecir al presidente en turno —sin consecuencia alguna— (que si esto fuera dictadura…) Solo en sus cabezas pasa que fueron y son adalides de la libertad de expresión, cuando son meras plumas dispuestas a decir lo que convenga a quien les paga. El mundo al revés.

Y solo tres ejemplos, porque en su recorrido como opositores pervirtieron todo, incluido que intentaron —o intentan— cambiar la verdadera historia del país, incluso el significado de las palabras; para decir que no son lo que son y que no dicen lo que dicen.

Pero, como nada les funcionó y la mayoría de la población mantiene su apoyo al gobierno actual, al presidente López Obrador y a la candidata Claudia Sheinbaum; en un paso más hacia su desprestigio, esta oposición con la ayuda de sus comunicadores, sus intelectuales y sus financiadores extranjeros y nacionales, se lanzaron a la guerra sucia. ¿Qué por qué sí habría de funcionarles? Será tarea de la psiquiatría explicar cómo entienden en sus cabezas la relación entre ese comportamiento antisocial y la eventualidad de cualquier triunfo. La ciudadanía ya les dijo que no es por ahí y las mediciones actuales reiteran que los mexicanos rechazan esa forma vil de resolver la disputa política.

Los representantes de la derecha buscan provocar, con sus hechos y sus dichos demandan una respuesta nuestra alterada con qué maliciar en sus medios como la de los *"intolerantes, dictadores y manipulables"* que dicen que somos. Pero pues ni los topamos, vamos, como dice el refrán, que cuando las cosas marchan a favor de uno es porque va en *Caballo de Hacienda*.

En un intento de repetir su ilegal campaña de sembrar miedo, —aquella de "es un peligro para México"— repiten una y otra vez en su palabrería miedo, miedo, miedo. Ese miedo que tienen de saber que están derrotados lo trasladan a un imaginario que dice que ellos son la solución a ese miedo que, asumen, tiene la ciudadanía. Es decir, quieren sembrar la idea de que su miedo es nuestro miedo. Y así sus mentiras disonantes se unen a espantosas premoniciones que solo las sobreprotectoras manos que ellos brindan a los sufridos ciudadanos bajo el yugo de la dictadura en que dicen que vivimos, resolverá. No son capaces, estos opositores, de respetar siquiera a su público; utilizan relatos disuasorios que ennegrecen la realidad y convierten a sus destinatarios en pusilánimes precoces (y tampoco es para tanto, sí son básicos pero mínimo que les respeten).

Castañeda, Alazraki, Zuckerman, Loret, Krause, Krausito, Pagés, Lozano y demás runfla dieron el visto bueno, el *"Go negative"* como les gusta decir a estos colonizados de imberbe raciocinio y nulo amor al país, a que la campaña sea sucia, de mentiras, agresiva y que llegue a sus últimas consecuencias; le están apostando a un incendio que obligue a anular la elección —antes o después—. En su cancha juega la mayoría de la suprema corte (así en minúscula), poderosos organismos paraestatales de Estados Unidos y Europa y medios de comunicación que se rigen por una libertad de expresión que entienden como la del que les paga las cuentas; contra eso vamos, contra eso va Claudia y nuestras candidatas y candidatos.

No les hagamos el juego y mostremos la unión que es el elemento necesarísimo para impedir que tengan éxito, necesitamos una inmensa mayoría —como nunca antes se haya visto— para que se topen con la realidad de una democracia de la que mucho hablan y poco creen.

Hay que identificar que esto es una guerra porque así la oposición lo quiere, las guerras son de dos bandos, no hay espacio para tibieza ni duda. Que cada quien ubique de qué lado de la historia está. Como decía Nicolás Guillén: *Soldado, aprende a tirar:/ Tú no me vayas a herir,/ que hay mucho que caminar.*

La jugada maestra

20 de abril, 2024

No pasarán.

El lunes 3 de julio del 2023, antes de que se seleccionaran candidatos a la Presidencia y casi un año antes de las elecciones del 2024, el Presidente López Obrador dijo que la candidata de los conservadores sería Xóchitl Gálvez. Anteriormente a esa fecha, por varias semanas la mencionó en sus conferencias mañaneras y, conforme lo hacía, el conocimiento de los ciudadanos sobre la senadora —hoy candidata— crecía; mientras más escándalos de corrupción y contratos amañados en sus empresas se hacían públicos y el presidente los remachaba, la señora subía en su probabilidad de ser nombrada candidata. Mientras más la inflaba el presidente, la oposición enloqueció orgásmicamente al pensar que había encontrado la némesis de López Obrador. En medio de una patética ingenuidad creyeron que ese globo se inflaba por virtudes propias y no se dieron cuenta que el dueño de la válvula despacha en Palacio Nacional.

Esta es una historia sobre la candidez de los conservadores agrupados en el frente formado por PAN, PRI y PRD, que se encontraron con una candidata definida por el mismísimo presidente a quien tanto odian. Se les adelantó en la tarea que tendrían que haber hecho ellos y por lo tanto les constriñó a seguir el juego al que les obligó.

Una vez determinada —por el presidente— la candidata opositora, el PAN la acuerpó porque es —aunque se avergüence y hoy quiera deslindarse de esa reaccionaria agrupación— integrante de su partido: participó en el gabinete panista de Vicente Fox entre el 2000 y 2006, después Jefa delegacional de Miguel Hidalgo por el PAN entre 2015 y 2018 y ahora candidata del menjurje llamado Frente Amplio que dirige Claudio X González y que es el que agrupa al PAN con PRI y el —a punto de extinción— PRD. Así que a la candidata que hoy reniega representar a su cuna azul, le pasa como aquello de que si grazna como un pato, camina como un pato y se comporta como un pato, entonces, seguramente es panista, digo, pato.

Por su parte el PRI no tuvo voz para oponerse ya que el acuerdo entre las mafias partidistas indicaba que las candidaturas a presidente y a

308

jefe de gobierno de la CDMX le correspondía elegir al PAN pues el PRI llevó mano meses atrás en las candidaturas del Estado de México y de Coahuila, así que por primera vez en su historia se quedó sin candidatura a la presidencia de la República. (Sobre la debacle de Alito Moreno como el peor y más perdedor presidente del PRI en la historia, hay material para un libro que hasta Aguilar Camín podría escribir)

Al PRD, por su parte, acostumbrado ya a la ignominia, tan solo le avisaron y dio por válida la figura de la panista Xóchitl Gálvez como su candidata. Esa decisión tan solo les representa la puntilla que da fin al otrora exitoso y comprometido partido que con el tiempo devino en comparsa del PAN. Ni antes en las candidaturas estatales de Coahuila y Estado de México o ahora en las de Ciudad de México o Presidencial tuvo voz o voto; se le relegó a pequeñas posiciones propias de su representación actual.

En pocas palabras, el Presidente López Obrador les (¿o será se?) "sirvió en bandeja de plata" la candidata al PAN, al PRI y al PRD.

Desconozco si más allá de la intuición política del presidente, él ya presuponía que a la carencia intelectual y pocas luces de la candidata de la derecha se sumarían errores garrafales en la campaña como el simple hecho de no haber llegado con una propuesta de campaña en vez de meras ocurrencias, incoherencias, chistes y bobadas. No contaba ¿o sí?, con que la Sra. Xóchitl además de la caricaturesca personalidad que se ha inventado; cometería —por ella misma— grandes errores como lo fue el involucrar a su familia en puestos de su organización y rodearse de los políticos más corruptos e ineficientes en la historia de las campañas políticas mexicanas en las últimas décadas.

No ahondaré más en la candidata porque a estas alturas aplica el que no hay que hacer leña del árbol caído. La campaña concluye en 6 semanas, la preferida del INE da traspiés un día sí y otro también, y después del 2 de junio "pagará los platos rotos" en el imaginario prianista para tener a alguien a quién achacarle sus derrotas.

¿Cómo juegan la partida los grandes líderes políticos de la historia? Así.

De un plumazo y con esa jugada estratégica el Presidente situó a la oposición en su irremediable verdad, sentó frente al espejo a cada uno de los partidos y la imagen que encontraron es la de Bertha Xóchitl Gálvez Ruiz. Cada uno se ve reflejado en su candidata, por una parte les dijo: es lo que son y es quien les representa, y además, y me parece es lo fundamental en este maquiavélico entuerto a que les sometió López Obrador, les demostró que todos ellos son iguales, que PAN, PRI y PRD son lo mismo y por lo tanto les llevó a compartir candidata. Touché.

Si a lo largo de los 5, casi 6 años que lleva gobernando López Obrador, se le ha tachado por parte de los opositores como un ignorante y poco preparado político; la lección que les ha dado, una vez más, es la que habla de él como el más diestro político mexicano de la actualidad, el que marca la agenda política y el que metió a los "experimentados" políticos prianistas a buscar —día a día— la punta de la hebra de la madeja que les representa la candidata seleccionada para ellos.

La gran jugada del presidente, hay que decirlo, tuvo ayuda. No existe una sola personalidad opositora que se encuentre al nivel de disputar la presencia, experiencia y preparación de Claudia Sheinbaum; no es que los partidos tuvieran una baraja de donde elegir; el embudo se va cerrando a partir de que el elector sería la mafia panista y se aprieta más cuando la definición pasaba por que fuera mujer.

La lectura de la situación la tuvo el Presidente y la ejecutó con precisión de reloj; lo que a él le sirve para hacer constatar que PRI, PAN y PRD son lo mismo y el nivel de representación que merecen; a la 4T le permite avanzar haciendo una campaña de propuestas, estructurada y sin errores.

Quienes dicen que el presidente López Obrador impuso a Claudia Sheinbaum se equivocan, olvidan del proceso que llevó a su elección; lo que sí se debe decir es que el presidente le designó a la oposición a Xóchitl Gálvez. Él y nadie más es el dueño de la válvula que la infló.

Ante ese complejo de genérica superioridad que presumen los conservadores mexicanos, ese que intenta descalificar, desvalorizar y degradar a los mexicanos; se les enfrentó el zoon politikón, el tabasqueño de Tepetitán, el gran elector de la Oposición.

La ironía de la ciudad

27 de abril, 2024

> Ya pasó la época en que la gente se
> identificaba ideológicamente con su
> hábitat, estar al día, seguir la moda,
> es toda la doctrina que se requiere.
> *Monsiváis, Apocalipstick*

Las instituciones que queremos construir, la transformación que llevamos a cabo, los grupos y comunidades que se integran o pretendemos integrar, incluso, nuestras relaciones personales, solo pueden entenderse en la medida que nos comprometemos a ello; no existen de manera independiente. La más progresista de las ciudades mexicanas no puede ser pensada como una en manos de un cártel de delincuentes dedicados al negocio inmobiliario. Esta es una ciudad de derechos, no de derechas.

El año 2021 es el último referente electoral de la Ciudad de México, Morena ganó 31 de los 33 distritos electorales en que se divide la ciudad pero solo 7 de 16 alcaldías. El 53% de los ciudadanos de la entidad son gobernados por Morena. El 47% que se llevó la oposición fue y es un duro golpe a la izquierda. Tres años antes Morena gobernaba 11 de las 16.

A tres años de distancia podemos hacer interpretaciones sobre ese resultado pero todo sea para concluir que pecamos de soberbia y que a muchos marcó la indiferencia envueltos en el triunfalismo de los constantes triunfos que desde el 2018 fuimos arrebatando —Estado tras Estado— a PRI, PAN y PRD. En esa ocasión los números fueron claros y ofrecen una explicación: Morena se confió, muchos que debieron hacerlo no salieron a votar; en cambio, los votantes prianistas sí lo hicieron (en 2018 la elección federal tuvo participación del 63.42%, en 2021 del 52%).

Si nos remontamos al 2015, en que Morena compitió por primera vez y obtuvo el triunfo en 5 de marcaciones, ese año fue el inicio de la salida del PRD de su preeminencia en la ciudad; su derechización —hasta acabar en un pleno amasiato con PAN y PRI le fue haciendo perder demarcaciones, las que mantiene son en base a presentarse como un Frente que abarca a los 3 partidos mayoritariamente con candidatos emanados del conservador PAN.

La conclusión es que la fortaleza de Morena se contrapone directamente, ya no con una pseudo izquierda como dice el PRD ser (apelando a las glorias pasadas en que vivió bajo el proyecto cardenista y después Lópezobradorista), sino con una derecha como la que representa el panismo y que es quien lleva el control de las alcaldías bajo los 3 cascarones de membretes en que se agrupa el Frente conservador.

Reconocer que las cosas que nos importan son frágiles y finitas y por lo tanto dependen de qué hacemos para cuidarlas es la tarea de los citadinos el 2 de junio. Porque ronda en el ambiente una idea patética: la posibilidad de triunfo del panismo en la jefatura de gobierno; en el mejor momento de la política social en Ciudad de México hay voces que dicen que ahora que los 3 partidos y los grupos que la patrocinan, abandonan a Xóchitl ante su inminente y estrepitoso fracaso volcarán todos los recursos a buscar un triunfo en la ciudad.

Cuando a López Obrador lo intentó desaforar el gobierno foxista, la ciudad se volcó a defenderlo; en 2007 la ciudad votó por aborto legal; en 2009 por matrimonio igualitario; es una ciudad de libertades que no puede quedar en manos de la derecha, sería una contradicción y una plena ironía. Esta es la ciudad de los desnudos de Tunick y la de los encuerados de los 400 pueblos en protesta por reparto de tierras; no es apta para mochos y mucho menos para cárteles inmobiliarios.

Pero ahora vivimos otros tiempos, la ciudad se ha derechizado, lograr un México Incluyente, en el que todos los ciudadanos tengan acceso a un piso básico de bienestar ya no es un ideal para muchos. Apoyar a quienes se encuentran en situación de pobreza, exclusión, marginación o desigualdad ya no les es un objetivo. Está demostrado que en los citadinos no hay diferenciación por clase social para votar por uno u otro, así que no podemos generalizar, en todas las clases hay wanabis desinformados porque en todos lados hay Xóchitls y Taboadas vestidas de rosa INE al acecho de voluntades fácilmente comprables.

El candidato panista representa la podredumbre del mirreynato conservador mexicano, es el prototipo del gandalla cínico enriquecido en los puestos públicos por los que ha pasado; es el "bisnero" al que emulan los aspiracionistas del triunfo fácil. Es paradójico que este representante del panismo signifique, al mismo tiempo, la debacle del conservadurismo mexicano, porque si ese es quien les representa es porque la derecha como la conocemos hasta hoy, se encuentra —ideológicamente— en fase terminal, pero también, irónicamente, con alguna posibilidad, aunque sea algo lejana, de asestar un golpe al modelo de política social que se ha construido desde la izquierda.

Fifís (como les gusta decir que son) o wanabis como les queda mejor, en una realidad y un cuerpo como el de cualquiera, son quienes pueden inclinar la votación hacia un lado o hacia el otro, lo que definan marcará el destino de la Ciudad.

Pretender comparar el proyecto de Clara Brugada con el de Santiago Taboada es un oxímoron de realidad y de futuro. Mientras que la primera representa la profundización de los derechos sociales y la instrumentación de políticas de sustentabilidad y bienestar social; el segundo representa al negociante inescrupuloso, al bróker, al del negocio de cuates, al junior empoderado listo a la "peda" de fin de semana. Taboada es la expresión del "*yuppie*", Brugada es la manifestación del trabajo en beneficio de todos.

Contrastar los resultados de ambos en sus últimos trabajos es la tarea mínima a la que los votantes ciudadanos deben enfrascarse; comparar Utopías con construcciones ilegales es necesario; comparar el trabajo de Clara en la alcaldía más poblada de la ciudad con el mayor fraude inmobiliario de la ciudad a cargo del grupo de Taboada es imprescindible.

Ante las próximas elecciones, la ciudad requiere un accionar urgente, queda poco más de un mes; la oposición volcará, como ya lo dije antes, todo su esfuerzo, dinero y trampas para quedarse con "la joya de la corona", esa que es la segunda entidad a nivel nacional con un mayor número de personas que pueden votar; es el principal motor económico del país y además es la sede de los poderes Ejecutivo, Legislativo y Judicial. Claudia Sheinbaum no puede quedar atada de manos en la convivencia que tendrá con quien gobierne la ciudad

Sí que la oposición se quede con las 3 o 4 alcaldías de su "voto duro"; pero la Ciudad —en su conjunto— no tiene futuro en la derecha; la Ciudad no está en venta.

Y se requiere un triunfo holgado porque después del 2 de junio seguirá el intento de judicializar los resultados. Vemos ya a un Instituto electoral de la Ciudad de México aliado con Taboada y sus secuaces al punto de "ordenar" la censura a frases que no se le pueden decir al candidato prianista. Dicen que no podemos hablar del Cártel Inmobiliario porque el señor se ofende; pues hay que decírselo una y mil veces, él representa al Cártel Inmobiliario. Los votantes del 2 de junio deben saberlo y actuar en concordancia.

El restaurante de Ciro

4 de mayo, 2024

…el brillo de la gloria achica la sombra
de la envidia y la hace desaparecer.
Plutarco.

El periodista Ciro Gómez Leyva quien trabaja para los medios de comunicación Radio Fórmula y Grupo Imagen (de amplia audiencia) dijo recientemente en uno de sus programas lo siguiente: una vez que concluya su gobierno el Presidente López Obrador: "AMLO no va a poder recorrer el país, no lo veo en un restaurante, un cine, un estadio de béisbol (un asistente o asentiente del periodista adicionó a esto último: ¡menos a un estadio de béisbol!)… es lo que cosechó… hay un 45% que lo reprueba y repudia… un tipo que ha hecho tanto por el culto a su personalidad. … El futuro del presidente López Obrador, si bien le va vivirá en su finca en Chiapas y si no le va muy bien La Habana, Cuba"

Después de escuchar tal zafiedad de inmediato me vino a la cabeza esa fábula que menciona José Ingenieros en *"El hombre mediocre"*: *"Un sapo croaba en su pantano cuando vio resplandecer en lo alto a una luciérnaga. Pensó que ningún ser tenía derecho de lucir cualidades que él mismo no poseería jamás. Mortificado por su propia impotencia, saltó hasta ella y la cubrió con su vientre helado. La inocente luciérnaga osó preguntarle: ¿Por qué me tapas? Y el sapo, congestionado por la envidia, sólo acertó a interrogar a su vez: ¿Por qué brillas?"*

Tal parece que al locutor se le da eso del todos son iguales para referirse a los presidentes mexicanos, el cree que todos son como Fox, o los escondidos en algún país Calderón y Peña Nieto, o aquel López Portillo a quien le ladraban en la calle. Él bien sabe que no es así, sabe perfectamente que López Obrador es una *rara avis* en la política mexicana, sin embargo le es imposible reconocerlo frente a sus oyentes por dos razones primordiales: es lo que le obliga decir la agenda de la derecha mexicana y es lo que le conviene insinuar a la campaña de la candidata panista que él y su grupo apoyan. El fingimiento de decirse imparcial y no tener candidata favorita —que es lo que diría el sapo-periodista— no es más que la bien conocida hipocresía de los conservadores mexicanos que juegan de neutrales.

315

Los datos y la realidad confrontan al Sr. Ciro, de manera contundente le abofetea ante el disparate dicho públicamente:

El presidente López Obrador tenía una aprobación, que nos muestra la empresa Polls que reune la información de todas las encuestas serias (https://polls.mx/aprobacion-presidencial/), del 62% a fin de abril, el Heraldo dos días después dice que 70% (https://heraldodemexico.com.mx/elecciones/2024/4/8/encuesta-covarrubias-asociados-claudia-sheinbaum-con-amplia-ventaja-592175.html) ,y más que eso muchas otras encuestas de casas formales. Según Morning Consult, el presidente se encuentra (desde hace muchos meses) en el segundo o tercer sitio de aprobación en todo el mundo (https://pro.morningconsult.com/trackers/global-leader-approval). Con esto me refiero a que los datos no acompañan la "preocupación" del señalado comunicador.

Y sin embargo, los datos son lo de menos ante la realidad que vive el presidente en su recorrido por el país; aunque le duela reconocerlo a Gómez, cófrade del círculo rojo (aquel grupo de comunicadores que representa los intereses de los dueños del país); el presidente es vitoreado en sus presentaciones públicas, es aclamado en cada pueblo y ciudad que visita, la gente lo busca, le pide fotos y autógrafos; es el *rockstar* de la política mexicana. Las transmisiones de sus conferencias diarias lo colocan como el streamer No. 1 de habla hispana. Cuestionar la popularidad y el afecto de los ciudadanos al presidente López Obrador es mera sandez del laureado locutor. Ahora, que si es amenaza pues un aviso: ni se les ocurra tocarlo, se les suelta el tigre y se los lleva candanga.

Aunque, siempre hay un aunque o un pero, tal vez tiene razón; López obrador será rechazado y vilipendiado al llegar a un restaurante, esta es la eventual historia que ronda su cabeza:

La realeza *(sic)* mexicana, mejor conocida como la descomposición conservadora organiza una cena en un afamado restaurante; Ciro es el asignado a preparar tal celebración (celebran que su candidata Xóchitl perdió solo por 20 puntos de diferencia y no por 30 como parece ser); él es el maestro de ceremonias y ocupa el sitial de honor (a sus jefes no les gusta el lucimiento, no vaya a ser que la DEA, SAT o INTERPOL los ubique), sí, el brillante y nunca bien ponderado Ciro es quien lo ocupa.

En el centro de la larga mesa Ciro —exultante y sudoroso ante tal privilegio— no porque sea el más importante del grupo como ya dijimos, sino porque es el patiño asignado en esta batahola poselectoral, sin cetro ni trono porque ya too much; a su lado Alito, Marko, (Zambrano del PRD ya no es requerido, ya fue), Xóchitl, Krauze, Dresser, Zuckerman, Loret, Alazraki, Lozano, Pagés, Beteta, José Cárdenas, Camín, (Casar no fue por que está desenterrando al suicidado marido), Córdova, Mendoza, Alatorre, Fox (llegó tarde, no le había abierto Martita), Álvarez Icaza, Cossío y en frente (¡Ay nanita!, como cantara Pepe Hernández): Claudio X González, Carlos y Ricardo Salinas, el Mencho, Larrea, Bailléres, el Chapito, Fernández, y el Alfredillo. Alrededor de todos ellos, muchos, cientos de guaruras, evitando los limonazos del vulgo.

El menú fue sustancioso y les cayó como anillo al dedo: De primero una nicaragüense Sopa de muñecas (si no para abrirles el apetito si por lo menos el labio); después un Pejelagarto que a más de uno se le atragantó; surtido de postres: Raspado de anís y Cremitas de Techolalpando y de bebidas: Atole con el dedo y Cubas a la Felipe.

Don Ciro tiene razón, no tiene que imaginarlo, es un hecho que López Obrador no sería bienvenido al festín. De hecho, al mismísimo presidente le daría vergüenza la vapuleada que les pondrán a Ciro y sus secuaces los del otro lado de la mesa. Tiraron inmensos recursos, corrompieron a todos quienes pudieron, inflaron con publicidad, mentiras y encuestas de *massive caller* a la Sra. Xóchitl mientras que Claudia Sheinbaum —tan campante ella y sin voltearlos a ver —les arrasó en la contienda.

Es una cena amarga, López Obrador no es invitado, Ciro sí (*I rest my case*, como dicen los gringos); al final entre los comensales se aplauden, tienen 6 años para dedicarse a entorpecer el trabajo de Claudia y después la historia se repetirá cuando la Cuarta Transformación pase a su tercer sexenio.

Goethe decía: *"No hay más que un paso de la envidia al odio"*. Yo me pregunto si no es al revés, pasaron de odiarlo a envidiarlo.

Lo siento Don Ciro, parafraseo al citado José Ingenieros: usted no brilla, ese es su destino, el destino suele agrupar a los envidiosos en mafias de odio, allí es que desahogan su pena íntima difamando a los envidiados y vertiendo toda su hiel como un homenaje a la superioridad del talento que los humilla.

López Obrador será recordado como un gran presidente y también como el hombre que puso en su lugar a quienes por décadas trataron

317

a los ciudadanos como estúpidos en los medios de comunicación que encabezan; les recordó que antes del 2018 se enriquecieron del presupuesto público, que son chayoteros consumados y que efectivamente él no va sus convites.

Su no programa es su programa.

11 de mayo, 2024

Los sabios hablan porque tienen algo que decir,
los tontos hablan porque tienen que decir algo.
Platón

El 2 de junio hay elecciones, hay dos grupos opuestos entre sí, dos ideologías, dos formas de entender el mundo, dos visiones contrarias: una que propone y la otra que prefirió guardar silencio. Un silencio que avergüenza a sus votantes —o debiera hacerlo— porque les dice: no tengo nada que decirte, no tengo nada que ofrecerte, soy el pasado que agravió a este país, soy el pasado que te convenció de no pensar, soy el pasado visible dueño de la fábrica de pobres, soy el pasado que te deja sin esperanzas, soy el pasado que hoy te dice, una vez más, vota por mí.

La campaña de PRI, PAN y PRD se sustenta en no proponer nada; proponer es la palabra con origen en el vocablo latino proponere que alude a realizar propuestas, el prefijo pro (adelante, a favor) y el verbo ponere que nos habla de colocar o insertar, ideas en este caso. La campaña de los opositores no propuso nada, porque decir NO a todo, decir precisamente lo contrario del oponente a manera de llenar de palabras los espacios mediáticos, no es proponer. La abstención de pensar, de crear una narrativa de ¿por qué queremos gobernar? habla más del grupo de votantes al que se dirigen que de un planteamiento político. Definieron que sus votantes son mujeres y hombres pusilánimes a quienes no hace falta convencer de un proyecto porque se convencen a sí mismos en la simpleza del miedo sin sustento, en el reforzamiento de su prejuicio clasista y en el irracional wanabismo inducido en la (in)cultura sembrada por el neoliberalismo.

En el siglo XVIII se fundó una doctrina económica que dice que el sistema económico funciona mejor sin la intervención del Estado, es conocida como Fisiocracia. Explica que la no injerencia de los estados en asuntos económicos la resolvería una mano invisible por la cual la suma de los egoísmos responsables (así como lo leen) redundaría en beneficio de la sociedad y el progreso de la economía. De esta escuela surge la frase en

319

francés "*Laissez faire et laissez passer, le monde va de lui même*", que en español se traduce: "*Dejen hacer y dejen pasar, el mundo va solo*".

Políticamente, el resumen de la campaña del Frente rosa INE, de esa deleznable agrupación "Fuerza y Corazón por México" que presenta a Xóchitl Gálvez como candidata; representa un *laissez faire*, un no se muevan, algo nos caerá, la inercia política, los dineros de las élites económicas, el voto duro de los que cobran sueldos, canonjías y *business* de los partidos agrupados y —sobre todo— la masa de votantes desinformados que duermen en los laureles de la ignominia racional son esa mano invisible que les aportará la cauda de algunos millones de votantes.

Porque, ¡carajo! de qué otra forma entender que personas como cualquiera —que todos conocemos— jodidos económicamente, endeudados, arañando para poder llegar a la quincena, que ven las puertas de las Universidades cerradas para sus hijos, que ven que su mejor futuro es una empobrecida pensión, que ansían llegar a cierta edad para recoger un apoyo social, hoy se plantean votar por ese modelo depredador que representa la señora de las gelatinas.

Hay que reconocer que esa forma de hacer campaña, de NO hacer campaña, les funciona (con el resultado que tendrán y del cual nos estaremos burlando en tres semanas más) porque su perfil de votantes no requiere programa ni propuesta alguna. En alguna otra columna mencioné y lo reitero ahora: no solo nos encontramos con la peor candidata en la historia política mexicana sino con la peor oposición; el peor grupo de ciudadanos en la historia de la civilidad democrática del País. Hay que acordarse de este grupo, la historia les recordará quienes son, cómo se comportaron y cómo es que se hundieron en la desvergüenza de apostar por ser parte de un entreguismo a las peores causas. Al proyecto de quienes acuerpan a Xóchitl Gálvez le es suficiente con que cualquier mequetrefe crea que es *"parte de ellos"* y no se vea como ciudadano del fabuloso país que es México.

El arte es inútil, la filosofía es inútil, el civismo es inútil, hablar de valores es inútil, si dejamos que el mundo ruede —debe pensar la Oposición— la criba natural nos arrojará algunos saldos, algunos votos; eso debe ser suficiente. No construyamos nada, intentemos destruir al de enfrente, algunos muertos tendrá, algunos votos ganaremos. La poesía es inútil, decir como dice Acción Poética: *"Basta de pensar mucho y sentir poco"*, *"Yo creo un mundo mejor"*, *"Algún día es mucho tiempo"* es inútil; la pintura es inútil, la canción es inútil, que ninguno de nuestros *"naturales"* votantes se distraiga en pensar para que nos caigan unos votos.

En una veintena de días estaremos frente a las urnas, unos y otros, ese día en la noche unos nos iremos a dormir sonrientes sabiendo que inicia el segundo piso de la Transformación que busca un mejor país; otros se irán a dormir como lo hacen cualquier otro día: sin entender que no entienden.

Todos, eso sí, todos, con un proyecto que provee de nuevos derechos sociales y que acaba prácticas que provocaron pobreza y desigualdad. Todos con el derecho a cobrar mejores pensiones, todos con el derecho ganado a recoger su pensión de adultos mayores, todos con el derecho de recibir mejores salarios y mejores beneficios laborales. Porque para ese todos es que se construyó la propuesta del gobierno que encabezará Claudia Sheinbaum como hace 6 años se construyó la de López Obrador. Porque ese todos recibe y recibirá los beneficios de la Cuarta Transformación, aunque solo unos luchen por ellos y los otros voten por Xóchitl y lo que representa.

La aristocracia del bufón

25 de mayo, 2024

Un intelectual que no comprende
lo que pasa en su tiempo y en su
país es una contradicción andante.

Rodolfo Walsh

Enrique Krauze y Héctor Aguilar Camín son los gurúes de la cultura mexicana contemporánea, vamos, no es cosa de risa porque que así se presentan ellos; los dos como cabeza de sendos grupos de *"intelectuales"* de —por cierto— muy mala memoria. Acostumbrados a servir al poder, a hacer caravanas y hacer reír al gobernante en turno, cambiaron la honestidad intelectual por el enriquecimiento propio de ellos y de sus negocios editoriales.

Durante los sexenios de Vicente Fox, Felipe Calderón y Enrique Peña Nieto las revistas, folletos y otras publicaciones editoriales de Krauze y Aguilar Camín recibieron más de 530 millones de pesos del gobierno. Existen documentos probatorios que Aguilar Camín recibió cheques del gobierno del ex presidente Carlos Salinas a cargo de la partida secreta de presidencia. Existe también la evidencia de que tanto a las revistas Nexos de Aguilar Camín y Letras Libres de Krauze, se les "compraban" decenas de miles de ejemplares mensualmente, mismas que ni siquiera tuvieron que imprimirse porque todo fue parte de la farsa "intelectual" del neoliberalismo a cargo de estos dos bufones del poder.

Durante la Edad Media, los bufones cumplían un importante papel frente a la realeza, por una parte tenían el privilegio de ironizar sobre las autoridades y el mismísimo rey, lo que les permitía convertirse en la correa transmisora de los dichos del pueblo. Los bufones modernos, como estos vetustos y misóginos intelectuales mexicanos en cambio, utilizan la provocación y el escándalo para hacerse oír y ver por el poder, pero esconden lo esencial, su condición de prestanombres al servicio de los grandes grupos corporativos que les patrocinan. Ya no es el poder público, ahora son los grupos fácticos quienes les contratan y quienes les marcan la agenda que ellos traducirán en "exquisito" arte y palabrería.

322

Esa intelectualidad que no lo fue (si nos apegamos al significado de la palabra) y en cambio sí puerta abierta para el saqueo de recursos públicos, ni se acota a esos sexenios ni se agota en la compra de publicaciones, alcanza también la distribución de puestos públicos relacionados con las áreas culturales y diplomáticas de todo el gobierno federal, entidades educativas, universidades y gobiernos estatales.

Así que, ¿por qué pensamos que pudieran estar a favor de la Cuarta Transformación que les secó los recursos a que se habían acostumbrado? Ellos dos y todos aquellos —sus intelectuales orgánicos— que fueron cooptados con recursos, becas, publicaciones y privilegios, son la camarilla ruidosa que, abusando de su voz en medios públicos y privados, se presenta como los antagonistas a las ideas y nuevas formas de hacer y pensar en la política. Son ese grupo de 250 que recientemente firmaron un desplegado diciendo —en realidad amenazándose— que votarán por la señora de los chicles y las gelatinas.

¡Touché!, nunca un desplegado tan claramente identificado entre los representados y quien les gustaría les represente. No es un tema de cultura o intelectualidad es un tema de negocios al amparo del poder.

A la derecha y el resto de conservadores mexicanos (es decir que incluyo tanto a la ultraderecha cercana al fascismo como a los progres buena ondita de la *"izquierda"* que se viste de rosa y votará por Xóchitl Gálvez); hay que recordarles —ahora que les gusta tanto hablar de polarización— que fue Krauze y su *"Mesías tropical"* y el haber sembrado, por esa intelectualidad que les representa, la idea del *"peligro para México"* lo que confrontó culturalmente los dos modelos del actuar político en que vivimos. Aclaro que digo y subrayo *"culturalmente"* porque la única polarización real y contundente es la de la desigualdad y la pobreza.

Despidamos pues a la aristocracia intelectual —a los más famosos escritores y publicistas de los sexenios pasados— del impresentable régimen corrupto que permitió que la educación, libros de texto, escuelas y proyectos culturales estuvieran cooptado en pocas manos y con un único sentido mercantil; solo así se explica el servilismo que tuvieron durante el neoliberalismo y el encono que tienen frente a un modelo que intenta cambiar todo aquello que se hizo mal.

Ellos, ese grupo encabezado por la bufonería, es el responsable de intelectualizar o más bien culturizar a la manera televisa y azteca. No hay sorpresas de su enojo, su ataque es despiadado y les durará no solo una semana más, porque aunque a partir del 2 de junio abrirán los ojos para darse cuenta que tendrán 6 años más de sequía en sus bolsillos, aún tienen mecenas suficientes para seguir fastidiando a cualquier gobierno y cualquier proyecto que no les pague. No sé si lo suficiente para mantener bajo control y seguir manipulando al resto de abajo firmantes de su círculo cerrado de la élite intelectual, pero sí para seguir haciendo ruido.

¿Qué querían esos intelectuales, además de dinero y poder? Establecer ese modelo que tantos frutos dio a los gobiernos en turno: evitar la crítica social. Ante la reiterada aceptación y explicación de los sucesos políticos y sociales por parte de estos jerarcas culturales, si ellos decían que todo estaba bien y justificaban con sus elevadas teorías cualquier acto de gobierno provocaban que los medios —al unísono— asintieran y siguieran con el discurso a favor del régimen en turno.

Mientras tanto, para ellos nosotros somos idiotas, no alcanzamos su nivel de suma inteligencia, así se expresan, así lo dicen; somos ese naco no solo social y económico sino también cultural; le atinan únicamente en que solo ellos disfrutaron de los privilegios que les proveyó la cercanía y sumisión al poder.

Desde un punto de vista ideológico, parece ser una novedad histórica definir al adversario dialéctico como "idiota" en vez de abordar sus ideas. Desde un punto de vista histórico no; ya es tradición: (des) calificar al otro para perpetuar su opresión. Estas ideas responsabilizan a los oprimidos de su opresión y al mismo tiempo niegan la existencia de ésta. Legitiman un orden heredado de un pasado (del que no quieren que se hable) en nombre del futuro progreso (que ellos ofrecen y ahora sí cumplirán). Adiós bufones, adiós aristocracia cultural, no doblegaron al gobierno de López Obrador, menos lo harán con el de Claudia Sheinbaum. Ustedes tan Derbéz, nosotros tan Bradbury.

¡En esta esquina..!

1 de junio, 2024

El triunfo de la reacción
es moralmente imposible.
Juárez

La pelea más corta de la historia duró 4 segundos, es el tiempo que requirió el estadounidense Mike Collins para derrotar a su compatriota Pat Brownson en 1947. Si las elecciones de mañana fueran una pelea de box, Xóchitl Gálvez se llevaría el récord de la perdedora más veloz en la historia, basta con que a las 8 de la mañana se abran las casillas electorales para en un segundo hablar de su derrota, esa que construyó desde aquel 3 de julio en que el presidente López Obrador dijo que ella (a quién él se encargó de inflar) sería impuesta como la candidata de la oposición en las elecciones federales del 2024.

Como dicen los presentadores de las peleas de box:

En esta esquina…

De pantaloncillo rosa taimado, Xóóóóóóchitl Gáááááálvez; dice que indígena pero dice que blanca pero dice que hija de padre borracho pero dice que más bien que le inculcó valores, pero dice que vendía gelatinas, pero dice que es ingeniera, pero dice que la pendejió cuando plagió su tesis, pero dice que se hizo millonaria con su trabajo, pero dice que los contratos que se dio mientras fue funcionaria pública fueron legales, pero se dice candidata ciudadana, pero la presentan PAN, PRI y los chuchos del PRD. Ingeniera en computación por la UNAM.

Peleas anteriores: Titular de la Oficina de Representación para el Desarrollo de los Pueblos Indígenas y Directora general de la Comisión Nacional para el Desarrollo de los Pueblos Indígenas en el gobierno panista de Vicente Fox. Jefa delegacional de Miguel Hidalgo por el PAN. Senadora por el PAN (Le avergüenza decir que es panista).

De pantaloncillo rojo vino, Claaaaaaaudia Sheeeeeeeinbaum; mexicana nacida en 1962, Licenciada en Física por la UNAM, Maestra en Ingeniería de la energía por la UNAM, Doctora en Ingeniería Ambiental por el Lawrence Berkeley Laboratory en Estados Unidos. Ha publicado numerosos artículos científicos. En 1995 se incorporó al cuerpo académico del Instituto de Ingeniería de la UNAM. Egresada del Programa de Estudios Avanzados en Desarrollo Sustentable y Medio Ambiente (LEAD-México) del Centro de Estudios Demográficos, Urbanos y Ambientales y es egresada del Programa de Estudios Avanzados en Desarrollo Sustentable de El Colegio de México; miembro del Sistema Nacional de Investigadores y de la Academia Mexicana de Ciencias. Miembro del Grupo Intergubernamental de expertos sobre el Cambio Climático de la ONU, galardonado con el Premio Nobel de la Paz.

Peleas anteriores: Integrante del CEU de la UNAM, brazo juvenil fundador del PRD. Secretaria del Medio Ambiente del Distrito Federal en el gobierno de Andrés Manuel López Obrador. Vocera en las elecciones de 2006 en el equipo de López Obrador. Secretaria de Defensa del Patrimonio Nacional del conocido como "Gobierno Legítimo", encabezado por López Obrador. En 2011 participó en la constitución del Movimiento de Regeneración Nacional(Morena) como Asociación Civil. Jefa delegacional en Tlalpan. Primera mujer electa jefa de gobierno de la Ciudad de México (Se enorgullece de decir que es Morenista y Lópezobradorista).

Sus programas:

El de Claudia Sheinbaum se llama 100 pasos para la Transformación, se preparó en base a los Diálogos para la Transformación que se llevaron a cabo en todo el país con diferentes grupos sociales. Entre sus asesores: Javier Corral Jurado, Gerardo Esquivel Hernández, Omar García Harfuch, Altagracia Gómez Sierra, Susana Harp, Jorge Marcial Islas Samperio, David Kersenovich, Lorenzo Meyer Cosío, Irma Pineda Santiago, Rosaura Ruíz Gutiérrez, Olga Sánchez Cordero, Violeta Vázquez, Arturo Zaldívar, José Merino, Diana Alarcón González, Juan Antonio Berdegué.

El de Xóchitl se desconoce, a veces es todo lo opuesto a lo que haga el gobierno actual, a veces es lo mismo pero «mejorado». Sus asesores: Alito, Marko Cortés, Carlos Alazraki, la dupla Vampipe y Chumel, Kenia López, Lily Téllez y Vicente Fox (o algunos así).

Dos figuras tan opuestas tanto en su educación como en su experiencia son quienes se presentan en este evento con un resultado que, aunque usted no lo crea, se definió por nocaut antes de que inicie. La derrota que tendrá Xóchitl Gálvez representando a PRI, PAN, PRD, medios de comunicación, intelectuales (*sic*), coparmex, Claudio X, Iglesia católica, mafia inmobiliaria, mafia de narcotráfico, mafia huachicolera, mafia farmacéutica (parece rosario) será la mayor que este conglomerado habrá tenido en cualquier momento de la historia de México.

Esta es una columna breve, todo está dicho y las cartas están ya sobre la mesa; las casas de apuestas dan como ganadora a Claudia 95% y a Xóchitl 5%. El lunes tendremos a Claudia ganadora y a Xóchitl explicando cualquier barrabasada mientras que veremos a los *"machuchones"* de los partidos que la acompañan cómo le irán dando la vuelta poco a poco.

Por mi parte, también es breve porque en los años que llevo escribiendo esta columna semanal, expuse reiteradamente que esto pasaría; que ante la peor oposición que hemos tenido y con la selección de la peor candidata que pudieron elegir, lo que le sigue es la peor derrota que tendrá PRI, PAN y PRD en su historia.

Como bien decía el filósofo francés, Jean Paul Sartre: *"La perspectiva permite el juicio, la comparación, la reflexión"*. En 24 horas estaremos votando, que el voto sea visto con perspectiva y que con la claridad que nos da la comparación de las dos candidaturas, la reflexión atinada es votar por Claudia.

Esta columna tiene dedicatoria: a familiares y conocidos que me excluyeron (y a mi íntima familia de rebote) de los entornos acostumbrados por argumentar y expresar mi opinión política. El dilema entre participar de este proyecto transformador y nadar de muertito y queda bien, parafraseando al rey Enrique IV de Francia: *Bien vale una misa.*

La marea y el tsunami

15 de junio, 2024

Como el aire al pájaro o el agua al
pez, así el desprecio al despreciable.
William Blake

El 2 de junio los ciudadanos votaron por 20708 cargos en todo el país. El tsunami de Morena ganó en la inmensa mayoría en la que, por supuesto, sobresale presidencia, senado, cámara de diputados, gubernaturas y jefatura de gobierno, pero además alcaldías, presidencias municipales, regidurías y congresos locales. Como resultado, en menos de una década el movimiento de la Cuarta Transformación, es quien gobierna a la inmensa mayoría de México. Si esto no es un tsunami habrá que buscar otra definición (al tsunami).

La marea rosa —en cambio— acabó siendo la representación absoluta de la holgazanería intelectual y la soberbia política. Perdió todo —o casi todo— lo que se podía perder.

Una de las características de las mareas es que son previsibles, se sabe cómo y cuándo ocurren; a diferencia de lo que caracteriza a los tsunamis, esto es que asuelan a partir de impredecibles sismos y que si no se previenen en tierra, pueden causar una destrucción generalizada al golpear el agua las costas.

En la Cuarta Transformación no hay sorpresa de lo sucedido el 2 de junio; apegados al guion y su definición, el resultado de la marea nos era previsible; cada paso que dieron no fue sino el camino trazado a la peor derrota política de las últimas décadas. El panorama político muestra la disminución —caída libre más bien— de los votantes de PRI, PAN y PRD (que desaparece finalmente).

A los votantes rosas el tsunami, también apegándonos a su definición, les causó una destrucción generalizada, en sus proyectos, en sus miedos y en lo que creían que iba a pasar; fueron engañados semana tras semana y les hicieron creer que tendrían un triunfo arrollador.

Hay una forma muy simple de entender lo anterior: todos los partidos políticos y gobierno conocían los resultados de todas las encuestas, todos tenían la misma información, todos sabían la proyección del resultado; ¿Por qué a los marchistas rosas no se los dijeron y les hicieron creer que la situación era otra? Esa respuesta la debe encontrar cada rosado viéndose al espejo y resolver si es, se hace o para los líderes de sus partidos y su candidata solo tienen cara de…

De un lado, presidentes, reyes, primeros ministros y representantes de todo el mundo saludan y felicitan a Claudia Sheinbaum por su contundente e inapelable triunfo, por el otro, Xóchitl Gálvez asume el papel de víctima y hace un tour de cínica despedida en medios de comunicación ofreciendo su compungida cara a quienes la invitan. No es sorna pero sí es burla. Mientras la excandidata, los jerarcas partidistas, sus voceros y los medios de comunicación que le hicieron su campaña (si así se le puede llamar a lo que vimos esos tres meses), no se disculpen de todas y cada una de las ofensas con que agredieron a la candidata de Morena y sus votantes, lo que corresponde es una absoluta burla y desprecio a su fracaso.

Yo no creo en reconciliaciones ni amagos de borrón y cuenta nueva; yo creo en que una vez que quedó claramente establecido que la marea rosa no es más que la suma de opiniones y conceptos clasistas, vulgares y escatológicos lo que sigue es una marcada línea roja para no permitir que se suban al movimiento de la Cuarta Transformación, a los gobiernos que se ganaron y a cualquier posición que por "cortesía" se les pudiera otorgar.

La herida es muy profunda; dos semanas después de las elecciones la ignorancia conceptual de la marea se mantiene, lo que se vale porque no es obligado entender ni de política ni de sociedad, sin embargo se acompaña del mismo clasismo, racismo y ramplonería que usaron —para justificar o explicar el éxito que veían venir— antes de…

Y después de… a pesar de esa gigantesca ola que les inundó —ahora para justificar su naufragio— mantienen el mismo discurso ilógico, necio, insensato e ignorante.

El tsunami está formado por ideas: *"abrazos no balazos"*, *"humanismo mexicano"*, *"prosperidad compartida"*, *"por el bien de todos primero los pobres"*, *"no tengo derecho a fallar"*, *"el pueblo es sabio"*, *"se acabó la frivolidad como forma de gobierno"*, *"no llego sola, llegamos todas"*, etc. ideas que no son para todos; no cualquiera las entiende. Ese pueblo chairo, ignorante y come croquetas —como nos dicen— sí.

La marea está formada por estereotipos y prejuicios: *"sí, la pendejié"*, "los indígenas quieren vivir como están", *"títere de amlo", "narco candidata", narco presidente", "kk´s", "que se vaya a la chingada, la odio", "no contraten chairos ni feministas", "no den propinas"* y esos seguidores que marchan físicamente o moralmente de rosa sí los entienden, los adoptan y se adaptan a ellos. Esa marea rosa se ha convertido en el sustento de la violenta ultraderecha de México.

La marea reúne odios, rencores e ignorancia extrema; siguen diciendo cosas como que México está de luto porque ganó Claudia Sheinbaum; se siguen preguntando si México está preparado para ser gobernado por una mujer; si la gente está capacitada para elegir a jueces y ministros; en sus cuentas alegres dicen que como hay 100 millones de electores y solo el 36% votó a Claudia, el 64% la odia tanto como ellos; siguen hablando de la cubanización y venezualización que viene (me quedé en que ya había llegado).

El tsunami de Morena tendrá un día de campo, eso sí, les arrasa en otro lenguaje, no en el suyo, no el de marea rosa; el que se usa es el que explica el salario mínimo, el ingreso económico de los más pobres, la reducción de la pobreza laboral, la subida de ingresos de toda la población ocupada (es decir formal o informal), la caída de la desigualdad, en resumen en el incremento en el bienestar de la mayor parte de la población.

Tal parece que tendremos otros seis años de confrontación entre dos modelos, el mayoritario del tsunami de ideas que gobierna y la disminuida marea rosa de monomanías que *"no se halla"* en un México exitoso para todos. De algunos, tendremos que seguir escuchando y leyendo sus frases inconexas y su ilógica verdad, de otros la vergüenza del silencio evasor que prefiere simular que no pasó nada, que todos son iguales y la vida continúa.

Sí, que se reelija.

13 de julio, 2024

Ladrones roban millones, y son grandes señorones.

Alejandro Moreno (Alito), gobernador de Campeche de 2015 a 2019, cliente frecuente de las cirugías plásticas, acusado de malversación de fondos por más de 4000 millones de pesos es el presidente del PRI desde el 2019. Hace unos días organizó una asamblea en la que —junto con sus allegados— logró modificar los estatutos de su partido para permitir su reelección hasta el 2032.

El 3 de julio de 2000, México amaneció con lo impensable hasta entonces: el PRI perdía el poder después de 71 años. A partir de ahí vino la decadencia para llegar al punto de insignificancia en el que se encuentra a partir del 3 de junio de 2024.

Muchos son los factores que contribuyen en el ocaso del otrora poderosísimo partido que gobernó México por más de 70 años. Se puede hablar del fracaso económico Lópezportillista, del fascismo diazordacista y/o del entorno corruptor que desde el gobierno de Miguel Alemán en 1946 se estableció como forma vivencial de los políticos mexicanos. Pero si hay que destacar uno como el principal es —sin lugar a dudas— el hartazgo ciudadano por el modelo neoliberal que, en mancuerna con el PAN, lograron establecer en México a partir del gobierno de Miguel de la Madrid en 1982.

La historia de aquel PRI postrevolucionario, fundado por Plutarco Elías Calles como Partido Nacional Revolucionario (PNR), refundado por Lázaro Cárdenas como Partido de la Revolución Mexicana (PRM) y vuelto a refundar por Manuel Ávila Camacho como Partido Revolucionario Institucional (PRI) explica en parte el México moderno: hasta antes del neoliberalismo con aciertos en la creación de instituciones como IMSS, INFONAVIT e ISSSTE.

A partir del fundamentalismo de mercado —ese neoliberalismo del que se enamoró la camarilla de De la Madrid, Salinas, Zedillo, Fox, Calderón y Peña Nieto— la debacle nacional: crecimiento de la pobreza, desigualdad e inseguridad. Todo lo que tocó el neoliberalismo lo convirtió

331

en podredumbre, las pocas mujeres y muchos hombres que participaron cogobernando ese modelo se corrompieron, con honrosas excepciones, hasta la médula, no hubo político pobre, como acuña el priista Hank, *político pobre es un pobre político* (Al hablar del priísmo incluyo a Fox y Calderón porque aunque panistas mantuvieron el mismo modelo, y como bien se les dijo y repitió el presidente, ambos partidos son lo mismo (o expliquen si no a la botarga rosada como candidata de ambos institutos)).

El mismo presidente Peña Nieto, en un arranque de sincero cinismo osó decir que la corrupción era un asunto cultural, proyectándose a sí mismo y a las élites políticas y económicas que le manejaban.

Detrás de la reforma a los estatutos priistas que impulsó Alito el reeleccionista, no hay alguna razón de peso, tan solo una razón del manejo y distribución de ¡12 mil millones de pesos! que se estima es lo que recibirá de financiamiento público el moribundo partido en los siguientes 8 años. Porque no importa que esté agonizando porque los dineros le llegarán, por supuesto, eso también pasará. Además que algunos mal pensados creemos que controlar el PRI y haberse otorgado una Senaduría para los próximos 6 años le da el fuero suficiente para evitar que la justicia le persiga. Pero como digo, eso es cosa de mal pensados, porque Don Alito no es que quiera echarse a la bolsa harta lana y tener fuero, simplemente tal vez, solo pretende beneficiar e iluminar con su sapiencia el destino nacional.

Eso sí, ese Alito, el que se quiere reelegir, tiene sus logros: desde que asumió la dirigencia nacional ha demostrado ser un original perdedor. Ha llevado al tricolor a la derrota en 11 gubernaturas, en 2021 perdió las gubernaturas de Sonora, Sinaloa, Zacatecas, San Luis Potosí, Tlaxcala, Colima y Campeche (del que él fue gobernador). En 2022 perdió Hidalgo y Oaxaca, y en 2023 el Estado de México. Gracias al PAN hoy gobierna únicamente dos estados, en 2018 el PRI gobernaba 17.

Entre 2020 y 2023 el PRI perdió más de 650 mil afiliados. En la Cámara de Diputados, cuenta con tan solo 49 legisladores, 11 de mayoría relativa y 38 de representación proporcional, es decir el 9.8%. En el Senado de la República, el PRI solo tiene 9 de 128 escaños.

El pasado 2 de junio se completó el daño de su gestión: respecto a 2018, el partido pasó de nueve a 5 millones de votos en la elección presidencial.

Con esos logros el hombre se busca reelegir, con esos logros lo hará porque ha cooptado a la mayoría de aquellos que tienen derecho a voto. La purga de quienes se le oponen se ha dado de dos formas, la mera expulsión o la salida motu proprio de quienes saben que ese barco ya se hundió.

Alejandro Moreno, el reeleccionista, suma demandas y señalamientos por corrupción y enriquecimiento ilícito, desvío de recursos y violencia política de género. Son tantos los negativos que suma este dirigente del otrora importante partido, que sumado a su fracaso de gestión bien se puede afirmar que es el político más fracasado y con mayores negativos en la vida política del país.

Si los priistas tienen a este dirigente es porque les resuena, les hace sentido, les identifica, si la oposición conservadora va de la mano —en esa malformación rosa— con este dirigente sucede lo mismo, les hace verse en su propio espejo, se ven tal cuál son.

Sí, que se reelija, mientras no haya una oposición pensante, decente y digna de un país como México, mientras los de rosa se sigan viendo el ombligo; es justo que su liderazgo sea ejercido por uno de los peores dirigentes partidistas de la historia.

En la 4T le extendemos nuestros parabienes al enterrador del PRI.

La necia insensatez

28 de julio, 2024

Saber perder por la buena, es democrático, aunque duela en el alma.

Ganamos con 36 millones de votos y eso nos alcanza para el plan C, ese plan que les advertimos sucedería. Y ese plan y esa votación nos da para tener la mayoría que tendremos y que intentan robarse; pero así como no se pudieron robar la elección ante el tsunami ciudadano que barrió con su mareíta rosa; esta mayoría o sobrerrepresentación que le quieren llamar, nos da para la reforma judicial y todas las que proponga el partido y la presidenta. Prepárense para los próximos 6 años.

A la oposición le da el soponcio reconocer el tamaño de su derrota, buscan esforzadamente que no lo parezca, porque necesitan vender a sus seguidores la idea de que no fue para tanto, que no perdieron tanto y que en una inexplicable nebulosa los votos y los resultados no son lo que son, no son lo que dicen, ni dos más dos es cuatro.

Tienen el cinismo de plantearles a sus rosados oyentes —como una posibilidad— la nulidad de la elección y si ya no se puede pues por lo menos que la distribución de diputados como resultado de los votos sea o aparente ser una mera sobrerrepresentación ilegal.

Se repite lo que ya hemos vivido en estos 6 años anteriores, un discurso plagado de mentiras para satisfacer los oídos de quienes les escuchan, ellos mismos entre ellos mismos; ya sea por ingenuidad, por desinformación o por no aceptar su derrota, pero mantienen un grupo de incondicionales que continuará aceptando las palabras de los mismos líderes que les llevaron a la mayor derrota en la historia política en décadas.

Dos temas están en su agenda de este mes, hablemos de ellos:

Sobre la nulidad de la elección del 2 de junio, la Comisión especial del Tribunal Electoral del Poder Judicial de la Federación revisa el galimatías que le presentó PAN, PRI, PRD, la señora Xóchitl, Alito, Marko y demás suma política, y su conclusión que ya adelantó en el proyecto que publicó es que de eso nada, resolvió que el triunfo de Claudia Sheinbaum en la elección presidencial es válido. Y específicamente responde a sus dos *"acusaciones"* que:

• No es posible tener por acreditada la intervención sistemática y reiterada de parte del Presidente de la República en apoyo de una excandidata y en contra de otra".

• Y se considera infundado que hubiera incidencia del crimen organizado o de sindicatos en la elección presidencial.

Entonces, si hoy hablo de esto no es porque todo el país y el mundo no sepamos que ganó Claudia Sheinbaum, sino porque a la grey opositora le siguen vendiendo espejitos que gustosos compran y sí se creen que la elección se pudiera anular. Así que en este primer asunto de la impugnación para lograr la nulidad de la elección, la oposición, en pocos días veremos que nos hace lo que el viento a Juárez.

En este tema como en el siguiente lo que hay es un enorme problema: la deshonestidad de los opinólogos de la Derecha y los medios comerciales que se prestan a su difusión.

El otro asunto en su lista de la semana, es el de la mentada sobrerrepresentación, aquí como en el anterior, si no hubiera las mentiras que se han dicho al respecto, como dicen los abogados: no habría materia para la Litis. No podemos estar discutiendo un asunto que es muy claro en la Constitución: la forma en que se asignan los diputados plurinominales a los partidos, sin antes decirles a los comentaristas, teleintelectuales y opinólogos de la derecha que mienten, por ahí hay que empezar.

El lamento opositor más o menos dice así: ¡Nos quieren fregar con las reglas que nosotros pusimos! Estas reglas que están en la Constitución y en el Cofipe (Código Federal de Instituciones y Procedimientos Electorales) están desde 1996 (aprobadas por la mayoría priista de aquel entonces) y el 2008 en que eliminaron la fracción que hablaba de coaliciones para dejarla en partidos.

Y con estas leyes hemos transcurrido todas las elecciones, la del 2009, la del 2012, la del 2015, la del 2018, la del 2021 y la recién pasada del 2024.

Pero como no pensaron que su desastre sería tan espantoso, pues todo bien; después del 2 de junio y al ver la minimización en que quedaron pero sobre todo, pretenden darle la vuelta pidiendo al INE (ese que no se toca) que se viole la Constitución y que cambie las reglas que ha seguido en cada elección.

La constitución dice que los votos se reparten entre los partidos políticos, no en las coaliciones. Las reglas fueron puestas —para variar— en el periodo neoliberal entre PRI y PAN.

El presidente López Obrador y Morena propusieron una reforma electoral en 2022, lo que hubiera solventado entre otras cosas este asunto, pero hay que recordar que la Oposición de estos partidos y el extinto PRD, organizaron su moratoria legislativa, esa que decía que no leerían ni oirían ni revisarían o votarían por cualquier asunto que se pretendiera legislar. Aquí está la consecuencia que ahora deben afrontar porque nos fuimos a la elección con las leyes plasmadas en la constitución (Art. 5), mismas leyes que ellos hicieron y ahora no les gustan.

La presión que están ejerciendo las elites —que aunque perdieron desearían seguir manejando el país— pidiendo que no se siga el orden constitucional los expone como lo que siempre se ha sabido que son: extremistas antidemocráticos. Pasan de aquel discurso de *"la ley es la ley"* al interprétese la ley a mi manera; pasan del INE no se toca, al INE cambia la forma de hacer las cosas en nuestro beneficio

Pronto en unas semanas más veremos como también en este caso nos harán lo que el viento a Juárez.

Porque se les dijo, en 6 años no quisieron colaborar, decidieron hacer moratoria legislativa, pues ahora no hace falta su colaboración, pasaron de que su razón de ser fuera el bloqueo a las iniciativas del gobierno actual, a la irrelevancia absoluta. Sus seguidores deberían entender lo que significa, pero lo que va a suceder es que la élite política opositora los seguirá mareando, insuflando de mentiras que irán cayendo una tras otra, y eso es posible porque:

Sí hay una sobrerrepresentación de la que hablar y parece que entre los rosas y sus jerarcas prefieren evitar.

La sobrerrepresentación de las voces de la derecha; tienen muy pocos votos y muchas voces; les alcanza para mentir y mantener un discurso de odio, uno que no altera la realidad pero que además de mantener en el engaño a su rebaño; mantiene el encono al que nos acostumbraron desde hace muchos años.

Es cuestión de revisar las televisoras, los radios y los periódicos; en su mayoría plagados de voces tan lejanas a las mayorías ganadoras y tan cercanas al billete. Por eso sobreviven, de eso se alimentan.

Y ahí es donde se enlaza la soga que aprieta el cuello de los opositores rosados, se alimentan de un mundo de mentiras que les ofrece un grupo de mentirosos; así conforman su realidad.

Preparémonos para los siguientes 6 años…

Ave de tempestades

3 de agosto, 2024

Me entenderás… cuando te duela el alma como a mí.
Frida Kahlo.

Son variadas las interpretaciones al significado de un ave de tempestades, aparece en la mitología griega, romana y mesopotámica; a veces aparece como el que hace las tormentas y a veces como el que las apacigua. López Obrador cumple a la perfección el dual papel: hace las tormentas, altera el *status quo* con una frase, incluso con tan solo una palabra; trastoca las acostumbradas formas políticas, altera la usual teoría sobre gobernanza y, a la vez, con un gesto, una respuesta, una llamada o una decisión que hace pública, acomoda, sosiega y transforma sutil o radicalmente el México que le tocó gobernar.

En un mundo en que un genocida como Netanyahu es aplaudido por el Congreso estadounidense (y la derecha mexicana); un neo-fascista como Milei es enaltecido mientras, a ritmo de tango, acaba con el país que dirige (y la derecha mexicana sonríe); un presidente elegido democráticamente como Castillo es encarcelado y una golpista usurpadora como Dina Boluarte usurpa el mando (y la derecha mexicana mira para el otro lado); la élite económica -del que se dice el país más poderoso del mundo- decide que un anciano no puede competir en las elecciones pero que un delincuente convicto y racista sí (y la derecha mexicana asiente); en medio de esta promiscuidad ideológica, tan propia del rapaz conservadurismo, López Obrador se impone como la calma en medio de la tormenta del nuevo orden global.

En una América en que la genuflexión de los presidentes mexicanos -en los seis sexenios neoliberales- al gobierno estadounidense fue la constante; en que la relación de México con los países de Centro y Sudamérica dependía de lo que autorizara el vecino del norte; la llegada al poder del macuspeño modificó, por una parte, la sumisión por soberanía y por la otra corrigió la displicencia por fraternidad bolivariana ** intentando que los gobiernos latinoamericanos encuentren incentivos de vecindad común.

En cinco líneas se cuenta fácil, pero la magnitud de lo sucedido en la relación mexicana con sus vecinos al norte y sur representa un diluvio como no se había visto desde el cardenismo y la expropiación petrolera. Tan solo con capear las tensiones del ascenso de China y el incipiente declive de Estados Unidos —ambos principales socios comerciales de la región y el segundo el más importante de México, ya es gran mérito. Nuestra ave de tempestad a su vez, se transformó en el alción, esa ave a la que se le atribuía el poder mágico de apaciguar las tormentas, López Obrador ordenó la relación entre unos y otros estableciendo límites acordes con el derecho internacional y dándole valor a la importancia que tiene la historia y la economía mexicana.

Y México avanzó a pesar de sus derechas.

En un México acostumbrado a que la desigualdad fuera vista como normalidad, y que la pobreza de tantos representara la frialdad de un número y la amoralidad de la derecha mexicana; llegó la tormenta Lópezobradoriana para lanzar un misil *"Por el bien de todos, primero los pobres"*. Y en 6 años se comprobó que esa bala enorme llevaba no muerte y destrucción sino las bases de un mejor país.

Como resultado de la fuerza, dolor y sentido de esa frase, en promedio en este sexenio cada mes han salido de la pobreza cien mil mexicanos. Durante los dos sexenios previos, el del criminal Felipe Calderón y el del corrupto Peña Nieto, al revés del caso anterior, cada mes de esa docena de años se incrementó en cien mil el número de pobres. https://www.milenio.com/opinion/gerardo-esquivel/columna-gerardo-esquivel/cien-mil-pobres-menos-por-mes. Finalmente para México la calma llegó después de la tormenta.

Y México avanzó a pesar de sus derechas.

Y el brutal paradigma de muerte se transformó en "abrazos y no balazos"; seis años después se empiezan a ver los resultados, la ascendente curva de crimen se detuvo e inició su amaine.

Y México avanzó a pesar de sus derechas.

Después de los brutales ataques *(sic)* que la derecha mexicana recibió en este sexenio, esos duros soplidos que les arrojó el ave de tempestades que les dijo: fifís y corruptos y les provocó caer en un llanto que no aún no acaba; México pasó de ser la economía 14 a la economía 12 del mundo, superando a España y Corea del Sur; los trabajadores mexicanos tuvieron el mayor incremento salarial en la historia; todos los ciudadanos se beneficiaron de políticas sociales (incluyendo a los que marchan rosa y después se forman en la fila de su pensión) y, México desplegó infraestructura como pocas veces se había visto antes: refinería, aeropuertos, carreteras, puentes, caminos, trenes, parques y desplegó con ello el futuro desarrollo de zonas del país que por décadas fueron dejadas de lado.

En un México en que el clasismo, el racismo y el wanabismo fueron el alimento de generaciones y que muchos grupos adoptaron (los peores y los más simples e ignorantes de su momento); nuestra tormentosa ave les arrojó la más poderosa arma que jamás ha existido, un espejo. Se los puso enfrente y lo que vieron es vergüenza, una rosada inmoralidad que les ubicó en el justo lugar al que pertenecen, el de la minoría perdedora que el 2 de junio les mostró su realidad.

Y sí México avanza a pesar de estas derechas, a pesar de otras aves.

México como el Ave fénix, que resurgió de las cenizas de aquella muerte que nos habían asignado; la derecha como Ave de mal agüero de la que hay que alejarse como de la roña. México frente a los Pájaros de cuenta, a los Pájaros nalgones, frente a los Zopilotes, Buitres y Chachalacas.

Si fuera poesía, México es aquél del verso de Salvador Díaz Mirón:

Los claros timbres de que estoy ufano

Han de salir de la calumnia ilesos

Hay plumajes que cruzan el pantano

Y no se manchan… ¡Mi plumaje es de esos!

Si fuera poesía, a la derecha mexicana le va más esto de Thomas Macaulay:

"Su imaginación se parecía a las alas del avestruz. Le permitían correr, pero no volar"

Ya que hablamos de aves, López Obrador es una rara avis, una persona como él es muy difícil de encontrar, para México ha sido extraordinario tenerlo, para la oposición ha sido la tormenta que volcó sus sueños de realeza. Muchos (disfrazados de Barbies) no coincidirán con esto, con la extrordinariez que le atribuyo a AMLO; está bien que así sea, hay un dicho en Costa Rica que dice: "la miel no se hizo para los chanchos". Qué van a entender de sentimiento y amor a México, qué van a entender del dolor de la pobreza.

Entre otras razones si no ¿Por qué Andrés Manuel es el 2° presidente mejor valorado del mundo? (https://pro.morningconsult.com/trackers/global-leader-approval); si no ¿por qué Andrés Manuel tiene más del 72% de aprobación en México en el promedio de todas las encuestas? Incluyendo las de las encue$tadoras que no lo quieren y que daban a Xóchitl Gálvez como ganadora el 2 de junio (https://polls.mx/aprobacion-presidencial/). Nota: La más reciente encuesta de la casa Mendoza Blanco (que es de las más acertadas en sus encuestas previas a la elección) da una aprobación para el Presidente del 83%.

Porque no hay tantos tontos, tonto es quien no entiende a López Obrador y su presidencia; tonto es quien piensa que el pueblo es tonto.

** https://revistadecentroamerica.org/index.php/america-latina/55-america-latina-simon-bolivar-la-carta-de-jamaica-y-la-unidad-latinoamericana

Paren el país, que se quieren bajar.

24 de agosto, 2024

La derecha en México sufre de dos problemas crónicos, es hipócrita y es entreguista, por eso, moralmente, no puede triunfar.

México está viviendo un momento histórico (esto no lo pueden saber los rosados seguidores, no es apto para menores), nunca un partido había ganado —democráticamente— tanto en tan poco tiempo. Nunca se había ganado con tantos millones de votos, nunca tantos estados y municipios. La historia nos está pasando frente a nuestros ojos y una minoría no tiene la mínima conciencia de ello. ¡Estamos presenciando en tiempo real el derrumbe de un sistema podrido!

Esto es la Cuarta Transformación, después de los tres grandes movimientos de Independencia, Reforma y Revolución, vivimos este que sin balas pero con el apoyo de la mayoría del pueblo decide cambiar el sino y futuro al que el neoliberalismo nos había obligado.

Ya acabó el trámite de asignación de diputados y senadores plurinominales, como la simple aritmética explicó después del conteo de votos del 2 de junio, el Plan C va, el proyecto 4T cuenta con mayoría calificada en la Cámara de Diputados y a dos escaños de lo mismo en el Senado. Y sin embargo llevamos semanas de escuchar y leer en medios una supuesta duda por la interpretación que pudiera haber para que el reparto de curules y escaños no fuera la que indica la Constitución y las leyes secundarias.

¿Alguien, en su sano juicio y con un mínimo de decencia puede pensar que los jerarcas partidistas apoyados por los grandes *(sic)* abogados y asesores que les instruyen, desconocían que con la simple aplicación de la ley -que PRI y PAN modificaron a su conveniencia hace muchos años- el resultado indicaba que los partidos MORENA, PT y PV agrupados en coalición obtendrían el resultado que recién, en la sesión correspondiente, dictaminó el INE?

¡Porque la ley dice exactamente qué fórmula aplicar y cuántos diputados plurinominales les toca a cada partido!

No, lo que sucede es que fue un acto más en el circo opositor, uno más con los que entretiene a su electorado mientras éste gustoso se chupa el dedo. Esto ni empezó aquí, ni acaba aquí. Todas las mentiras a lo largo desde hace tantos con las que plantean que van ganando, que el triunfo está a su alcance y por lo tanto van manteniendo el suspenso de las encuestas y posteriormente de los resultados reales de cada una de las elecciones desde el 2018, hasta que se les cae el juego para pasar al siguiente.

Así fueron perdiendo estado tras estado, congreso tras congreso, municipio tras municipio, sin embargo si alguien viniera del futuro y leyera lo escrito en sus medios por sus columnistas y editorialistas, escucharan en radio y televisión las historias contadas por sus locutores y analistas, pensaría que se encontraba en un mundo al revés, en un México en donde la realidad no tiene nada que ver con lo que dijeron los medios de comunicación en los últimos años.

Como ejemplo con uno me basta: cerradas las casillas el 2 de junio la candidata de la derecha, la Sra. Xóchitl de las gelatinas les decía a sus chupadedos que según sus conteos había ganado; digamos que les dio "esperanza" a esas criaturas que —tal parece— no pueden vivir con realidades y verdades y no están preparadas para reconocer que son parte de la oposición más perdedora (el corrector cambió la palabra a pedorra, pero no, quise decir perdedora).

Ese contexto de burlarse permanentemente de sus votantes les sirvió para sacarlos a tomar el sol en marchas rosadas y para que en las mesas y corrillos se planteara como tema el ¿Qué irá a pasar con la sobrerrepresentación, se las dará el INE y seremos dictadura? La única sobrerrepresentación que hay es la del ruido y falsedades en los medios y la de los ingenuos que, por no reconocer que la ciudadanía los rechaza, se sorprenden a cada confirmación de resultados.

Seguirá la faramalla, ahora que saben que todas las propuestas de cambios constitucionales y de reformas a las legislaciones que fueron oferta de campaña y gobierno están a nuestro alcance, les corresponde la inventiva de nuevos espectáculos, uno ya en curso: el paro del PJF. Nuevas narrativas: traer a representantes de gobiernos a que nos espanten con el petate del muerto. Y así *per secula seculorum*, porque mientras haya politiqueros que se enriquecen administrando partidos -que aunque sean perdedores se enriquecen con dinero de los impuestos- y ciudadanos dispuestos a seguir siendo tratados como cándida carne de cañón, esto no acabará.

Estamos a pocas semanas de que acabe el primer gobierno de la Cuarta Transformación, el 1 de octubre inicia el segundo piso; no reconocer todo lo que ha cambiado México en estos 6 años sería también ingenuo (shhh, no le digan a los rosados), la normalización de la corrupción, el wanabismo y el clasismo disminuye pero no desaparece, sin embargo hoy se confronta con un espejo. La pobreza y desigualdad no desaparecen pero disminuyen.

México se mueve favorablemente a gran velocidad, no hay forma de que nos detengamos para que la derecha se baje, así que ahora les toca quedarse a ver cómo es que se gobierna desde la izquierda.

Noticias de un sexenio.

7 de septiembre, 2024

No guardo rencor, pero tengo buena memoria.

A la hora de hablar sobre el resultado de las políticas públicas del sexenio Lópezobradorista, bastaría un dato para su evaluación: hoy hay muchos millones menos de pobres que hace seis años. Porque ser pobre es una mierda, ser pobre es no tener posibilidad de cubrir tus necesidades básicas, tu comida, luz, techo, salud, educación para tus hijos. Hablar de pobreza es partir de no olvidar lo duro que es para quienes la sufren. Más allá de las carencias económicas hay que hablar de la angustia y medio en que se vive esta condición, una condición en la que además es muy posible que nadie, más que el que la vive, preste atención. Sí, no hay otra forma de decirlo, ser pobre es una mierda.

En los dos sexenios previos al actual, el de Calderón y el de Peña Nieto, el número de personas pobres en México creció en 15 millones, un promedio de 125,000 pobres más cada mes. Con datos de CONEVAL, en los primeros cuatro años de este sexenio, del 2018 al 2022, más de 5 millones de personas salieron de la pobreza (un promedio de cien mil personas por mes). El CONEVAL tendrá datos de los dos últimos años hasta el 2025, sin embargo, el Banco Mundial ya emitió su reporte llamado Macro Poverty Outlook en donde dice que la pobreza en México disminuyó durante el sexenio en 9.6 millones de personas. Una reducción de 8.6% respecto al inicio de este gobierno. De 35.7 millones de pobres a 26.1 millones.

Solo en este rubro, la comparación entre el resultado de los gobiernos previos a López Obrador y el suyo, nos hablan de un logro extraordinario; solo con este dato el presidente podría retirarse tranquilo a "La chingada" sabiendo que cumplió su objetivo.

"Por el bien de todos, primero los pobres", ¿recuerdan quien lo dijo? Pero además de lo anterior, que insisto en que ya es un dato extraordinario, hay más de donde definir qué tan bien lo hizo este presidente y si su modelo fue transformador.

Lo que se puede medir, los datos económicos: Disminuyó la pobreza laboral, en 2018 era del 41% y al 2º trimestre del 2024 iba en 35%; se evitó la devaluación del peso frente al dólar y durante gran parte del sexenio de hecho nuestra moneda se reevaluó; el endeudamiento público fue menor al de cualquier otro sexenio del periodo neoliberal; se incrementaron los salarios en un 113% al pasar de 88 pesos diarios en 2018 a 248 en 2024. La inversión extranjera directa fue mayor que la de cualquier otro periodo sexenal. El 71% de los hogares mexicanos reciben algún apoyo social.

La manera de comunicar: Antes de este sexenio la mayoría de la población se "informaba" a través de medios, periodistas y analistas que cobraban dinero a los gobiernos en turno para decir lo que estos quisieran decir, o no decir lo quisieran que no se dijera. López Obrador cambió el modelo, exhibió a todos esos periodistas y medios como los contumaces mentirosos que, a cambio de haberse hecho millonarios, vendieron sus plumas.

Ahora, en vez de eso, nuevos medios formales e informales se presentan diariamente a "La mañanera" y preguntan lo que consideran necesario. La libertad de expresión, como nunca se ejerce a plenitud. Las redes sociales ayudaron a que las fuentes de información de las que se alimenta la ciudadanía sean muchas e inmediatas. Se transformó el modelo de comunicación, se dice fácil pero su implicación es radical e irreversible.

El cambio en la sociedad: La polarización que significa la pobreza y la desigualdad (que es la única polarización de la que habría de preocuparse) fue cambiando con el paso de estos años a una politización derivada de que los mexicanos, en su mayoría, se sienten parte de un proyecto de Nación. La gestión de gobierno hizo recaer en el pueblo todas las decisiones, y ese "pueblo" optó por lo que le beneficia y no lo que requiere otros países, grandes corporaciones y élites mexicanas. Creo que esta transformación en la mentalidad y psicología de los mexicanos es el mayor triunfo del primer sexenio de la Cuarta Transformación.

La oposición: Se vio obligada a expresarse, ya sin tapujos, sobre su desprecio a las mayorías del país. A los pobres por pobres, a los morenos por morenos, a los que no somos como ellos por no serlo. Se sacó del closet al conservadurismo clasista que se escondía bajo el manto de izquierda progre; de wanabis a quienes no alcanza la quincena para pagar tarjetas de crédito; de whitexicans sin espejo; de estudiados en universidades de "*élite*" profundamente ignorantes. Tan se demuestra este punto que después de vestirse de rosa y pasear algunos sábados, sólo les alcanzó para tener de candidata a quien tuvieron, no se si eso sea el karma, o tan solo la respuesta del universo a su retrogradismo.

Por sus resultados, López Obrador es el mejor presidente en la época moderna, ¿fue perfecto? no, nadie esperaba que lo fuera. Y sin embargo supera por mucho a sus antecesores, no hay comparación posible entre los resultados que entrega al cierre de su sexenio con lo que representaron los anteriores. Es en los gobiernos anteriores donde el resumen es más pobreza, mayor desigualdad, menor obra pública, menor inversión, mayor devaluación, corrupción etc.

Al cierre sexenal, la encuestadora Demotecnia (de las Heras) dice que 8 de cada 10 encuestados creen que AMLO sí logro una transformación en el país.

La agudeza política del presidente radica en que construyó su gobierno de la mano de los ciudadanos, por eso fue invencible, por eso se retira después de que su partido y aliados hubieran ganado la mayoría de los gobiernos, congresos, senadurías, diputaciones y presidencia. Por eso la ciudadanía optó por una mujer como futura presidenta, porque esa politización de la que hablé antes dijo que quiere el segundo piso de la mano de alguien que comparte, desde su inicio, el proyecto de nación en el que hoy nos encontramos.

La oposición gusta de decir que ellos son mejores, por eso desprecia a quienes acompañamos a este mandato, se le olvida que, tanto por López Obrador como por Claudia Sheinbaum, votó la mayoría en todos los niveles educativos, y por género, y por edad, y por condición social y económica. Y no quieren ver que representamos un modelo exitoso y transformador. López Obrador cumplió, la oposición en su acostumbrado papel perdió todo lo que podía haber perdido, incluso la vergüenza.

Epílogo

> En este lugar no hay jardines / ni flores
> aromadas, / sus tallos delgados / están a punto
> de quebrar. / Y sus corolas deshechas / no
> alcanzan a iluminar / la miserable oscuridad.
>
> *Elisa Palomba*

En 2018 muchos ciudadanos votamos por un proyecto que planteaba cambiar la forma de gobernar, las prácticas de gestión pública, y que ofrecía privilegiar a quienes menos tenían, el lema que fundamentó el trabajo de los siguientes seis años dice "Por el bien de todos, primero los pobres". Es decir que construiría un modelo enfocándose en la solidez de la base mayoritaria de población para así generar riqueza; cambiaba el paradigma seguido en los seis sexenios previos, los del periodo neoliberal, de enriquecer a las élites económicas para que supuestamente estas "derramaran" los beneficios hacia las bases.

Para poder lograr lo anterior se requirieron dos cosas, por una parte, que la sociedad se agrupara en un "movimiento" que fuera más allá de los partidos políticos. Y por otra, que fueran los ciudadanos, el pueblo, quien tomara en sus manos la responsabilidad de lo que sucedería. Nunca más los ciudadanos viendo "desde la barrera" como destruían el país, sino que se apelaba al ciudadano que se politizara día a día conociendo el desarrollo de los hechos de gobierno y apoyando las causas que le beneficiaran.

Para lo primero, el resultado electoral confirmó esa idea: López Obrador ganó con los votos mayoritarios en todos los rangos medibles: por formación educativa, por clase social, por género y por edad; es decir que el pueblo construyó un movimiento con la fortaleza y sensatez para las tareas a realizar.

Para lo segundo, el recorrido de los seis años nos explica cómo es que ese movimiento apoyó cada decisión tomada, cada votación que se requirió y cada acompañamiento necesario; al finalizar el sexenio las encuestas indican que el 80% de los ciudadanos considera que se hizo un buen gobierno y que el presidente López Obrador tiene una aprobación superior a la de cualquier otro mandatario mexicano al concluir su mandato.

Posiblemente, nunca en México, los ciudadanos habíamos estado tan politizados, es decir que se conoce el trabajo de gobierno, sus resultados y sus problemas y se tiene una opinión sobre ello. Es innegable que hay una conversación pública sobre los hechos de gobierno; por primera vez en la historia las élites económicas, los conservadores y la derecha en general han salido a las calles a manifestarse en defensa de sus privilegios. La sociedad se politizó.

López Obrador se encargó de que la narrativa pública fuera distinta, a su llegada prevalecía el discurso pagado como forma de comunicación. En lugar de ser la palanca de una renovación del pensamiento, los medios de comunicación se habían convertido en el mismo lugar de mordaza. Mientras que se pensaba que debían colaborar en transformar al pueblo en responsable de su propia historia, las telenovelas, los noticieros, los comentaristas y los editorialistas habían contribuido a su sometimiento, a su fascinación y a una irracionalidad generalizada.

Existió una práctica sistemática extendida de mentir sobre la realidad, desacreditando cualquier intento social de cambio; fueron estos medios corporativos y esos intelectuales quienes decían que íbamos bien mientras la pobreza, inseguridad y desigualdad aumentaban.

La sociedad, mayoritariamente, dejó de creer en esas personas y medios para pasar a informarse con otros mecanismos: las redes sociales, la voz en voz y la pedagogía pública de las conferencias mañaneras. Los ciudadanos se informan de otro modo a como lo hacían antes del 2018.

Todos los datos económicos de fuentes públicas nacionales e internacionales muestran que los indicadores mejoraron, que los objetivos de reducir la desigualdad y disminuir la pobreza se cumplieron; las encuestas de las casas más reconocidas por la seriedad de sus trabajos dicen que la mayoría de los ciudadanos aprueba lo realizado.

En un país en el que se nos había acostumbrado a que solo se podían hacer obras públicas si se tomaba deuda, se realizaron grandes proyectos sin contraer préstamos con el exterior: trenes, canal interoceánico, caminos rurales, hospitales, obras hidráulicas, refinería, aeropuerto, carreteras, puentes. El beneficio para los ciudadanos no es virtual, es real.

Adiós y gracias

El presidente concluye su sexenio y se retira de la vida pública, el Movimiento de la Cuarta Transformación está vigente y creciendo. Los opositores, como malos agoreros de desastre, hicieron todo lo que estuvo de su parte para descarrilar este proyecto sexenal; no solo no pudieron, sino que, con sus desvaríos clasistas y al no construir una sola idea de por qué podrían volver a gobernar este país; consiguieron que la candidata Claudia Sheinbaum se convirtiera en la próxima presidenta con el mayor número de votos en la historia de México. La oposición fracasó.

Este fracaso opositor es otro gran logro de este sexenio, porque exhibió la realidad que alimenta al conservadurismo mexicano: la desinformación, el clasismo, la soberbia y la holgazanería intelectual. La oposición a las grandes causas nacionales se presentó como torpe, vulgar y ambiciosa. Creyeron que con decirnos chairos a manera de insulto, su tarea ahí concluía, en cambio no solo ni siquiera la iniciaron sino que convirtieron en un honor ser parte de ese calificativo. Y eso sucedió en este sexenio.

No existe perfección en el gobierno, no se acierta en todas las decisiones, pero si esto fuera béisbol se podría decir que López Obrador tuvo un muy buen promedio de bateo. La gobernanza del país es tarea inacabable, por lo pronto es un triunfo de este sexenio que se pase el testigo a alguien que coincide con el Movimiento que construimos muchos.
Aquí concluye mi crónica de estos años, que López Obrador ganara la presidencia significó que por primera vez en mi vida el candidato al que voté saliera elegido; la satisfacción de ser parte de este momento histórico y transformador la considero un privilegio de vida.

Cada lector tendrá la mejor consideración de lo que aquí ha sucedido.

Javier Cravioto Padilla
Cañada de Alférez, Estado de México, septiembre 2024.

La edición de *No nos llamen chairos* estuvo a cargo
de Abismos Editorial.
Se imprimieron 500 ejemplares en septiembre de 2024.